피할 수 없는
상갓집의
저주 살
煞

피할 수 없는
상갓집의
저주 살
煞

박해로 장편소설

네오
픽션

차

례

• 이 책의 배경이 되는 다흥은 안동과 영주 사이에 낀 경상북도 북부의 소도시로 소개되고 있지만 실제로는 존재하지 않는 가상의 공간이다. 아울러 일부의 장소(예를 들어 성북교도소)도 작가가 만들어낸 허구이다.

제1부

상갓집의 곡소리

1

황복만 선생의 어머니 장례식에 조윤식이 나타났을 때 다흥 국민학교 교직원들의 반응은 놀라웠다. 교직원들이란 학교 전체의 구성원이 아닌, 상갓집 구석의 한 테이블을 두 시간째 차지하고 있던 네 사람을 말한다.

"야, 저거 깔끔이 윤식이 아냐? 저게 어쩐 일이야? 상갓집에도 올 줄 알고?"

좌장(座長) 교무주임의 목소리에 놀라움이 묻어났다.

"깔끔이는 무슨 깔끔이에요? 노랑이지."

평소 윤식을 좋아하지 않던 오현철 선생이 툭 내뱉었다.

"윤식이 많이 변했다. 얼마 전에 우리 외할머니 상 때도 왔잖아."

사람 좋아 보이는 장윤덕 선생이 윤식을 두둔했다.

"니 외할머니도 돌아가셨다고?"

교무주임이 어리둥절해한다.

"아, 예. 형님 제주도 교육 갔을 때 일어난 일입니다."

"대놓고 할 말은 못 된다만 줄초상이구나, 이거. 야, 못 가서 미안하다. 내 다음에 술 한잔 사마."

"호상인데요, 뭘. 일흔둘인데 결핵으로 오래 고생하셨거든요."

"이상하네."

"뭐가요?"

"윤식이가 두번이나 초상집엘 왔단 말이잖아? 해가 서쪽에서 뜰 일이지."

교무주임이 고개를 갸웃거린다.

"수상한 새끼예요. 부조 내는 거 아까워서 직원들 경조사 한 번도 안 챙기던 놈이."

오현철이 양복 주머니를 뒤지고 있는 윤식에게 날카로운 시선을 주었다.

비상구에서 숨을 돌리던 상주가 급히 담배를 끄고 분향실로 뛰어갔다. 이내 애끓는 곡소리가 울려 퍼진다. 오현철은 분향소 앞 접수대에서 흰 봉투를 손에 쥔 윤식을 노려보며 속사포처럼 말을 이어나갔다.

"돌잔치, 결혼식, 초상집…… 한 번도 낸 적 없어요. 완전 독종이에요. 얻어먹는 게 90프로고 10프로는 뭐…… 어쩌다가 분빠이 할 때뿐이었죠. 요새 젊은 놈들 자기 꾸미는 데는 아끼는 거 일절 없고 싸가지는 갈수록 없어지는데, 득 되는 건 다 선배들한테 공짜로 묻어가려고 하잖아요. 저놈이 바로 그런 놈이었어요. 거 왜 3학년 3반 문상교 선생 있잖아요? 그 사람이 윤식이 고등학교 동문 선배인데도 왜 사이가 틀어졌는지 아세요? 기막힌 사연이 있다 아닙니까?

그러니까 작년 크리스마스 얼마 전이었어요. 윤식이가 퇴근하는 문 선생한테 치와와처럼 따라붙더니 술 한잔 사달라고 졸랐대요. 문 선생, 이 얼빵한 노총각은 똥바가지 뒤집어쓸 줄도 모르고 좋다, 가자, 끌고 갔죠. 족발 한 접시 시켜놓고 둘이서 25도 금복주를 일곱 병이나 먹었답니다, 일곱 병.

근데 우린 잘 압니다. 윤식이 놈 간이 별주부가 탐낼 정도로 해독력이 좋거든요. 그 정도로 절대 안 취합니다. 문 선생 하이바는 벌써 전원이 끊겼다 들어오다 완전 인사불성 직전이었는데도요. 그게 다 윤식이 작전이었던 거죠. 억지로 빨리 마시게 해서 싫다는 문 선생한테 2차 가자고 살살 시동을 걸더니 결국 색시 있는 데까지 간 거예요. 기생 부르고 '이리 오너라 벗고 놀자!' 판소리 다섯 마당에 맥주 양주 박스로 들어오고…… 문 선생이 빨간 방석 위에서 눈 떴을 땐 밝은 햇살이 들어오더랍니다. 웬 그림자 하나가 햇살을 막았는데 윤식이가 아니라 조폭같이 생긴 놈이라나요. 그놈은 다른 말은 없이 그저 '가렵습니다, 선생님' 했다는데, 선생님이란 말이 우리 직종을 알고 하는 말인지, 통상적인 이인칭 높임말인지는 구분할 수 없었다네요. 어쨌든 가렵다는 말뜻을 대번에 알아들은 문 선생은 얼른 크레디트카드를 긁어줬답니다. 그리고 학교로 출근했죠. 근데 윤식이 놈 개차반인 건 이제부터예요. 그날 이후로 문 선생을 살살 피해 다니더라지 뭡니까. 명색이 고등학교 선밴데다가 좀 얼빵하고 심성도 순해 빠진 문 선생이 술값 부담하라고 자기 입으로 말했겠습니까? 못 했죠. 그런데 얼마 안 있어 윤식이가 최신형 르망을 뽑아 가지고 여선생들 앞에서 왔다 갔다 했거든요. 윤식이가 그런 놈이에요."

"그 르망에 그런 사연이 있었어? 현철이 너 저놈 아주 안 좋아하는 모양이구나."

교무주임이 혀를 끌끌 찼다.

"뭐 실제적인 평가가 그렇단 얘깁니다."

"실제라니, 이 사람아. 내 보니까 괜찮은 애던데요. 소문만 무성하지 실제는 당사자밖에 모르는 겁니다. 사교성이 없고 혼자 다녀서 그렇지 못된 애는 아니에요."

장윤덕이 다시 한 번 윤식을 두둔했다.

교무주임이 문득 화제를 바꾸었다.

"야, 근데 아까 저놈 지나갈 때 무슨 이상한 냄새 나지 않았냐?"

"내가 하려던 말도 그 말이었는데…… 꼭 생선 비린내 같던데요."

"생선이 아냐. 피 냄새 비슷한 게…… 그렇지, 생닭 비린내야."

"아, 맞다. 그 냄새다!"

혀 꼬부라진 목소리가 불쑥 끼어들었다.

"근데 왜 상갓집만 챙긴대냐? 결혼식은 하나도 안 챙기면서 말이야."

여태껏 말이 없이 소주잔만 기울이던 변 선생이었다. 알코올 중독의 퀭한 눈이 발한 빛은 취기의 흐릿함으로도 덮을 수 없었다. 학업 수행능력이 신통치 않은 이 사람이 그래도 붙어먹고 사는 이유는 이런 허를 찌르는 감각이 한몫하고 있음을 교무주임은 잘 알고 있었다. 변 선생의 돌발적인 질문에 속 시원한 대답을 해줄 이는 아무도 없었다. 조윤식이 경조사의 한쪽만을 챙긴다는 그의 지적은 아닌 게 아니라 정확했기 때문이다.

✦

한편 칭찬과 비난을 들을 수 없는 조윤식은 선배들의 시선을 점잖게 무시하며 분향소 안으로 걸음을 옮겼다. 온종일 문상객을 맞았던 상주 형제들이 죽장을 짚고 일어섰다. 이내 녹음기를 튼 것 같은 곡소리가 합창으로 흘러나왔다. 그다지 슬픔이 묻어나지 않는 울음이었다. 1학년 3반 담임 황복만의 어머니는 향년 66세로 신장질환 중환자였다. 5년간의 대학병원 투병 생활은 환자만큼이나 가족들도 고생시켰다. 5남 3녀 중 장남인 황복만의 표정은 몰라보게 밝다. 윤식은 곰곰 생각했다.

'장 선생 외할머니나 이분이나 잘 돌아가신 일이야.'

그는 영정 사진으로 눈길을 돌렸다. 광대뼈가 툭 튀어나오고 눈꼬리가 처진 얼굴이 천생 황복만 선생이다. 친어머니가 틀림없군. 윤식은 수십 년 세월 동안 아들을 뒷바라지한 모성애의 위대함을 느껴보려 했다. 하지만 제대로 실감 나지 않았다.

손을 모은 윤식은 눈을 감고 고개를 숙였다. 진지하게 추도까지 올리는 모습에 감동한 상주들 사이에서 아이고아이고 소리가 더욱 커진다. 간절함을 담아 윤식은 영정 사진에 빌었다.

'아주머니, 저의 어머니도 지금 병원에 누워 있습니다. 부디 좋은 곳으로 가셔서 극락왕생하시고 저의 어머니를 좀 죽여주세요.'

윤식이 고즈넉이 입술을 달싹거렸다. 황 선생은 망자에 대한 예우가 극진한 크리스천의 행실에 감동받았다. 요즘 같은 시대에 이 얼마나 모범적인 청년인가, 게다가 직장 내 소문도 안 좋았던 사람이. 하지만 윤식만 알고 아무도 모르는 사실이 하나 있었으니, 그가 외우는 건 주기도문이 아니라 무당이 가르쳐준 주문이라는 것이다.

2

윤식은 형식적인 애도를 나눈 뒤 곧바로 분향실을 나섰다. 교무주임 일행의 시선이 이쪽을 향해 있다. 신발을 신던 윤식이 잠시 인사를 건넸다. 선생들이 맥주병을 흔들며 합석을 권했지만 중요한 약속이 있다며 거절했다.

속도를 내어 걷던 윤식은 등이 근질거려 효자손이라도 찾고 싫었다. 이제부터 해야 할 일이 있었기 때문이다. 복도에는 사람의 모습이 보이지 않았다. 그는 옷매무새를 가다듬었다. 천천히 걷고 눈에 띄게 행동하지 말자. 조금 전 선생들은 분명 내 얘기를 하고 있었겠지. 새파란 놈이 싸가지 없다고 말이야. 무시하자. 욕은 배를 따고 들어오지 않아. 내가 하는 일을 모르기만 하면 돼.

그는 손바닥으로 이마에 흐르는 땀을 훔쳤다. 더욱 중요한 일, 어머니를 위한 일을 해야 할 때였다.

복도를 꺾은 윤식이 장례식장 출입문을 나서려 할 때 휴게실 선반에 얹힌 컬러 텔레비전의 드링크제 광고가 귀를 자극했다.

—고난과 역경을 넘어서는 사나이의 세계! 로열 디!

드르륵 채널 돌아가는 소리가 나면서 방송이 바뀌었다.

—…… 이 시각까지도 쇠파이프와 화염병으로 무장한 채 도로를 점거한 대학생들이 김 군의 사망을 둘러싼 의혹에 부검과 정밀 조사를 요구하며 경찰과 대치하고 있습니다. 자세한 소식은…….

다시 채널이 드르륵거렸다. 뉴스 화면이 노주현과 고두심이 싸우는 연속극으로 바뀌었다. 채널을 쥔 자의 수작은 아무래도 이쪽의 관심을 끌려는 것 같다.

—대체 왜 이러나, 당신!

—흥! 잘났어, 정말!

드르륵!

—……러분 안녕하십니까, KBS 다흥 뉴스입니다. 겨울철이

되자 도내의 야산에 먹을 것이 부족해진 멧돼지들이 인근 시내까지 내려와 시민들을 불안에 떨게 하고 있습니다. 오늘 오후 다홍시 인면동 부근의 야산에 멧돼…….

드르륵! 로터리 채널이 뽑히는 건 시간문제였다. 마침내 윤식이 뒤돌아보았다.

그는 흑, 하고 숨을 삼켰다. 신비의 무당을 만났을 당시 산속에서 보았던 청년인 줄 알았기 때문이다. 하지만 사각 턱의 얼굴 윤곽만 비슷할 뿐 딴사람이었다.

그는 때에 전 몰골의 거지였다. 장례식장에 먹을 것이라도 얻으러 온 모양이었다. 유식한 말로 선천성 모반이라고 했던가, 윤식은 남자의 얼굴 반쪽이 커다란 자주색 점으로 뒤덮인 모습에 눈살을 찌푸렸다. 뻔뻔하게 웃는 모습에서 막가파의 카리스마가 느껴졌다. 건드려서 좋을 게 없었다. 거지는 동전이 담긴 플라스틱 바구니를 내밀었다.

"저승 가는 데 한 푼만 도와주고 가슈."

윤식이 떨떠름한 표정으로 건넨 50원짜리 동전을 받을 때도 거지는 히죽거렸다. 얼굴 중앙을 기점으로 난 반점 때문에 두 개의 얼굴이 웃는 듯하다.

'꼭 그 남자가 변장이라도 한 것 같군.'

윤식은 동전을 넣자마자 얼른 그곳을 나왔다. 거지는 키득거리며 채널을 돌리는 데만 집중했다.

정문을 돌아 병원 주차장에 도착했을 때 축축한 기운이 얼굴을 때렸다. 잡념은 사라지고 심장박동은 거세졌다. 문상을 하는 사이 내린 12월의 겨울 소나기가 대지를 잿빛으로 물들였다. 안개가 거리 곳곳을 내리덮어 백내장 걸린 시야처럼 온 사위가 뿌옇다. 지하 주차장이 없는 지방 종합병원의 사정을 감안하면 잘된 일이었다.

주차장에는 사람의 모습이 보이지 않았다. 승용차에 올라 전방을 주시하자 보이는 것은 온통 흐릿했다. 밖에서도 차 안이 잘 보이지 않았다. 안개가 보닛 위로 하늘거렸다. 모기향을 맡은 모기처럼 윤식의 숨이 막혀왔다. 그것은 이제 해야 할 일의 긴장 때문이기도 할 것이다.

'괜찮아, 절대 안 보여.'

바깥을 살피며 윤식은 글러브박스에서 뭔가를 꺼냈다. 반으로 접힌 일호 봉투와 미숫가루 같은 분말이 담긴 비닐봉지였다. 비닐의 아가리를 벌려놓고 일호 봉투를 펼칠 때까지도 그의 시선은 창밖으로 가 있었다.

양복 속주머니에서 몇 겹으로 접힌 종이 하나가 나왔다. 수첩 크기만 한 종이는 염료에 담갔다 뺀 듯 온통 새빨갛다. 생닭 같은 비린내가 코를 찔렀다. 접힌 부분을 원래대로 벌리자 냄새는 더욱 심해졌다. 이내 종이는 16절지만 한 크기로 원형을 회복했다. 빨간색의 사각형 안에서 괴상한 그림이 윤식을 맞이했다. 석가모니인지 도깨비인지 구분할 수 없는 기이한 남자가 동서남북을 채운 한자들 사이에서 좌정하고 있는 그림이다. 이어서 일호 봉투 안에 든 물건이 그 위로 쏟아졌다. 끝이 뭉툭한, 소시지 같은 물체가 제일 먼저 떨어졌고 이어서 실이 묶인

빨강, 파랑, 노란 빛깔의 종이가 그 위를 모포처럼 덮었다. 소시지 같은 물체가 말라비틀어진 사람의 손가락이라는 사실을 윤식은 애써 무시했다.

히터를 틀지 않았음에도 이마에서 굵은 땀이 솟았다. 그는 웅얼거리며 무당 적산법사(赤山法師)가 가르쳐준 주문을 다시 한 번 외웠다.

밤과 안개 때문에 사방을 식별할 수 없는 차 안, 커다래진 윤식의 눈에 지렁이 같은 핏발이 곤두섰다. 그는 팔을 뻗어 뒷좌석에 놓아두었던 양철 휴지통을 잡아당겼다. 휴지통은 새 것이었지만 안에선 석유 냄새가 났다. 잘린 손가락과 부적이 휴지통 안으로 들어갔다. 윤식은 계속 무언가를 외우며 주위를 살폈다. 빠른 속도로 진행이 된 이 같은 의식에 무례히 끼어든 불청객은 아무도 없었다. 라이터를 꺼낸 윤식이 부적에 불을 붙였다. 휴지통에서 콰악 따다닥 하고 불길이 치솟았다. 머리카락 타는 냄새가 났다. 윤식이 뚜껑을 덮었다. 휴지통 바닥이 따뜻해졌다. 위험한 행동이었고 차에 불이 붙을지도 몰랐다. 누가 본다면 경찰을 부를 수도 있었다. 하지만 윤식은 물러서지 않았다. 방법은 이것밖에 없었다. 적산법사가 반드시 상갓집 안에서 부적을 태우라고 했으니 차 안을 선택한 건 최선의 방법이었다. 상갓집 마당에서 태우다가는 상주 측 사람에게 들킬지도 모르니까. 이유를 캐다 보면 먹살잡이는 물론 법정 구속까지도 가능한 일이다. 비를 맞지 않았음에도 윤식의 겨울 양복이 다 젖었다. 창밖으로 빠져나가지 못하는 역한 연기가 코를 찔렀다. 뚜껑을 덮어도 휴지통은 안에서 타오르는 불로 빛을 발했다. 손이 뜨거워졌다. 감시자로 의심되었던 거지가 다시 등장할까봐 겁이 났다. 따가워진 눈이 흡혈귀처럼 시뻘게졌다. 마침내 부적이 다 탔다. 윤식이 비닐봉지의 내용물을 서둘러 휴지통 안에 쏟아붓자마자 불길은 잡혔다. 미숫가루인 줄 알았던 것이 사실은 모래였다. 윤식의 떨리는 손이 시동을 걸었다. 차는 격한 타이어 마찰음을 내며 출발했다. 르망이 병원 입구를 벗어나자마자 그는 차창 네 개를 모두 내렸다. 찬 공기가 몰려들어왔다. 해갈의 느낌도 몰려들었다. 기침을 토하던 윤식은 새어나가는 연기와 향이 분향실 쪽으로 날아가면 좋겠다고 생각했다.

✦

속력이 붙은 르망이 중심을 바로잡았다. 병원 인근에만 비가 집중되었던지 교외로 들어서자 안개는 걷혔다. 인면동의 신축 아파트 단지가 서서히 모습을 드러냈다. 1989년 현재 경북 다흥을 비롯한 지방 중소 도시 대부분의 주택은 한옥과 양옥이었다. 무수한 셋방들이 단독주택의 빈약한 내장을 채웠다. 아파트가 밀집된 인면동은 다흥에서 돈깨나 있는 사람들이 사는 동네였다. 윤식은 유명 브랜드의 아파트 앞에서 속도를 늦추었다. 아파트 대부분은 불이 꺼졌고 가로등만 어슴푸레 어둠을 밝힐 뿐이다. 어느덧 밤 11시가 넘었다. 거리에는 개 한 마리의 실루엣만 보일 뿐 행인의 모습은 보이질 않는다.

개의 특이한 모습이 주의를 끌었다. 꼬리가 없는 대신 뿔처럼 긴 귀를 가진 개는 머리를 닭처럼 움직였다. 그것은 '직각식사(直角食事)'를 하는 군인을 연상시켰다. 어둠과 가로등의 시각적 왜곡이 그 같은 이미지를 그려냈는지도 몰랐다. 긴장이 극에 달한 일을 해치운 직후라 헛것이 보인 걸까? 개가 재수 없어 윤식은 짧게 클랙슨을 울렸다. 개는 반응하지 않았다.

공중전화 부스 앞에 차를 대고 내린 윤식이 일부러 차 문을 세게 닫았다. 그제야 개는 어디론가 달아나 자취를 감추었다. 그러자 잡념도 사라지고 기대감이 살아났다. 좋은 꿈을 꾸고 주택복권을 구입했을 때의 기대감이다. 주택복권은 당첨 확률이 낮지만 이 상문살(喪門煞)의 확률은 결코 낮지 않다. 당첨에 개입한 자는 사람이 아닌 신령한 존재였다. 그는 20원을 넣고 번호를 눌렀다.

─뚜우 뚜우 뚜우.

누나는 전화를 받지 않았다.

벌써 자나?

─뚜우 뚜우 뚜우 뚜우 뚜우.

윤식은 손가락으로 전화번호부 페이지를 넘겼다. 지루한 신호음이 이어졌다. 규칙적인 음이 최면 같은 효과를 일으키면서 그는 회상 속으로 빠져들었다. 누나는 절대 모를 얼마 전의 회상으로.

손에 쥔 막대기에 이끌려 걷던 윤식은 새로운 공간에 들어섰음을 알았다. 냄새가 이곳에서 한층 강해졌기 때문이다. 하지만 어딘지 가늠할 수조차 없었다. 들어올 당시 '그들'은 윤식의 얼굴에 검정 두건을 씌워놓아서 앞이 하나도 보이지 않는다. 마치 국제테러조직을 은밀히 취재하는 기자의 모습 같다. 향불과 과일의 냄새가 절정에 달했다.

신단에 도착한 게 틀림없어. 대단한 무당인가봐. 사람 목숨을 쥐었다 폈다 하는 신통력이라면 얼굴을 못 보게 하는 것도 무리는 아니겠지.

윤식은 목적하는 바에 상당히 접근했음을 확신했다. 엄숙한 침묵과 그로테스크한 경건이 공기 중에 흘러 다녔다. 바람이 통하질 않는 걸 보니 밀폐된 방이란 추측이 자연스레 성립되었다. 아마 이 방의 사면 벽도 그림으로 채워져 있을 거야. 창검을 쥐고 귀신을 짓밟는 장수나, 구름 탄 백발의 신선이나, 말이나 앵무새 같은 짐승이 배경으로 깔린 무신도(巫神圖) 말이지.

막대기가 멈추더니 더 나아갈 기미를 보이지 않았다. 윤식이 상념에서 깨어났다. 길을 인도하던 아이가 말했다.

"무릎을 꿇으시오."

성인의 말투를 흉내 내는 이 아이, 진짜 어린아이일까 어른 난쟁이일까.

윤식은 바닥을 더듬으며 무릎을 꿇었다. 손끝에 귀퉁이가 돌출된 밥상 같은 것이 만져졌다. 그 위에 모래처럼 흩뿌려진 물체는 쌀과 동전이다. 동전은 가운데 뻥 뚫린 구멍으로 미루어

옛 시대에나 통용된 엽전인 듯하다. 달콤한 향이 끼쳐오면서 얼굴에 벨벳 같은 천이 닿았다. 아이가 말했다.

"움직이지 마시오. 쳐다보면 살이 낄 수도 있으니. 아무것도 만져서도 안 되오."

아이가 움직이고 목덜미에서 뭔가가 사부작사부작거렸다. 천이 바짝 조여와 숨쉬기가 곤란했다. 두건 위로 새로운 두건이 거듭 동여매어졌다. 윤식은 장님이 된 상태에서 이 사람들이 나쁜 짓이라도 하면 어쩌나 덜컥 겁이 났다.

"다시 한 번 물으리다, 조윤식 씨. 일을 시작하면 반드시 끝까지 해내야 하오. 중간에 접어버리면 감당하지 못할 화가 따를 테니까. 어때, 하겠소 말겠소?"

입에 음식을 가득 넣은 것 같은 음성이 검정 두건 속에서 새어 나왔다.

"하겠습니다."

"됐소. 일어나시오."

아이가 지시하자 윤식이 일어섰다.

"내 손을 잡으시오."

윤식이 더듬거렸을 때 따뜻하고 보드라운 아이의 손이 만져졌다. 아이가 윤식을 이끌었다. 이 일직선으로 길게 뻗어 있는 구조, 대체 여기는 어딜까. 법당인 줄 알았는데 혹시 동굴은 아닐까? 조용히 장지문 열리는 소리가 나면서 이동이 멎었다. 아이의 안내로 문턱에 한 발을 올린 순간 향냄새는 사라지고 무더운 공기와 가스 같은 악취가 코를 찔렀다.

"무릎을 꿇으시오."

윤식은 무릎을 꿇고 앉아 땀이 홍건한 두건을 손으로 매만졌다.

"가만히 있어요!"

검은색 덩어리가 된 윤식의 머리가 불안하게 이리저리 움직거렸다.

"손을 내미시오, 조윤식 씨."

굵고 거친 성인의 목소리가 아이를 대신했다. 이 방에 또 다른 담당자가 있었구나. 윤식이 팔을 뻗자마자 손바닥이 하늘을 향해 뒤집어졌고 기름처럼 미끌미끌한 액체가 그 위로 번졌다. 상대방은 두건도 약간 걷어 올려주었다. 무더운 공기가 가득했지만 숨통은 트였다. 하지만 자유를 허용한 지점은 입이 끝이었다. 쓴 냄새가 나는 물건이 입안으로 들어왔다.

"이 약초를 씹으시오. 그럼 적산법사님을 만나게 되오."

낯선 사람이 그것도 객지에서 생판 모르는 걸 먹이려 하니 윤식은 겁났다. 그러나 이제 와서 거부할 수도 없었다. 여기까지 온 데는 분명 어떤 '의지'가 작용했으니까. 그래, 기왕 이렇게 된 거 끝까지 가보는 거야. 윤식은 단호하게 입을 벌려 약초를 받아 씹었다. 쓰디쓴 맛이 입안에 맴돌았다.

"치성을 드리겠소. 그대로 가만히 있으시오."

주문을 외는 소리가 들리기 시작했다.

─함니수라 잔야 자허이 뱃나 사바하.

─함니차라 잔야 융오의 뱃나 사바하.

비린내 나는 쇠붙이가 몇 번이나 머리를 쓸어내렸다. 녹슬고 커다란 칼이 틀림없었다. 머리카락 몇 가닥이 잘렸다. 생고기의 비린내가 나더니 잔에 술 따르는 소리가 들려왔다. 얼마나 큰 잔인지 단조로운 쪼르륵거림이 끝도 없이 이어졌다. 그사이 발휘된 약초의 효능이 긴장을 몰아내고 졸음을 몰고 왔다.

젠장, 사람 잡는 약초가 아닐까. 지갑도 털리고 심장하고 간도 털리는, 뭐 그런 거 아닐까. 아냐, 영희네 식구는 분명 효험을 봤다고 그랬잖아. 영희를 믿어야지…….

눈이 감기고 고개가 떨구어졌다.

—딸랑 딸랑 딸랑 딸랑 딸랑.

요란한 소리가 졸음을 깨웠다. 네게 닥친 상황은 장난이 아니라는 듯 방울 소리는 머리부터 발끝까지 그를 뒤흔들었다. 보이지 않는 칼이 귓속을 마구 후벼대는 것 같았다. 윤식의 몸이 전율로 얼어붙었다. 주문이 끝나고 몹시 성이 난 반말이 귀를 때렸다.

"이제 나는 나간다! 절대로 머리에 쓴 굴레를 벗으면 안 된다. 알겠느냐?"

"네, 네, 알겠습니다."

호통이 사라지고 발소리가 멀어져갔다. 그러자 어디선가 한줄기 바람이 불더니 검정 두건이 바르르 떨렸다. 바람에서 휘파람이나 피리와 흡사한 음향이 났다. 그의 앞으로 엄청나고 묵직한 뭔가가 미끄러져 다가왔다. 충돌을 감지한 윤식이 저도 모르게 손을 치켜들었다. 바로 앞에서 움직임의 기색이 멎었다. 윤식은 공포와 긴장에 싸여가면서도 코앞까지 다가온 것이 무엇인지 확인하고 싶어졌다. 천천히 손을 내뻗자 단단하면서도 매끄러운 감촉이 느껴졌다. 어리둥절한 기분이었다. 그것은 주택가의 마당에서 눈으로 보고 만지기도 했던 흔한 물건 같았기 때문이다. 용기를 내어 이곳저곳 더듬자 예상대로 곡선의 굴곡은 심하고 입구도 입술처럼 돌출해 원의 둘레를 싸고 있다.

'틀림없이 장독대야. 왜 이런 게 여기 있지?'

─손을 넣어라.

공중에서 어떤 소리가 들려왔다. 아니, 이건 또 뭐야. 윤식은 울림이 강한 낯선 소리에 겁이 나 푸닥거리고 뭐고 도망가고 싶어졌다.

─손을 넣어라.

음성이 노기를 띠었다. 윤식이 장독대를 더듬으며 천천히 손을 넣었다. 입 냄새 같은 악취가 간헐적으로 피어올랐다. 아니, 뭔가 이 안에서 숨을 내뿜고 있잖아……. 윤식의 손끝에 뭔가가 만져졌다. 검정 두건 아래로 땀이 방울져 흘러내렸다.

이게 뭘까, 대걸레의 걸레 같은 이게 대체 뭘까.

설마 저주를 내리면서 바늘로 찌르는 인형이라도 들어 있단 말인가. 윤식이 손을 더 안쪽으로 더듬었을 때 털 뭉치가 움직거렸다. 으앗, 하며 손을 뺀 윤식은 엉덩방아를 찧었다.

─원하는 것이 무엇이냐?

목소리가 윤식의 귀를 파고들었다. 작지만 단호한 음성은 허공에서 들려오는지 장독대 안에서 나오는 건지 분간할 수 없었다. 분명한 예감으로는, 그사이 장독대 밖으로 뭔가 튀어나와 이쪽을 똑바로 쳐다보고 있다는 것이다. 윤식의 검정 두건이 빠르게 들썩거렸다. 어느새 가슴팍과 사타구니도 땀으로 흥건해졌다.

─대답하라. 내가 묻고 있지 않느냐?

"도, 도와주십시오. 저의 양어머니를 없애주십시오."

─이유가 무엇이더냐?

"저를 죽이려고 합니다."

─그래?

윤식은 10년이 넘는 자기의 특별한 사정을 이 이상한 존재에게 어떻게 설명해야 할지 난감해졌다. 하지만 걱정은 기우에 불과했다.

─절대로 후회는 없어야 한다.

"알겠습니다."

─시키는 대로만 해야 한다. 할 수 있겠느냐?

"할 수 있습니다."

─만약 실수하면 너의 목숨은 하늘이 가져갈 수도 있다. 그리되어도 좋겠느냐?

등골이 오싹한 약조였다. 하지만 윤식은 포기할 생각이 없었다.

"그리되어도 좋습니다."

─알겠다. 이제 물러가라.

방울이 리듬을 타면서 악취가 서서히 사라져갔다. 정신은 또렷하지만 몸을 움직이지 못하는 가위눌림의 상태가 윤식을 찾아왔다. 그런 상태에 어떻게 대처해야 할지 몰라 당황할 때 뭔가가 윤식의 손을 건드렸다. 막대기임을 안 윤식이 쥐자마자 몸이 잡아당겨졌다. 움직이지 못하는 증세가 일거에 사라졌다. 윤식은 왔던 길을 다시 걸어갔다. 앞을 볼 수 없는 캄캄함 속에서 윤식은 여자들의 웃음소리, 요상한 짐승의 울부짖음, 벽을 긁는 소음을 들었다는 착각에 빠졌다. 하지만 얼마 지나지 않아 머릿속의 시끄러움도 사라지고 상쾌한 기운이 그를 맞았다.

"이제 그걸 벗어도 됩니다."

손이 다가오더니 두건이 벗겨져 나갔다. 초겨울 바람이 피부에 차갑게 와 닿았다. 그곳은 시든 나무 몇 그루가 대문을 대신한 마당이었다. 윤식은 자신이 눈을 가린 채 움직이던 곳이 첩첩산중에 지어진 작은 움막집임을 알았다.

'이상하다. 나는 저 안에서 꽤 긴 길을 걸었는데…….'

"자, 이리 오시오."

아이의 모습도 보이지 않았다. 윤식 앞에 있는 사람은 애초에 그를 데려왔던 노인뿐이었다. 다른 사람은 아무도 없었다. 노인은 가지만 앙상한 수목 사이로 나무막대기를 내던지고 윤식을 움막집 뒤편의 별채로 데려갔다. 말이 별채지 짐승 가두는 우리나 다름없는 곳이었다. 노인이 이곳은 서낭당이라고 말했다. 문이 열리자 온 방 안에 가득한 무신도가 시야에 포착되었다. 1990년을 코앞에 둔, 현대를 표현할 수 있는 소품은 무엇하나 보이지 않았다. 윤식은 노인이 요구하는 대로 생년월일과

27

태어난 시각, 양어머니의 신상명세 등을 상세하게 적어주었다. 그리고 돈의 지급—거금인 만큼 분납—에 관해 의견을 나누었다. 노인은 별채 문을 열더니 밖에 서 있던 젊은 남자에게 모든 사항을 기록한 종이를 건네주었다. 남자가 어디론가 사라지자 노인이 물었다.

"적산법사의 목소리를 들었지요?"

"제게 말을 건 분이 법사님이십니까?"

"그렇소. 그분이 이제 몸주이신 원대신왕(圓帶神王)의 부름을 받아 선생에게 해야 할 일을 일러줄 것이오."

"몸주가 뭡니까?"

"수호신이오."

윤식은 적산법사란 무당이 그에게 도움을 줄 신령한 존재인 줄 알았건만 그 위에 또 다른 신왕이 있다는 말에 놀랐다. 그는 이해의 제스처로 고개를 끄덕였다. 그렇군, 적산법사는 무당이고 결국 무당은 그가 모시는 귀신한테 치성을 드리는 거잖아. 그 귀신 이름이 원대신왕인 모양이지.

"적산법사님은 모습을 안 드러내던데……."

"이제 이 안의 일에 대해서는 일절 질문을 받지 않겠소."

노인이 퉁명스럽게 말을 끊었다. 잠시 썰렁한 기운이 방 안에 가득했다. 윤식은 멋쩍은 눈으로 벽의 괴기스러운 그림들을 둘러보았다. 도깨비를 짓밟고 있는 장수가 윤식을 노려보았다. 윤식이 다시 노인에게로 시선을 돌렸을 때 그림 속의 눈알이 움직였다는 느낌이 들었다. 윤식은 적산법사를 만나기 위해 겸었던 기이한 의식을 생각하면 이 같은 착시도 무리는 아닐 것이라고 여겼다. 한시바삐 문명과 사람들이 있는 도심으로 나가고 싶었다.

노인이 윤식의 무릎을 건드려 가까이 오라고 손짓했다. 윤식이 고개를 들이미니 노인은 바짝 낮춘 목소리로 통금은 해제되었느냐, 지금 집권한 대통령은 누구냐, 작년에 치른 서울 올림픽을 실제로 본 적이 있느냐는 등 기묘한 질문을 퍼부어댔다. 하지만 심부름 보낸 남자가 돌아오는 발소리가 들리자 노인은 즉시 입을 다물었다. 사각 턱의 남자는 네모난 나무 상자를 들고 있었다.

상자를 건네받은 노인이 뚜껑을 열어젖혔다. 어린나무 묘목 같은 검정 비닐봉지 네 개가 빳빳하게 서 있다. 안을 들여다보니, 제각기 약초며 가루에 이상한 고기 같은 물건들이 담겨 있었다. 어느 봉지에나 부적이 들어 있었고 색종이와 구슬도 있었다. 노인이 정신 바짝 차리고 들으라며 설명을 시작했다. 듣는 윤식의 등골이 오싹해졌다.

윤식은 노인으로부터 이제 문상 갈 일이 생길 터이니 한 번 갈 적마다 봉지 하나씩을 지니고 가서 주문을 외운 후 반드시 초상집 안에서 물건을 태우라는 비법을 한 시간에 걸쳐 전수받았다.

"정신 바짝 차려야 하오. 신왕님의 신통력은 드넓은 바다와도 같으나 한순간에 성난 파도가 될 수도 있소. 실수가 없다면 선생의 기원은 무리 없이 이뤄지겠지만 만에 하나 잡티가 섞이면 감당할 수 없는 위험이 닥칠 게요."

노인은 또 강조했다.

"여기서 일어났던 일은 무슨 일이 있어도 함구해야 하오. 설령 순사한테 끌려가 고문을 받더라도 말이오. 만약 이를 토설하면 선생은 물론 선생 주변 사람들까지 끔찍한 화를 면할 수 없게 되오. 절대로 신왕의 뜻에 어긋나는 짓을 하면 안 되오. 알겠소?"

"알겠습니다. 이 일은 제가 무덤 속까지 가지고 가겠습니다."

"이제 돌아가면 되오. 다시 두건을 쓰시오."

윤식은 노인이 '경찰'이 아닌 '순사'란 단어를 쓴 사실에 의아해하며 두건을 썼다. 노인이 다시 윤식을 이끌었다. 막대기가 산속을 더듬었다. 한 치 앞을 모를 깜깜함 속에서 우주가 지나가고 시간이 왜곡되는 듯했다. 잠시 후 지시대로 두건을 벗자 르망의 차창은 기운이 빠져 후줄근해진 차주의 몰골을 거울처럼 비추었다. 그 차주는 상자 하나를 가지고 있었다. 노인은 인사 한마디 없이 다시 산을 올랐다. 윤식은 차에 올라타 상자를 열어 보았다. 말라비틀어진 고기는 아무리 봐도 사람의 손가락 같았다. 가락지까지 끼여 있었으니까. 윤식은 노인이 사라진 지점을 향해 고개를 들었으나 움막집은 더 이상 보이지 않았다. 적산법사, 원대신왕……. 그는 무협소설의 등장인물 같은 이름들을 되뇌었다.

르망이 경북 다흥을 향해 속도를 높이며 달렸다. 이곳은 경기도 양평이었다.

―뚜우 뚜우 뚜우…….

누나는 끝내 전화를 받지 않았다. 전화를 끊고 부스를 나서려는 찰나 윤식은 발걸음을 멈추었다. 거대한 손이 심장을 쓸어내리는 기분이었다. 가로등의 역광을 배경으로 큰 개의 그림자가 서 있었던 것이다. 정확히 이쪽을 향해.

"쉭! 저리 가! 안 가?"

윤식은 원래부터 개를 좋아하지 않았다. 그는 발밑의 돌멩이를 주워 그림자를 향해 던졌다. 네발짐승의 형상이 몸을 틀어 달아났다. 세워놓은 당근처럼 귀가 긴 반면 꼬리가 보이지 않았다. 닭 대가리 같은 목의 움직임도 여전했다. 조금 전에 본 재수 없는 놈이었다. 윤식은 달아나는 짐승이 개처럼 생긴 흑염소인지 염소처럼 생긴 검은 개인지 분간할 수가 없었다. 차에 오르면서도 사방을 경계했다. 뭔가 따라올까봐 두려웠다.

3

윤식은 지하 주차장에 차를 집어넣고 계단을 올랐다. 최근에 지었음이 분명한 호사스러운 아파트가 거인처럼 버티고 섰다. 그의 눈이 자부심으로 빛났다. 비록 전세지만 이 촌구석에서 내 나이에 이런 브랜드 아파트를 장만한 놈은 없어.

윤식은 승강기의 12층 단추를 눌렀다. 집 안에는 낭보를 바라는 영희가 와 있을 것이다.

'오늘은 걔랑 잘 수 있을까.'

신물(神物)을 태우느라 상승했던 긴장은 차오르는 욕망에 서서히 사라졌다. 이 아파트를 구한 건 오로지 영희를 확실하게 자기 여자로 만들기 위해서였다. 하루에도 열두 번 변하는 게 여자 마음이라 붙잡기 위해선 무리라도 해야 했다. 다행히 누나가 도와주었고 모든 일은 잘 풀려나갈 것처럼 보였다.

조금만 힘들어도 참자. 영희는 내 인생을 바꿔줄 여자야.

다 잘되어가는데 그 끔찍한 여자, 새엄마가 나타났잖아. 이게 뭔 고생이람.

승강기가 멈추었다. 윤식은 오른쪽 복도로 꺾어 걷다가 1205호 앞에서 걸음을 멈추었다. 열쇠를 꺼내려고 주머니를 뒤지는데 문이 저절로 열렸다. 경북 다홍에서 듣기 어려운 낭랑한 서울 말씨가 그를 맞았다.

"왔어, 윤식 씨?"

윤식과 비슷한 또래의 여자가 등장했다. 콩나물만 먹었는지 키가 몹시 큰 데다 몸매는 굴곡이 뚜렷했다. 화장을 거의 하지 않았음에도 새하얀 피부에 여우처럼 곱고 오묘한 얼굴을 가지고 있었다. 날 때부터 미인 소리를 들을 운명을 타고난 여자 같았다.

"내가 뭐 하고 왔게?"

윤식의 목소리도 밝아졌다.

"꼭 나쁜 짓 하다가 들킨 사람 표정인데."

"나쁜 짓 하고 온 거 맞지."

"됐어, 그만. 빨리 들어와."

여자가 윤식의 어깨를 찰싹 때린 후 팔을 잡아당겼다. 윤식은 신발을 벗으면서 호사스러운 아파트 내부를 감상했다. 싱크대도 화장실도 거실도 새것답게 번쩍거렸다. 잦은 환기에도 화학 처리의 냄새는 여전하다. 중고가 아닌, 최신을 알려주는 냄새다. 모든 문은 틀에 잘 맞았고 공간은 질서와 조화로 가득했다. 그러나 텅 비었고 허전했다. 23평 공간을 채운 건 썰렁함뿐이었다. 자개농은 고사하고 비키니 옷장 하나 없었다. 전축도 냉장고도 텔레비전도 보이지 않았다. 최소한의 세면도구와 이부자리 빼고는 아무것도 없었다. 윤식은 하루속히 영희가 자신과 결혼해서 이 안을 채워주길 바랐다. 하지만 영희는 그렇게 호락호락하지가 않다. 법적인 부부가 되기까진 결코 지갑을 열 생각이 없는 게 분명했다. 반면 윤식은 호락호락했다.

"하숙집은 너무 싫어."

영희의 이 한마디에 윤식은 아파트를 마련할 결심을 굳혔더랬다.

하숙집은 눈이 너무 많다. 아파트에는 눈이 없다. 아파트에서는 단둘이 있을 수 있다. 여자는 새로 지은 집을 좋아하고 그 집을 장만한 남자의 능력을 더 좋아할 것이다. 여자는 이웃의 평범한 처자가 아니라 금광 같은 미래를 가진 여왕이다. 그러니 이 아파트를 산 건 결국 잘한 일이다, 영희의 잘빠진 허리춤을 감상하며 윤식은 매번 그렇게 자조했다.

윤식은 이 집을 마련하는 데 금융기관에 대출을 받는 대신 누나한테 돈을 빌렸다. 은행보다 싼 이자를 매달 넣어주기로 약속하고. 서울에 땅을 살 거라고 거짓말을 해놓고 단 한 번도 누나를 초대하지 않았다. 윤미는 하나밖에 없는 동생이 지금도 학교 근처의 하숙집에서 생활하는 줄 안다. 어쩔 수 없는 일이다. 윤미도 농협에서 일하고 있지만 영희의 집안에도 금융계에 종사하는 사람이 있으니까. 갚아야 할 대출금이라도 있는지 없는지 영희가 자신의 재정을 뒷조사했음은 불 보듯 뻔한 일이다.

"이 좋은 아파트에 세간이 하나도 없다니."

"대궐처럼 채울 테니까 조금만 기다려봐, 윤식 씨."

양복 상의를 받아 든 영희가 팔을 당겨 윤식을 앉혔다.

"부적하고 그거 다 태우고 왔어?"

"응."

"본 사람 없었지?"

"걱정 마."

"그럼 결과만 기다리면 되는 거네."

윤식은 영희가 이 안을 대궐처럼 채운다는 말을 시어머니 될 여자가 죽기만 하면 뭐든지 하겠다는 결심으로 해석했다.

"적산법사 말이 네 번이라 그랬잖아. 이제 두번째인데, 뭘."

윤식은 그녀의 가슴팍에 얼굴을 묻었다.

"조만간에 좋은 소식이 오겠지. 차근차근 기다려보자. 어유, 피곤해."

영희가 윤식의 머리를 쓰다듬으면서 천장과 벽을 둘러보았다.

"이런 새집을 비워둬야 하다니 너무 아깝다. 윤식 씨, 그러지 말고 하숙집 짐 다 싸서 일단 여기로 들어와."

"안 돼!"

윤식이 단호하게 잘랐다.

"절대로 그 미친 여자가 알면 안 돼. 아예 여기에 눌러살려고 할걸."

"그렇게나 별난 분인가?"

"넌 상상도 못 해. 같이 살아 보면 일주일도 못 버틸 거야."

"내가 윤식 씨한테 괜한 걸 가르쳐준 건 아닐까? 만약 효과가 없다면 어떡하지?"

"무슨 소리야. 장 선생 외조모 상 때 기억 안 나?"

윤식의 감은 눈이 꿈틀거렸다.

"이제 두 번 남았어. 겨울철이라 노인들 초상이 많이 날 때야."

"만약 태우다 걸리면 어떡해?"

영희가 손바닥으로 윤식의 양쪽 뺨을 잡더니 천천히 자신의 가슴에서 머리를 밀어냈다.

"윤식 씨, 지금이라도 맘에 걸리면 그만둬. 난 절대 강요하지 않아. 내가 원하는 일도 아니고."

"원하는 일이 아니라고?"

"그래."

윤식이 몸을 바로 세웠다.

"만약 새엄마가 안 죽고 내가 계속 데리고 있게 된다면……
넌 나와 결혼 안 할 거잖아. 난 독자고 누나 하나밖에 없는데."

"어머니 혼자 사시게 하면 되지."

영희의 심장박동에 취해 있던 윤식은 그녀가 자발적으로 몸을 물리자 약간 언성을 높였다.

"잘도 나한테서 떨어지겠다. 절대 떨어질 여자가 아니야. 살인마에 정신병잔데."

"그럼 병원에 있게 하면 되잖아."

"남 앞에선 멀쩡한 사람으로 행세하는데 무슨 진단으로 병원에 처넣어?"

"그날 회식 때 난리 피운 건 그럼 쇼였어?"

"쇼였지. 나 이런 여자요, 하고 확실하게 기선 제압한 거라고. 딱 그쯤에서 그만두지 오버하지도 않아. 이것저것 생각할 것 없이 그냥 우리가 선택한 일 밀고 나가면 돼. 어차피 살아 있으면 골치 아픈 여자니까."

"우리라니 무슨 소리야? 윤식 씨가 택했지."

윤식은 극히 짧은 순간 어이가 없다는 표정을 지었다가 잽싸게 표정을 감추고 영희를 끌어안았다. 참자, 참아. 얘는 보통내기가 아니야, 능력 있는 서울 미녀를 얻으려면 내가 참는 거야.

"그래, 나 혼자 그랬다."

윤식의 손가락이 빠르게 그녀의 허리춤을 간질였다. 영희는 약간 몸을 꼬았지만 태도는 아까보다 더 당당해졌다. 어느 틈에 애교는 윤식이 부리고 있었다.

"나 니가 원하던 대로 이 집 장만했다. 스물다섯에. 얼마나 장하냐?"

"인정해. 자긴 훌륭한 남자야."

"그럼 나랑 결혼하는 거지?"

영희가 호호호 웃었다.

"또 다짐받으려고 하네. 나 아니면 누가 자기 같은 남자를 데려가겠어."

농담인지 비꼼인지 구분할 수가 없었다. 농담으로 받아들이기로 한 윤식은 한 손을 영희의 가슴에 올려놓았다.

"그럼 오늘 밤 수청을 들어라, 춘향아."

입술과 입술이 맞닿고 뜨거운 김이 빠르게 두 사람 주위로 피어올랐다. 어라, 내가 고생한 보람을 드디어 알아주나 보다. 하긴 시어머니 부양을 적극적으로 차단해주는데 고마워할 수밖에. 용기백배한 윤식의 손이 그녀의 허리띠를 더듬거렸다. 벨트 끌러지는 소리가 났다. 영희가 윤식을 떠밀었다.

"안 돼!"

"왜 또 이러는 거야!"

"결혼 전엔 안 된다 그랬잖아."

"어차피 결혼할 건데. 좀 어때, 사랑하는데."

"그래도 아직은 싫어."

"이제 우린 떨어질 수 없는 사이야. 그게 안 느껴지니?"

영희가 윤식을 쏘아보았다. 표독스러운 인상에 윤식은 깜짝 놀랐다.

"어머니 살해 음모에 같이 가담했으니 한 배를 탔다, 그거야?"

"무슨 말도 안 되는 소리니!"

"자기 말이 그 말이잖아."

"다 내가 원해서 한 일이지 너랑은 상관없어!"

윤식이 침을 튀기며 외쳤다. 조금 심했다 생각했는지 영희의 표정에 약간의 온기가 돌아왔다.

"혼전 성관계는 안 돼. 난 정식으로 사랑하고 사랑받도록 교육받아왔으니까."

"더는 못 참겠어. 니가 정말 예쁘고 좋아 죽겠단 말이야."

윤식이 다시 파고들었지만 영희는 농구공 패스하듯 머리를 밀어냈다.

"안 된다니까!"

"분명히 말하지만 다 내가 원해서 한 일이야. 하지만 이 모든 건 세상 누구보다 널 위한 거라고."

윤식의 호흡이 가빠지며 발음이 샜다. 그는 성급하게 영희의 치마 속 다리를 더듬거렸다. 영희가 화를 내며 윤식을 밀쳤다.

"이게 사람을 뭘로 보고 이래!"

윤식의 주먹이 움찔거리며 힘이 들어갔다. 예쁜 얼굴이 가장 두들겨 패고픈 얼굴이 될 수도 있다. 예쁜 얼굴 아래에 있는 입 때문이다. 하지만 안 돼, 손찌검을 하면 안 돼. 이성이 필사적으로 충동을 억눌렀다. 눈썹은 꿈틀거리다 원위치를 찾았고 주먹은 바로 펴졌다.

팔자를 바꿔줄 여자다.

특별시 의원의 딸이다.

새엄마를 죽이는 방법을 알려준 여자다.

참아야 해.

영희가 냉정하게 말했다.

"난 머리에 든 거 없는 계집애들하고 달라. 자기한테 최고의 여자가 될 거란 말이야. 다리 벌려 배 불러와서 급하게 결혼했다는 말 듣고 싶지 않아."

"누가 지금 아이를 만들자고 그래? 난 그저⋯⋯."

윤식이 힘없이 우물거리다가 입을 다물었다. 그러자 영희의 표정이 풀어졌다. 그녀는 윤식의 뺨을 어루만지다가 천천히 껴안았다.

"미안해, 윤식 씨. 나 오늘이 그날이야. 조금만 참아. 궁전 같은 내 집 제대로 꾸며서 왕자와 공주처럼 행복하게 사랑하고 싶어. 이런 맨바닥에선 싫어."

'그러면서 왜 네 친구들한테는 한 번도 나를 소개시키지 않니? 나 같은 촌놈과 사귀다니 부끄럽지?'

윤식은 머릿속의 생각을 발설하지 않았다.

"그리고 아까부터 생각이 들던 건데⋯⋯."

그녀의 목소리가 조금 떨렸다.

"무서워. 짐을 갖다놓고 사는 것도 아니고 가구도 하나 없어서 그런지 꼭 이 집이 우릴 쳐다보는 거 같단 말이야."

윤식은 벽지와 시공을 뜯어보듯 하나하나 눈으로 훑었다. 이상한 점이라고는 없었다. 벽을 손으로 쓸며 윤식은 일어섰다.

"나가자."

"윤식 씨, 화난 거야?"

영희가 윤식을 따라 일어섰다.

"아냐, 시간이 너무 늦었잖아."

"나 좀 더 있어도 되는데……."

"내가 좀 피곤해서 그래."

"나 때문에?"

"그만 좀 해, 이 아가씨야. 나 오늘 그거 태울 때 사람 눈 피하느라고 되게 힘들었단 말이야."

"아, 그렇지. 미안해."

영희가 고개를 끄덕이며 핸드백을 챙겼다. 윤식은 확신했다. 영희는 오늘 벌어진 무속 행위의 결과를 알기 위해서 자신을 기다렸다. 다른 목적은 전혀 없다. 연인의 따뜻한 손길 따위 목적 축에도 낄 수 없다. 미친 예비 시어머니가 어떻게 될 것인가에만 그녀의 관심은 집중된 것이다.

윤식과 영희는 그렇게 각자의 하숙집에서 생활했고 직장 안에서는 아무 사이도 아닌 척하면서 지냈다. 가끔 회동하는 이 아파트에서 매번 똑같은 결과의 ─ 은근슬쩍 올라타다 걷어차이기 ─ 애정 행각을 되풀이했고 정보를 교환했다. 아마도 예비 시어머니가 빨리 골로 가야 영희는 모든 것을 정리하고 윤식에게 올 것이었다. 간혹 윤식은 이 아파트를 구한 게 과연 잘한 짓이었는지 스스로에게 물을 때가 있었다.

✦

윤식과 영희가 탄 승강기가 지하 주차장으로 내려갔다. 어색한 침묵이 흘렀다. 윤식은 2주일에 한 번씩 고향으로 올라가는 영희가 한 번도 자신을 대동하지 않았다는 사실을 새삼 상기했다. 서울 친구들 앞에 지방의 별 볼 일 없는 교사를 애인으로 소개하기가 부끄러웠겠지. 나 몰래 더 나은 놈을 물색하면서 양다리를 걸치는지도 몰라.

그는 고개를 저었다. 아니야, 의심하지 말자고. 영희는 내 고통의 '해결 방법'을 알려준 유일한 여자잖아. 어른들의 허락을 얻어내기 위해 홀로 노력하는 거라고. 윤식은 좋게 생각하기로 했다.

"아! 차 열쇠를 두고 왔어."

3층까지 내려왔을 때 영희가 말했다.

"그냥 가자. 내 차로 데려다줄게."

"싫어, 누가 보면 어떡하려고."

윤식이 굳은 표정으로 아무 대답도 하지 않는 사이, 영희가 12층 버튼을 다시 누른 후 윤식의 등을 두들겼다.

"혼자 가면 되니 윤식 씨 먼저 가. 내일 봐."

1층에서 승강기가 멎었다. 윤식은 엄마 말에 순종하는 유치원생처럼 고분고분 바깥으로 나왔다. 문이 닫히며 손을 흔드는 영희의 모습이 점차 사라졌다. 위잉 소리를 내며 다시 승강기가 올라갔다.

"못된 부르주아 같으니라고."

윤식은 종종걸음으로 지하 주차장까지 내려갔다. 차들이 죽은 듯 잠을 자고 있는 지하 주차장은 깊은 침묵 속에 잠겨 있었다. 바깥에서 휘파람 같은 바람 소리가 들려왔다. 비가 그치자마자 강풍이 불고 기온이 빠르게 내려가고 있다. 옷깃을 여민 윤식이 자신의 르망에 승차하고자 한 발을 내디뎠을 때 차 옆에서 불을 뿜는 두 개의 눈이 나타났다. 거친 숨소리가 윤식을 에워쌌다. 전기가 척수를 때려 털을 곤두세우고 심장을 쥐어짰다. 성난 눈동자가 앞으로 움직였을 때 윤식은 놈의 몸집이 자신의 승용차보다도 크다는 걸 알았다. 아울러 야만과 위험의 편력에서 증오로 눈을 이글거리는 이놈이 지역 뉴스에서 봤던 멧돼지가 틀림없음을 알 수 있었다.

도저히 발을 뗄 수 없었다. 멧돼지는 거친 숨으로 가슴팍을 들썩이며 윤식을 노려보았다. 저돌(猪突), 단숨에 뛰어와 상대방을 밟아 터뜨린다는 의미의 그 한자는 바로 멧돼지가 달려드는 모습에서 기인한다. 여자 친구와 싸우고 난 평범한 남자는 평범한 밤중에 생명을 잃을 위기에 처했다.

아, 살려만 주세요, 제발. 뭐든지 할게요.

멧돼지가 코를 쿵쿵대더니 윤식에게로 걸어왔다.

그때 차 소리가 났다. 출입구에 나타난 밝은 불빛이 서서히 주차장의 어둠을 지워나갔다. 멧돼지의 고개가 사람처럼 그리로 돌아갔다가 다시 윤식에게 꽂혔다. 사나운 숨결이 윤식의 얼굴을 덮쳤다. 손이 본능적으로 얼굴을 가렸다. 하지만 돼지가 선택한 건 습격이 아닌 도주였다. 윤식의 다리에 힘이 풀렸다. 출구를 향해 뛰는 산짐승의 몸이 집채만 했던 것이다. 기다시피 움직여 간신히 차에 올랐다. 멧돼지의 모습이 사라지고 나자 막 주차장으로 진입한 봉고차가 윤식 앞에 주차했다. 녹색 봉고차에는 찌그러지거나 긁힌 흔적이 없었다. 털 점퍼를 걸친 운전자가 한 손으로 캔 맥주를 마시며 유유히 차에서 내렸다. 윤식이 돼지를 찾기 위해 고개를 움직이는 사이 남자는 옆문을 열어 '다달학습'이라고 쓰인 박스를 꺼내 들었다. 윤식이 차창을 내리고 소리쳤다.

"아저씨."

"깜짝이야!"

놀란 남자가 박스를 떨어뜨릴 뻔했다.

"방금 멧돼지 못 보셨나요?"

"인기척이라도 좀 내슈! 멧돼지라니?"

"방금 전까지 이 주차장 안에 있었어요!"

윤식은 아직도 차에서 내리지 못했다.

"뉴스에 나온 멧돼지 같아요. 먹을 게 떨어져 시내까지 내려와 돌아다닌다고요."

그러자 남자도 윤식의 표정에서 심상찮음을 읽은 기색이다.

"아저씨가 지금 들어온 출구로 뛰어갔는데 못 봤어요?"

"아무것도 없었는데."

"바로 여기, 여기 내 차 옆에 웅크리고 있었어요. 나한테 접근하다가 아저씨 차 불빛을 보더니 도망가버렸어요."

"잘못 본 거 아니요?"

윤식이 주저 끝에 차에서 내렸다. 바닥에 떨어진 털이라도 찾을 심산이었다. 이내 그것이 무용한 노력임을 알자 종종걸음으로 남자 곁으로 다가갔다.

"잘못 봤다니요? 코앞에 있었는데. 하마터면 죽을 뻔했어요."

"진짜 멧돼지라고?"

"네!"

"개나 고라니가 아니고?"

"돼지라니까요! 88전차만큼 큰 돼지요!"

"정말 멧돼지가 내려왔단 말이오? 이 아파트에?"

"네!"

윤식은 남자의 태연한 화법에 짜증이 치솟았다. 중년 남자의 축 처진 눈꼬리가 긴장으로 올라갔다.

"이 아파트 뒤로 야산이 있긴 한데……."

"거기서 내려왔겠죠."

윤식이 맞장구쳤다.

"그렇다면……."

남자의 눈이 왕사탕처럼 커졌다.

"아직 이 주변에 있을 수도 있겠네!"

즐겁게 춤을 추다가 그대로 멈춰라, 같은 정지가 약 1초간 흘렀다. 서로를 쳐다보던 두 사람이 돌하르방처럼 딱 굳어버렸다. 충격 다음으로 찾아온 깨달음이 두 사람의 마비를 풀었다. 흡사 자기 차에 먼저 타고 문 잠그기 시합이라도 벌어진 것 같았다.

그때 주차장 입구에 젊은 여자 하나가 나타났다.

"안 돼, 영희야! 위험해!"

영희가 차 안에서 고래고래 소리 지르는 윤식을 어리둥절한

44

표정으로 바라보았다.

✦

멧돼지는 나타나지 않았다. 용기를 내어 공중전화 부스까지
뛴 윤식이 경찰을 불러와 인근을 수색할 때도 마찬가지였다.
경찰 중 한 사람이 모자를 벗고, 아이구 이게 누구십니까, 하고
조카뻘의 윤식에게 깍듯이 머리를 숙였다. 윤식은 경장 계급장
을 단 아저씨의 딸이 학급 4분단의 전분애임을 알고는 맞절하
듯 인사했다. 이들이 담소를 나눌 동안 영희는 어두운 구석에
숨어 있었다. 전분애의 아버지는 윤식에게 돈 봉투를 슬쩍 건
네줬는데 이는 다달학습 박스의 남자가 자기에게 바친 뇌물을
'경찰'이 아닌 '학부형'으로서 고스란히 윤식에게 전달한 것이
었다. 다달학습 박스 안에 든 것은 불법으로 포획한 천연기념
물이라는데 윤식이 가까이 가자 푸드득, 요동을 쳤다. 그래서
어떤 짐승인지 확인할 수 없었다.

그는 짐승들이 싫었다. 특히 개는 역겨울 정도였다.

윤식은 아무 일도 일어나지 않은 게 다행이라고 기운 없이
말했다. 영희는 잠시 윤식을 응시하다가 미소를 남기고 떠났
다. 윤식은 그녀가 보고 있었기 때문에 촌지 봉투를 거절하지
않았는데 이런 '현실적인' 행동은 분명 그녀의 마음에 들었을
터였다. 윤식은 벌겋게 달아오른 멧돼지의 눈을 기억에서 지워
버리고 싶었다.

다음 날, 학교로 출근한 윤식이 교무실에 들어섰을 때 상갓집에서 마주쳤던 장윤덕 선생이 손짓했다.

"윤식이 왔나? 늦었네."

"늦잠을 좀 자서요."

"누님한테 전화 왔었어."

"언제요?"

"15분 전하고 5분 전에. 잠깐만, 집이 아니라던데."

윤식은 장윤덕이 불러준 번호대로 다이얼을 돌렸다. 뚜우, 하는 신호가 한 번 끝나기도 전에 젊은 여자가 피곤한 목소리로 전화를 받았다.

"나야 누나, 어제 전화했는데 안 받더라."

—몇 시에?

"11시 좀 넘어서."

—새엄마 응급실에 실려 왔을 때네. 지금 여긴 병원이다.

사찰 종소리 같은 묵직한 충격이 윤식의 가슴속에서 메아리를 전했다. 들뜸을 내색하지 않아야만 했다. 창가의 영희가 흘끗 이쪽을 쳐다보았다.

"무슨 일이 있었는데?"

—넌 어제 어디 있었니?

"누나! 누나! 대체 뭔 일인데?"

윤식이 재촉하자 수화기 저편에서 밭은 한숨이 전해져 왔다.

―밤중에 새엄마한테 전화가 걸려왔어. 나 죽는다, 살려달라며 막무가내로 소릴 지르더라. 무슨 일이냐고 묻는데 사람 넘어가는 소리가 나잖아.

　입을 다물었지만 윤식은 미소 짓고 있었다.

　―니 매형하고 새엄마가 묵고 있는 여관에 달려갔어. 문이 잠겨서 주인이 열어줬는데 정신을 잃고 쓰러져 있더라고. 곧장 병원으로 옮겼지.

　"왜 쓰러졌대?"

　―모르겠어. 아직 의식이 안 돌아왔어.

　"의식이 안 돌아왔다고?"

　윤식이 저도 모르게 큰 소리를 냈다. 선생들 몇이 그를 쳐다보았다.

　―그래, 아무래도 큰 병이 생긴 거 같다.

　"설마, 기절한 거 갖고 큰 병은 무슨."

　―새엄마 머리숱이 장난 아니었잖아. 알고 보니 가발이었어. 머리카락이 다 빠져 있더라고.

　문득 윤식의 뇌리에 1981년의 영상이 재생되었다. 새엄마의 눈부신 미모에 관한 기억이었다.

　―너 듣고 있니?

　"미안해. 그런 일이 있었구나."

　―넌 어제 어디 있었니? 하숙집에 전화해도 없던데.

　"어…… 그게…… 황복만 선생님이라고 1학년 가르치는 선임 선생님 있어. 그분이 모친상이었어."

―무슨 초상이 왜 그리도 자주 일어나니?

윤식은 얼굴이 달아오르는 느낌이었다.

"늦가을까지 덥다가 11월부터 갑자기 추워지니 유달리 어르신들이 많이 돌아가시는 모양이야."

―알았다, 알았어……. 그나저나 참 엄마 문제다. 10여 년 만에 불쑥 나타난 것도 그렇고……. 정말 사람 놀라게 하는 데는 선수야.

"그러게……. 이따 마치면 바로 그리로 갈게. 어디 병원이지?"

―복음병원 408호실이다.

윤식은 황 선생의 장례식이 있던 다흥병원이 아니라서 안도의 한숨을 내쉬었다. 무당의 영험함은 신기하면서도 무섭기도 했던 것이다.

'조금만 기다려 누나. 그 여자 내가 꼭 없애버릴게.'

윤식이 전화를 끊었을 때 영희의 시선은 이쪽을 향하고 있었다. 윤식은 가볍게 고개를 끄덕였다.

적산법사의 의식, 무섭도록 용하고 번개처럼 빠르다.

첫번째 신물을 태운 게 장 선생의 외조모가 돌아가셨을 때였다. 방법도 동일했다. 시신이 안치된 병원 주차장의 차 안에서 준비된 무속 소품에 불을 질렀다. 그날 새엄마는 팔다리에 마비가 오고 머리가 아프다며 하루 종일 불안한 모습을 보였다. 공연히 신경질을 부리더니 화장실에서 몇 번이나 헛구역질까지 해댔다. 윤식은 내심 놀랐지만 그 정도로는 효험을 믿을 수 없었다. 그런데 얼마 후 황 선생의 초상이 거짓말처럼 뒤를 이었다. 거기서 행한 두번째 의식 후에 새엄마는 쓰러져 병원으로 실려 갔다.

대체 새엄마한테 무슨 일이 있었던 걸까? 왜 살려달라고 했을까?

까닭 없이 팔에 소름이 돋았다. 어쨌거나 세 번, 네 번까지 확실하게 일을 치르는 거야. 그러면 그 여자가 지옥으로 가는 건 확실해. 윤식의 입가에 미소가 그려졌다.

기묘한 모자 관계

1

조윤식이 '사람이 변했다'는 세평을 받게 된 건 어느 날 나타난 두 여자 때문이었다. 그녀들은 윤식에게 다른 삶을 살라고 강요하지 않았다. 평탄했던 인생에 이들이 끼어드는 순간 윤식의 내면은 저절로 상황에 맞는 적극성을 띠어갔다. 그녀들이 행사한 영향력은 막강했고 윤식이 보인 반응은 호응과 거부가 뚜렷했다. 이는 궁극적으로 그가 추구하는 인생의 행복과 관련이 있는데 여기에는 좀 더 복잡한 사정과 음모가 있었다.

그녀들이 나타나기 전까지 윤식은 평범한 교사였다. 그가 근무하는 다홍국민학교는 다홍시의 일곱 국민학교 중 가장 오랜 역사와 인재 배양의 전통을 자랑하던 명문이었다. 정문으로 주택가, 후문으로 번화가와 인접해 교통이 좋았고 시의 관공서 대부분이 주소지를 같이했다. 고급한 직업을 둔 학부모들의 자식이 입학했고 부모의 출입은 학생만큼 잦았다. 이런 '광맥'의 6학년 4반 담임을 맡고 있던 윤식은 삶의 목표를 인재의 양성보다는 일신의 호강으로 둔 지 오래여서 촌지도 거절하지 않았고 간과 쓸개까지 적재적소에 드러냈다. 학부형들에겐 웃음을 팔았지만 아이들에겐 대가를 바라고 매를 들 때도 많았다. 천사와 악마의 이중성이 그의 내면에 잠재해 있었다. 그런데도 학생들 사이에 평판은 좋은 편이어서 〈집시여인〉의 이치현처럼 키 크고 지적이면서 인상도 좋은 선생님으로 통했다.

하지만 동료 교사들은 달랐다. 선생도 직장인은 직장인인지라 조직 문화의 다양한 관습이 그들에게도 적용되었다. 상부상조하고 기쁨과 슬픔도 같이 나누고, 지역사회 안에서 소개를 해주고 소개도 받고, 술과 유흥도 가끔 나누는 게 사회 통념적인 행동 양식일 텐데 윤식은 대놓고 아웃사이더 기질을 보였다. 사교에 돈을 쓰지 않았고 행사의 참여에 소홀했다. 경조사는 뒷전이고 공짜는 탐을 냈다. 언젠가 회식자리에서 선임 하나가 청춘의 혈기를 합리적인 절약으로 승화한 그의 처세술을 대놓고 비난한 일이 있었다. 윤식은 술이 불콰해진 얼굴로 '어린 시절의 고생' 때문이라고 짤막하게 답했는데 이는 그의 이기주의에 관한 악평을 더욱 부풀리는 데 일조할 뿐이었다.

그러나 당사자인 윤식은 이 같은 타인의 시선에 개의치 않는 눈치였다. 그에게는 유일한 혈육인 다섯 살 터울의 누나가 있었다. 누나 조윤미는 상고를 졸업하고 취직해 동생을 대학 보냈다. 그녀는 그 나이 때의 다른 여자들처럼 남자 친구 한번 못 가져보고 옷 한번 제대로 못 사 입으면서도 동생을 훌륭히 뒷바라지했다. 윤식이 스스로 독종이 된 데는 결손가정의 환경에서 그녀가 보인 희생적인 인생에 보답하려는 의지도 다분했다.

남매는 어떤 사정에 의해 큰아버지 손에서 자랐는데 친어머니는 윤식이 두 살 때 끔찍한 사고로 사망했고, 아버지는 그가 춘천에서 다흥으로 전학 온 열일곱 살 때 미스터리한 죽음을 맞았다. 뒤에 따로 다루게 될 이 '어린 시절의 고생'은 복구될 가정의 희망에 눈뜨던 남매에게 지울 수 없는 트라우마를 남겼다. 피가 튀기고 살점이 잘려나가는 영상은 아무리 눈을 감아도 따라붙었다. 살갑게 다가오는 사람이라도 속 깊이 마음을 열지는 못했고 언제 어디서나 불안은 그들을 따라다녔다. 다행히 원흉이라고 볼 수 있는 새엄마는 감옥에 갔고 시간은 언제부터인가 조금씩 치유를 선사했다. 그런데도 윤식은 사람들과 벽을 쌓았고 이기(利己)라는 스스로의 성안에서 안온을 추구했다. 그럴 때 그의 정신 무장을 해제시킨 여자가 등장했다. 이영희였다.

2

"자, 선생님들 모두 이쪽 봅시다."
교감 선생의 목소리에 교무실에 있던 모두의 눈이 움직였다.

윤식도 예외는 아니었다. 지금으로부터 7개월 전, 훈풍이 불던 봄날이었다. 교감 옆에 젊은 여자 하나가 서 있었다. 여자가 등지고 선 창밖으로 하얀 벚꽃들이 눈송이처럼 떨어졌다. 노란 치마는 발목까지 내려왔지만 써지오바렌테 청재킷은 짧았다. 긴 생머리가 인상적인데 여고 잡지 브로마이드에서 이미연이 썼던 것과 비슷한 맥고모자가 정수리를 가리고 있었다. 구슬처럼 빛이 나는 눈은 아무런 수줍음도 없이 교직원들을 둘러보았다. 예쁜 여우 같은, 대도시풍의 미인상이었다. 남자들은 여성의 아름다움에 압도되어 허, 하고 탄식 같은 숨을 토해냈다. 보수적인 지방 도시 다흥의 학교 교무실에서 볼 수 있는 차림이 아닌 이상 같이 일할 선생은 아니겠고 기부 목적으로 방문한 봉사단체의 아르바이트생이라도 되겠지. 목적 달성 후에는 바로 사라지는 찰나의 천사. 총각들의 한숨은 절대적이었고 여선생들의 한숨은 안도적이었다.

교감이 말했다.

"이번에 발령받고 서울에서 내려오신 이영희 선생님이오. 뉴우요오크나 구라파에도 이런 미녀 선생님은 없을 거외다. 앞으로 같이 근무하게 되었으니 우리 모두 박수로 맞이합시다."

주로 남자 쪽에서 큰 박수가 터져 나왔다. 교감이 한 사람씩 차례로 인사를 시켰다. 그녀와 악수를 나누며, 윤식은 역시 여자는 서울 여자가 예쁘다고 생각했다.

3

"왜 많이 낳았을까요?"

근 한 달 만에, 먼저 말을 건 사람은 이영희였다. 휘둥그레지려는 눈을 통제하기 위해 윤식은 애를 먹었다. 가까이서 본 그녀의 미모는 신비를 머금고 있었다. 화만나*, 토토즐**의 간판 여스타들이 차례로 떠오르다가 사라졌다.

이영희의 시선은 윤식이 붙이고 있는 포스터 쪽으로 집중되었다. 윤식은 정부에서 문교부로, 문교부에서 다시 각급 학교로 건네진 포스터를 벽에 붙이던 중이었다. 출산을 줄여 인구 증가를 억제하자는 공익광고였다. 우글거리는 사람들의 사진을 강조해놓고 그 위에 '하나씩만 낳아도 삼천리는 초만원'이란 문구를 대문짝만 하게 새겨놓았다.

"많이 낳다 보면 그중에서 최소한 하나는 판검사가 나올 거라는 심리죠. 하지만 다 50대 50 아니에요? 판검사나 교수가 나올 수 있으면 전과자나 패륜아도 나올 수 있잖아요."

윤식이 어안이 벙벙한 표정을 짓고 있는 사이 이영희는 손가락으로 포스터를 가리켰다. 손목에 찬 묵주 형태의 팔찌 덕분에 뽀얀 피부가 더욱 도드라졌다.

"남존여비 사상도 문제죠. 딸이 아닌 아들이 첫째로 태어났으면 인구가 지금보다 조금은 더 줄지 않았을까요?"

---

* 이택림이 진행한 1980년대 MBC 쇼 프로그램 〈화요일에 만나요〉의 줄임말.
** 이덕화가 진행한 1980년대 MBC 쇼 프로그램 〈토요일 토요일은 즐거워〉의 줄임말.

윤식은 뭐라고 대답해야 좋을지 몰랐다. 그러자 이영희가 고개를 조금 이쪽으로 들이밀었다. 아까시나무 꽃향기가 확 풍겼다.

"안 그래요, 조 선생님?"

"예, 저도 그렇게 생각합니……다."

당황한 윤식이 말끝을 흐렸다.

"중요한 건요, 자녀가 아닌 당사자 부부가 행복해야 한다고요. 서로 젊고 사랑하는 감정이 식지 않을 때 그 순간을 신나게 즐겨야 한다는 거지요. 보험이라도 들어놓는 것처럼 저렇게 많이 낳고 투자에 따른 기대로 허리 부러지게 일할 필요가 있을까요?"

맙소사, 내가 늘 하던 생각과 똑같잖아! 공감 어린 사설에 취한 윤식이 저도 모르게 고개를 들어 상대방의 얼굴을 똑바로 쳐다보았다.

순간 이변이 일어났다. 이영희가 사라지고 눈, 코, 입이 얼굴을 이탈하려는 듯 극악하게 인상이 구겨진 여자가 그의 앞에 서 있었다. 시선만으로 사람을 죽일 수 있다면 이 여자가 바로 그랬다. 긴 머리카락이 온통 물에 젖은 여자는 눈썹과 윗입술이 맞닿을 정도로 시커먼 눈을 치켜뜬 채 입술을 깨물었다. 혓바닥에서 흘러나온 피가 턱을 거쳐 새하얀 옷을 점점이 물들였다. 극단적인 표정은 웃는 건지 화가 난 건지 전혀 구별할 수가 없었다. 여자가 경련을 일으키며 팔을 홱 쳐들자 쥐고 있던 커다란 식칼에서도 핏방울이 떨어졌다. 입에서 나온 피가 가랑비라면 이 칼이 쏟아붓고 있는 피는 '장마'나 다름없었다.

"선생님, 왜 그래요?"

먼 곳으로부터 이영희의 목소리가 들려왔다. 윤식이 당황하여 눈을 깜빡이자 흉악한 여자 귀신은 사라졌다. 그의 앞에 있는 건 옥을 깎아놓은 것 같은 이영희일 뿐이었다.

"괜찮아요?"

"아! 예…… 괜찮습니다."

"어디 안 좋으신 거 같아요."

"아, 아닙니다."

윤식이 당황하여 이마를 훔쳤다. 물방울 같은 땀이 손등에 잔뜩 묻어났다. 창밖으로 한 줄기 바람이 불면서 이마가 바늘에 찔린 것처럼 따가웠다. 이영희가 인상을 찡그렸다.

"이게 무슨 냄새죠?"

"최루탄입니다. 이 근처에 대학교가 있는데 오늘 시위가 있다고 하더라구요."

코를 막은 이영희는 인사도 없이 자리를 떠났다. 윤식의 얼굴에 황홀감에 취한 미소가 그려졌다. 하지만 눈에 띌 정도로 손발을 떨고 있기도 했다. 마치 육체와 정신이 분리된 것처럼.

"조 선생! 뭐가 그리 좋수?"

복도 커브 길에서 나타난 1학년 5반 최순애 선생이 윤식의 어깨를 건드렸다. 금년에 쉰을 맞은 이 늙수그레한 아주머니는 윤식이 교내에서 유일하게 좋아했던 선생이었다.

"두 사람이 친한 줄 몰랐구먼."

"아닙니다, 선생님! 이영희 선생님은 이 공익광고 포스터가 궁금해서 잠깐 들여다봤을 뿐입니다."

최순애가 미소 지었다.

"출산 억제 포스터네."

윤식의 얼굴이 빨개졌다.

"호호, 농담 한번 한 건데 왜 얼굴까지 빨개진담? 그러니까 꼭 얼레리꼴레리 놀림당한 꼬마 같잖수."

최순애는 이상하다 싶은 표정으로 윤식의 얼굴을 뜯어보았다.

"웬 땀을 그리도 흘리우? 관심이 있으면 밀어붙여봐요. 처녀 총각이 다 이심전심 아니유. 내 저기서 보니 두 사람이 아주 잘 어울리던데. 조 선생도 이젠 결혼 적령기고."

윤식은 사태를 어찌 모면할까 머리만 긁적였다.

"난 잘 알아요."

노선생이 인자하게 웃었다.

"언제부턴가 이영희 선생이 항상 조 선생을 보고 있다는 걸요."

바람을 타고 날아온 냄새가 두 사람의 코를 찔렀다. 최 선생의 미소가 사라졌다.

"하나밖에 없는 아들놈도 조 선생과 동갑이라오. 하라는 공부는 안 하고 민주화운동 한다고 안기부에 쫓겨 다니는데 밥이나 잘 먹고 다니는지 참 걱정이에요."

글썽이는 눈물이 최루탄 때문만은 아닌 것 같았다. 난 한때 새어머니가 속을 썩여 문제였는데 저 멀쩡한 분은 아들이 속을 썩이는구나. 윤식은 억지로라도 최 선생에게 좋은 말을 해주고 싶었다.

"선생님, 제 가장 친한 친구가 이 지역 형사입니다. 계급이 높지는 않지만 발도 넓고 아는 사람도 많지요. 아드님이 만약 안 좋은 일을 당하게 되면 꼭 저한테 먼저 말씀해주세요."

최순애의 슬픈 얼굴에 다시 미소가 생겨났다.

"그러지요. 고마워요, 조 선생."

그녀는 윤식의 손을 힘주어 잡았다.

"아까 내가 한 말은 흘려듣지 말고 꼭 새겨요. 조 선생은 훌륭한 남편감, 탐낼 만한 사윗감이라오. 스스로가 모를 뿐이지."

칭찬을 남긴 최순애가 가버리자 남은 건 최루탄 냄새뿐이었다. 윤식은 이영희 선생이 말을 걸어왔을 때 그간 잊고 있었던 새엄마의 모습이 왜 갑자기 떠올랐는지 소름이 끼쳤다. 아울러 칼에서 떨어진 피를 왜 '장마'로 묘사했는지도 의문이었다.

4

"너한테 마음이 있나 보다."

종환이 집게를 뒤적거리며 말했다. 알루미늄 포일 위에서 삼겹살이 지글거렸다.

"마음은 무슨? 그저 호의로 그런 거겠지."

집게질이 멎었다. 종환이 윤식의 얼굴을 빤히 쳐다보았다.

뒤집히지 못한 삼겹살이 차아아악, 하고 타들어갔다.

"이제 보니 그 여자를 좋아하는 건 너구나. 야, 이런 자린고비가 절세미인한테 빠지다니."

윤식의 황홀한 표정이 풀려 돌처럼 굳었다.

"자린고비라니, 인마. 내가 너한테 언제 공짜 술 얻어먹디?"

"나한테 그랬대냐? 선생들이 뒤에서 너 씹어댄다면서?"

윤식은 대답 대신 소주잔을 비웠다.

"그 나이 든 여선생 말이 사실일지도 모르니 계속 대시해봐라. 정말 네게 관심이 있어 그러는 거라면 호박이 넝쿨째 굴러온 거지."

"의중을 잘 모르겠어. 잘되면 다행이지만 잘못 들이댔다가 그냥 친구 같은 감정이었을 뿐이라고 차갑게 나오면 이게 또 사람 곤란해지거든. 나나 그 여자나 여기 다흥에서 계속 근무해야 하는데 얼굴을 어떻게 봐? 그 여자 입장에선 친척 하나 없는 객지에 발령받았으니 외로워서 그럴 수도 있는 거 아냐?"

"뭘 그런 것까지 신경 쓰고 그러냐? 남녀 사이 다 그런 거지. 머뭇거리다가 다른 데서 채 간다."

그때 문이 드드륵 열리며 아주머니가 삼겹살 담은 쟁반을 들고 들어왔다.

"아유, 차 순경님. 요새 왜 발걸음이 뜸하셨담?"

"왜긴? 뉴스도 안 보우?"

"아직도 범인 못 잡았어요?"

"잡았으면 진작 여기 출근했지, 이제야 왔겠어?"

"그럴수록 더 자주 와야지. 안 잡힐수록 고기 더 먹고 힘 키워놔야 하는 거 아니유?"

여자가 고기를 판 위에 올리며 팔꿈치로 종환의 옆구리를 쿡 찌른다. 윤식이 가볍게 인상을 쓰자 종환이 말했다.

"넌 좀 결벽증 같은 데가 있어. 사람들을 무작정 적대시하는 습성이 있다고."

"내가 좋아하는 사람들한테는 안 그러잖냐?"

아줌마가 나가자 두 사람의 잔은 또다시 부딪쳤다.

"잘해봐라, 윤식아. 근데 조심도 해라."

"뭘?"

"우리 이종사촌 누나 서울로 시집갔잖아. 맨날 나보고 하는 소리가 있다. 결혼할 여자는 주변에서 찾으라고 말이다. 겉은 예쁜데 속은 알 수 없는 게 서울 여자라고."

"안 그래도 조심하고 있다."

"별로 그런 거 같지 않은데."

종환이 문득 심각한 얼굴을 한다.

"그나저나 윤미 누나는 잘 계시나?"

"미친놈, 그만 좀 해라. 유부녀한테 뭔 집착이 그리도 많으냐?"

"그분이 잘 계시는 게 내게는 행복이다."

"취했어, 수사반장."

윤식은 무심코 내뱉은 말에 스스로 놀라 고개를 들었다. 담배를 꺼내 물던 종환도 심상치 않은 표정에 불붙이기를 멈추었다.

"종환아, 너 혹시 6년쯤 전에 MBC에서 틀어준 〈수사반장〉 납량 특집편, 기억나냐? '장마'라는 제목인데."

"글쎄, 잘 모르겠는데."

"여자가 남편을 죽이려는 스토리 몰라? 소복을 입고 귀신으로 변장한 여자가 밤만 되면 칼을 들고 남편을 찾아오잖아."

종환의 눈이 형사 같지 않은 천진함으로 반짝거렸다.

"아! 그 장면, 알아 알아! 그거 엄청 무서웠는데! 여자가 하얀 귀신 복장에 남자 전부인의 사진을 오려 붙인 가면을 쓰고 밤마다 칼을 들고 찾아왔지."

기억이 살아난 종환의 목소리가 커졌다.

"그런데 스토리가 틀렸어. 남편이 아니라 양아들을 죽이려고 계모가 음모를 꾸미는 내용이었어. 그러니까 아이 친어머니 사진을 얼굴에 오려 붙이고 남편 전처의 아들한테 귀신 행세를 한 거지. 얼굴이 하도 비현실적으로 무서워서 씨팔, 그 바람에 오줌 누러 변소에도 못 갔잖아."

그렇구나! 윤식도 불안하게 흔들리던 기억을 제자리로 잡을 수 있었다. 남편이 아니었어. 내가 그 여자 때문에 그렇게 믿었을 뿐이야. 계모가 죽이려는 대상은 바로 양아들이었어!

"갑자기 그건 왜?"

종환이 물었다.

"아, 아냐. 수사반장 얘기하다 보니까 생각이 나서……"

당황한 윤식이 말끝을 흐렸다. 그 모습에 종환은 뭔가 하고 싶은 얘기가 있는 것처럼 윤식을 똑바로 쳐다보았다. 마치 발설하기 어려운 과거의 어떤 비밀에 관해 두 사람 다 알고 있다는 듯한 분위기였다.

윤식이 얼른 화제를 바꾸었다.

"파출소에서 형사기동대로 옮겼다면서? 좀 어때?"

종환도 표정을 풀고 어깨를 으쓱했다.

"역전 파출소에서도 인간 망종들 많이 봤는데 형기대는 더하다. 아까 아줌마가 말한 사건 있잖아?"

윤식이 고개를 바짝 들이밀었다.

"노들강변 살인사건! 그거 어떻게 됐냐?"

"사실은 범인이 잡혔다."

"정말이야?"

"응, 하지만 미심쩍은 부분이 많아."

"왜?"

"범인이 범인이 아닌 거 같거든."

"무슨 소리야?"

그 살인 사건은 이영희가 부임되기 직전에 발생해 다흥을 공포의 도가니로 몰아넣은 사건이었다. 다흥과 안동의 중간쯤이 되는(대한민국 지도상으로 안동은 다흥 바로 위에 위치해 있다) 강변에서 젊은 여자의 변사체가 발견되었다. 사체는 심각한 폭행으로 거의 형체를 알아볼 수 없을 정도로 훼손되어 감식반 직원들도 접근을 꺼릴 정도였는데, 집단적인 흉기(쇠파이프) 사용에 의한 두개골 함몰이 직접적인 사망 원인으로 보였다. 경찰은 보복에 중점을 두고 수사를 진행했지만 피해자의 신원조차

파악하지 못해 사건은 미궁에 빠져버렸다. 좋은 인심의 대명사요, 새마을운동 모범 도시로 발탁된 적도 있는 다흥에서는 극히 드문 강력 범죄였다.

"서장이 하도 빨리 사건 해결하라고 촛대를 까고 지랄을 해서…… 그러니까 귀 좀 줘봐."

윤식이 귀를 들이밀었다. 예쁜 이영희와는 별 관련이 없을 강력계의 이야기들이 은밀히 오갔다.

5

공교롭게도 그 사건이 윤식과 영희를 가깝게 해주는 시발점이 되었다. 개학이 다가오는 8월의 끝자락, 늦장마가 떨이 판매처럼 폭우를 쏟아붓는 저녁이었다. 윤식은 하숙집 처마 밑에서 주인집 개 해피를 구경하고 있었다. 별다른 취미 생활이 없어 집에서 빈둥대던 그는 얼른 개학이 왔으면 하고 바라던 중이었다. 시간은 너무나도 더뎠다. 아이들이 그립고 학부형도 그리웠다. 누구보다도 이영희 선생이 자주 생각났다.

바닥을 치고 튄 빗물의 파편에 발목이 다 젖었다. 종환이라도 불러볼까 생각하던 중에 마루에 앉아 있던 주인집 곽 씨 할머니가 불렀다.

"조 선생, 전화 왔어요."

윤식은 개밥 그릇을 뒤적이고 있는 해피의 꼬리를 밟지 않기 위해 조심하면서 전화를 받았다.

"여보세요."

— 저…… 조 선생님이세요?

비 그친 후 물방울을 머금어 한층 선명한 꽃의 이미지가 윤식의 머릿속을 채웠다. 이영희였다.

"이 선생님이군요. 방학은 잘 보내셨고요?"

— 지금 뭐 하세요?

"예…… 저녁 식사하려던 참인데요."

— 그러세요? 그럼 많이 드세요.

뭔가 적극성을 유도하는 묘한 답변이었다.

"아닙니다. 아직 차리지도 않았는걸요."

전화가 끊길세라 윤식은 자신도 모르게 서둘렀다.

"선생님은요? 거기 아직 서울이죠?"

— 저, 여기 노들강변에 와 있어요.

"노들강변요? 이 시간에?"

다흥의 모든 국민학교가 거쳐 가는 대표적 소풍 장소인 노들강변은 낙동강물이 흐르는 모래사장이었다. 갈대숲이 우거지고 각종 동식물이 서식하는 도심 속의 천연 유원지다. 소풍이라는 목적 이외에도 과학 교사들이 식물이나 곤충 채집 목적으로 주로 찾는 곳이기도 하다. 공기가 맑고 물이 깨끗하지만 개발 불균형이라는 다흥의 낙후성을 보여주는 한 증거이기도 한데, 특히 낮과 밤의 분위기가 사뭇 달라 고가 다리 아래 타원형의 유원지에 어둠이 내려앉으면 우범지대도 이런 우범지대가 없었다. 그곳은 사람이 살지 않는 백사장으로 민가가 없는 만큼 방범도 소극적이었다. 거지들이 눈을 붙이고 학생들이 돈을 뺏으며 패싸움마저 벌이는 곳이 밤의 노들강변이다.

— 네, 식물채집 때문에 왔는데 비를 만나서 꼼짝도 못 하고 있어요. 택시도 안 지나가고요.

"비가 오는데 식물채집을요? 그럼 지금 혼자란 말입니까?"

— 오전엔 비 안 왔어요, 선생님.

수화기 너머로 그녀의 웃음이 들려왔다.

— 지금 혼자 있어요.

"거기가 정확히 어디죠?"

— 여기가…… 잘 모르겠어요. 근데 조 선생님, 무서워요. 살인 사건 난 곳이 이쪽 아닌가요?

윤식의 눈에 피부가 찢어지고 백골이 드러난 여성의 사체가 보이는 듯했다. 종환은 범인을 잡았지만 진범이 아니란 게 공공연한 비밀이라고 했다.

— 교무주임님하고 변 선생님한테도 전화했는데 전부 안 받으시네요.

"제가 지금 나갈게요. 있는 곳을 말씀하세요."

— 어! 그래 주실래요?

이영희의 음성이 밝아졌다.

— 칠성슈퍼란 가게 앞에 공중전화 부스예요.

"알겠어요. 거기 가만히 계세요."

옷을 갈아입은 윤식이 서둘러 하숙집을 나서자 해피가 놀라

비켜섰다. 개밥 그릇이 뒤집어졌다. 곽 씨 할머니가 걱정스러운 기색으로 일어섰다. 교무주임과 변 선생이 전화를 못 받은 건 좋은 징조였지만 혼자 있을 그녀가 걱정되었다. 다행히 장맛비의 기세가 많이 누그러졌고 신호등은 막힘없는 파란불을 선사했다. 불과 몇 분 지나지도 않아 윤식은 노들강변에 다다를 수 있었다.

칠성슈퍼 간판이 보였다. 고가도로 위 밝은 가로등 아래에 있는 가게였다. 윤식이 가게 앞에 차를 댔을 때 공중전화 부스 안에서 이쪽을 바라보는 여자의 실루엣이 눈에 들어왔다. 창을 타고 흘러내리는 비가 그녀의 모습을 흐릿하게 만들었다. 이로써 비현실적인 아름다움은 몇 배나 강조되었다.

"저건 사람이 아니다."

빗방울 하나하나가 그를 위한 악보의 음표가 되었다.

"하늘에서 내려온 선녀다……."

이영희도 윤식을 알아보았다. 노랑 우산 아래에서 그녀는 환하게 웃었다.

6

"언제 내려오신 거예요?"

"어제요."

"개학도 안 했는데 식물채집을 가신 거네요. 여자 혼자 다니기에는 위험한 곳입니다."

"호호호. 나 같은 여자를 누가 데려가려고요."

이영희가 커피 잔을 내려놓으며 윤식을 쳐다보았다. 눈길에 따스함이 깃들어 있었다. 윤식은 으흠, 헛기침을 내며 젓고 있는 스푼에 시선을 내리깔았다.

두 사람이 자리 잡은 장소는 교외의 커피숍이었다. 좁은 도시 어디에나 눈이 있어 부담스러웠다. 제자들과 그들 부모의 눈이. 비는 이제 완전히 그쳤다. 윤식이 스푼을 놓으며 고개를 들었다.

"그런 데는 꼭 아이들하고 가세요."

이영희가 빙그레 웃었다.

"방학 때 선생님 전화를 반가워하는 애들이 있을까요?"

"이 선생님 같은 분이라면 또 모르죠."

윤식이 한 모금 마신 커피 잔을 내려놓고 보니 이영희는 아직도 그를 쳐다보고 있다.

"방학은 즐겁게 보내셨어요?"

"그냥 빈둥거리면서 보냈습니다."

"여자 친구 없으신가봐."

윤식은 대답하지 않았다.

"어, 미안해요. 왜 얼굴 빨개져요?"

이영희가 깔깔거렸다.

"나도 빈둥거렸는데요, 뭐. 보이 프렌드도 없어서 아빠 일이나 돕고……."

"아버님이 무슨 일 하시는데요?"

"그냥 조그만 장사해요."

윤식은 투툭, 하는 소리에 창밖을 둘러보았다. 비가 개인 도심의 가로등에 나방들이 활기차게 몸을 부딪고 있었다. 창가에도 몇 마리가 기를 쓰고 들어오려고 날개를 파닥거렸다.

이영희는 턱에 손을 받친 채 윤식을 뚫어지게 쳐다보았다.

"조 선생님, 그 얘기나 해줘봐요."

"무슨 얘기요?"

"살인 사건."

"아깐 그거 때문에 사람 걱정하게 만들어놓고 지금은 얘기를 해달라고요?"

"오호, 나 걱정하신 거예요, 감사하게도?"

윤식은 종환이 신신당부한 비밀 엄수를 이 여자한테만 깨뜨리기로 했다. 남들이 모르는 답을 홀로 아는 게 시험 고득점의 비결이 아니던가.

"나도 다는 모르는 얘기예요."

"전 선생님보다 더 모르잖아요."

"이곳은 한 다리만 건너면 일가에 친인척이라 결속이 아주 잘된 시골이거든요. 피해자도 범인도 분명 외부인일 겁니다."

"어째서 그렇게 잘 아세요?"

"제 친구가 형삽니다."

"그래요?"

이영희가 놀란 표정을 지었다. 윤식은 자신이 만들었다고 믿은 그 표정을 더 유지시키고 싶었다. 어떻게든 관심을 끌어냈으니까.

"피해자가 여자란 사실은 치마를 입었기 때문에 알 수 있었대요. 외형상으론 성별을 알 방법이 없었다더군요. 폭행이 너무 심했거든요. 시체의 신원 확인 때문에 지금도 골치래요."

"그럼 죽은 사람이 누군지도 모른단 말이에요?"

"그런 모양입니다."

"뭘 어떻게 얻어맞았길래 확인이 안 돼요?"

"살가죽이 찢어진 곳으로 뼈가 다 튀어나왔대요. 한두 군데가 아닌가봐요. 얼굴이 특히 심하답니다."

"으, 그게 노들강변에서 벌어진 일이란 말이죠?"

"네, 출입금지 폴리스라인 봤잖아요?"

"아뇨, 없었어요."

"아 참, 그렇지. 당연히 없을 수밖에."

윤식이 손가락으로 이마 한가운데를 찌르더니 목소리를 죽여 얘기했다.

"아무도 모르는 사실 하나 알려드릴까요?"

"네."

"사실 범인은 잡혔습니다."

"어머, 그래요?"

"정말 누구한테 얘기 안 하실 거죠?"

"네, 안 할게요."

이영희는 흥미롭다는 듯 고개를 약간 들이밀었다.

"용의자를 체포했는데 증거 때문에 좀 문제가 있나 봐요."

"무슨 소리죠?"

"이런 게 있습니다. 사건이 벌어지고 범인이 빨리 안 잡히면 말단 형사는 형사계장에게 범인 빨리 잡아 오라고 닦달을 당하죠. 그다음 계장은 각 과장에게 독촉을 당하겠죠. 과장은 서장한테 야단을 맞고요. 이런 먹이사슬은 점점 커져서 서장은 청장한테, 청장은 장관한테 닦달을 당하는 식이겠죠."

"만들어진 범인이로군요?"

"똑똑하신데요. 노들강변에 유명한 거지가 하나 살고 있죠. 봉팔이라고 동네 사람들은 다 알아요. 나이가 마흔 초반인데 지능은 열 살 정도밖에 안 될 거예요. 각 학교 운동회가 열리면 봉팔이는 유명 인사로 참석을 하죠. 좀 있으면 운동회가 열리니까 선생님도 봉팔이를 알 기회가 있을 텐데……."

"무슨 말인지 대강 알 것 같아요. 우리가 학교 다닐 때도 그런 사람 꼭 있었잖아요."

"그렇죠. 그 사람이 죽은 여자의 속옷을 갖고 있었대요."

"어머나, 세상에! 강간당한 거예요?"

"성폭행의 흔적은 없다고 했습니다. 그런데 봉팔이가 자기가 죽였다고 실토하더랍니다."

"그럼 범인 맞네요?"

"피해자는 여러 명한테 쇠파이프로 구타당한 겁니다. 조직폭력배라면 몰라도 아무리 힘센 남자라도 혼자서 그렇게 끔찍하게 시신을 훼손할 수는 없어요. 특히 바보 봉팔이는 말도 안 되는 얘기죠. 이곳저곳 돌아다니는 게 일과인 봉팔이는 그저 사건 현장을 지나친 걸 겁니다."

한동안 생각에 잠기던 이영희가 불쑥 물었다.

"조 선생님도 외부인인가요?"

"네?"

"춘천에서 살았다면서요?"

윤식의 얼굴에 먹구름이 스쳐 지나갔다.

"춘천에서 살다가 고1 때 여기로 이사 왔습니다."

둘 사이에 잠시 침묵이 흘렀다. 윤식은 자신의 과거를 얘기하기 싫어 화제를 바꾸었다.

"노들강변은 낮에는 아름다운 유원지죠. 하지만 인적이 드물어요. 밤이 되면 으스스한 곳으로 바뀝니다. 살인 사건까지 났으니 앞으로는 혼자서 그런 데 가지 마세요."

"채집할 나비가 너무 예뻤나 보죠."

"8월이면 나방밖엔 없는데요, 뭘. TV 보다가도 눈에 척 달라붙죠, 이따만 한 나방이."

윤식이 오른손으로 주먹을 쥐어 보였다. 이영희가 웃었다.

"낮엔 나방이 없어요. 나비가 있을 뿐이지."

"아무리 대낮이라도 나비는 본 적 없어요. 나방뿐이지."

"조 선생님 인생을 말하는 건가요?"

마땅한 대답이 떠오르지 않아 윤식은 눈만 껌뻑였다.

"곤란한 질문 던질 때 조 선생님 표정이 참 예술이에요."

이영희가 손바닥으로 입을 가리고 웃었다. 이렇게 많이 웃는 모습은 처음 보았다. 윤식은 놀림당한 걸 눈치챘지만 기분 나쁘진 않았다. 이영희는 눈을 내리깔고 스푼을 만지작거렸다.

"다홍이 소문 많고 말 많은 동네라던데 사실인가요?"

"그렇게 느끼고 있습니다."

"다른 선생님들이 조 선생님 험담을 많이 하는 것 같더라고요."

윤식의 뱃속에서 욱하고 십자드라이버처럼 튀어 오르는 게 있었다. 이것들이 아무것도 모르는 여자한테까지 거짓 소문으로 내 욕을 하다니……

"전 그 사람들 말 하나도 안 믿어요."

"사실이겠죠, 뭐."

"그런 사람들하고 어울리지 않는 데서도 조 선생님의 이방인다운 면모가 돋보이는 거 같아요. 대도시 사람처럼요."

그녀의 낭랑한 말은 마치 영화 시나리오의 대사 같았다. 문득 윤식은 이 여자가 야심한 시각에 왜 날 불러냈을까 하는 의문이 들었다.

"조 선생님, 제가 아까 교무주임님하고 변 선생님한테 전화했는데 안 받더라고 얘기했었죠?"

"네."

"거짓말이었어요."

"네?"

"처음부터 조 선생님한테 전화한 거였다고요."

윤식이 잔을 놓은 커피 받침에 얼룩이 생겼다.

"왜요?"

"그러고 싶었으니까요."

이영희가 다시 허리를 꼿꼿이 폈다.

"역시 연락하길 잘했다고 생각해요."

"어째서요?"

"이렇게 재미있는 분인 줄 몰랐으니까요."

잠시 후 그들은 각자의 차를 타고 돌아갔다. 윤식은 영희가 엑셀 승용차를 타고 돌아가는 모습을 멍하니 바라보았다. 이번에 서울에서 아빠가 뽑아준 차라고 했다. 윤식은 이 모든 상황을 종합해서 판단을 내렸다. 그러니까 그녀는 이 밤에 자신이 보고 싶어서 일부러 연락을 취한 것이었다.

✦

눈을 피해 안동에서 차를 세운 두 사람은 모텔로 들어갔다. 둘은 당연히 그래야 한다는 듯이 옷을 벗고 함께 샤워실로 들었다. 영희가 미소 지으며 윤식의 뺨을 어루만졌다. 평소 연정을 품었던 미녀와 단둘이서만 은밀한 공간에 있자니 윤식은 세상 전부를 가진 기분이었다. 돌아선 영희의 등이 눈부셨다. 그녀가 고개 돌려 윙크를 보냈다. 윤식이 다이알 비누의 거품을 그녀의 등에 묻히려는 찰나 난폭한 기세로 샤워실 커튼이 열렸다. 사적인 욕망을 방해하며 낯선 자가 침입했다. 눈과 입이 붙은 구겨진 표정, 진한 화장을 엉망으로 만든 핏방울…… 그것은 미쳐버린 중년 여자의 얼굴이었다. 샤워기가 쏟아내는 물줄기 사이로 여자가 쥔 식칼이 똑똑하게 보였다. 영희가 방어 태세로 손을 들었다. 칼은 전혀 윤식에게 해를 입히지 않았다. 오직 그의 연인을 난도질했을 뿐이다.

"안 돼요, 새엄마! 그러지 마요!"

윤식이 소리치자마자 모텔이 사라졌다. 악몽이 자취를 감추고 남은 것은 칠흑 같은 어둠뿐이었다. 시각은 새벽 2시, 온 사위가 죽음 같은 정적에 싸여 있다. 그때 하숙집 바깥으로부터 들려오는 소리가 있었다. 그건 틀림없이 커다란 개가 짖는 소리였다. 원한에 찬 울부짖음이 뼛속까지 파고드는 듯했다. 윤식이 일어나 문을 잠갔다. 다시 이부자리에 누운 그는 무서움을 잊기 위해 함께 커피를 마셨던 이영희의 얼굴을 떠올리려 노력했다. 가까스로 잠에 빠져들 때까지도 바깥의 개 짖는 소리는 멈추지 않았다.

7

개학이 되었다. 폭염은 에프킬라에 설맞은 모기처럼 마지막 몸부림을 쳤다. 움직이지 않아도 땀이 배었고 아지랑이만 봐도 무기력해졌다. 하지만 새 기운으로 충만한 윤식은 사물을 삶는 태양에도 웃음을 흘렸다.

그의 수업은 어느 때보다 활기찼다. 아이들은 웃음 적고 농담에 인색했던 담임의 변신에 의아해했지만 남다른 새 출발을 알아보았는지 그 어느 때보다 수업을 잘 따랐다. 평소 반감이 있던 오현철이나 문상교 같은 교사들만이 시기 어린 눈초리를 던졌을 뿐이다.

윤식이 발산하는 에너지의 원천은 당연 이영희였다. 학교에서는 거의 알은척을 하지 않는 그들이 방과 후 몰래 만나는 횟수는 점점 늘어갔다. 그는 이 사실을 누나에게 밝히지 않았고 종환에게만 슬쩍 내비쳤을 뿐이었다.

종환은 윤식이 한 번도 그녀의 실명을 언급하지 않고 '그 여자'로 부른다는 사실에 주목했다. '서울 여자'는 겉과 속이 다르니 조심하라고 거듭 충고했으나 윤식은 이를 무시했다. 만남은 설렘이 있었고 대화는 재미있었다. 하루하루가 황홀했다. 눈에 뭐가 씐 것처럼 이영희의 모든 면이 마음에 들었다. 가을이 되면서 두 사람의 사이는 단풍처럼 진지하고도 깊은 색을 띠게 되었다. 세상과 벽을 쌓던 윤식의 의지는 부지불식간에 결혼으로 바뀌어 있었다. 총각은 일단 여자를 만나봐야 한다는 선배들의 격언이 진리라고 생각되지는 않았다. 여자도 여자 나름이니까. 윤식의 눈에 비친 영희는 그만의 어려움을 이해해주고 결점을 보완해주리라 믿음이 가는 여자였다. 윤식은 그녀의 존재감에서 일생에 단 한 번 올 '운명'을 느꼈다. 하지만 윤식은 아리따운 영희의 모습 뒤로 귀신 몰골에 식칼을 휘두르는 계모의 환상을 볼 때가 있었다. 그럴 때면 팔다리에 힘이 풀리고 세상만사가 겁이 났다. 도통 그 이유를 알 수 없었다. 진정

과거는 사멸하지 않는 것일까.

✦

　오전 수업을 마친 어느 토요일 오후, 영희와 윤식은 제과점 '고려당'에서 만났다. 고려당은 시내의 대표적인 만남의 광장이었다. 이 장소를 선택한 사람은 영희였다. 이젠 남의 시선에 개의치 않겠다는 생각일까. 윤식은 그녀의 의중이 궁금했다.

　"이 선생, 나 궁금한 게 있어요."

　"뭔데요?"

　"이상하게 생각하지 않겠다고 말해줘요."

　"뭔지 말해요."

　영희는 예스, 노 대신 이런 식의 화법을 즐겼다. 어디로 튈지 모를 강한 성격이 예쁜 얼굴 안쪽에 24시간 잠복해 있다.

　"나와 왜 이렇게 자주 만나는 거죠?"

　영희는 창밖을 보며 웃었다.

　"좋으니까요."

　"좋다는 건 그저 친구로서…… 아니면……."

　영희가 웃었다.

　"재미있는 분이고."

　"내가요?"

　"예, 그리고 잘생기고 키도 크고 믿음직스럽잖아요."

　"그런 사람들은 많잖아요?"

영희의 얼굴에서 웃음이 사라졌다.

"내가 불편해요? 갑자기 왜 그러죠? 그렇게나 진지한 표정으로."

창밖으로 인파가 늘고 있었다. 원래 이 인근은 상가와 문화 시설이 밀집한 시내의 중심지였지만 평소의 주말보다 훨씬 많은 사람이 모이고 있었다. 날씨가 좋아서 그런가. 인파에 상관없이 윤식은 묵직한 침묵만을 느꼈다.

"이 선생님을 만나고 내 생활은 많이 변했어요. 그전에는 이런 기분을 가져본 적이 없었죠. 꼭 흔들 담요 위에 있는 것 같은 기분이랄까. 하루하루가 희망으로 차 있어요. 그전까진 혼자 재미있게 살다가 나이 들면 외국으로 이민 갈까 이런 생각만 했는데."

"나쁘지 않은 생각이에요. 언제라도 갈 수 있어요."

영희가 포크를 내려놓았다.

"내가 어느 날 떡 나타나서 관심 보이니까 뭔가 이상해요?"

"아니, 뭐 그런 건 아니고……."

윤식이 말을 얼버무렸다. 나는 당신과 당장 인생을 함께하고 싶단 말입니다. 내가 확실한 당신 남자인지 그저 지방 재직 기간 동안의 심심풀이인지 의사를 표명해달란 말입니다. 차마 발설할 수 없는 말들이 윤식의 목구멍을 간질였다. 그는 이제 곧 영희의 입으로부터 사교성 부족, 직장에서의 위치, 연애 경험 부족에 따른 여자에 대한 몰이해, 보수적 남성과 서울 여자의 사고 차이 따위가 터진 제방의 물처럼 쏟아지리라 생각했다.

"잘생기고 키 크고 믿음직스러운 사람은 많죠. 가정환경이 좋고 슈퍼맨처럼 만능이라면 금상첨화겠죠. 하지만 마음은 사이즈로 측정할 수 있는 게 아니잖아요."

눈을 똑바로 뜬 영희가 윤식을 바라보았다.

"혹시 운명 같은 거 믿어요?"

바깥의 인파가 계속 늘어났다. 떠들썩한 소리가 귀를 때렸다. 질문 때문인지 소란 때문인지 머리가 복잡했다. 영희의 목소리는 흡사 최면을 거는 주문 같았다. 대답할 말을 생각하자 어지럼증이 느껴졌다. 어디선가 노랫소리가 들려오고 함성이 오갔다. 노래는 이웃한 '신나라 레코드'가 가게 밖에 내놓은 어린애 키만 한 앰프에서 흘러나오고 있다. 김기덕이 진행하는 〈두시의 데이트〉가 선정한 곡이다. 매주 토요일마다 발표하는 인기 팝 순위에서 지금 1위가 나오는 걸 보니 거의 오후 3시가 되어가는 모양이다. 언제나 그랬듯 1등은 비틀스의 〈예스터데이〉다. 그것은 영원히 변치 않을 것만 같았다. 영희를 만나기 전의 지난날에도 변화가 없었듯이.

영희는 진지한 표정을 짓고 있었다. 윤식의 눈에 그녀는 주스 잔 대신 수정 구슬을 앞에 놓고 미래를 보는 점성술사로 보였다.

"전생이나 운명 같은 거 믿어요?"

영희가 핸드백에서 뭔가를 꺼냈다. 윤식은 의식이 몽롱해짐을 느꼈다. 그녀가 꺼낸 사진에는 언제 찍었는지 기억나지 않는 자신의 모습이 담겨 있었기 때문이다. 비틀스의 노래 사이로 사람들의 함성이 비집고 들어섰다. 여기에 한국말을 쓰는 노래가 섞여 들었다. 여기저기서 박수갈채가 터졌다. 영희를 중심에 두고 회전하는 음향들의 돌진에 윤식의 머리는 핑핑 돌았다.

"믿느냐고요!"

영희가 눈을 부릅뜨며 자리에서 일어섰다. 윤식이 눈을 커다랗게 떴다. 피를 흘리며 웃고 있는 새엄마의 모습이 영희의 등 뒤로 보였다. 그 순간 유리창이 박살 났다.

제과점의 손님들도 모두 일어섰다. 거대한 함성이 사람들의 대화를 막았다. 더 이상 두시의 데이트는 없었다. 새엄마도 예스터데이도 사라졌다. 박살 난 유리창은 고려당이 아닌 레코드 가게의 것이었다. 제과점 안의 눈들이 바깥으로 쏟아졌다. 인파가 된 행인들이 거리를 메우고 있었다. 민주화를 부르짖는 노래가 그들 사이로 흘러 다녔다. 몹시 살이 찐 고려당의 사장은 손님들을 내쫓진 않았다. 무신경한 얼굴로 그저 이렇게 말했을 뿐이다.

"잠시 문을 잠그겠습니다. 데모가 있을 모양이에요."

인파는 아직도 늘고 있다. 주로 젊은이들이지만 나이 든 사람도 있었다. 그들은 똑같이 머리에 띠를 두른 채 팔을 걷어붙이고 있다.

윤식과 영희가 창문 너머를 숨죽이며 바라보았다.

광장 중앙에 임시로 마련한 연단에 청년 하나가 올라섰다. 그의 곁에는 짧은 스포츠머리를 한 남자 하나가 겁에 질린 얼굴로 서 있었다. 젊은이 셋이 그의 팔을 꽉 붙잡고 있다.

"여러분! 이 사람을 보십시오. 말로만 정의사회 구현을 부르짖는 공권력은 자유와 민주를 열망하는 우리를 폭도로 몰아세우기 위해 사복을 입힌 이 졸개를 몰래 우리 틈에 밀어 넣었습니다. 민주화를 갈망하는 우리의 염원을 다중 범죄의 난행으로 몰아가기 위해 의도적으로 상가 유리창을 깨고 분위기를 일변시키려고 한 것입니다. 이 사람은 생사람을 잡는다고 잡아떼지만 저는 확신합니다. 이것이 그의 품에서 나온 것입니다."

청년이 팔을 치켜들자 새까만 워키토키가 햇살에 반짝였다. 배터리에는 경찰을 상징하는 독수리 마크가 박혀 있다.

"그들은 우리의 정당한 항변을 폭력으로 몰아갑니다. 우리의 민주화를 위한 요구를 국가 반역 행위로 치부합니다. 우리의 눈과 귀를 가리고……"

남자의 연설은 빵! 빵! 하는 화약총 소리에 중단되었다. 꼬리를 그리는 허연 연기가 사람들 틈으로 포물선을 그렸다. 연설다운 연설이, 해산의 권고가 시작되기도 전이었다. 붙잡힌 사람이 일으킬 파장이 발포를 서두르게 한 것 같았다. 포물선은 효과를 보아 사람들이 눈을 감고 코를 막았다. 뭍에 끌려온 물고기 떼처럼 어지러운 광경이 펼쳐졌다. 아직 동일한 심리로 접착되지 못한 군중 틈에서 동요의 기세가 역력해졌다. 검은색 방석복(防石服)을 입은 전투경찰들이 무대에 등장했다. 그들은 통일된 기합을 지르며 발을 구르더니 경주마처럼 달렸다. 대항하는 이보다 도망가는 사람이 더 많았다. 방패와 곤봉이 사람을 찍고 구타했다. 방독면을 썼기 때문에 전경들의 표정은 똑같았다. 먼저 도망친 사람들이 고양이에게 쫓기는 쥐처럼 거리 구석구석으로 사라졌다. 일부는 상가 건물로 뛰어들고자 했지만 문을 잠근 가게 주인들은 그들을 안으로 들이지 않았다.

마스크로 입을 가린 학생들이 쇠파이프를 끌면서 전장에 뛰어든었다. 공기 중에 퍼지는 최루탄이 그들의 표정을 일그러뜨렸다. 삼국시대의 전투 같은 육박전이 벌어졌다. 학생들이 피를 쏟고 머리채를 잡혀 끌려갔다. 전경들이 장비를 빼앗기고 두들겨 맞았다. 방독면을 빼앗기자 그들도 최루탄에 눈물을 쏟았다. 전경 선임들은 시위대도 때렸고 후임 기수도 때렸다. 소대장, 중대장은 선임들을 때렸다.

이 모든 혼란의 와중에 윤식의 눈에 들어온 사람 하나가 있었다. 2본 동시상영 영화를 상영하는 '와고파'극장 앞이었다. 다행히 전경들은 몸을 숙이고 손수건에 얼굴을 묻은 이 여자에게 관심을 갖지 않았다.

"영희 씨, 저분 알아보겠어요?"

그는 영희를 이 선생이라 부르지 않았다.

"이런, 최순애 선생님이잖아요."

윤식이 먼저 일어섰고 사진을 챙긴 영희가 따라 일어섰다.

"문 열면 안 돼요."

제과점 사장이 단호히 말했지만 윤식의 손은 이미 출입문 잠금장치에 가 있었다. 사장이 프라이팬 같은 손으로 윤식의 팔을 잡으려 했다. 영희가 밀치자 육중한 사장이 거짓말처럼 뒤로 밀려났다. 그 틈에 윤식은 고려당을 빠져나갔다.

최순애 선생은 일어나지 못한 채 기침을 토해내고 있었다. 〈나이트메어4〉 영화 포스터의 프레디 크루거가 둥그런 눈알로 그녀를 내려다보았다. '동시상영 이세봉 유가휘 주연 〈살수천사〉'란 사인펜 글씨가 하단에 적혀 있었다. 윤식이 최 선생을 흔들었다.

　　"선생님, 정신 차려요!"

　　상대방을 알아보자마자 최순애는 감격적으로 외쳤다.

　　"아, 조 선생!"

　　"위험한데 여긴 왜 나오셨어요?"

　　"아들이 오늘 다홍에 내려온다고 했어요."

　　"여기 있나요?"

　　"그래요. 아까 경찰을 붙잡았다고 연설하던데······."

　　"그분이 아드님이에요?"

　　사람들이 참새 떼처럼 여러 방향으로 흩어졌다. 윤식은 방패를 오른팔에 낀 채 이쪽으로 달려오는 전경들을 보았다.

　　"피하고 봐요. 일어나세요."

　　윤식이 최순애를 일으켰다. 늙은 여선생의 몸은 무거웠다. 맵고 따가운 기운에 눈을 뜨기도 숨을 쉬기도 어려웠다. 총소리는 더욱 격렬해졌고 최루탄의 안개는 짙어졌다.

　　"헤이, 이쪽으로 와요!"

　　영희가 손짓했다. 최순애가 놀란 표정을 지었다.

　　"이영희 선생 아니우?"

　　"맞아요. 저리로 가면 됩니다."

세 사람은 10여 미터를 뛰다가 오른쪽 골목길로 들어섰다. 광장을 벗어나 다흥국민학교로 가는 길목이었다. 주택가라서 거리만 멀어진다면 가투 현장으로부터도 안전한 곳이다.

 "우리 애를 만나야 하는데……."

 "지금은 안 됩니다."

 두 사람이 연행하듯 늙은 여선생을 이끌었다. 골목길 끝에서도 길을 차단한 전투경찰 소대의 열이 보였다. 그들은 손에 잡히는 사람마다 연행하기에 급급했다.

 "반대편에 샛길이 있어요."

 영희가 보석방과 세탁소가 고개를 맞댄 샛길로 둘을 이끌었다. 사람 두 명이 간신히 지나갈 수 있을 정도의 좁은 골목이다. 윤식은 그 길을 잘 알고 있었다.

 "시민운동장 쪽이군. 가다 보면 철길이 나오는데 거기만 넘어가면 시내는 끝나요. 변두리인 데다가 조용한 곳이죠."

 그들이 샛길을 다 통과할 때까지 추격은 없었다. 하지만 샛길 끝 육교에 다다르자마자 저만치에 허수아비처럼 서 있던 남자 하나가 고개를 돌렸다. 차가운 방독면이 세 사람의 움직임에 고정되었다. 그의 어깨엔 지휘관 신분을 표시하는 녹색의 견장이 붙어 있었다. 미동 없는 방독면이 잠시 깊은 생각에 잠긴 듯하다가 손을 들어 올렸다. 그러자 오토바이 헬멧을 쓴 남자 세 명이 사냥개처럼 뛰어오기 시작했다. 그들은 청바지와 청재킷 차림이어서 무거운 방석복을 입은 전경보다 기동성이 탁월했다.

✦

육교 위에서 최순애는 가쁜 숨을 몰아쉬었다.

"안 되겠어요. 그냥 날 두고 가요."

"여기만 넘으면 철길이에요. 그러면 숨을 수 있어요. 어서요, 선생님."

영희는 최순애의 팔을 놓지 않았다. 그녀는 육교 아래를 내려다보았다. 세 명의 백골단은 3초 내에 곧 육교에 다다를 위치에 있었다.

"괜찮아요. 경찰도 나 같은 늙은이한텐 어쩌지 못할 거요."

"제 친구가 경찰입니다. 저하고 계셔야 안전할 겁니다."

윤식이 팔을 잡아당겼다.

"그런 인맥은 조사받을 때나 쓸모가 있지, 지금 몽둥이 든 저 사람들은 말이 통하지 않는 상태예요. 일단 후려잡고 보자는 거죠. 그래도 나이 든 사람은 괜찮을 거예요. 저들도 군인이니까."

"말을 아끼시고 계속 걸으세요."

이영희가 팔을 잡아당겼다. 최순애는 아예 바닥에 주저앉았다.

"내가 바보였어요. 집회 장소에 가는 게 아닌데."

그러더니 둘을 떠밀었다.

"자, 얼른 가요. 내 걱정은 말고."

"선생님."

"안 가면 둘이 사귄다고 동네방네 소문낼 거요. 학교에서 봅시다."

최순애는 영희의 팔을 한두 번 다독이다가 살짝 떠밀었다. 매몰차진 않았지만 엄한 기운은 분명했다. 두 사람도 더 이상 시간을 낭비할 순 없었다.

"조심하세요, 선생님."

"두 사람도, 절대 떨어지지 마세요."

윤식은 최순애를 남겨두고 뛰었다. 앞에는 손을 내민 윤식이, 뒤에는 손을 잡은 영희가 있었다. 그들이 육교를 다 건넜을 때 백골단 셋은 위험한 차도에 그대로 뛰어들었다. 급정거하는 차들이 대형 사고를 일으킬 뻔했다. 원망하는 깜빡이들 사이로 백골단은 아슬아슬하게 무단횡단에 성공했다.

윤식이 잡초가 우거진 오르막을 쳐다보았을 때 저 멀리에서 기차의 경적이 들려왔다. 이 위로 철길이 있다. 건널목은 까마득한 거리에 있었다. 목숨 걸고 무단으로 건널 수밖에 없었다. 인명 사고가 잦았음에도 1989년의 철길에는 철조망이나 안전벽이 설치되지 않은 곳이 많았다.

"저길 건너야 해요."

"알았어요."

영희가 신발을 버리고 먼저 잡초 안에 발을 디뎠다. 그녀의 운동신경은 보기보다 뛰어났다. 작은 점처럼 기차의 모습이 보이기 시작했다. 그녀의 허리춤을 잡고 밀어주던 윤식도 서슴없이 오르막을 올랐다. 철길까지 올랐을 때 기차의 모습은 약 세 배로 커졌다. 철로는 뾰족한 갈색 자갈들로 메워져 있었다. 그 사이 백골단 세 명도 오르막 앞까지 다다랐다.

"업혀요."

윤식이 등을 댔다. 굵은 땀으로 윤식의 가슴께에는 오줌싸개의 소행 같은 지도가 생겨났다. 영희가 윤식의 목을 끌어안았다. 기차는 신속하게 대여섯 배로 커졌다. 그대로 부딪치면 뼈가 가루가 될 건 명백했다. 사람이 업히니 몸이 무거웠다. 하지만 그녀가 안아주니 기분은 좋았다. 모든 현실감각은 사라졌다. 기차가 쉴 새 없이 경적을 울렸다. 윤식은 힘차게 몸을 날렸다.

"안 돼! 그러지 마!"

철로 앞까지 올라온 백골단 하나가 외쳤다. 발성이 방독면에 가로막혀 아득했다. 백골단 3인방은 벼락 덩어리처럼 덮쳐오는 기차를 피해 다시 아래로 몸을 날렸다.

헬멧과 방독면을 벗은 세 청년이 가쁜 숨을 몰아쉬는 사이, 열두 칸이나 객차를 단 비둘기호는 천천히 철길을 통과해 이들의 추격에 제동을 걸었다.

"두 사람…… 죽은 걸까?"

"잘 모르겠는데 말입니다."

그들은 전투경찰 중에서 따로 차출된 무술 유단자들이었다. 더 이상의 대화는 없었다. 영장이 떨어져 국방의 의무를 다하려고 지원했는데 왜 전방으로 안 보내고 사람 잡는 일을 시키는 건가. 한 사람의 고개는 괴로움에 떨구어지기까지 했다. 이윽고 그들은 헬멧만을 쓴 채 왔던 곳으로 터벅터벅 걸어갔다.

8

기차가 통과했을 때 두 사람은 반대편 내리막 위로 안전하게 엎어졌다. 윤식이 땅바닥에 가슴을 부딪히긴 했지만 영희가 미리 몸을 떼었기 때문에 중상을 면할 수 있었다. 윤식은 스턴트맨보다 나은 그녀의 운동신경에 혀를 내둘렀다. 창에 손을 댄 비둘기호의 수많은 얼굴이 멀어져갔다. 하나같이 경악을 금치 못하겠다는 얼굴이다. 맨 마지막 칸에 있던 역무원은 주먹을 흔들며 욕설까지 날렸다.

"괜찮아요?"

"네, 윤식 씨는요?"

"나도 괜찮아요."

"어서 내려가요. 또 따라올지도 모르니."

영희가 손을 내밀었다. 그들은 자연스럽게 서로의 이름을 불렀다. 윤식이 그녀를 일으켜 세웠을 때 영희의 시선은 한곳에 가 있었다. 붉은 깃발이 서 있는 한옥이었다.

"우리 저기 숨기로 해요."

두 사람은 철길을 내려가 깃발집 안으로 뛰어들었다. 얼룩빼기 강아지가 두 사람을 보고 짖어댔다. 영희는 강아지에게 '쉬이' 하고 코에 손가락을 댄 후 집의 간판을 보았다. '백발백중 소백신녀 장군보살'이라고 씨어 있다.

"신수 보러 오셨수?"

파마용 수건을 머리에 두른 아주머니 한 분이 나와 물었다.

영희가 그렇다고 대답하자 여자가 간곡한 어조로 말했다.

"장군보살 지금 대영탕에 목욕하러 갔는데…… 잠깐만 기다려요. 내가 가서 빨리 나오라고 할 테니."

여자는 두 사람보고 방 안에 들어가 있으라고 한 뒤 어딘가로 뛰어갔다. 이쪽에서 부탁해야 할 일을 알아서 다 해준 것이다.

윤식과 영희는 고전적인 여닫이문을 열고 방 안으로 들어섰다. 문을 닫자 방 안은 껌껌해졌다. 윤식이 사방을 둘러보았다. 희미한 빛이 벽에 붙은 채색 그림들을 드러냈다. 구름을 타고 악귀들을 제압하는 청룡도를 쥔 장수, 연꽃 위로 파랑새가 날아다니는 그림, 동자들을 거느리고 긴 수염을 매만지는 노인……. 하나같이 무업(巫業)과 연관된 그림들이었다. 윤식은 이런 그림들을 좋아하지 않았지만 영희의 표정은 밝았다.

"여기 있잖아요, 윤식 씨."

"네."

"생각보다 아늑하지 않아요?"

"아늑하긴! 난 무섭기만 한데."

"자주 보면 괜찮을 거예요. 난 익숙하거든요. 저 그림 속 노인 알아요?"

"무슨 무슨 산신령이겠지."

"그렇다고 볼 수도 있지만…… 어쨌거나 꼭 저 그림들이 우릴 보호해주는 것 같지 않아요?"

영희가 윤식의 무릎에 앉았다. 윤식이 그녀를 꼭 끌어안았다.

듣고 보니 일리가 없는 말도 아니었다. 저 그림 속의 산신들은 비록 통일되어 있지는 않아도 외래에서 전파된 것이 아닌, 가장 토속적이고 한국적인 전통 신앙의 표현이 아닌가. 윤식은 그림을 더욱 가까이서 쳐다보았다. 그도 기독교도이지만 하나님의 말씀과 믿음을 내건 속인들의 어떤 행동은 말과 일치하지 않는 점이 많았고, 때론 그 말씀을 자신을 위한 방패막이로 악용할 때도 있었다. 자신과 입장이 다른 종교라도 무턱대고 무시할 바는 아니었다. 왠지 이 방에 있는 무화(巫畵) 속 장수들의 얼굴에는 굳건한 의지가 엿보였고 그들의 영묘한 능력이 두 연인을 안전하게 보호해줄 것만 같았다.

무화에 둘러싸인 윤식은 은은한 기분에 사로잡혔다.

"아까 위험한데 왜 뛰쳐나갔어요?"

윤식이 그녀의 머리칼을 다정하게 어루만졌다.

"그러는 윤식 씨는 왜 나갔어요?"

"최순애 선생님이 위험했으니까."

"최 선생님을 좋아하나요?"

"우리 학교 선생님 중에서 가장 좋아하지."

"나보다도요?"

"영희 씨는 세상 여자 중에서 가장 좋아요."

두 사람의 시선이 어둠 속에서 교환되었다. 이윽고 영희의 얼굴이 먼저 윤식에게로 다가왔다. 두 사람의 입술이 닿고 부드러운 마찰이 함께 겪었던 고난을 위로했다. 윤식은 어깨가 뜨거워지며 간지러운 기분을 느꼈다. 마치 부러진 날개가 다시 자라기 시작해 행글라이더처럼 활짝 펴지는 듯했다. 윤식이 키스 중에 눈을 부릅떴다. 예상대로 그의 앞에서 노려보고 있던 새엄마의 환영은 힘을 잃고 사라져갔다. 윤식은 마음의 지하실에 가둬놓은 채 파괴하지 못하고 언제 부활할까 불안해하던 어떤 것을 그제야 이해했다. 그 여자도 영희처럼 서울 여자였고 대단한 미인이었기에 부활할 뻔했던 것이다. 기억이란 낙하산을 타고서 과거는 또다시 윤식을 죽음의 그늘로 몰아넣는 공습을 가해왔다. 지하실의 자물쇠는 그만큼 빈약했다. 그러나 이제 귀신은 사라졌다. 그의 지하실은 불에 타 없어졌다. 실제의 새엄마는 무기징역을 살고 있고 마음의 새엄마는 그가 진정한 남자가 된 오늘 영원히 사라지고 말았다.

"내가 운명 믿느냐고 얘기했지요?"

영희가 물었다.

"네."

"그 사진은 내가 알던 오빠예요. 윤식 씨는 그분과 생긴 것도, 행동하는 것도, 그 모두가 거짓말처럼 똑같아요. 쌍둥이인 줄 알았죠."

"그 오빠가 누군데?"

"남자 친구였어요."

"지금은 아니겠죠?"

소리도 없는 눈물이 영희의 뺨을 타고 흘러내렸다.

"그는 죽었어요."

깊은 침묵이 두 사람 사이로 스며들었다. 그림 속의 산신령은 온화함인지 음흉함인지 모를 웃음을 띤 채 두 사람을 보고 있다.

"내가 이 학교에 발령받은 것도 정해진 운명이 틀림없어요."

그때 윤식은 영희가 피를 흘리고 있음을 알았다.

"영희 씨 발에 피가 나요."

"자갈에 찔렸나 봐요."

"얼른 약국에 갑시다. 소독부터 해야겠어요."

"괜찮아요."

"괜찮긴! 파상풍이라도 오면 어떡하려고?"

영희가 싱긋 미소 지었다.

"알겠어요."

윤식이 낭패라는 표정을 지었다.

"아!"

"왜요?"

"신발이 없는데 어떻게 가지?"

"아까 처마 밑에 아줌마 슬리퍼가 있던데요."

"이 예쁜 옷을 입고 그걸 신고 가자고요?"

"내 모습이 걱정되나요? 난 도둑질을 걱정하는 줄 알았는데."

"돈을 두고 가면 되잖아요."

"돈을?"

"장사가 너무 안되어 파리 날리는 집인데 신발까지 훔치다 니 안 될 말이죠."

"그러고 보니 우리 신수 보기로 했잖아요. 일부러 목욕탕에 부르러 갔는데 장군보살이 돌아오면 섭섭해할 텐데요."

"원래 점은 소문난 집에서 봐야 해요. 가장 용한 데를 알아놓을 테니 다음에 제대로 된 곳을 찾아오기로 합시다."

"그래요."

그들은 마주 보고 웃었다. 이번에는 윤식이 먼저 얼굴을 들이밀었다. 영희가 눈을 감았다. 다시 한 번 두 사람의 키스가 길게 이어졌다. 윤식은 기회를 봐서 죽은 남자 친구에 관해 물어봐야겠다고 다짐했다. 그런데 모든 일을 뒤로 미루게 한 엄청난 일이 생겨버렸다. 환영이 아닌 실제의 새엄마가 거짓말처럼 나타난 것이다.

9

늦가을 바람은 세속의 투쟁으로 찌든 거리를 청소했다. 가지에 얹혀 있던 최루탄 가루도 내리는 비에 씻겼다. 단풍은 복잡한 세상사에 아랑곳없이 색상의 변화를 맞이했고 사람들은 변치 않는 것의 여전함에 안도를 느꼈다. 윤식은 25년 평생에서 그 어느 때보다 푼푼한 가을을 만끽하는 중이었다. 야수는 미녀의 마음을 알았고 미녀는 야수에게 마음을 열었다. 그늘에 숨던 소년은 모험을 겪고 남자로 거듭났다. 의혹과 주저로 점철됐던 관심의 정체는 사랑이었다. 이제 떨어질 수 없는 사이를 확인한 두 사람에게는 사랑을 완성시킬 일만 남은 것처럼 보였다. 윤식은 서울에 땅 투기를 한다는 구실로 농협에 다니는 누나한테 돈을 빌려 새 아파트를 전세로 얻었다. 영희가 남의 시선을 피해 윤식과 편하게 만나고 싶어 했기 때문이다.

하지만 화무십일홍으로 힘없이 떨어지는 게 가을 낙엽이다.

방해 없이 깊어가는 연애에 느닷없는 브레이크가 걸렸다.

"여기 조윤식 씨 있나요?"

어느 날 오후, 교무실에 여자 하나가 나타났다. 윤식의 삶에 끼어든 두번째 불청객이었다. 교직원 사이에서 짧은 감탄이 오고 갔다. 여자의 미모 때문이었다. 특히 마흔 이상 남자들의 놀람은 절대적이었다. 아웃사이더 윤식에게 향했던 색안경이 절로 녹아내릴 정도였다. 예쁘면 (윤식의 모든 것이) 용서가 된다는 말이 훌륭한 격언으로 확인되는 순간이었다. 여자는 숱이 몹시 많은 머리칼에 연예인처럼 크고 교태가 넘치는 눈을 갖고 있었다. 약간 창백하고 갸름한 얼굴을 진한 화장으로 덮고 있었지만 외양 때문에 행실 가벼운 여자로 보이지는 않았다. 최신 유행의 꼼빠니아 정장은 마치 대기업의 여성 이사를 연상케 했다.

마침 윤식은 5교시 수업을 마치고 교무실로 들어오던 중이었다. 선생들이 앞다투어 손님이 왔음을 알렸다. 여자와 눈을 마주치자마자 윤식은 털썩 바닥에 주저앉았다. 새파랗게 질린 얼굴 아래로 팔꿈치의 출석부가 부러진 비행기 날개처럼 떨어졌다.

"우리 윤식이!"

여자가 달려오더니 덮치듯 윤식을 부둥켜안았다. 활짝 쳐든 팔 끝의 금색 팔찌와 붉은 매니큐어가 사람들의 시선을 사로잡았다. 윤식은 반항하지 않고 여자가 안고 흔드는 대로 몸을 내맡겼다. 창백해진 얼굴은 유령을 본 사람과 다르지 않았다. 이영희는 돌 같은 표정으로 두 사람을 지켜보았다. 호흡이 거칠어져 가슴께가 벌렁거렸다. 낯선 여자는 윤식의 얼굴 이곳저곳에 입을 맞추기 시작했다. 교직원들이 어안이 벙벙한 표정을 지었다.

✦

여자는 교무실의 사람들한테 활짝 웃어 보이며 엄마인 정금옥이라고 자신을 소개했다. 윤식에게 양친이 없는 줄 알았던 사람들은 이 사실에 매우 놀라워했다. 그러나 한층 이상한 건 윤식의 반응이었다. 쥐약 먹은 쥐처럼 온몸을 떨면서 아무런 말도 하지 않는 것이었다. 제시간의 수업을 찾질 못하는가 하면 손가락만 깨물다가 누가 부를 때는 깜짝 놀라기도 했다.

정금옥 여사는 눈웃음을 치면서 학교 안을 활보했다. 윤식이 끌어내려 해도 소용없었다. 그는 계속 뭔가를 얘기하려는 눈치였지만 끝내 오물거리는 입을 열지는 않았다. 영희의 표정에도 차츰 당혹감이 자리 잡아갔다.

윤식은 조퇴를 신청했고 심상찮음을 눈치챈 교감은 별다른 말 없이 퇴근을 허락했다. 윤식이 나간다니까 정금옥 여사도 따라갔다. 매정하게 뿌리칠 때마다 여사는 윤식의 팔짱을 끼려고 했다. 영희는 거친 숨을 연거푸 몰아쉬었다.

10

그 후 윤식은 사흘이나 휴가를 냈다. 영희는 선생들이 쑥덕 거리는 얘기에 귀를 쫑긋 세웠다.

부모님 안 계시다면서 뭐야, 저 여자.

버리고 갔다가 돌아온 모양이야.

아닌데 분명 교통사고로 죽었다던데.

그건 친엄마고, 혹시 아버지의 첩은 아닐까?

뭐야, 너무 젊잖아. 뭔가 있는 거 아냐?

연상의 애인?

아이들조차 윤식을 입방아에 올렸다. 상상의 나래는 끝없이 펼쳐졌다. 걱정이 된 영희는 하숙집으로 몇 번 전화를 걸었지 만 주인집 곽 씨 할머니는 조 선생이 거부한다며 끝내 전화를 바꿔주지 않았다.

나흘째에 윤식이 나타났다. 초췌한 얼굴이 안대와 밴드로 뒤 덮여 있었다. 틈새로 멍과 상처 자국이 보였다. 깜짝 놀라 질문 을 퍼붓는 사람들한테 윤식은 오토바이 타다가 넘어졌다고 대 답했다.

"오늘 끝나고 나 좀 봐."

영희는 한껏 낮춘 윤식의 목소리를 들었다. 윤식은 아무 일 도 없던 것처럼 교실에 들어가 수업을 했다. 선생들과 학생들 은 아무것도 묻지 않고 눈치만 보았다.

밤이 되어 두 사람은 아파트에서 만났다.

"지금 그 여잔 누나랑 있어. 안 그랬으면 여길 미행했을 거야."

"그 엄마라는 분 말이야?"

"친엄마가 아니야, 새엄마지."

윤식은 입술을 깨물었다.

"지금부터 내 말 잘 들어. 우린 그만 여기서 헤어져야 할지도 몰라."

"왜 헤어져?"

"위험은 나 혼자로 족해. 그 여자는 내게 복수하려고 돌아온 거야."

"그건 또 무슨 소리야?"

윤식이 가라앉은 목소리로 고1 때 겪은 이야기를 꺼내기 시작했다. 내용이 하도 엄청나 영희는 기회를 보아 설명하려던 죽은 남자 친구에 관해 언급할 정신도 없었다. 대중을 혼돈에 빠뜨리는 뉴스가 생기면 더 큰 뉴스가 나타나 혼돈을 가려버리듯 윤식의 경우도 그러했다. 그가 입을 뗀 시간은 10시 정각이었는데 이야기를 마칠 때는 어느덧 새벽 2시를 훌쩍 넘었다. 그것은 한 교회 목사와 그 가족이 겪은 무시무시한 이야기였다.*

---

* 당장에라도 그 이야기를 공개하고 싶으나 현실에서 초현실로 나아가는 점진적인 진행상, 느닷없이 튀어드는 낯선 일화는 글의 일관성을 구겨버릴 우려가 있다. 사건의 흐름을 존중해 믿기 어려운 사건으로 가득한 이 이야기는 뒤에 따로 한 장으로 소개하기로 하겠다.

✦

이야기를 들은 영희의 얼굴이 눈에 띄게 딱딱해졌다.

"왜 진작 얘기 안 했지?"

"가족이 아닌, 나랑 완전한 남이야. 죽을 때까지 볼 일도 없었다고."

"무기징역인데 어떻게 출소했대?"

"자기 말로는 거기서 착한 일 많이 해서 가석방을 받았다는 거야."

윤식이 팔을 내저었다.

"영희 씨 속이려던 거 절대 아냐. 그래서 내가 얘기하잖아. 그만 우리 사이 끝내자고."

"헤어져야 '할지도 모른다'더니 이젠 '끝을 내자'고?"

영희의 얼굴에 한심하다는 듯한 표정이 나타났다.

"영희는 그 여자에 대해 아무것도 몰라서 그래."

"대체 뭐 어떻게 윤식 씨를 괴롭히는 건데? 셋이서 같이 한 번 만나볼까?"

"안 돼!"

윤식이 기겁했다.

"그 여자는 감옥에 가게 된 게 나 때문이라고 생각하고 있어. 그 여자의 목표는 하나야. 나한테서 떨어지지 않고 계속 붙어 다니는 거지. 내 인생을 망치고 늙어 죽을 때까지 괴롭혀 피를 말리려는 속셈이야."

영희가 답답하다는 듯한 시선으로 윤식을 보았다.

"내가 보기엔 윤식 씨가 지레 겁먹은 거 같은데?"

윤식이 자기 얼굴을 가리켰다.

"이렇게 두들겨 팼는데도 정상이라고 봐?"

"일방적으로 맞았어?"

"응."

"여자 하나도 못 이겨?"

윤식은 과거의 어떤 기억을 떠올리고는 표정이 어두워졌다.

"보기보다 힘이 세."

문득 그는 중얼거렸다.

"아무래도 그 개가⋯⋯."

"뭐?"

"아, 아니야."

윤식이 입을 다물었다. 영희가 한숨을 쉬었다.

"윤식 씨가 이상한 건지 새엄마가 이상한 건지 이야기만 듣고는 감을 잡을 수가 없네. 윤식 씨 아버지도 그렇고. 어쨌든 과거는 과거고 지금은 지금이야. 새엄마는 결국 남이고, 윤식 씨 인생이잖아. 자기 인생인데 어떻게 헤쳐 나갈 생각은 하지 못하고 그렇게 벌써부터 주저앉아?"

"그 여자에 대해 아무것도 몰라서 그래."

"계속 그 소리네. 은근히 듣기 싫어지는데."

그녀가 차갑게 말했다.

"그럼 앞으로 어쩔 거야?"

"모르겠어."

윤식은 두 사람이 연인이 되면서 자신의 남자다움은 위축된 대신 영희에겐 표독스러운 면모가 생겨났음을 알고 있었다. 그런 모습은 장래를 함께할 여자의 현실적인 감각이라고 믿어왔다.

"이제 윤식 씨는 평생 결혼도 못 하겠네. 친어머니도 아닌 미친 여자를 모실 며느리가 누가 있겠어?"

"그 여자가 바라는 게 그거야. 나한테도 그러더군. 평생 죄책감 느끼면서 살아보라고."

"그 아줌마가 정말 아버지를 살해한 게 맞아? 지금 윤식 씨 태도나, 윤식 씨 얘기만 들어보면 뭔가 그 여자한테 약점이라도 잡혀 있는 사람 같아."

"그렇지…… 않아."

윤식이 시선을 피했다. 영희는 추궁이 먹혀들지 않자 팔짱을 끼고 입술을 내밀었다.

"정신병원 같은 데 모시면 안 돼?"

"남들 앞에서는 지극히 정상으로 행세하는데 어떻게 병원에 잡아넣어? 나하고 둘이 있을 때만 내가 널 가만둘 것 같으냐며 미친 짓을 하는데. 어떻게 보면 그 여잔 자기를 죽여주길 바라는 거 같아. 나도 무기징역을 받아 평생 철창 안에서 썩길 바라는 거 같다고."

영희는 윤식의 태도가 영 마음에 들지 않았다. 안 좋은 결과만 지레짐작하여 물 퍼붓듯 쏟아내면서 뭔가 해결책이라도 내

놓을라치면 그건 이래서 안 되고, 저건 저래서 안 된다며 입만 달싹거린다. 소심한 꼴을 쳐다보자니 슬그머니 화가 치밀었다. 병신도 이런 병신이 없었고 패배자도 이런 패배자가 없었다. 내가 사람을 잘못 봤나? 그녀의 얼굴에서 웃음기가 사라졌다.

"알았어. 나 갈게. 잘 있어."

영희가 일어섰다. 윤식은 일어나지 않았다. 영희는 그런 그를 돌아보려다가 문을 쾅 닫고 아파트를 나섰다.

11

다음 날 윤식은 모자를 쓰고 출근했다. 귀를 덮은 장발이 한 움큼이나 잘려나가 있었다. 놀란 사람들이 머리가 왜 그래, 물어도 그는 대답하지 않았다. 영희는 윤식을 쳐다보지 않았다. 잠시 후 윤식을 바꿔달라는 전화가 교무실로 빗발쳤다. 새엄마였다. 조 선생님은 수업 중이라 나중에 연락드리도록 하지요, 대답하면 사람이 죽어가고 있으니 빨리 바꾸라는 고함이 돌아왔다. 윤식은 전화를 받느라 몇 번이나 수업을 중단해야만 했다. 통화 내용은 세제를 어디에 뒀느냐, 퇴근할 때 무엇을 사와라 따위 시시한 것뿐이었다. 의도적인 업무방해였다. 윤식의 직장 생활에 지장을 주려는 의도가 다분했다.

"여기가 직장이지 가정집이냐? 어머니 교육 좀 시켜라."

교무주임이 핀잔을 주었다.

원래부터 윤식이 고까웠던 오현철 선생은 오버를 했다.

"솔직히 말해라, 인마. 그 여자 누구냐."

윤식은 대답하지 않았다. 하지만 오현철을 향한 그의 눈은 이글이글 타오르고 있었다.

그새 윤식의 모습에는 변화가 일어났다. 며칠 사이에 체중은 몇 킬로그램이나 줄었고 짧게 깎은 머리카락에 새치가 보이기 시작했다. 찢어진 옷을 입고 출근하는가 하면 걷어 올린 팔뚝에 상처가 보이기도 했다. 사람들은 기묘한 모자 관계에 의문을 품었으나 윤식은 결코 입을 열지 않았다. 영희는 그런 윤식을 거들떠보지 않았다. 새엄마가 들어앉게 된 하숙집은 사람들의 시선을 모았으나 윤식의 새 아파트에는 먼지만 쌓여갔다. 윤식은 새엄마가 알아챌까봐 아파트에는 극도로 출입을 자제했다. 동생을 걱정한 윤미가 제가 모실게요, 새엄마, 하고 말했으나 정금옥은 난리를 치며 윤식과 동거할 것을 고집했다.

그러던 어느 날이었다. 다흥국민학교 교직원의 회식 자리가 있었다. 윤식은 참석하기 싫었으나 새엄마가 있는 하숙집으로 돌아가기는 더욱 싫어 마지못해 자리를 지켰다. 술이 한 순배 돌 무렵 고깃집에 정금옥이 나타났다. 사람들은 당혹감을 느꼈으나, 일면 그녀가 상당한 미인이고 숨겨진 가정사도 궁금하여 자리에 앉히고픈 눈치였다. 결국 연령대가 비슷한 교무주임이 어머니로서 아들의 집무를 잘 도와달라는 표면상의 의도로 그녀를 교장의 옆자리에 앉혔다. 윤식의 긴장은 극에 달했다. 정금옥은 헤픈 여자처럼 이 잔 저 잔 주는 대로 술을 받으며 나이 많은 선생들 곁에서 정숙하지 못한 웃음을 흘렸다. 젊은 선생들이 인상을 구겼고 영희는 일부러 시선을 외면했다. 윤식은 폭발 직전까지 갔다.

"난 윤식이 뒷바라지하느라고 큰집까지 갔다 왔어요. 큰집 알지요? 창살 달린 큰집. 죽은 애 아버지는 목사인데……."

"나가요!"

윤식이 벌떡 일어섰다.

"너 왜 이러니?"

새엄마가 겁에 질린 표정을 과장되게 지어 보였다.

"일부러 여기 왔지? 일어서요!"

"그만 좀 하자. 우리 인연이 어디 하루 이틀이니. 호호호. 서로 못 볼꼴까지 다 본 사이면서……."

"빨리 일어서요."

눈감은 윤식의 턱 끝이 부르르 떨렸다.

"네 아버지는 그런 분이 아니었는데 너두 참……."

"닥쳐!"

윤식이 정금옥을 난폭하게 일으켜 세웠다. 사람들은 기묘한 모자를 말릴 엄두가 나지 않았다. 그때 정금옥이 괴성을 지르며 난동을 피웠다. 윤식의 얼굴에 열 개의 손톱자국이 생기고 피가 솟아 나왔다. 술상이 뒤집히고 교직원들이 옷을 버렸다. 주인과 종업원이 달려왔다. 윤식이 그녀를 제압하려 했으나 소용없었다. 미친 여자처럼 울부짖는 정금옥은 음료수 박스를 넘어뜨리고 냉동실의 고깃덩어리를 내동댕이쳤다. 경찰이 출동해서야 사태는 잠잠해졌다. 흥겹던 회식은 엉망이 되고 말았다. 상석에 앉아 있던 교장은 난리 북새통에 머리 위로 떨어진 김치 한 조각을 점잖게 떼어내며 '윤식이 조용한 오지에서 좀 쉬다 오는 게 낫겠네' 하고 빈 술잔을 들었다. 누군가가 즉시 교장의 술잔을 채웠다. 윤식은 다른 곳으로 전출 보낸다는 암시에 겁이 났다.

✦

윤식은 파출소에서 차종환 순경의 이름을 팔았다. 암호가 섞인 무전이 몇 번 오가자 잠복근무 중이던 종환으로부터 연락이 왔다. 그 덕에 정금옥은 신원조회도 모면하고 훈방 조치를 받았다(신원조회 얘기가 나온 순간 그녀의 눈빛은 고양이처럼 날카로워졌다).

파출소를 나온 윤식은 새엄마와 택시를 탔다. 택시 안에서 정금옥은 얌전하게 윤식의 어깨에 기대어 눈을 감았다. 미안하다 윤식아, 하는 소리에도 그는 답하지 않았다. 정금옥을 방에 데려다놓은 그는 바로 하숙집을 나서려 했다. 그녀가 윤식을 불렀다.

"어디 가니?"

"종환이 만나러 가요."

"일찍 와. 올 때 풀빵 좀 사오고."

"안 들어올지도 몰라요."

"내 아들 윤식아."

"내가 그렇게 부르지 말라고 했지?"

윤식이 험악한 눈길로 돌아보았다. 순간 그는 이쪽을 보고 히죽 웃는 얼굴에 움찔했다. 환상으로 본 귀신보다 현실의 새엄마가 훨씬 무서웠다.

"잘 알아두렴."

"뭘요?"

"이제 시작이라는 걸 말이다."

그녀가 깔깔거렸다. 윤식은 문을 박차고 나가 혼자 술을 마시고는 하숙집에 돌아가지 않고 인면동으로 향했다.

놀랍게도 텅 빈 아파트에는 영희가 와 있었다.

"여긴 웬일이야?"

"열쇠 돌려주려고."

"그냥 영희 씨 가져도 돼."

"누구랑 술 마셨어?"

윤식은 대답하지 않았다.

"새엄마란 분 참 미인이던데."

"나가줘."

"잠깐만 있다가 갈게. 같이 한잔할까?"

윤식은 주먹을 부르쥐었다.

"정말 맘 같으면 죽여버리고 싶어."

"헉! 나를?"

"농담할 기분 아니야."

"그러면 윤식 씨가 지는 거잖아."

"방법이 없어. 방법이······."

윤식이 벽에 등을 기대고 한숨을 쉬었다.

"누나가 새엄마한테 같이 병원에 가보자고 그랬어."

"정신병원?"

"그래, 그랬더니 아까 식당에서처럼 부엌을 뒤집어엎고 물건을 던지고 난리를 피웠어. 갈아 마셔도 시원찮을 연놈들이 자기를 미친년으로 몬다면서."

그는 벽에 등을 기댔다.

"나도 나지만 누나한테도 미친 짓을 할까봐 걱정이야. 아직 신혼인데 매형은 아무것도 모르거든. 아, 어쩌면 좋지."

"정말 큰일이네. 그럼······ 윤식 씨······ 우리 정말 헤어져?"

영희가 윤식에게 슬그머니 다가와 우는 아이 달래듯 팔짱을 꼈다. 머리를 싸매던 윤식은 영희의 시선을 회피했다.

"그래, 아쉽지만······."

영희의 얼굴은 슬픔으로 일그러지지 않았다. 입을 떡 벌리지도 않았다. 심드렁한 표정을 지었을 뿐이다.

"정말로 그 여자가 인생에 방해가 되는 사람이야?"

"그래."

"알았어. 그럼 헤어지자."

"널 위한 거야. 이해해줘서 고마워."

비로소 영희의 얼굴에 놀란 표정이 나타났다.

"이것 봐라, 칼로 물 베듯 싹둑이네!"

그러더니 윤식의 옆구리를 콕콕 찔렀다.

"나 같은 여자를 그냥 놓칠 거야?"

반응이 없자 영희는 윤식의 머리에 약하게 알밤을 먹였다.

"나하고 결혼하고 싶다며?"

윤식은 천천히 영희의 얼굴을 보았다. 시점의 혼란 없이 자신만을 쳐다보는 표정에 윤식은 일말의 애틋함을 읽을 수 있었다.

"같은 서울 여자인데도 왜 이리 딴판일까?"

"나 같은 서울 여잔 없지. 그나저나 그 아줌마, 언젠가는 돌아가실 분이잖아."

"보기보다 젊어. 얼마나 건강한데. 독이 오를 대로 올라 백 살까지도 장수할걸. 그 전에 내가 먼저 혈압으로 쓰러지겠지."

"우리 할머니도 장수하셨는데……."

"뭐?"

"우리 할머니 말이야. 중풍에 걸리셔서 4년을 계속 집에만 누워 계셨단 말이야. 가족들도 지치고 경제적 부담도 컸어. 여든여섯까지 사셨으니까. 그땐 온 집안이 우울했어."

"새엄마처럼 이상한 사람은 아닐 거 아냐?"

"할머니가 어떻게 돌아가셨는지 궁금하지 않아?"

무슨 소린지 이해하는 데 한참 걸렸다. 윤식의 얼굴에 무서운 빛이 스치고 지나갔다. 갑자기 〈수사반장〉의 온갖 범행 수법이 떠올랐다. 밥에다 탄 쥐약, 링거액에 이상한 걸 넣도록 매수한 간호원, 약수로 위장해 남편에게 먹인 독……. 예쁜 영희의 얼굴 안에 꼬리가 아홉 개나 되는 여우가 있는 건 나의 착시인가. 윤식은 술이 깨는 기분이었다.

"이상한 생각하지 마! 윤식 씨가 생각하는 그런 게 아니야."

"내가 무슨 생각을 했다고……."

윤식은 뜨끔했다.

"우리 집도 소개를 받았어."

"무슨 소개?"

"사람 수명을 앞당길 수 있다는 신비한 무당."

진지한 얼굴이 된 영희가 본격적인 이야기를 꺼내기 시작했다.

"돈이 많이 들기는 하지만 효과는 확실해. 무당이 시키는 대로 산속에서 몇 번 제사만 지내니까 얼마 후 할머니가 주무시다가 돌아가셨단 말이야. 병상에만 누워 계신 할머니한테도 남은 가족들한테도 아주 잘된 일이었어. 고통 없이 편하게 가셨으니까. 조금 전에 엄마하고 전화했어. 그 무당은 아무나 만나주지 않는대. 힘 있고 빽 있어 비밀이 보장되는 사람들만 만나준다는 거야. 우리 아빠 본업은 장사꾼이지만 부업은 시의원이야. 우리 집에 아직 그 무당 전화번호가 있어. 엄마 말이 내가 금성전자 이사하고 맞선만 보면 소개시켜줄 수도 있대."

그녀가 손을 뻗어 윤식의 뺨을 쓸어내렸다.

"가장 친한 친구가 교통사고로 식물인간이 되었다 그랬거든."

애당초 윤식은 취중에 듣는 농담이겠거니 생각했다. 그러나 농담이 아니었다.

"그냥 그런 방법도 있다는 거지 권할 만한 방법은 아니야."

권하지 않는다면서 사실은 권하는 거였다. 시의원의 딸, 금성전자 이사 따위가 문제가 아니었다.

"그 무당 얘기 계속해봐."

윤식이 감동에 겨운 목소리로 말했다.

✦

주말을 이용해 윤식은 경기도 양평을 찾았다. 영희가 알려준 무당을 만나기 위해서였다. 사람의 수명을 앞당긴다니 그게 가능이나 한 일인가. 하느님 아버지도 아닌 잡신이 사람 생명을 주관하다니. 그런데도 윤식은 찾기도 어려운 양평의 두메산골을 향해 나아갔다. 끝내 포기하지 않아준 영희의 정성에 보답하기 위해서였다.

'아무리 어려워도 같이 헤쳐 나갈 거야. 새엄마의 존재에 지레 겁먹은 것이 문제였어. 과거는 과거고 시간은 흘렀잖아. 두 번 다시 예전처럼 살지는 않을 거야.'

윤식은 그녀가 마련해준 구명조끼를 절대로 벗지 않으리라 다짐했다. 조끼의 등판에 새겨진 두 글자는 '인연'이었다.

새엄마는 독사 같은 여자지만 영희도 그에 못지않을 악녀라는 확신이 들었다. 곰보다 여우가 나은 것처럼, 악녀는 적군에겐 고통을 주는 존재지만 아군에겐 그 악성이 좋은 현실감각으로 작용한다. 1대 1로는 버겁지만 아군이 하나 생긴다면 승산은 이쪽에 있다. 윤미 누나는 지나치게 순해서 초장부터 새엄마한테 백기를 들었다. 영희는 결코 호락호락하지 않을 것이다.

그녀가 가르쳐준 대로 '산장가든'이란 식당을 어렵게 찾았다. 영희는 산장가든 대로변에서 45도 방향에 나 있는 작은 오솔길을 따라가라고 했다. 느티나무가 있어서 찾기 쉽다고 했다. 과연 수백 년은 묵은 듯한 커다란 느티나무 아래에는 S자를 그리는 오솔길이 있었다.

갈수록 길은 좁아져 차 한 대도 간신히 지날 정도가 되었다. 수풀은 무성해지고 문명을 대변하는 요소들은 신속히 사라져 갔다. 비포장 길을 한참이나 나아가니 저만치 으슥한 곳에서 하얀 두루마기를 입은 노인이 윤식의 차를 알아보고 앉아 있던 바위에서 일어났다. 윤식이 차를 세우고 차창을 내렸다.

"조윤식 씨요?"

"예, 맞습니다."

"일행이 있소?"

"아닙니다."

"잘했소. 산을 올라야 하니 여기 차를 세워두시오."

윤식은 시키는 대로 차를 주차하고 내렸다. 노인으로부터 진한 향냄새가 풍겨 왔지만 주위는 온통 첩첩산중일 뿐 사당 같은 건 눈에 띄지도 않는다.

"어르신이 그……?"

"나는 안내인이오. 이제부터 법사님을 만나러 갈 거요."

노인이 손을 내밀었다. 새까만 천이 축 늘어졌다.

"이 길은 아무도 알면 안 되는 곳이오. 눈을 가리시오."

"눈을 가리라고요?"

"그렇소. 할 일이 많으니 어서 시키는 대로 하시오."

윤식은 무조건 시키는 대로 하라던 영희의 지시를 떠올리고는 천으로 얼굴을 묶었다. 울창했던 산속 경치가 사라지고 어둠이 시야를 메웠다. 새 지저귀는 소리가 한층 뚜렷해졌다. 손에 뭔가가 닿았다.

"길을 이끌 테니 막대기를 잘 잡으시오. 발밑을 조심하고."

다른 손에도 손잡이가 달린 막대기 하나가 쥐어졌다.

"이건 지팡이요."

윤식이 대답하기도 전에 팔이 이끌렸다. 그 기세가 대단했기에 윤식은 달리듯 걸음을 옮겼다. 졸지에 그는 심 봉사가 되었다. 공양미 삼백 석으로 아버지 눈을 뜨게 하려는 효녀는 사라지고, 봉사가 된 양아들이 스스로 새엄마를 없애달라고 무속에 의뢰한 심청전이었다. 발부리에 자갈이 걸리고 나무뿌리가 닿았지만 노인은 거침없이 윤식을 이끌었다. 윤식의 지팡이질이 급해졌다. 걷는 사이 새소리가 사라지고 나뭇잎 밟는 소리만이 귀에 가득했다. 노인은 이동하는 내내 입을 열지 않았다.

"다 왔소."

노인이 말했다. 윤식이 눈을 가린 천을 풀려고 하자 노인이 고함을 쳤다.

"손대지 말고 가만히 있어!"

윤식이 손을 내리자 아이의 발걸음 같은, 누군가 뛰어오는 소리가 들렸다. 윤식의 호흡이 가빠졌다.

"이제 곧 적산법사님을 뵐 것이오. 그분이 물으면 공손하게, 거짓 없이 답하시오."

"알겠습니다."

"나는 들어가지 않소. 여기 또 다른 안내인이 있으니 따라가
도록 하시오."

"알겠습니다."

"자, 다시 막대기를 잡아요."

노인이 아닌 다른 목소리가 지시했다.

막대기를 잡자 또 어딘가로 몸이 움직였다. 윤식이 바삐 걸
음을 옮겼다. 잠시 후 영화 〈네 번의 결혼식과 한 번의 장례식〉
이 아닌, 네 번의 장례식과 궁극의 죽음에 관한 협상이 초현실
적인 상황을 겪은 후 타결되었다.

유관순과 방울 소리

1

거대한 멧돼지가 눈에서 불을 뿜으며 달려들었다. 이제 죽었구나, 질끈 눈을 감았을 때 멧돼지가 도약하더니 그를 훌쩍 타넘었다. 눈을 뜨자 괴물은 사라졌다. 꿈이었음을 깨달은 윤식이 안도의 한숨을 내쉬었다.

윤식은 누나와의 약속을 어기고 새엄마가 누워 있는 병원을 찾지 않았다. 얼굴을 볼 용기가 없었다. 거짓말 같은 일이 현실로 벌어지고 있다. 두번째 초상집을 찾자마자 새엄마는 죽는 소리를 내며 병원에 실려 갔다. 보이지 않는 귀신이 목을 조르고 팔다리를 꺾어대는 상상이 펼쳐졌다.

병원을 찾지 않은 이유는 또 있었다. 윤식 역시 몸이 좋지 않았기 때문이다. 신물을 태우는 의식을 치르기 전후의 육체적 긴장과 정신적 스트레스는 이만저만한 것이 아니었다. 자고 일어나자 몸은 천근만근으로 무거웠다. 팔다리가 저릿저릿하고 등허리가 식은땀으로 흥건했다. 독감보다 더한 몸살이 몰려들었다.

'어쨌든 그 여자가 쓰러진 거잖아.'

입증된 사실에 만족한 그는 무거운 몸을 이끌고 학교로 향했다. 세번째 초상의 결과를 보면 지금 벌어지고 있는 일이 우연인지 섭리인지 한층 윤곽이 뚜렷해질 것이다. 네번째에는 아마도…… 비명횡사겠지.

윤식은 다음 초상을 생각했다. 금년 겨울은 날씨가 험상궂어 앞으로도 노인들이 죽어 나가는 것은 일도 아닐 것이다. 그때 윤식의 머리를 채우는 생각 하나가 있었다.

나와 관계있는 사람의 초상만 해당이 되는가, 아니면 나하고 모르는 사람의 초상도 가능한가.

그것은 적산법사에게도 미처 물어보지 못한 질문이었다. 지금까지는 운 좋게 직장동료들한테 문상 갈 일이 생겨 수월하게 일을 마칠 수 있었다. 그러나 앞으로의 일은 장담할 수 없다.

살풀이라면 몰라도, 죽음은 절대로 '인위적'인 것이 아니니까.

젠장, 모르는 사람의 장례식장에라도 들어가면 되겠지, 뭐. 어차피 죽은 넋의 기운을 빌리는 데 의식의 본뜻이 있으니까.

윤식의 걸음이 멎었다.

그럼 상주가 물을 수도 있잖아. 처음 보는 분인데 고인과 어떤 관계이시냐고. 그땐 뭐라고 대답하지? 상갓집 들락거릴 때마다 누가 내 얼굴을 기억하기라도 하면 곤란해. 하, 이거 아는 사람의 친척이 죽어야 할 텐데…….

"안녕하세요, 선생님."

책가방을 멘 아이들이 기운 없이 인사했다. 생각에 빠져 어느새 학교에 도착한 지도 몰랐다. 아이들의 표정이 왠지 어두웠다. 시험을 친 직후라서 그런가? 윤식도 다른 선생들처럼 과목당 평균 70점이 안 되는 아이들은 10점에 한 대씩 매타작을 했다. 하지만 이번에는 아이들을 때릴 생각이 없었다. 미친 새엄마가 조용해지자 아이들이 어느 때보다 반가웠던 것이다. 어쨌든 일은 잘 진행되고 있어. 잘되어간다고. 계획이 진척됨에 따라 그의 기분은 고양되었다. 이런 기분은 교무실에 당도할 때까지 그대로 유지되었다.

"안녕하십니까, 선생님들!"

선생들이 윤식을 쳐다보았다. 윤식은 이쪽으로 고개 돌린 십여 개의 표정이 마네킹처럼 굳어 있음을 알고는 움찔했다.

'왜 이래, 이 인간들?'

묵직한 공기가 교무실에 떠다녔다. 선생들은 윤식의 얼굴에 둔 시선을 거둘 줄 몰랐다. 시골 술집에 도착한 이방인을 현지인들이 일제히 쳐다보는 공포영화의 한 장면이 생각나 초조해졌다. 눈치 없게 조성한 썰렁함을 없애고 정상적인 활기를 회복시켜야만 했다. 윤식은 평소의 침착함을 잊고 크게 떠들기 시작했다.

"뉴스 보셨습니까? 시내에 멧돼지가 내려왔다는 거요. 그저께 제가 직접 그놈을 봤다 아닙니까? 탱크로리만 했어요. 얼마나 무서웠는지 어제 꿈에도 나왔는데…….."

사람들의 표정에 꿈틀거리는 기색이 완연했다. 여선생들 일부는 손으로 입을 막기까지 했다.

"진짜 죽을 뻔했거든요. 경찰까지 출동시켰죠."

"조 선생님!"

영희가 벌떡 일어섰다. 눈을 부릅뜬 그녀는 뭔가 암시를 주는 듯했다. 윤식이 입을 다물자 그녀가 황급히 교무실을 빠져나갔다. 여선생 둘이 따라 나갔다. 그제야 윤식은 영희의 옆자리가 텅 비어 있다는 사실을 깨달았다.

"조 선생, 방금 경찰서에서 연락이 왔네."

교감 선생이 일어섰다.

"자네 동문 선배 문상교 선생 말일세, 출근길에 사고를 당했네."

문상교란 이름이 나오자마자 윤식을 노려보는 교직원들의 눈에 비판의 날이 서렸다. 마치 사고의 책임이 그에게 있다는 듯이. 입에서 입으로 퍼진 술값 계산의 소문은 칼보다 무서웠다.

"사고라니요?"

"다리 위에서 추락했다네."

"아니! 그게 무슨 소립니까!"

윤식의 가슴속에서 방울이 딸랑거렸다. 심장 소리에 맞춰 힘차게 뛰는 무당의 방울이었다.

"목격자 말로 문 선생은 자전거로 출근하던 중이었다 하네. 다홍대교를 지날 때 다리 반대편 끝에서 뭔가 뛰어오더라는군. 자네 말대로 탱크로리만 하게 큰 멧돼지라 하네. 그런 게 뛰어와 덮치니까 피하려던 문 선생은 10미터 아래 노들강변으로 떨어진 걸세. 두개골이 박살났대. 그리고."

교감이 눈을 흘겼다.

"그 뉴스는 나도 봤어. 아마 그 멧돼지가 자네가 봤다는 놈일 수도 있겠군."

윤식의 생각은 다른 데 가 있었다. 어쨌든 세번째 초상이 났어, 세번째가. 또 신물을 태울 일이 생겼어. 그는 떨고 있었다.

2

교실 문을 열 때도 손은 떨렸다. 윤식의 생각은 눈에 가 있었다. 아파트 주차장에서 윤식을 노려보던 눈. 꿈속에서도 노려보던 멧돼지의 눈. 쫓기는 야생동물의 긴장과 두려움은 없었다. 그건 착수금을 받고 영수증을 준 청부업자의 눈이었다. 이제 일을 벌일 테니 준비 단단히 하라는 다짐.

"차렷. 선생님께 경례."

52명의 인사 소리에는 기운이 빠져 있었다. 아이들은 어제까지 함께 지내던 선생님을 다시는 보지 못한다는 사실을 이미 알고 있었다. 문 선생의 마지막 길은 교육자다운 가로수 꽃밭이 아니라 골통이 빠개진 지옥의 다리였다. 윤식은 머리를 감싸 쥐었다.

"너희에게 슬픈 소식을 전해야 한다."

가까스로 입을 떼자 아이들의 흐느낌이 대답으로 돌아왔다. 1년 전 문상교는 5학년 담임이었고 여기 6학년 4반에는 작년의 제자들 수 명이 앉아 있다.

"3학년 3반 담임이신 문상교 선생님께서……."

아이들의 고개가 떨구어졌다. 흐느낌은 더 커졌다. 하지만 윤식의 마음은 멧돼지에 가 있다. 자신을 쳐다보던 멧돼지.

'나 때문이 아냐! 뉴스에도 멧돼지가 나타났다고 했잖아! 그저 우연한 사고일 뿐이야!'

흑흑거리는 울음이, 쿵덕대는 심장박동이 무당의 방울 소리로 변했다. 이 상황을 이해한다는 것처럼 격렬히 흔들어대는 방울이다. 해괴하기 짝이 없는 음향에 온 세상이 빙글빙글 돌았다. 눈 안에서 번갯불이 번쩍거렸다.

'이게 무슨 소리야! 제발! 제발 그만해.'

눈을 뜬 윤식은 보았다. 교실 맨 뒤에 와 있는 낯선 여자를. 여자는 한복을 입었지만 울지도 방울을 흔들지도 않았다. 엎드린 아이들 사이로 고개를 빳빳이 쳐든 채 정확히 이쪽을 쳐다볼 뿐이었다. 땀방울이 들어간 윤식의 눈에 핏발이 곤두섰다. 교탁 모서리를 잡은 손이 지휘봉으로 옮겨 갔다. 저것은 분명 귀신이다. 귀신이 수업 중에 들어와 감지도 않은 눈으로 나를 노려보고 있다. 쳐다보지 말라고 소리치고 싶었다. 울음소리들이 서서히 웃음으로 바뀌었다. 앙칼진 비웃음이었다. 방울소리는 더욱 커져갔다. 모두가 비웃는지 우는지 어깨를 들썩이는데 귀신은 아직도 이쪽을 노려본다. 보지 마라, 이 재수 없는 년아! 죽을 정도로 무섭단 말이다!

더 이상 참을 수가 없었다. 윤식은 고개를 홱 쳐들어 교실 맨 뒤에 있던 여자를 정면으로 응시했다.

여자는 시선을 거두지 않았다.

얼굴 피부를 손톱으로 벗겨내도록 방울 소리가 요란해졌다.

윤식은 할 말을 잃어버렸다.

귀신의 정체를 알아낸 것이다. 교실 뒤편 벽에 언제나 붙어 있던 유관순의 초상화였다. 어느 국민학교에나 존재하며 그 학교의 비밀을 쥐고 있는 유관순. 어둠이 깔리면 아이들을 공포로 몰아넣는 교실의 진정한 주인. 이 초상화를 쳐다보는 사람은 아무리 몸을 틀고 방향을 바꿔도 그 시선으로부터 자유롭지 못하다.

'분명 살아 있는 여자 같았는데…….'

방울 소리가 아직도 귀청을 때렸다. 아이들 몇이 인상을 찌푸렸다. 그래, 나한테만 들리는 게 아니었어. 아이들한테도 저 소리가 들리는 거야!

"이봐, 나가요! 어디라고 여길 들어와!"

성난 닭 같은 교무주임의 고함이 들려왔다. 방울 소리가 뚝 멎었다. 아이들의 울음도 멎었다. 제정신을 찾은 윤식이 창밖

118

을 내다보았다.

운동장에서 교무주임이 소리를 지르고 있다. 야단에 쫓겨 정문을 향해 리어카를 미는 사람은 두부 장수였다. 목장갑 낀 손에 쥐여 있는 방울이 소리의 진원지였다. 1980년대의 주택가와 골목길에서는 환경미화원도 장사치도 똑같은 방울을 썼다.

"선생님, 이 두부는 집에서 직접 만든 겁니다."

"안 사요, 안 사! 나가!"

두 사람이 승강이를 벌이는 사이 1교시를 마치는 종이 울렸다. 윤식이 의자에 앉았을 때 이번엔 교실 밖에서 여자 하나가 나타났다. 심각한 인상의 영희였다. 윤식이 기운 없이 일어섰다. 몸살 증세가 또다시 밀려들었다.

3

영희네 반 남자애 둘이 치고받고 싸웠다. 한 명이 코피가 난 제법 소란스러운 싸움이었다. 체벌을 남 선생한테 부탁한다는 이유로 찾아왔지만 영희의 속셈은 다른 데 있었다. 소리 죽여 나누는 이야기를 들을 수 없는 아이들은 두 선생님이 체벌의 강도에 대해 의견을 나누는 줄만 알았다.

"얼굴이 왜 그래? 언 거야?"

"몸이 안 좋아."

"문 선생이 저렇게 된 게 윤식 씨 때문이라고 봐?"

윤식은 5초 정도 침묵하다가 말했다.

"그런 거 같아."

"정신 좀 차려! 그 시간에 다리를 건너던 누구라도 피해자가 될 수 있는 상황이었어. 문 선생이 재수가 없었을 뿐이야."

"차라리 추첨이라고 하지?"

영희의 눈이 동그래졌다.

"그게 무슨 소리야?"

"지금까지는 죽을 때가 다 된 사람만 죽었다고. 병든 노인네들 말이야. 하지만 이번엔 멀쩡한 사람이잖아."

"그러니까 우연이지!"

아이들은 두 선생의 심각한 표정에 단체 벌이 떠올라 긴장했다.

"우연이 아냐. 예정된 거야. 그것도 이틀 만에!"

"쉿!"

영희가 주변을 살피고 나서 또박또박 말했다.

"기왕 이렇게 된 거 효과가 빨리 나면 날수록 좋은 거 아냐?"

"자연스러운 죽음을 바랐지! 이런 거 말고."

"이게 정말 자기가 했던 의식 때문이라고 봐? 난 아니라고 보는데?"

윤식은 '우리' 대신 '자기'라고 쓰는 말이 영 달갑지 않았다. 영희의 의도는 좀 더 여자다운 것이었겠지만 말이다.

"모르겠어, 몰라."

"칼(KAL)기 폭파, 아웅산 테러. 거기 있던 사람들은 다 이유가 있어서 그렇게 당한 건가?"

"이건 그런 차원이 아니잖아."

영희가 시계를 보았다.

"시간 다 되어가. 나약해지지 말고 목표를 명심해, 목표를."

"알았어. 이걸로 세번째란 말이지."

"혹시 알아? 네번째는 새엄마의 초상이 될지."

윤식은 이전과는 다른 그녀의 적극성에 흠칫 놀랐다. 보석의 광채는 아름답지만 위험하기도 한 법이다.

"문 선생 장례식장에 갈 거지?"

윤식이 천천히 고개를 끄덕였다. 영희가 엎드려뻗쳐 자세의 두 아이들을 손가락질하며 작게 얘기했다.

"중간에서 멈추면 무당의 화를 부른댔잖아. 그러니 조금만 힘내."

"알고 있어."

윤식은 집요하게 다른 생각에 파묻혔다.

문상교 때문에 받았던 손가락질과 따돌림, 그리고 장인 장모가 될 시의원 부부를.

4

싸운 아이들에게 운동장 서른 바퀴 구보를 명하고 돌아온 윤식은 번호 순서대로 책 읽기를 시켰다. 아이들도 쉬는 시간이면 삼삼오오 모여 성인들처럼 이야기를 나눈다. 그들은 수업 중에 슬퍼하던 것은 잊고, 머리가 어떻게 터졌을까, 다흥대교 밑에 한번 가보자 따위로 이야기꽃을 피웠을 것이다. 갑자기 윤식은 쉰두 개의 얼굴에 혐오감을 느꼈다.

낭랑한 목소리들이 축약된 『돈키호테』를 읽는 사이 윤식은 자신의 책상 서랍을 열쇠로 열었다. 책상을 덮은 자주색 휘장이 학생들의 시야를 차단했다. 서랍 속은 클립, 풀, 도루코 칼, 업무용 노트, 색종이로 만든 상장 등으로 잡다했다. 이것은 일종의 위장전술이었다. 서랍 안쪽 깊숙한 곳에는 비닐봉지 두 개와 두툼한 일호 봉투가 둘 있었다. 비린내가 확 풍겼다. 윤식은 오늘 밤 상갓집에서 태워버릴 신물(神物)을 서랍 아래의 007가방으로 조심스럽게 옮겼다. 아이들은 이 같은 담임의 행동을 눈치채지 못했다. 『돈키호테』는 이제 결말을 남겨두고 있었다. 다시 수업으로 돌아오고자 일어선 윤식은 단 한 명이 자신에게 시선을 두고 있음을 알았다. 풍경화 스케치북들과 함께 걸려 있던 유관순이었다.

유관순은 아무리 움직여도 이쪽만을 쏘아보았다.

깔깔거리는 웃음이 났다.

윤식이 깜짝 놀라 움찔거리자 007가방이 탕 하는 소리를 내며 넘어졌다. 책 읽기가 중지되었다. 아이들이 일제히 담임선생을 쳐다보았다.

"누구야? 방금 웃은 놈들 앞으로 나와!"

담임의 고함에 2분단의 김원형과 양철균이 달려 나왔다. 윤식은 뜻 모를 공포에 질려 목소리마저 떨렸다.

"왜, 왜 웃었지?"

김원형이 고개를 숙이고 대답했다.

"철균이가 비밀을 알려준다고 해서요."

"무슨 비밀? 양철균, 얘기해봐."

양철균이 느릿느릿 대답했다.

"저…… 유관순의 비밀입니다."

윤식은 심장이 철렁 내려앉았다.

"그게 왜 웃겨?"

대답은 김원형이 했다.

"유관순의 열두 가지 비밀을 알아낸 사람은 죽습니다. 그런데 철균이는 열세 가지 비밀을 안대요."

윤식은 보았다. 딴짓하다가 걸려 나온 두 놈이 선생님도 무시하고 웃고 있는 낯짝을. 놈들은 득의만만했다. 유관순이 아니라 선생님의 비밀을 알고 있는 것처럼 보였다. 앉아 있던 아이들 틈에서도 웃음이 들려오기 시작했다. 웃음은 금세 옆에서 옆으로 전염되었다. 김원형이 고개를 들었다. 노골적으로 씨익 웃는 입술이 귀밑까지 닿을 듯했다.

"그 비밀은요……."

"이 새끼!"

윤식이 손바닥을 휘둘렀다. 손뼉 치는 소리가 나면서 김원형이 저만치 나가떨어졌다.

"학교가 상중인데…… 이 철없는 놈들."

좌중이 찬물을 끼얹은 듯 조용해졌다. 윤식이 소리쳤다.

"김원형, 양철균! 엎드려뻗쳐! 나머진 책상 위로 올라가!"

겁에 질린 아이들이 우르르 책상 위로 올라가 무릎을 꿇었다.

"부회장, 3반 김동훈 선생님한테 가서 박달나무 빌려와!"

단체 벌의 공포로 아이들이 얼어붙었다. 여자아이들이 흐느끼기 시작했다. 윤식은 혼돈의 와중에도 이쪽만을 쏘아보는 유관순의 눈과 시선을 마주치지 않으려고 안간힘을 썼다. 그래서 휘두르는 몽둥이에 더 큰 힘이 들어갔다.

그날 하굣길에 아이들이 수군거렸다.

"우리 선생님이 갑자기 이상하게 변했어."

5

문상교의 유품 처리와 업무 배분 때문에 전 직원의 퇴근이 늦었다. 하루 종일 전화통에 불이 붙었다. 날씨는 빠르게 흐려졌다. 7시인데도 컴컴해진 하늘은 곧 함박눈을 쏟아놓을 태세였다. 모든 교직원이 문상교의 영안실로 출발했다. 그러나 윤식은 시신이 안치된 다홍병원이 아닌 새엄마가 입원해 있는 복음병원으로 차를 몰았다. 그의 코트 주머니 양쪽이 불룩했다. 병원 인근의 공중전화 부스 앞에 정차한 그는 수화기를 들고 동전을 넣었다.

─예, 형사기동대 순경 차종환입니다.

"나다, 종환아. 많이 바쁘지?"

―그 일로 정신없다. 우리 고등학교 선배라면서?

"그래, 저번에 얘기했잖아. 술값 시비로 온 동네방네 내 욕하고 다녔다는 인간."

―그럼 뭐냐. 너한텐 잘 죽은 거냐?

종환이 악의 없이 웃었다. 윤식은 바닥에 침을 뱉었다.

"잘 죽었지."

―얀마, 빈말이라도 그러지 마라. 어디냐?

"복음병원 앞이다. 새엄마한테 들렀다가 가려고."

―아, 그래. 편찮으시다면서.

종환의 목소리에 활기가 띠었다.

―야, 야. 그러고 보니 병문안도 못 했네. 지금은 자리 못 비우는데 이따 10시에 나랑 같이 가자.

"뭘 같이 가, 인마. 병원 가도 윤미 누나 없어."

―안 계시다구?

종환이 풀 죽은 목소리로 대꾸했다.

"나 문상교 때문에 궁금해서 전화했다."

―뭐가 궁금해? 같은 직장 사람인 니가 더 잘 알지, 내가 아는 게 있나?

윤식은 1초쯤 말이 없다가 대답했다.

"사건 현장에 너도 갔었냐?"

―응.

"대체 뭐 어떻게 된 일인데?"

─어떻게 되긴. 너네 학교에 통보해준 사실 그대로지. 그 사람 집이 범바위 있는 데고 자전거 타고 출퇴근한다며? 노들강변은 멀리 돌아가야 하니 지름길인 다리 위로 자전거 몰고 간 거지. 그런데 하필 거기서 돼지가 나타난 거야.

"돼지가 그 사람한테 직접 달려든 거야? 아니면 그냥 다리 위를 뛰어간 거야?"

─글쎄, 뭐 피하려다 떨어진 거 보면 달려든 거 아니겠냐? 돼지한테 받힌 흔적은 없더라.

별다른 소식은 없다. 윤식은 시신의 상태에 대해 물으려다가 그만두기로 했다.

"그 돼지 출몰한 지 벌써 며칠 됐던데 니들은 뭐 했냐? 진작 잡았으면 그럴 일도 없었잖아?"

─야, 너 뉴스 안 봤냐?

"무슨 뉴스?"

─그 선생 습격한 놈은 다른 멧돼지야. 방송에 보도됐던 그 돼지는 벌써 포수들한테 사살됐어.

"어, 언제?"

─어제 오후였지. 시 외곽에서 신고가 들어왔어. 도로가에 산돼지 나왔다고. 총알 네 발이나 맞고 죽었다. 목덜미에 개한테 물어뜯긴 자국이 있었는데 포수 말이 며칠 전에 잡을 뻔했다가 놓친 돼지가 맞다는 거야.

윤식은 무의식중에 전화번호부 페이지를 한 장 한 장 찢고 있었다.

—서장이 그거 때문에 소리 지르고 난리다. 앞으로 돼지 꼬리만 보여도 그 자리에서 즉시 사살하라고.

윤식은 듣고 있지 않았다.

6

윤식이 도착했을 때 복음병원 정문에는 윤미가 나와 있었다.

"누나."

"왜 이제 오니?"

그녀는 이틀 만에 찾아온 동생에게 군이 피곤한 기색을 숨기지 않았다. 남매인 윤식과 윤미는 생김새가 비슷했지만 잠을 제대로 못 이룬 초췌함도 비슷했다. 새엄마 정금옥 여사가 남매에게 끼친 변화였다.

"미안해. 좀 그렇게 됐다. 사실은."

그는 잠시 뜸을 들였다 이야기했다.

"오늘 우리 학교 선생 하나가 죽었어."

"뉴스 봤다. 어휴, 끔찍해."

"그런데 왜 여기 나와 있어?"

"슈퍼 가는 길이야. 입맛 없다고 베지밀을 사오래."

"가지가지 하는군. 콱 죽어버리지나 않고."

"그러지 마, 윤식아. 그래도 결국…… 엄마잖아."

"흥, 엄마는 무슨 엄마."

"그래도 너랑 같이 안 있고 당분간 여관에 묵기로 했잖니. 어쩌니, 우리가 잘 데리고 있어야지."

두 사람은 두유를 사기 위해 매점으로 걸어갔다. 윤미는 동생을 힐끔힐끔 살폈다.

"너 얼굴이 왜 그러니?"

"어떤데?"

"푸르스름한 게 아주 지쳐 보여."

"내가?"

"그래, 며칠 잠을 못 잔 사람 같아."

"오늘 애들한테 단체 벌을 줬어. 그러지 말았어야 했는데."

"왜 그랬어?"

"학교 분위기가 말이 아닌데 요놈들이 장난을 치잖아."

윤식은 유관순과 방울 소리 그리고 자신도 교무실에서 떠벌렸던 '장난' 일체를 생략했다.

"웬만하면 매로 다스리지 마. 말로 잘 타일러야지."

그녀는 착한 동생의 가끔 욱하는 성격을 잘 알고 있었다. 결손가정의 환경이 끼친 악영향이리라. 여관방을 빌려 새엄마를 묵게 한 것도, 직장을 다니면서 간호를 떠맡은 것도 하나밖에 없는 동생을 위한 것이었다. 죽이고 싶도록 미운 여자지만 그럴수록 윤식을 괴롭힐 건 불을 보듯 뻔했다.

"너 아직도 사귀는 아가씨는 없어?"

"없어, 아가씨는 무슨."

윤식은 누나가 어디서 무슨 소리를 듣고 묻는 건 아닐까 하

128

고 생각했다. 영희는 자기가 허락할 때까지는 유일한 피붙이인 누나에게조차 소개를 늦춰달라고 했다. 영희의 머릿속 계산은 『수학의 정석』 한 권은 거뜬히 넘어설 터였다.

"빨리 결혼을 해야 할 텐데."

윤식은 누나가 빌려준 돈을 걱정하는 건 아닐까 하는 생각이 들었다. 평소에는 삐딱한 마음이 들지 않았는데 오늘은 아침부터 영 기분이 좋지 않다.

"그깟 결혼이 무슨 대수라고. 내가 투자한 데가 잘만 개발되면 팔자가 풀린다니까. 빌린 돈은 매달 이자까지 쳐서 줄 테니 걱정 마."

"왜 딴소리 하고 그래? 니가 걱정돼서 그러지. 거울 좀 봐. 정말 안 좋아 보인단 말이야."

"그래?"

윤식은 손바닥으로 자기 얼굴을 쓰다듬었다. 면도를 못 한 것 말고는 별 이상이 없다.

"종환이가 누나한테 안부 전해달래."

두 사람은 매점에 들러 베지밀 한 박스를 샀다. 계산은 윤식이 했다.

"매형 음주운전이든 교통법규 위반이든 걸리면 무조건 그 녀석한테 연락해. 경찰 빽이 의외로 좋은 점이 많아."

윤미가 한숨을 내쉬었다.

"매형 말이 나와서 말인데, 요즘 좀 이상하다."

"뭐가?"

"여태까지 우리한테 새엄마가 있는 거 몰랐잖아. 평생 안 보고 사나 했는데 불쑥 나타날 줄 누가 알았겠니? 자꾸 찾아와서 행패 부리니 스트레스인가봐. 안 그래도 실직까지 한 마당인데…… 말도 잘 안 하고 담배만 피운다."

"매형도 부담스럽겠지. 그런 괴물 같은 전과자 장모를 누가 좋아하겠어."

"그렇잖아도 감옥에서 나왔단 사실에 충격받은 거 같아."

"누나한테 화도 내고 그래?"

"아니, 그렇진 않아. 그냥 말수만 줄었지."

"아, 하여간 그 여자 귀찮은 혹이야. 어떻게 떼버린다지?"

윤식은 문득 잊고 있던 게 생각나 물었다.

"그나저나 그 여자 그날 왜 쓰러졌대?"

"물어도 대답 안 해. 직접 물어보렴."

대화하는 사이 그들은 새엄마가 누워 있는 병실 앞까지 다다랐다. 이 문만 열면 그 여자가 누워 있는 모습이 보이겠지. 얼어붙었던 심장이 다시 피를 거꾸로 치솟게 했다. 공포보다 더 큰 의지를 윤식은 반드시 보여주고자 했다.

'나한테 맡겨, 누나. 며칠 내로 아주 지옥으로 보내버릴 테니까.'

✦

병실에 들어섰을 때 정금옥은 침대에 앉아 창밖을 보고 있었다. 윤식은 화들짝 놀랐다. 시체가 숨을 얻어 앉아 있는 줄만 알았다. 새엄마는 흉측하게 변했다. 처음 등장했을 때의 밤무대 가수 같은 관능과 미모는 사라지고 없었다. 머리카락은 듬성듬성 빠졌고 피부는 탄력을 잃어 쭈글쭈글했다. 눈곱이 낀 퀭한 눈을 뜰 때 윤식은 살아 있는 해골이 쳐다보는 착각에 빠졌다.

'적산법사가 대단하긴 대단하구나.'

이제 장미의 가시는 빠지고 꽃잎은 시들었다. 화무십일홍이다. 하지만 윤식에겐 뿌리를 뽑을 일이 아직 남아 있다. 두번만 죽음의 제초제를 주면 된다.

"좀 어떠세요, 아줌마."

정금옥은 대답하지 않았다. 숨소리도 들리지 않았다.

"좀 어떠냐구요?"

윤식의 언성이 약간 높아졌다. 윤미가 가로막았다.

"아직 많이 안 좋으시다."

"두유는 사왔냐?"

정금옥이 윤미에게 물었다.

"네, 여기 사왔어요."

윤미가 비닐봉지를 들어 보였다. 정금옥은 팔을 휘둘러 봉지를 바닥에 내동댕이쳤다.

"무슨 짓이에요?"

윤식이 소리쳤다.

"이건 안 먹어. 삼육두유로 바꿔줘."

"베지밀을 사오라면서요?"

"삼육두유로 바꿔 와."

"주는 대로 먹지, 어디서 행패야?"

윤식이 소리치자 정금옥이 번쩍거리는 눈길로 쏘아보았다. 얼굴을 뚫고 들어가 뒤통수로 나올 것만 같은 시선이었다. 치명적인 전염병 환자를 보는 느낌에 윤식은 기분이 언짢았다. 며칠 사이에 이렇게 사람의 외형이 바뀔 수도 있는 걸까.

"바꿔 오란 말이야!"

정금옥이 목소리를 높였다. 기차가 출발하는 목청이었다. 가속이 붙으면 소리가 더 커질 것은 뻔했다. 윤미가 당황스러운 몸짓으로 새엄마의 어깨를 잡았다.

"알았어요, 바꿔 올게요."

"같이 가, 누나."

윤식이 일어섰다.

"넌 여기 있어."

정금옥이 윤식을 불러 세웠다.

"싫어요. 아줌마랑 있기 싫어요."

"왜 날 어머니라 부르지 않지?"

"몇 번이나 말해야 해! 당신이 왜 우리 어머니야!"

"내가 그리도 싫니?"

"그래요, 원래부터 싫었어요. 아줌마가 싫단 말이에요."

"왜? 나한테서 못 볼 거라도 봤나?"

정금옥이 히죽 웃었다.

"뭐라고요?"

윤미가 말렸다.

"그러지 마, 윤식아. 편찮은 분이시잖니. 새엄마도 자꾸 그러지 마세요."

"역시 아들보단 딸이 백번 낫구나. 베지밀만 바꿔다오. 그럼 윤식이랑 오붓하게 얘기 나누고 있을게."

윤미는 잠시 시선을 새엄마의 얼굴에 두었다가 등을 돌렸다.

"윤식아, 새엄마랑 있어. 금방 올게."

윤미가 베지밀을 들고 병실을 나갔다. 정금옥의 얼굴에 주름이 몹시 진 미소가 나타났다.

"너하고 단둘이 얘기할 기회가 생겼구나, 윤식아."

"난 별로 얘기하고 싶지 않은데요."

"무슨 말을 그렇게 하니? 난 네 엄마고 넌 내 아들이야."

"그렇게 생각하지 않아요."

"니가 그렇게 생각하지 않아도 엄연한 사실인걸."

그녀는 또 웃었다.

"네 애비가 내 남편이었으니까. 죽은 네 애비 말이다."

윤식도 능글맞게 웃었다.

"그런 소린 말이죠, 개소리라고 하는 거예요. 개소리! 개! 개! 멍, 멍, 개! 무슨 말인지 알죠?"

이 소리는 정금옥에게 제대로 타격을 준 것 같았다. 잠시 말이 없던 그녀는 천천히 고개를 떨구었다. 시선을 마주하지 않는 여자의 고개 안쪽으로부터 주문을 거는 듯한 낮은 목소리가 흘러나왔다.

"니가 내게 몹쓸 짓을 했다는 걸 안다."

윤식의 얼굴빛이 창백해졌다.

"그게 무슨 소리죠?"

"넌 나와 살기 싫어하잖니?"

"당연하죠. 난 결혼도 해야 하고 가정도 꾸려야 해요. 할 일이 한두 가진 줄 알아요? 그보다 분명한 건 아줌마와 난 남이란 사실이죠."

"어쨌든 나랑 살기 싫은 거야. 덕분에 내가 병원에 누워 있잖니?"

"내가 이곳에다가 집어 던지기라도 한 것처럼 말하는군요."

"나도 잘 모르겠구나. 어쩌면 살날이 얼마 안 남은 건지도 모르지."

그녀는 몇 가닥 남지 않은 머리를 쓸어 넘겼다.

"아직도 내가 네 아빠를 죽였다고 생각하니?"

"입 닥쳐요."

"무서운 꿈을 꾸었단다. 꿈인지 생시인지 구분이 안 가. 하도 놀라서 이리로 실려 온 게지."

윤식의 귀가 솔깃해졌다.

"하숙집의 거울 있잖니?"

"거울?"

그렇다. 윤식의 하숙집에는 어른 키만 한 전신 거울이 있었다. 양복을 주로 입는 직업상 무엇보다 빨리 마련한 가재도구였다.

"꿈속에서 난 니 하숙집에 있었어. 넌 퇴근하고도 돌아오지 않아 나 혼자만 있었지. 전화도 한 통 없었어. 하숙집 사람들은 모두 잠들고 온 집 안이 컴컴했어. 빈방에서 기다리기만 하던 난 갑자기 혼자 있는 게 무서워져서 청소라도 해야겠다고 마음먹었어. 한밤중의 청소라니 웃기는 노릇이지. 네 방은 먼지투성이였어. 그래서 난 이불부터 털려고 밖으로 나갔거든. 그런데 돌아왔을 때 거울 안에 웬 낯선 남자가 보이지 않겠니?"

정금옥은 그때 생각이 난다는 듯 눈을 크게 떴다.

"완전히 발가벗은 남자였어. 몸에 털이라곤 하나도 없이 하얀 남자였지. 머리카락도 눈썹도 하나 없었어. 꼭 마네킹 같았단 말이야. 그런 작자가 거울 안에서 나를 빤히 쳐다보더란 말이다."

윤식은 그녀의 눈을 똑바로 쳐다보았다.

"난 강도가 든 줄 알고 뒤를 돌아봤지만 방 안에는 아무도 없었어. 거울 속의 남자는 그대로 있는데 말이야. 그는 나를 계속 노려봤어. 거울을 깨고 튀어나올 것만 같았지. 난 무서워서 비명도 지를 수 없었어. 오른쪽으로 움직이면 그 남자의 눈알이 오른쪽으로 따라왔고 왼쪽으로 가면 왼쪽으로 따라왔거든."

윤식의 맑은 콧물이 바닥으로 떨어졌다. 발로 비빌 생각은 하지도 못했다.

"악몽에서 깨어났을 때 그곳은 컴컴한 여관방이었어. 숨이 가쁜 게 심장이 멎을 것 같았지. 어둠이 너무 무서워서 불을 켰단다. 그런데 밝아지자마자 방구석에 누군가 보이는 게 아니 겠니. 바로 꿈속의 그 남자였어. 쪼그려 앉아서 날 빤히 쳐다보고 있었지. 비명을 지르자 그자는 후다닥 욕실 안으로 도망쳤어. 난 도둑이야 소리치고 사람들을 불러 모았어. 곧 주인이 달려왔지. 하지만 욕실 안에는 아무도 없었어. 거울이 있었을 뿐! 정말이야. 미치고 환장할 노릇이지. 사람들은 꿈을 꾼 게 아니냐고 했지만 흥, 그건 절대 꿈이 아니었어. 놀란 가슴을 진정시키고 다시 자려고 누웠지만 뜻대로 되지 않았어. 잠시 후 심장이 쥐어짜듯 아파오더구나. 윤미한테 전화하다가 정신을 잃었는데 깨어나보니 여기였어."

윤식은 한시바삐 병실을 벗어나고 싶었지만 한마디 정도는 해주고 싶었다.

"평생을 못된 짓만 하고 사니까 이젠 환각까지 보이나 보군요."

"그런데 지금 니 얼굴은 왜 땀범벅이 되었지?"

정금옥이 희미하게 웃었다. 윤식은 손등으로 이마의 땀을 훔치고 고개를 들이밀었다.

"몸조리나 잘하세요, 아줌마."

"머리털도 눈썹도 없는 그 남자는."

새엄마는 시선을 피하지 않았다.

"너하고 아주 비슷하게 생겼더라."

윤식은 자기도 모르게 흑, 하고 비명을 토했다. 정금옥이 쉰 목소리로 웃기 시작했다. 윤식은 거칠게 문을 열고 도망치듯 병실을 빠져나갔다. 새엄마가 내지르는 고함이 윤식의 등에 날아와 꽂혔다.

"니가 날 어디로 보내려는지 잘 안다. 하지만 이것도 알아둬라. 난 절대로 혼자서는 가지 않는다는 걸!"

마침 두유를 바꿔 온 윤미가 병실로 들어오려던 참이었다. 옆에는 매형인 동준이 있었다. 그가 '처남!' 하고 불렀지만 윤식은 두 사람을 알아보지 못하고 허둥지둥 달려갔다. 동생의 푸르스름한 얼굴을 윤미는 똑똑히 보았다.

7

9시 20분에 윤식은 문 선생의 시신이 안치된 병원에 도착했다. 여태껏 다녀본 상갓집 중에서 가장 비통한 곡소리가 들려왔다. 단장(斷腸)이란 말이 무색할, 울부짖음에 가까운 슬픔의 표현이었다.

각종 교육기관으로부터 전달되어 온 화환이 좁은 길을 가렸다. 주로 선생들로 구성된 조문객들은 앉지도 못하고 북적거리기만 했다. 조문하는 사람은 많았지만 분향소가 매우 초라했기 때문이다. 외아들인 문상교는 홀어머니를 모시고 살던 가난한 노총각이었다.

"아이고, 불쌍한 내 새끼. 이를 어쩔꼬……."

머리가 허연 할머니 하나가 바닥을 치며 대성통곡했다. 문상교의 어머니였다. 슬픔으로 구겨진 얼굴을 차마 대하지 못한 윤식은 고개를 돌려버렸다. 친척들도 거의 눈에 띄지 않아 상 갓집의 분위기는 쓸쓸했다.

윤식은 비슷한 시각에 도착한 다흥국민학교 선생들과 함께 분향소로 들어갔다. 웃을 때도 울상이었던 문상교의 영정 사진 이 그를 내려다보았다.

'선배님, 내 탓이 아닙니다. 나를 위한 길에 선배가 운 나쁘 게 서 있었을 뿐입니다.'

윤식은 무당이 가르쳐준 주문을 외우기 시작했다.

'자허이 뱃나 자허이 뱃나 만랄십성 요호야 적모취장 에후 라……'

고인의 어머니는 윤식의 속을 알지 못한 채 애끓는 울음만 쏟아놓았다. 울음은 귀를 파고들고 생각을 흩뜨려놓았다. 주문 에 집중할 수가 없었다. 자신을 심각하게 노려보던 멧돼지의 불타는 눈이 떠올랐다.

향을 피우고 절을 주도했던 교무주임이 가볍게 헛기침을 하 면서 일어섰다. 모두가 따라 일어섰다. 그때 윤식의 주머니에 서 어린애 손가락이 떨어졌다. 머리털이 새하얘지는 느낌이었 다. 침착하게 처신했으면 좋았겠지만 주위 들 때의 허둥댐은 어쩔 수 없었다. 다행히도 모두의 눈은 상주를 향하고 있었다.

분향소를 나올 때 구석 테이블에 모여 있던 남자들이 윤식을 쳐다보았다. 황복만 선생 때처럼, 교무주임이 상석에 앉고 장 선생과 변 선생이 곁에 앉았다. 오현철 선생은 보이지 않았다.

윤식은 자리에 끼지 않고 바깥으로 나왔다. 남자들의 눈길이 윤식을 따라 움직였다. 그들은 윤식에게 합석을 권유하지 않았다.

✦

"이런 젠장……."

007가방에서 꺼낸 봉지에는 한자 사(四)가 분필로 씌어 있었다. 세번째가 아닌, 네번째 의식에 쓸 신물이었다.

'애새끼들 때문에 헷갈렸던 거야.'

적산법사는 만에 하나 잡티가 섞일 경우 감당할 수 없는 위험이 닥칠 거라고 했다. 이 잡티란 것에는 해치워야 할 의식이 정해진 수순을 따르지 아니함도 당연히 포함될 터였다. 법사의 지시를 우습게 생각할 일이 아니었다. 뼈가 산산조각 난 문상교의 앞에는 무서운 멧돼지가 있었고 그 돼지는 자신과 안면이 있었다. 하라는 대로 하지 않았다가는 어떤 화를 입을지도 몰랐다. 순차적인 단계를 거쳐야만 새엄마도 무리 없이 지옥으로 떨어질 것이었다. 윤식은 다시 학교로 차를 몰았다. 이미 주문을 외웠으니 빠른 시간 내에 세번째 신물을 가져와야 했다.

반대 방향의 차들이 감시자의 눈길 같은 헤드라이트를 쏘면서 그를 지나쳐 갔다. 윤식은 작전의 곤란에 불안해하며 속도를 높였다.

잠시 후 르망은 불 꺼진 학교의 후문 옆에 소리도 없이 주차했다. 방과 후 철문은 엄중하게 잠겨 있었지만 윤식은 무릎 높이까지 오는 담을 수월하게 넘었다. 예상대로 교무실에는 불이 켜져 있었다. 숙직자에게는 지갑을 두고 왔다고 둘러댈 참이었다. 운동장을 걷는 내내 교무실 옆의 신사임당 동상이 자신을 노려보는 느낌이었다. 유관순의 초상화가 떠오른 윤식은 교실로 들어갈 일이 걱정되었다. 사람 많은 낮의 학교와 사람 없는 밤의 학교는 삶과 죽음만큼이나 극명한 차이가 있다.

'서둘러야겠군.'

계단을 오른 윤식이 교무실에 다다랐을 때 숙직자의 모습은 보이지 않았다. 칠판을 보니 하필이면 오현철이 오늘의 숙직자였다. 위로는 말에 꿀을 담아 비비기 좋아하고 아래로는 말에 뼈를 담아 던지는 재수 없는 인간이다. 그 자리에 있지도 않으면서 문상교와의 술값 스캔들에 온갖 살을 갖다 붙인 '소문 킬러'가 이자란 사실을 윤식은 잘 알고 있었다.

'어디 갔을까?'

그의 허락 없이 교실로 들어가자니 왠지 꺼림칙했다. 또 어떤 말을 사람들에게 씨불여댈지 몰랐으니까. 그때 과학실 쪽에서 인기척이 났다. 과학실은 교무실 우측 복도의 맨 끝자리에 위치해 있다. 몰래 들어가는 것보다 왔음을 알리는 게 뒤탈이 없을 터였다. 윤식은 마른침을 삼키며 과학실 쪽으로 걸음을 옮겼다. 윤식은 제자리걸음을 하는데 어두운 복도 전체가 이쪽으로 움직였다. 차가운 겨울바람에 빈약한 창틀이 들썩거렸다. 마치 복도가 숨결을 얻어 웃는 것 같았다. 칸칸으로 구획이 나 있는 신발장에 가득한 건 하얀 실내화였다. 시체를 밀어 넣는 영안실이 떠올랐다. 그 순간 과학실 쪽에서 여자의 웃는 소리가 들려왔다. 윤식의 걸음이 멎었다. 웃음은 멎지 않았다. 윤식은 까치발로 과학실을 향해 다가갔다.

여선생이 이 시간에 학교에 있을 리 없다. 과학실 바깥까지 다다랐을 때 웃음소리는 아까보다 더욱 커졌다.

윤식이 과학실 창문에 눈을 댔다.

여자는 반대쪽 창문을 향해 서 있었고 그녀의 뒤에 남자가 찰싹 달라붙어 있다. 치마와 바지가 땅바닥에 떨어져 먼지 속을 뒹굴고 있었다. 남자는 숙직자 오현철이었다. 그가 힘을 줄 때마다 여자가 웃음소리로 답했다. 인체 해부도와 해골 마네킹은 윤식보다 떳떳하게 이 정사를 관전하고 있었다. 차라리 잘된 일이다. 윤식은 자신이 왔음을 알리지 않고 교실로 들어가고자 마음먹었다.

6학년 4반 교실은 2층에 있었다. 과학실을 그대로 지나친 윤식은 손전등이라도 가져올 걸 후회하면서 조심스럽게 계단을 올랐다. 어둠에 휩싸인 건물은 학생들이 하교하고 텅 비게 되자 원래의 힘을 회복했다. 천장과 창문 곳곳에서 정체를 숨긴 눈들이 이쪽을 주시하고 있다. 그들에게 입이 있었으면 소곤소곤 부르며 웃었을 것이다. 조윤식! 조윤식! 조윤식!

4반 앞까지 다다른 윤식이 조용하게 미닫이문을 열었다.

어둠 속에 나란히 정렬된 책걸상이 윤식을 맞았다. 우유 향이 진한, 국민학교 교실만의 독특한 냄새가 코를 자극했다. 그것은 어시장의 비린내와도 흡사했다. 교단을 지난 윤식이 교원

용 책상 앞에서 라이터를 켜다가 뭔가 움직이는 기척을 느꼈다. 윤식은 본능적으로 교실 뒤편을 향해 눈을 부릅떴다. 열린 창문을 타 넘은 고양이의 노란 꼬리가 사라졌다. 그러자 눈의 포커스는 낮에 보았던 유관순에게 정확히 맞춰졌다. 달빛이 비쳐 초상화의 얼굴 윤곽이 또렷했다. 등골이 오싹해졌다. 3·1운동으로 역사 교과서를 장식한 위인, 무엇이 그녀를 공포의 여왕으로 만들었을까. 그는 시선을 외면했다.

열쇠를 돌리자 서랍 잠금장치 풀어지는 소리가 텅 빈 공간에 크게 메아리쳤다. 서랍을 당겨 팔을 넣자 원래의 봉투가 손끝에 닿았다. 네번째 의식의 봉투가 세번째의 것과 맞교환되었다. 서랍을 원래대로 잠근 윤식이 서둘러 봉투를 챙겨 들었다.

"거기 누구야!"

교실 문 앞에 그림자 하나가 나타났다. 기겁한 윤식이 봉투를 떨어뜨렸다. 요상하기 짝이 없는 물건들이 교실 바닥으로 쏟아졌다. 한 줄기 밝은 광선이 윤식의 얼굴을, 이어서 바닥을 비추었다. 한자가 쓰인 노란 종이들, 다리를 쫙 편 지네 같은 형체, 형형색색의 실 꾸러미 따위가 드러났다. 광선이 다시 위로 향하더니 공포에 질린 윤식의 얼굴을 비추었다.

"너로구나."

상대방은 손전등을 거두지 않았다. 윤식은 손바닥으로 얼굴을 가렸다.

"불 좀 치워요, 오 선생님."

오현철은 윤식의 말을 듣지 않고 손전등을 더욱 앞으로 들이

밀었다. 범죄 용의자를 몰아세우는 형국이었다.

"이 시간에 여기서 뭐 해?"

"지갑을 찾으러 왔어요. 그 불 좀 치우라니까요."

"지갑을 두고 갔다고?"

말 속에 날이 서 있다. 일은 점점 꼬여갔다.

"너 같은 빠꼼이가 지갑을 두고 갔다고?"

오현철은 바닥에 떨어진 물건들에 다시 손전등을 비추었다.

"이건 뭐야?"

"그건……."

숨 돌릴 사이도 없이 불빛이 윤식의 눈으로 쏟아졌다.

"부적 아니야? 왜 이런 걸 가지고 있지?"

"그건……."

"말해. 어딜 쓰려고?"

"어머니가 편찮으세요."

"그런데?"

"용한 점쟁이가 시킨 대로 하는 겁니다."

"점쟁이가 뭐랬는데?"

"아픈 데가 낫는다고요."

"그럼 저것들은 달여 먹는 거야?"

윤식은 대답하지 않았다.

"지난번 회식 때 보니 네가 그렇게 효자 같지는 않던데."

오현철은 이내 신바람을 띠었다.

"일종의 굿을 한다, 이거지? 굿? 베리 굿! 굿에 쓸 물건을 학교에 몰래 뒀다가 이제 찾아간다, 그 얘기야. 그렇지?"

"몰래라뇨? 가져가는 걸 깜빡했을 뿐이에요. 제발 좀! 눈이 부시잖아요."

"너 지금 어디서 오는 길이야? 상갓집은 아니겠지?"

"맞아요. 거기서 왔어요."

"부조금은 냈나?"

더 이상은 참을 수 없었다. 윤식이 손전등을 낚아채려 손을 휘둘렀다. 하지만 뒤로 물러난 오현철이 더 빨랐다. 그는 약 올리듯이 윤식의 얼굴에 불빛을 쏘았다.

"지금 뭐 하는 겁니까?"

"내가 묻잖아? 지갑 가지러 왔다며? 그럼 부조금은 아직 못 냈겠지?"

그는 몰아세우는 짓에 재미를 느껴 불빛을 빙빙 돌리기까지 했다. 윤식도 조금씩 화가 나고 있었다.

"냈는지 안 냈는지는 사람들한테 물어보면 알겠지."

"냈어요. 대체 왜 그럽니까?"

"넌 현금 따로 지갑 따로 주머니에 두는 모양이구나."

"그래요. 사실은 이 물건들 가지러 온 거예요."

"진작 그렇게 얘기할 것이지."

"내가 오 선생님한테 뭐 잘못한 거 있어요? 대체 왜 이럽니까?"

"수상해서 그런다, 이 새끼야."

"뭐 어째요? 욕은 왜 해요?"

"솔직히 말해봐. 이 부적 갖고 뭐 하려고 그랬어?"

"뭘 하다뇨? 난 어머니가……."

"오늘 아침처럼 또 멧돼지 얘길 해보지?"

목구멍에 뭔가가 꽉 끼는 기분이었다. 이 자식, 뭐를 알고 지껄이는 건가, 되는대로 지껄이는 건가.

'설마 주차장에서 나를 본 건 아닐까.'

"문 선생 죽어서 슬프겠다. 동문 선배인데."

"별로 친한 사이 아니었어요."

"친한 사이 아니라고? 같이 술도 많이 마셨으면서."

"누가 그럽니까?"

오현철이 웃었다.

"불특정 다수지. 워낙 사람들 소문이 파다하여 가만히 있는 내 귀에도 들어오더라고."

"내가 술값을 바가지로 씌웠다는 소문 말하는 겁니까? 그거 오 선생님이 퍼뜨린 소문은 아니에요? 그 자리에 있기나 했어요?"

"문 선생한테서 직접 들은 얘기야."

윤식은 속히 해야 할 일이 있는 마당에 이따위 얘기나 해야 하는 현실에 화가 났다.

"당신들 혓바닥이 멀쩡한 사람을 얼마나 병신으로 만드는지 알아요? 말해줄까요? 그날 문 선생과 술자리 가진 거 사실이에요. 아가씨를 두 명 불렀는데 한 명은 예뻤고 한 명은 별로였어요. 문 선생이 원하던 아가씨가 내 옆으로 왔어요. 난 상관없으니 자리를 바꾸자고 했지요. 하지만 문 선생은 싫다고 했죠. 꼴에 선배라고 자존심 세운 거란 말이에요. 그렇게 말하면서도 노는 내내 풀이 죽어 있었어요. 은근히 부아가 치민 거죠. 그래도 우린 나갈 때 똑같이 반반씩 계산했어요. 그런데 이 사람이 그걸 마음에 담아 가지고 돌아다니면서 거짓말로 내 험담을 한 거란 말이에요."

윤식의 시커먼 눈동자가 번쩍번쩍 빛을 발했다. 오현철이 새롭게 역공했다.

"말이 많다는 건 뭔가 켕기는 게 있다는 증거야. 당사자가 죽었으니 진위를 확인할 방법이 없잖아. 게다가 네가 문 선생을 미워한 건 이로써 확실해진 거 같은데."

대체 술값 얘기야, 살인 얘기야! 살인? 윤식의 관자놀이가 꿈틀거렸다.

"확실해지다니! 꼭 내가 그를 죽이기라도 한 것처럼 말하네요."

"그런 말은 안 했어. 너, 이 새끼. 선배한테 대드는 태도가 영 마음에 안 들어. 얀마, 내가 우습게 보여?"

오현철이 빙그레 웃었다.

"그래, 나는 그렇게 혓바닥 싼 놈이니까⋯⋯ 니가 이 요상한 물건들 가지러 야밤에 몰래 학교 들어온 거 사람들한테 얘기해도 되겠지?"

"맘대로 하세요."

"그것도 문 선생 초상집을 갔다 오자마자 말이야. 교회 다니는 니가 상갓집에만 가면 이런 짓을 한다는 걸 사람들이 알면 어떤 상상을 할까?"

윤식의 머리에 망치로 맞는 충격이 왔다. 알고 있었구나! 처음부터 나를 감시하고 있었던 거야!

윤식이 오현철의 멱살을 쥐었다.

"미친 소리 그만해! 뭘 잘못 처먹었어?"

오현철이 팔을 밀쳤지만 윤식은 놓지 않았다. 그는 윤식의 행동에 당황했다.

"이거 안 놔? 다 말할 테다, 개놈의 새끼! 사람들한테 다 말할 테다."

"뭘 말하겠다는 거야?"

"전부 다."

오현철이 미소 지었지만 윤식은 웃지 않았다.

"그래, 말해라. 나도 네 마누라한테 말할 테다. 과학실에 같이 있었던 니 애인."

"뭐?"

"동료 직원이 사고로 죽은 날에 넌 다방 아가씨 불러서 재미 보고 있었지. 색골 같은 놈. 나보다 니가 더 나쁜 놈이야."

윤식이 눈을 크게 뜨고 낄낄거렸다.

"개새끼, 죽여버릴 테다."

오현철이 손전등을 윤식의 머리 위로 치켜들다가 손바닥에 엄습하는 뜨거움에 손을 놓았다. 윤식의 얼굴 주위로 뜨거운 열기가 솟았다. 오현철은 한순간에 푸르스름하게 변한 윤식의 얼굴에 기겁을 하고 뒤로 물러났다. 윤식이 이빨을 드러내며 으르렁거렸다.

"조심해라, 오현철. 내 치성 한 번에 니 마누라 과부 만들 수 도 있어."

"뭐, 뭐라고? 너 방금 뭐라 그랬어?"

"아무것도 모르면 끼어들지 마. 내 궁극의 목적은 너희가 아 니야."

뜻밖의 공세에 놀란 오현철이 멈칫거렸다. 이내 정신을 회복 한 그는 과격한 욕설을 내뱉으며 상대방의 얼굴에 주먹을 날렸 다. 윤식이 손전등과 함께 날아오는 팔을 붙잡았다. 두 사람의 드잡이질에 전등은 교실 군데군데를 현란하게 비추었다.

"저거 봤어!"

윤식이 공포로 질린 얼굴을 번쩍 들었다.

"보긴 뭘 봐, 이 새끼야."

윤식이 밀치자 오현철은 인형처럼 나가떨어졌다.

"저거 봤냐고요!"

"뭘?"

겁을 집어먹은 오현철이 대꾸했다. 윤식의 손가락이 교실 뒤 편을 가리켰다. 그곳은 비밀을 감춘 짙은 어둠에 싸여 있었다.

"유관순 얼굴이 거꾸로 되어 있잖아!"

"뭐야? 이 새끼가 미쳤나?"

"봐요! 거꾸로 되어 있다구!"

윤식의 시퍼런 이마에 굵은 땀이 흘러내렸다. 그가 가리킨 손가락이 부르르 떨렸다.

"아이들이 그랬어. 비밀 열두 가지를 알면 유관순이 초상화에서 튀어나와 보는 사람을 죽인다고. 첫번째 비밀은 초상화가 뒤집히면 유관순 얼굴이 웃는다는 거였어. 저걸 봐요."

"정신 차려, 인마!"

"웃고 있잖아요!"

손전등에 비친 유관순 초상화는 평소와 다름이 없었다. 웃지도 않았고 뒤집어지지도 않았다. 윤식이 미친놈처럼 날뛰는 광경을 보자 오현철도 등골이 오싹해졌다. 뒤집히건 말건 소문 많은 유관순의 얼굴인 데다가, 컴컴한 교실에서 이쪽을 정확하게 응시하고 있지 않은가. 그는 윤식의 멱살을 움켜쥐었다.

"너같이 음산한 놈, 원래부터 밥맛이었어. 저런 부적을 숨겨 가지고 대체 뭔 짓을 하고 있는 거야?"

윤식이 놔요! 하고 뿌리치자 오현철이 걸상을 넘어뜨리며 바닥을 굴렀다. 신음을 내뱉으며 일어난 그는 더 이상 윤식을 건드리기가 무서워졌다. 그가 멀거니 서 있는 사이 윤식은 다급히 부적과 신물들을 주워 담았다. 얼핏 고개를 든 그는 터져 나오는 비명을 참지 못했다. 유관순의 눈과 입이 옆으로 찢어져 붙어버렸던 것이다. 피를 흘리며 그녀는 미소 지었다. 윤식의 푸르스름한 얼굴에 공포가 차올랐다. 팔을 휘저으며 허둥대던 그는 교탁까지 넘어뜨렸다. 오현철이 물러섰다. 윤식은 학교를 벗어나기 위해 농약 먹은 개처럼 몸부림쳤다.

오현철은 복도 창문을 통해 운동장을 가로지르는 윤식의 뒷모습을 쳐다보다가 숙직실로 달려갔다.

"거기 영안실이죠? 예. 서 선생님이 왜 전화를 받아요? 아, 그렇습니까? 거기 형님 계신가요, 좀 부탁드립니다."

상대방은 오현철이 형님이라고 부른 누군가에게 수화기를 건넸다.

"예, 형님. 맞아요. 와서 가져갔습니다. 다시 그리로 간다면 틀림없습니다."

8

윤식의 르망이 장례식장을 향해 달렸다. 그는 한 번도 룸미러를 쳐다보지 않았다. 뒷좌석에 유관순이 앉아 있지 않다고 장담할 수 없었다.

주차장은 그사이 늘어난 조문객의 차량으로 빈자리가 없었다. 윤식은 운전면허 학원생처럼 기어를 1단에 넣은 뒤 주문을 외우며 천천히 주변을 돌았다. 거짓말처럼 주차장 맨 구석의 빈자리 하나가 눈에 들어왔다.

'분명 없었는데.'

옆에는 커다란 봉고차가 세워져 있어 타인의 시선으로부터도 안전했다. 윤식이 주차를 위해 룸미러를 쳐다보았을 때 유관순의 얼굴은 거기 없었다. 단지 시퍼런 기운을 발하는 자신의 얼굴만이 비쳤을 뿐.

사람 없음을 확인한 윤식이 지난번처럼 양철통을 꺼냈다. 봉투 안의 신물들이 통 안으로 쏟아졌다. 죽어 있던 지네가 꿈틀댄 것 같았다. 윤식의 입김에 단내가 섞여들었다. 차의 유리창이 습기로 뿌예졌다.

'이번에는 심장발작쯤 일어나버려라.'

윤식이 주문을 외우며 불을 붙였다.

장례식장 입구의 휴게 벤치에 사람들 너덧 명이 나타났다. 그들은 서로 담배를 권하며 성냥불을 켰다. 미리 기름칠한 양철통 안의 신물은 잘 타들어갔다. 윤식은 뜨거워진 양철통을 시트 아래로 내리며 경계를 늦추지 않았다. 사람들은 이쪽을 보지 않고 꽁초를 버린 후 하나둘 사라졌다. 신물이 거의 다 탔다. 모래를 뿌려 불길을 잡은 윤식은 시동을 걸어 주차장을 떠났다.

20분 후 인면동의 아파트에 도착하자 미리 기다리고 있던 영희가 문을 열어주었다.

"왜 이리 늦었어? 일찍 나갔었잖아."

윤식은 대답 대신 넥타이를 풀었다.

"윤식 씨, 어떻게 됐나니까?"

"다 태우고 왔어."

영희가 안도의 한숨을 내쉬었다.

"본 사람은 없고?"

"그런 것 같아."

"같다니?"

영희가 윤식의 팔을 잡아 앉혔다.

"얼굴이 왜 이리 파랗지? 꼴이 말이 아니야."

"말이 아니지. 그 고생을 하고 왔는데."

그는 덜 태운 물건이라도 있나 주머니를 뒤졌다.

"넌 상갓집에서 바로 나온 거야?"

"응, 윤식 씨 나가고 10분쯤 있다가 여선생들이랑 함께 나왔
어."

"나 우리 반 교실에 갔다 왔다."

"거긴 왜?"

묻는 영희의 음성이 급했다.

"세번째 태울 봉지를 가져가야 했는데 실수로 네번째를 가
져갔어."

"다시 가지러 간 거구나."

"맞아."

"설마…… 누구한테 들킨 건 아니겠지?"

"오현철이한테 들켰어."

"오 선생 오늘 숙직이잖아."

"맞아. 그 자식이 다 봤어. 부적이고 신물이고 다 봤어. 이런
거 갖고 뭐 하느냐고 날 몰아세우더군."

"그게 정말이야?"

"그렇다니까. '상갓집에만 가면' 이런 걸로 뭐 하느냐고 그러
던데."

"다 알고 있었단 얘기네!"

"그런 거 같아."

당혹감이 영희의 얼굴을 스쳐 지나갔다. 윤식은 약간 고소함을 느꼈다. 죽을 고생 끝에 돌아온 애인을 대하는 그녀의 태도는 항상 안위에 대한 염려가 아니라 행위에 대한 궁금함뿐이었으니까. 윤식의 목소리에 얼음이 뚝뚝 묻어났다.

"분향실에서 절할 때는 주머니에서 손가락이 빠졌어. 누가 봤을지 걱정이야."

"뭐야! 대체 일을 어떻게 한 거야? 이제까진 잘하더니."

영희가 시선을 멀리하는 윤식을 흔들었다.

"잘 생각해봐. 누가 봤어?"

"아마 못 봤을 거야."

"확실해?"

"나 좀 쉬게 해줘. 오늘 정말 힘든 하루였어."

윤식이 짜증 난다는 표정을 숨기지 않았다. 영희가 윤식에게서 손을 뗐지만 그대로 놔주지는 않았다.

"오 선생한테는 어떻게 들킨 거야?"

"몰래 들어가면 이상하게 보일 테니 미리 알리고 들어가려고 했어. 지갑을 두고 왔다는 핑계를 대고 말이야. 그런데 자릴 비우고 안 보이더라고. 그래서 곧장 교실로 들어가서 물건을 꺼내는데 이 자식이 불쑥 나타난 거야."

"어떡해…… 신물도 부적도 다 봤다며? 그래, 뭐라고 둘러댔어?"

"엄마 병 고치는 무속신앙이라고 그랬지."

"믿는 눈치였어?"

"믿든 안 믿든 놈은 떠벌릴 수 없으니 걱정 안 해도 돼."

"어떻게?"

"처음부터 놈이 자리에 없었던 건 과학실에 있었기 때문이야."

윤식은 깍지 낀 손바닥으로 머리를 받치고 바닥에 누웠다.

"혼자 있었던 게 아니야. 정다방 김 양 불러서 그 짓 하고 있더라고. 가을 운동회 회식 때 가라오케에 불려 나온 여자 있잖아. 오현철이 걔한테 완전 꽂혔었거든."

영희는 아무 말도 하지 않았다.

"오늘 있었던 일은 놈하고 나밖에 몰라. 누가 믿어주지도 않을 거야. 단지……."

윤식은 유관순의 초상화 이야기를 할까 말까 망설였다.

"단지 뭐?"

"아무것도 아냐, 피곤하니 자자."

9

윤식은 뭐라 말할 수 없는 불편한 느낌에 눈을 떴다. 누워 있는데도 숨이 턱 끝까지 차올랐다. 신경이 극도로 예민해져 심장이 박동할 때마다 통증을 느꼈다. 숨에선 단내가 났으며 손가락만 까딱거려도 몸살의 통증이 온몸으로 번졌다. 가장 불쾌

한 느낌은 전기에 감전된 듯 온몸이 찌릿찌릿하는 증상이었다. '혼이 빠진다'는 말이 이보다 더 어울릴 경우도 없었다. 핑핑 도는 어지럼증 사이로 온몸 구석구석을 잡아당기는 찌릿함 마치 혼백이 몸에서 분리되어 떠나는 것 같은 상상마저 불러일으켰던 것이다. 눈만 깜빡여도, 조금만 움직여도 번갯불이 번쩍했다.

산악 같은 스트레스는 초상집에서 의식을 치를 때마다 윤식을 내리눌렀다. 바짝 긴장한 몸이 뒤늦게 반응을 하는 것도 무리는 아니었다.

지친 몸을 가까스로 일으킨 그가 옆자리를 보았을 때 영희의 자리는 비어 있었다. 빈 이부자리에는 편지 한 장만이 남아 있다.

개교기념일이니까 출근 안 해도 되는 거 알지? 푹 쉬어.
오늘 여선생들끼리 같이 점심 먹기로 했어. 나중에 봐.

윤식은 힘없이 편지를 던졌다. 시계를 보니 아침 7시였다. 어제 두 사람은 같이 잠을 잤지만 육체적인 관계를 나누지는 않았다. 몸이 안 좋으니 욕망도 일지 않았다. 그는 다시 눈을 감았다가 한참 만에 떴다. 시계 바늘은 10시 30분을 가리키고 있었다.

찬물에 얼굴을 담그자 정신이 돌아왔다. 아파트 창밖으로 흐린 하늘이 보였다. 바람이 불어 두두두둥, 하고 창문이 흔들거렸다. 신의 옷자락 같은 겨울나무들도 강풍에 이리저리 흔들렸다. 거울에 비친 얼굴에는 푸르스름함이 가라앉아 있었다. 옷을 챙겨 입은 윤식은 아파트를 나서서 하숙집으로 향했다.

✦

"어딜 갔었어, 조 선생? 누나한테 다섯 번이나 전화가 왔었수."

곽 씨 할머니가 반색했다. 윤식은 주머니 속에 1등 당첨 복권이 있음을 뒤늦게 깨달은 사람 같은 표정을 지었다. 할머니가 전화기를 건네주었다. 방세 한 번 밀린 적 없고 모두가 우러러보는 선생님인 모범 하숙인을 향한 할머니의 대우는 특급이었다. 그러나 윤식은 할머니의 호의를 거절하고 집 바깥의 공중전화 부스로 달려갔다.

"나야 누나."

—너 또! 어디에 있었어!

윤미의 목소리에 노이로제 기미가 묻어났다.

"문 선생 상갓집에 갔었어."

—거기서 아예 밤을 새운 거야?

"응."

윤식은 거짓말을 하기로 했다.

—집안이 이 모양인데 뭐하러 그런데 자주 가?

"무슨 일 있었지?"

—어제 새엄마가 이상한 행동을 했단 말이야. 자살하려고 한

거 같아.

윤식의 손가락에서 딱, 하는 소리가 났다.

"죽었어? 어떻게 됐어?"

─야, 너…….

윤미가 질린 소리로 대꾸했다.

"응? 어떻게 됐어, 누나?"

─꼭 자살할 걸 예상이라도 한 사람 같은 목소리잖니?

"그럴 리가 있나? 솔직히 저세상으로 가줬으면 하고 바라긴 했었지. 뭐 어떻게 된 건데?"

─밤 12시쯤이었을 거야.

'신물을 태운 뒤가 틀림없어.'

─어제저녁에 니 매형이 병원에 왔길래 난 집으로 돌아갔어. 그날 내내 새엄마는 눈을 감고 한마디도 안 하더래. 말을 시켜도 대답 안 하고. 매형은 썰렁하게 병실만 지키다가 깜빡 잠이 들었는데 눈을 떠보니 새엄마가 안 보이더라는 거야. 사람들 불러 온 병실을 다 뒤지고 있는데 밖에서 누가 소릴 지르더래. 옥상에 웬 환자가 올라갔다고. 매형하고 간호사가 1층에서 올려다보니 정말 병원 옥상에 누가 서 있는데 그게 새엄마였어. 모습이 하도 무서워 간호사가 기절까지 한 모양이야. 매형이 바로 옥상으로 달려가지만 않았어도 큰일 날 뻔했어.

"아니, 그럼 매형이 그 여자를 구한 거야?"

윤미가 호통쳤다.

─너 자꾸 쓸데없는 소리 하지 마!

"알았어. 미안해."

윤식은 얕은 한숨을 내쉬었다.

—새엄마 이젠 강제퇴원 당하게 생겼어. 의사 선생님이 정밀 진단 해보자니까 손톱으로 막 할퀴고 간호원한테도 주전자 집어 던지고 행패만 부리더니 이젠 밤에 통제구역까지 들어가버렸으니. 이게 뭔 꼴이람? 병원에 그렇게 오래 누워 있고도 검사다운 검사 한번 못 해봤잖아.

"그렇잖아도 병원비 아까웠는데 잘됐네. 그냥 퇴원시켜버려."

윤식이 조심스럽게 질문을 던졌다.

"근데 옥상엔 왜 올라간 건지 물어봤어?"

—꿈자리가 무서웠대.

"무슨 꿈을?"

—머리 허연 노인이 말을 타고 나타나 머리채를 잡고 계속 자기를 끌고 다닌대. 강도 건너고 산도 넘으면서. 노인이 계속 '너는 나랑 같이 가야 한다, 나랑 같이 가야 한다'라고 말했다나.

'그게 적산법사의 수호신 원대신왕인가?'

—이상한 일이야. 통제구역 문을 어떻게 열고 옥상으로 올라갔는지 모르겠어.

"실수로 어느 한 군데가 열려 있었겠지."

—거기 경비 아저씨 말로는 절대 그럴 일이 없다더라고.

"경비가 책임을 회피하려고 그러는 거야."

—에그, 나도 모르겠다.

"퇴원은 언제 할 건데?"

―내일 아침에 바로.

"그렇게 빨리?"

―진찰도 안 받고 난리만 치는데 어떻게 계속 두니? 다른 환자들 눈치도 있어서 더는 못 있어.

"그럼 다시 여관에 묵는 거야?"

―일단은 우리 집에 데리고 있기로 했다. 좀 괜찮아지면 따로 셋방이라도 알아볼 거야. 안 그래도 퇴원 문제로 의논 좀 해야 하는데 너 지금 올 수 있겠니?

"응, 알았어. 바로 갈게."

윤식이 전화를 끊었다. 젠장, 매형은 왜 옥상까지 그 여잘 따라갔담, 그냥 죽게 내버려두지. 윤식의 심리는 기대와 두려움이란 급행열차와 완행열차를 번갈아 탔다.

이제 딱 한 번 남았어, 누나. 방을 새로 얻어줄 필요도 없어. 무당의 신묘함과 신령님의 영험함이 그 여자를 죽음으로 끌어들이는 거야. 나도 이 정도로 효과가 확실한 줄은 몰랐어. 이야말로 증거도 없는 살인이지.

살인?

윤식의 뇌리에 머리통이 부서진 문상교와 고개가 사람처럼 돌아가던 멧돼지가 떠올랐다. 불어대는 강풍이 한층 기세를 더해갔다. 공중전화 박스가 통째로 흔들렸다. 전깃줄도 요동쳤다. 윤식은 바람을 맞으며 자신의 차로 걸어갔다.

시동을 걸었을 때 조수석 문이 열리면서 누군가 차에 올랐다. 윤식이 깜짝 놀랐다.

"변 선생님! 여긴 웬일이세요?"

변준혁, 그는 황복만의 초상집에서 윤식이 경조사 중 결혼식은 챙기지 않는다고 지적한 사람이다. 윤식은 그의 출현이 달갑지 않았다. 오현철과 형님, 아우 부르는 사이인 이 알코올중독자의 흐릿한 눈은 항상 현상 이면의 진실을 꿰뚫는 암광을 숨기고 있었기 때문이다. 어둠의 빛이랄까. 학교에서도 마주치기 힘든 이 괴짜가 일요일 아침부터 나타나다니 이상하다.

"교회 가는 길이다. 넌 안 가냐?"

변준혁은 아무렇지도 않은 표정으로 말했다. 이 인간이 과연 평소에 교회를 다녔던가, 윤식은 의심이 들었다.

"아뇨, 저는 누님 댁에 가는 중인데요."

"누님 댁이 영광교회 있는 데 아냐? 거기까지 좀 태워주면 안 되나? 걸어가려고 했는데 바람이 너무 세게 불어서."

윤식의 기분이 한층 꺼림칙해졌다. 척척 말을 받아넘기는 넉살이나, 누나의 집까지 정통하다니 선생이 아니라 형사 같다. 집이 이쪽도 아니면서 왜 여기서 튀어나왔을까. 설마 날 미행한 건 아닐까.

누나 집에 간다고 한 마당에 내리라고 할 수도 없다.

"그러죠, 뭐. 같이 가세요."

"고마워."

변준혁이 윤식을 곁눈질했다. 윤식은 변준혁의 눈길에서 어제 만났던 오현철을 떠올렸다. 이상한 시선을 가진 색안경들이 분명 내 주변에 있어. 조심해야 해.

차가 출발했다. 강풍은 더욱 거세져 공중 쓰레기통이 넘어지고 신문지가 거리를 날았다. 다리 위를 건널 때는 차체가 좌우로 흔들렸다. 변준혁이 좌석 위 손잡이를 움켜쥐었다.

"거, 바람 한번 요란하게 부네."

다리가 끝났을 때 변준혁이 물었다.

"휴일에도 누님 댁엘 가나? 부지런히 돌아다녀서 여자 친구도 만나고 장가도 가야지."

"안 그래도 이제부터는 그러려고요. 변 선생님은 어떻게, 재결합 안 하십니까?"

변준혁의 미간이 좁아졌다. 두 사람 사이에 탁구공을 치고받는 긴장감이 감돌았다.

"술을 물보다 더 많이 마시는 놈한테 미쳤다고 마누라가 돌아오겠나?"

"형수님 때문에 술을 드시는 게 아니었습니까?"

"아이들이 보고 싶지, 그 여잔 보고 싶지 않아."

변준혁이 손가락을 흔들며 웃었다.

"너두 결혼해보면 안다. 애새끼는 내 살하고 피가 섞여 있지만 마누라란 건 사실 아무것도 아닌 남이거든. 그러니 여자 잘 만나야 해."

"좋은 여자 어디 찾기 쉽겠습니까?"

"이영희 선생 같은 여자는 어때?"

변준혁이 윤식의 얼굴을 보았다. 윤식은 표정 변화를 드러내지 않으려 애썼다.

"좋다면 좋은 여자겠죠. 교회엔 언제부터 나가셨습니까?"

"나간 적 없어."

변준혁이 막힘없이 답했다.

"사실은 너 만나려고 왔어."

"저한테 무슨 볼일이라도……."

"장 선생 외조모상, 황 선생 모친상 기억나냐?"

관자놀이 옆의 맥박이 인지할 수 있을 정도로 세게 뛰었다. 마치 강도가 올라가는 러닝머신 같다.

"그럼요."

"그때 넌 따로 문상을 왔었지. 미리 와 있던 우리한테 선약이 있다고 합석 안 했잖아."

"그랬던 것 같습니다."

"장 선생은 널 아주 좋아하더라고. 할머니 상 챙겨줘서 고맙다고. 황복만 선생도 분명 네게 고마워할 거야."

"전부 다 챙기진 못했습니다."

윤식이 핸들을 틀었다.

"전 자린고비니까요."

"근래 들어서는 아주아주 잘 챙기더구면."

"갑자기 많이들 돌아가시더군요."

화살 같은 소리로 강풍이 불었다. 커브를 꺾을 때 차가 약간 흔들렸다. 골목길을 벗어난 르망은 이내 양 사이드로 상점이 즐비한 시내를 달렸다. 거리의 사람들이 손으로 귀를 막고 웅크리듯 몸을 숙였다. 종이가 날아다녔고 신호등과 표지판이 휘청거렸다. 차가운 겨울 햇살은 아무런 온기도 주지 못했다. 뿌연 흙먼지가 피어오르자 사람들이 얼굴을 가렸다.

"결혼식은 왜 안 챙기지?"

"결혼식보다 장례식이 반드시 챙겨야 할 큰일이라고 어른들한테 배웠습니다."

"아냐, 결혼도 중요한 대사(大事)야. 내가 왜 이혼한 줄 알아?"

"모릅니다."

"고부 갈등이 문제였지."

"여자 잘 만나라 그 말입니까?"

"아니, 그 말이 아냐. 우리 엄마는 무당이야. 집사람은 기독교 신자고. 극과 극이 만나니까 못 볼꼴이 참 많았지."

변준혁이 날카롭게 물었다.

"왜 그날 차 안에서 불장난을 했지?"

거인의 신음 같은 소리와 함께 차체가 들썩였다. 두 사람의 몸이 앞으로 튀어나갔다가 다시 쿠션에 등을 부딪쳤다. 빨간색 신호등이 그들을 내려다보았다. 급정거에 놀란 보행자들이 얼굴이 푸르스름하게 변한 운전자를 노려보며 횡단보도를 건넜다. 윤식도 그들을 쳐다보았으나 시야에 들어오지는 않았다.

"어제 학교에서 가져간 것도 태웠나?"

변준혁이 물었다.

"다 알고 있으니 대답해."

"예……."

"난 어제도 봤어. 넌 문상교의 빈소에 두 차례나 왔어. 정신 나간 놈 같은 꼬락서니를 하고서 말이야. 내가 가까이서 쳐다봐도 모르더군."

"처음부터 다 보고 계셨단 말입니까?"

"그래, 다 봤어. 황 선생 초상 때는 주차장에 담배 피우러 나왔다가 우연히 봤지만 어젠 예상을 하면서 지켜봤지. 우연이 아니란 걸 알 수 있었어."

점점 거세지는 바람에 사람들은 옷깃을 여몄다. 하지만 윤식의 시퍼런 이마에는 또다시 땀방울이 맺혔다.

"대체 무슨 짓을 한 거지?"

변준혁이 추궁했다.

"말해, 무슨 짓을 한 거냐고."

"어머니가…… 편찮으십니다."

"거짓말하지 마! 그건 병을 물리쳐달라고 축원하는 제례가 아니야. 누군가 죽은 장소에서 넌 부적과 무구(巫具)를 태웠고 주문도 외웠어. 그건 다른 누군가에게 급살을 맞게 하는 푸닥거리야. 서구식으로 말해 일종의 저주라고 할 수 있지."

변준혁의 목소리가 높아졌다.

"사람들은 그런 게 어디 있느냐고 무시하지만 난 알아. 저주는 엄연히 존재하는 거야. 까마득한 옛날부터 전승되어왔지.

고려 시대, 조선 시대에도 다 있었어. 조상들의 의식적인 원시 공동행위는 지금도 이어지고 있어."

사람들이 바람을 피해 뛰었다. 윤식은 멍하니 앞만 바라보았다. 횡단보도 신호는 허무 속으로 추락해가는 윤식의 심정처럼 무한정으로 길어졌다.

"내 말이 맞지? 어머니 병을 낫게 한다는 건 거짓말이야."

"어머니가…… 편찮으세요."

"널 탓하려는 게 아니야. 자백을 들으러 온 것도 아니고. 하지만 내 말에 수긍한다면 지금이라도 하던 짓을 그만둬. 난 무속이 끼어든 흉사를 어릴 적부터 봐온 사람이야. 무당의 아들이란 말이야. 그 결과는 절대로 산 사람이 감당할 수 없어. 주위 사람도 다치게 돼. 누가 네게 가르쳐줬는지 모르지만 그만둬야 해. 당장 너부터 큰 위험에 처해 있단 말이다."

윤식은 네번째로 태워야 할 신물 생각을 하고 있었다. 들통이 났으니 이제 어떻게 해야 하지. 75퍼센트까지 탈 없이 진행되었잖아. 새엄마만 죽으면 되는데 왜 다른 인간들이 자꾸 끼어드는 거지.

"…… 사람들은 이해하질 못하지만 짐승들은 술사의 말을 알아듣는다. 산속을 헤매는 그들은 종종 무당의 소환에 감응하여 명령을 수행……."

변준혁의 말이 귀에 들어오지 않았다. 윤식은 위쪽 인도의 골목에서 누군가 자신을 쳐다보는 걸 알았다. 시선이 마주치자 윤식은 입을 막고 있던 오른손을 깨물어버렸다. 시트에 빨간 피가 떨어져도 통증을 느끼지 못했다. 차창 밖 도심 변두리에 네발로 버티고 선 그것은 낯이 익은 존재였다. 철사 같은 검정 털을 곧추세우고 이빨을 드러낸 채 이쪽을 노려보는 시선도 지하 주차장에서의 그때와 똑같았다.

멧돼지는 좁은 골목길을 가득 채우며 불길한 숨을 내리쏟고 있었다. 지상을 뒤흔드는 초강풍조차도 놈의 터럭 하나 날리지 못했다.

변준혁의 음성이 솜뭉치에 흡수되는 물처럼 사라지고 있을 때 윤식의 눈과 돼지의 눈에서 불꽃이 일었다. 산짐승의 붉은 눈은 사특하기 짝이 없는 업화의 불길로 타오르고 있었다. 윤식은 황홀경에 빠진 표정으로 시선을 거둘 줄 몰랐다. 그때 우악스러운 힘이 그의 어깨를 반대쪽으로 돌려세웠다.

"이 자식! 너 내 말 듣고 있어?"

변준혁은 파란색으로 변한 윤식의 얼굴을 본 순간 등골이 싸늘해져서 외쳤다.

"네 얼굴이 왜 이래!"

윤식은 자신의 왼쪽을 가리켰다.

"선생님, 저거 봐요."

"뭘? 뭘 보란 말이야?"

"골목요! 저놈이 바로 그 멧돼지예요!"

"대체 무슨 소리를 하는 거야!"

"저기요! 코앞에서 우릴 노려보고 있잖아요!"

"어디 돼지가 있어?"

"저기요. 저게 안 보여요?"

변준혁이 흥분했다.

"어디! 어디 있단 말이야! 있다면 내 눈에도 보여야지! 대체 어디 돼지가 있어!"

다음 순간 윤식의 최면은 엄청난 충격으로 깨어졌다. 육중한 물체가 차창을 박살 내고 들이닥쳤다. 비명을 지를 새도 없었다. 한 점 여백도 없는 붉은빛이 시야를 가득 메웠다. 동시에 그 붉은빛은 변준혁 선생의 머리를 잘라버리고 몸통을 바수어 놓았다. 사람들이 몰려오는 소리가 들렸다. 그들이 지른 비명이 바람 소리에 묻혔다. 윤식의 의식도 바람 소리에 가려졌다. 그는 그대로 정신을 잃어버렸다.

11

참을 수 없는 무기력증과 함께 소독약 냄새가 코로 쏟아졌다. 눈을 뜨자 흐릿한 형체 하나가 천천히 시야를 메웠다. 뒷머리에 나비 모양의 커다란 핀을 지른 젊은 여자였다.

"영희니?"

윤식이 입을 열었다. 질문에 반응한 여자가 윤식에게 다가와 뺨을 어루만졌다.

"이제 정신이 들었구나."

여자가 손등으로 눈물을 훔쳤다. 의식을 찾은 윤식의 눈이

상대방을 알아보았다. 윤미였다. 영희는 보이지 않았다. 그녀를 찾아 고개 돌리던 윤식은 자신이 환자복을 입고 누워 있음을 알게 되었다.

"내가 왜 여기 있어, 누나?"

"사고가 났잖니."

"사고라니?"

"지금은 안정을 취해야 하니 나중에 얘기해."

윤미의 침착한 어투가 윤식을 불안하게 했다.

"변 선생님은?"

윤미는 대답을 피했다.

"누나, 나 기억나. 신호 대기 중에 뭐가 차를 덮쳤어. 뻘건 거였는데…… 그래, 그 멧돼지였어. 선생님은 괜찮아? 여기 병원에 계셔?"

"멧돼지라니 무슨 소리니……. 너 진짜 아무것도 생각 안 나는 거니?"

윤미가 동생의 손을 잡고 우는 바람에 윤식의 팔에 꽂힌 링거액 줄이 흔들거렸다. 윤식은 차오르는 의혹에 불길함을 느꼈다.

"널 영영 잃는 줄 알았어. 하나님이 지켜주신 거야."

"그만 짜고 무슨 일인지 얘기나 해봐!"

윤식이 소리쳤다. 윤미가 어처구니없다는 표정을 짓다가 윤식의 이마에 손을 올렸다.

"놀라지 말고 내 말 잘 들어."

168

"안 놀랄 테니 어서 얘기해봐."

"신호 대기 중이던 네 차에 신호등이 떨어졌어. 그날 불었던 강풍 때문이지. 시청의 관리가 허술해 원래부터 아슬아슬하게 매달려 있던 거였대. 하나님 덕택에 네 쪽으로는 가지 않고 조수석 방향으로만 들이쳤어. 그 때문에 변 선생님 시신이 많이 훼손된 모양이야."

"이럴 수가……."

윤식이 두 손으로 머리를 감싸 쥐었다. 천천히 그는 머리를 떨구었다.

"그 선생님한테는 안된 일이지만 천만다행이야. 넌 크게 다치질 않았으니. 의사 선생님도 기적 중의 기적이래. 당분간 안정을 취해야 하니 여기서 쉬어. 학교는 휴교니까 신경 쓰지 말고."

"왜 휴교야?"

윤식이 고개를 쳐들었다.

"교직원들 흉사가 자꾸 생기니까 교장 선생님이 휴교하기로 결정했대. 곧 고사도 지낼 모양이던데."

윤식은 누나의 말을 듣고 있지 않았다. 멧돼지의 불타는 시선을 생각하고 있을 뿐이었다.

'그 재수 없는 놈이 날 돕는 거야.'

그는 생각에 잠겼다. 이 모든 것을 과연 우연이라고 볼 수 있는가. 멧돼지도 유관순도 환상이 아니다. 그것은 분명한 현실이었으되 단지 다른 이의 눈에 보이지 않았을 뿐이다.

'내가 의뢰한 무속의 힘이야. 그들은 보이지 않는 곳에서 나

를 돕고 있어. 왜? 내가 고객이라서? 대체 이유가 뭘까. 이런 살인이 계속 벌어질 줄은 몰랐잖아……'

이유를 생각하자마자 새엄마의 얼굴이 떠올랐다. 윤식의 눈썹이 험악하게 구겨졌다.

그래, 네 번의 의식을 성공적으로 마치기 위해서겠지. 마지막 한 번이 남았어. 여기까지 온 이상 절대로 포기하면 안 된다 그랬잖아. 이제 그 여잔 죽은 목숨이라고!

윤식은 자신이 입은 환자복을 보았다. 복음병원이라는 네 글자가 깨알처럼 새겨져 있다.

"새엄마는?"

"벌써 퇴원했지. 오늘이 화요일인데."

"화요일이라고? 아차! 내가 그렇게 오래 누워 있었나?"

3일장을 치른다면 변 선생의 발인은 오늘이다. 적산법사가 사신을 보냈다면 변 선생의 죽음은 네번째 의식으로 반드시 활용해야만 한다. 그건 가르쳐주지 않아도 알 수 있는 진리이자 권리 아닌 의무였다.

섬광과도 같은 깨달음이 윤식의 머리를 스쳤다.

"누나, 그새 날 찾아온 사람 없었어?"

"선생님들만 띄엄띄엄 찾아왔지."

"여선생들도?"

"그래, 어젯밤에 단체로 왔었어."

"혹시 내게 편지 같은 걸 남긴 사람은 없었나?"

"편지? 그런 건 없었어."

"뭐 가져온 건?"

"빵을 좀 사왔는데…….'

윤식이 링거액 줄을 북 뽑았다. 피가 대리석 바닥에 뚝뚝 떨어졌다.

"윤식아! 너 왜 이래?"

"늦기 전에 마지막 일을 해야 해."

"이 녀석아! 2층엔 간호원도 없어. 인터폰도 고장인데. 내가 간호원 데려올 테니 꼼짝 말고 있어."

윤식의 팔목에 티슈를 갖다 대고 있던 윤미가 병실을 나갔다.

침대에서 내려온 윤식은 옷장을 뒤지다가 분명히 선생들이 사다놓은 것 같은 드링크 더미를 보았다. 박카스 상자 뒤편에 신물을 담았던 것과 비슷한 봉지가 하나 놓여 있었다. 윤식의 눈이 멧돼지처럼 열기를 뿜었다. 텔레비전에서 본 초능력자 유리 겔라의 시선과도 흡사했다. 손이 저절로 그리 갔다. 그것은 고려당의 빵 봉지로 낱개로 포장된 소보로빵이 한가득 들어 있었다. 복권 추첨의 볼을 들어 올리듯 그의 손에 소보로빵 하나가 잡혔다. 종이 포장지에는 '빨리 완쾌하세요, 이영희'라고 씌어 있었다. 포장을 뜯자 안쪽 면 한 귀퉁이에 아주 작은 글씨로 '욕실'이란 두 글자가 있었다.

잠시 후 간호사를 대동하고 돌아온 윤미는 창문으로 불어닥치는 겨울바람에 몸을 움츠렸다. 환자가 사라진 대신 침대 위에는 피 묻은 환자복이 널브러져 있었다. 링거액이 든 유리병이 시계추처럼 좌우로 춤을 추었다.

12

윤식은 택시를 타고 영주로 달려가고 있었다. 아파트 욕실 붙박이장에는 편지와 봉지가 하나씩 놓여 있었다.

변 선생 장례는 3일장. 발인은 화요일. 장지는 경북 영주시 단산면 ○○골(택시 기사에게 이렇게 말하면 잘 알아듣는다고 함). 힘들 겠으나 서두를 것. 고생하는 김에 조금만 더 고생. 이 일만 끝나면 그에 따른 보상이 따를 것. 기대해도 좋음.

편지를 내려놓고 봉지를 열어보던 윤식은 비명을 질렀다. 입을 벌리고 눈을 치켜뜬 채 말라붙은 머리가 불쑥 튀어나왔기 때문이다. 어른 주먹 크기만 했다. 아기의 얼굴인지 고양이나 곰 새끼의 그것인지 알 수 없었다. 얼굴 뒤로 약초와 부적 따위 잡다한 신물이 보였다. 윤식은 욕실 거울에 비친 푸르스름한 얼굴을 쳐다보다가 곧 바깥으로 뛰쳐나갔다. 영주라면 지척이고 아직 오전이니까 관이 매장되기 전일 터였다.

✦

한편, 집에 돌아온 윤미를 동준이 맞고 있었다. 남편 동준은 훤칠한 키에 턱 밑과 가슴께에 털이 덥수룩하고 체격이 건장한 서른 초반의 사나이였다(윤미는 이 같은 남자다움을 특유의 매력으

172

로 여겼으나, 윤식과의 술자리에서 종환은 종종 동준을 〈혹성탈출〉이라
고 비꼬았다).

"큰일 났어. 윤식이가 사라졌어."

"처남이 왜 사라져?"

"아침에 의식이 돌아왔는데 사고를 기억 못 하는 것 같았어.
자기가 왜 여기 있느냐며 자꾸 묻길래 안 가르쳐줄 수도 없었
어. 동승한 선생이 사망했다는 얘길 하니까 애가 링거 줄까지
뽑고 막 흥분하잖아. 간호사 부르러 나갔는데 그새 애가 없어
졌어."

동준은 그게 뭐 대수냐는 식으로 대답했다.

"그런 끔찍한 일을 겪었으니 흥분할 수밖에."

"자긴 걱정도 안 돼?"

"그 일이라면 걱정 안 해도 될 거 같은데."

"무슨 말이야?"

"방금 처남하고 통화했어. 영주에 좀 다녀오겠대."

"영주라면……."

"죽은 변 선생 장지에 갔다 오겠다는 거지."

"그 몸으로 문상은 무슨 문상이야? 말리지 그랬어."

"그냥 두는 게 나을지도 몰라. 죄책감 같은 거 가질 수도 있
잖아."

"고의도 아닌 사고사인데 걔가 왜 죄책감을 가져?"

윤미가 발끈했다.

"뭐 어쨌든 같은 차를 탔잖아. 그러니까 처남 입장이 그럴 수

173

도 있단 얘기지."

두 사람의 대화는 마당에서 이뤄지고 있었다. 그때였다. 마루 건너편의 미닫이문이 있는 방 안에서 악을 써대는 쉰 목소리가 들려왔다.

"난 안 죽는다! 이 노옴들! 내가 곱게 죽을 것 같으냐!"

겁먹은 윤미가 와락 동준의 품에 안겼다. 동준은 윤미의 어깨너머로 정금옥이란 여자가 누워 있는 방을 째려보았다. 심야에 자살 소동을 벌인, 상태가 몹시도 안 좋은 여자였다. 친모건 아니건 윤미에겐 엄마다. 그러니 자기에게도 장모가 되는 셈이다. 아들에게 가고 싶다는데 윤미가 고집을 부려 집에 데려왔다. 임시라는 조건을 달고 말이다. 어느 날 끼어든 귀찮은 일은 애정까지도 식혀버리는 걸까. 방을 노려보던 동준은 기회를 보다가 윤미의 어깨를 슬며시 밀어버렸다. 윤미는 아무런 대꾸도 할 수 없었다.

13

윤식이 영주시 단산면의 산골에 위치한 장지를 찾았을 때는 정오가 다 되어가고 있었다. 택시 기사는 뜻하지 않은 장거리 손님의 왕복 운행에 기뻐 시키는 대로 산 아래에 차를 대기시켰다. 황량한 산악에 부는 겨울바람이 뼛속까지 파고들었다. 다행히 늘어선 차량들은 장지를 제대로 찾아왔다는 확신을 주었다. 번호판이 전국별로 다양했던 것이다.

지네처럼 세로 일렬인 이 차량 종대는 일석이조로 이정표 노릇도 했다. 길을 따라 한참을 더 걷자 조금씩 소리가 들려왔다. 땅 파는 인부들의 노래와 망자와 관련된 사람들의 곡소리였다. 하관이 개시된 모양이었다. 문상은 포기할 수밖에 없었지만 상관없었다. 마지막 신물만 깔끔하게 태워버리면 그만이니까. 문제는 들키지 않는 일이다. 승용차는 폐차했고 소각을 숨길 양철통 따위도 없었다. 그럼에도 윤식은 믿음을 가졌다.

그들은 이번에도 날 도와줄 거야.

윤식은 주문을 외우며 목적지를 향해 다가갔다.

길은 오르막으로 되어 있었다. 주차된 차량이 더 이상 보이지 않았고 몹시 가파른 언덕이 나왔다. 이쪽에선 볼 수 없는 언덕 저편으로부터 '어허 달구야!' 하는 합창이 전해져왔다. 여자들의 곡소리도 커졌다. 만약 하관이 한창이라면 장례 관계자들은 산소 인근에 모여 있을 게 뻔했다. 신물을 소각하기에 이보다 좋을 기회는 없었다.

윤식은 훈련받는 군인처럼 포복 자세로 언덕배기에 올랐다. 모든 상황이 한눈에 들어왔다. 머리에 삼베 끈을 동여맨 여자들이 한 손엔 손수건을, 한 손엔 지팡이를 든 채 울고 있었다. 슬픔을 주체하지 못하는 얼굴들이었다. 남자들은 하나같이 머리를 숙였다. 이미 관은 지하로 내려간 후였다. 윤식은 부러진 나무 그루터기를 붙잡고 상황을 예의 주시했다.

유독 한 여자가 눈에 들어왔다. 과거에 몇 번 본 적 있는 그녀는 다름 아닌 변 선생의 전처였다. 예나 지금이나 상복보다는 양장이 어울릴 우아한 도시풍의 여인이었다. 한 손에 쥔 검은 성경이 이 거리에서도 또렷하다. 고부 갈등으로 이혼했건 술주정으로 이혼했건 지금 그녀의 표정에 나타난 건 골칫거리를 저세상으로 보낸 속 시원함이 아니었다. 견딜 수 없는 슬픔이었다. 그런 그녀의 치마를 붙들고 있는 계집아이가 보였다. 변 선생은 딸만 둘이라고 일전에 들은 바가 있다. 아이는 우는 엄마를 신기한 표정으로 올려다보며 손가락을 빨고 있다.

윤식의 고개가 조금 떨구어졌다가 설명할 수 없는 의지로 다시 세워져 현장을 목도했다.

그때였다. 상복의 군중이 움직이지 않았다. 모든 이의 동작이 멈춘 가운데 단 한 명의 고개만이 자라처럼 느리게 움직였다. 시체처럼 허옇게 화장을 한 늙은 여자였다. 마치 온 세상이 정지했는데 이 여자만은 시간을 초월한 능력을 보유한 듯 신기했다. 사나운 기색의 눈이 정확하게 윤식이 몸을 숨긴 지점을 노려보았다. 간이 오그라 붙었다. 여자는 사람이 아니라 귀신 같은 얼굴을 갖고 있었던 것이다. 눈길이 교환된 윤식에게서 시선을 거두지 않는 걸로 보아 이쪽을 알아보았음이 틀림없다.

윤식은 몸을 낮추어 달리기 시작했다. 몇 걸음 옮기지도 못하고 돌부리에 발이 걸려 언덕 아래를 데굴데굴 굴렀다. 등 뒤에서 울려 퍼지는 곡소리가 웃음으로 바뀌었다. 윤식은 귀를 막고 나무들 사이를 통과해 달렸다. 앙상한 나뭇가지들이 얼굴을 할퀴었다.

어디를 얼마나 뛰었는지 모른다. 말라붙은 개울과 황폐한 밭을 지나자 자그마한 점이 보였다. 달릴수록 점은 커지면서 시커먼 집 한 채로 변해갔다. 그곳은 불에 탄 흔적이 역력한 버려진 초가집이었다. 대문도 담도 없었다. 울타리는 망가졌고 사람의 흔적은 느껴지질 않았다. 폐가의 마당에 깊게 파인 구덩이는 전혀 용도를 알 수 없었다. 곡소리, 상엿소리가 더 이상 들리지 않았다. 꽤 먼 거리를 뛰어온 셈이다. 따가운 느낌에 윤식은 손바닥을 바라보았다. 피부가 시퍼렇게 변해 있었다. 그러자 무언의 깨달음이 왔다. 적산법사가 그를 위해 장소를 마련해준 것이다!

윤식은 잠시 주위를 둘러보다가 코트 속의 신물을 꺼냈다. 마당의 구덩이 안으로 정체를 알 수 없는 얼굴, 오색의 실 꾸러미, 약초들, 현대에 통용되지 않는 동전들, 비린내 나는 붉은 부적 따위가 쏟아졌다.

모든 제물이 들어가자 윤식은 허리춤에서 군용 수통을 꺼내 들었다. 수통 안의 휘발유가 신물을 적셨다.

"잘 가요, 새엄마."

품속에서 성냥갑이 나왔다. 장구를 치는 여인의 그림이 인상적인, 무당을 떠올리게 하는 성냥갑이었다. 불을 켜려는 찰나에 나무 옆에서 누군가 튀어나왔다.

"너!"

소스라치게 놀란 윤식이 한 걸음 물러서다가 발을 헛디뎠다. 구덩이 안에 빠진 윤식의 몸에 휘발유가 옮겨 묻었다. 그 앞에 사람 다리가 우뚝 버티고 섰다.

윤식의 눈동자가 위쪽으로 이동했다. 사람 눈 같은 검정 점이 좌우로 박힌 여자 고무신이 보이고 상복 치마저고리가 보였다. 푸른 대나무 가지를 손에 쥐고 몹시 성난 표정을 짓고 있는 여자는 시체처럼 하얀 얼굴에 튀어나올 듯한 눈을 가졌다. 귀신의 화장을 한 늙은 여자. 조금 전 장지에서 자신을 알아본 바로 그 여자였다.

"네놈은 뭐냐? 몽달귀냐?"

여자가 손을 휘두르자 대나무 가지가 사사사삭, 하는 소리를 냈다. 새도 울지 않는 산속에서 그 소리는 매우 커다랗게 귀를 자극했다. 노파의 눈에 검은자가 사라지고 흰자만이 남았다.

"너! 너는 불측한 목적으로 내 아들을 찾아왔구나!"

윤식이 뭐라 항변하려 하자 대나무 가지가 얼굴을 때렸다.

"성모께서 진노하시고 태을장군님이 불칼로 잡귀를 때려잡는다. 어허, 비키거라! 성모께서 불측한 목적 맞히시고 장군께서 잡귀를 염라대왕한테 보낼지니! 혹시 내 아들을 해친 놈은 아닌가. 그렇다면 절대로 용서치 않으리라!"

굵은 두 눈의 하얀 광채가 신기(神氣)로 번쩍거렸다.

"네놈이 거기 들이부은 물건들은 뭐냐! 어디 보자, 그게 무엇인고!"

노파가 허리를 굽혀 윤식의 멱살을 움켜쥐었다. 윤식은 반항했지만 완력으로 꺾을 수 있는 힘이 아니었다.

"응, 어디 보자 이놈! 이 불측한 놈!"

노파가 흠, 하고 힘을 쓰자 윤식의 몸이 종이 인형처럼 일으켜 세워졌다.

"기름 냄새로구나! 불을 놓으려 하고 있어!"

"놔…… 이 할망구야……."

윤식의 숨이 막혀왔다.

"내 아들은 왜 죽었냐, 이놈아! 말을 해라, 이 악귀 같은 놈아!"

대나무가 요동쳤다. 사사사삭 하는 소리가 깊게 파고들자 윤식의 귀에서는 한 줄기 피가 흘러내리기 시작했다. 윤식이 비명을 질렀다. 갑자기 노파가 주춤했다. 입을 떡 벌린 그녀는 만지지 못할 것에 손을 댔다는 듯 멱살을 놓고 다급히 뒷걸음쳤다.

"네놈의 그림자는 또 다른 그림자를 달고 다니는구나. 나는 안다, 나는 알아! 네놈 그림자에는 또 다른 그림자가 있어!"

노파가 대나무 가지를 버리고 뒤춤에서 방울을 꺼냈다. 손을 흔들자마자 딸랑거리는 소리가 울려 퍼졌다. 윤식이 참지 못하고 귀를 막자 이번엔 코에서 피가 쏟아졌다.

"그건 객사의 살이다, 객사의 살! 이 요망한 악물아!"

노파가 쉰 소리로 고함쳤다. 다급해진 윤식은 구덩이의 부적 하나를 주워 들고는 보이지 않는 수호신에게 구조를 요청했다.

'법사님! 적산법사님! 제발 이 위기를 모면케 해줘요!'

말벌 떼 같은 방울이 윤식의 얼굴로 바짝 다가붙었다. 고막이 터져버리고 심장이 여덟 조각으로 찢어지기 일보 직전이었다. 눈물 같은 피가 뺨을 타고 흘러내렸다. 윤식이 외마디 고함을 질렀다. 그러자 어디선가 휘파람 소리가 들려왔다. 노파의 방울 공세가 멈추었다. 휘파람은 땅에 떨어진 대나무 가지를 바르르 떨게 했다. 검은자가 돌아온 노파의 눈이 천천히 하늘을 향했다가 윤식에게로 돌아왔다. 두껍게 연지를 찍어 표정을 알 수 없던 얼굴에 당혹스러움이 새겨졌다. '그것이 알고 싶은' 신묘한 힘은 사라졌다. 별안간 노파는 열십자형으로 팔을 쫙 벌린 채 몸이 굳어버렸다. 방울이 땅바닥에 떨어졌다. 그녀는 발목부터 차올라오기 시작하는 공포에 몸을 떨었다. 그 공포는 시커먼 색깔을 가지고 있었다. 크기는 윤식의 팔뚝만 했고 길이는 트럭보다도 길었다. 땅바닥으로부터 등장한 구렁이는 순식간에 발목에서 장딴지로, 장딴지에서 허리로, 허리에서 크게 똬리를 틀어 노파의 면전을 장악한 뒤 두 갈래로 난 혀를 날름거렸다. 위세 당당한 노파의 공격에 반전이 일어났다. 무당의 사설이 떨림으로 가득했다.

"이건 또 웬 신령님인가. 낯선 신령님이로다. 하지만 감당할 수 없는 분이로구나. 신통력이 하늘 같고 무간지옥보다 무섭구나. 신령님이로다, 신령님, 참 신령님이로다! 이 몸은 감당할 수 없으니 그저 입 막고 귀 막아 함구하고 또 함구하련다. 부디 불쌍한 내 아들, 좋은 곳으로만 보내주소."

노파의 목소리에 빠른 속도로 힘이 떨어졌다. 득달같던 무속의 기세는 한층 강도가 높은 적수에게 밀려 자취를 감추었다. 구렁이의 대가리는 노파의 눈앞에서 언제까지고 공격 자세를 유지하고 있었다. 노파가 스르르 땅바닥에 주저앉더니 치맛자락을 양손으로 쥐고 밥상을 차리는 흉내를 냈다. 그제야 직성이 풀린 구렁이는 천천히 몸을 움직여 치마를 타고 내려왔다. 검고 긴 몸통이 지상으로 내려와 삽시간에 땅속으로 사라졌다. 꼬리까지 모습을 감추자 노파는 오들오들 떨면서 말했다.

"이 몸 살려주시니 그저 감읍하고 수다스러운 입 다물 뿐. 평생 다물고 또 다물련다. 피붙이의 죽음이라도 신령님 뜻이라면 그 또한 따를 수밖에."

노파는 어디론가 비틀비틀 걸어가더니 두 번 다시 나타나지 않았다. 순식간에 10년은 더 늙어버린 꼴이었다. 윤식은 구덩이에 누운 채 잠시 하늘을 보며 휴식을 취했다. 그의 입은 주문을 외우고 있었다. 곧 타오르는 불길이 구덩이를 가득 메웠다.

이제 다 끝났어.

다 끝났어.

나는 네 번의 계약을 다 이행했어.

이제 이런 고생을 할 일도 없어.

그 여자, 분명히 죽을 거야.

가까스로 산을 내려온 윤식은 택시에 올라타자마자 쓰러졌다. 다홍에 도착할 때까지 그는 내내 코를 골면서 잤다.

14

아파트 문을 두드리자 영희가 달려 나왔다. 그녀는 하얀 목욕 가운 차림이었다. 윤식은 승리감에 취해 크게 소리쳤다.

"끝났어. 네 번 다 해냈어."

"들키지 않았어?"

"들켰어."

윤식이 빙그레 웃었다.

"하지만 보이지 않는 힘이 날 도왔어."

영희가 윤식의 머리를 끌어안았다. 윤식은 코를 누르는 영희의 가슴보다도 모든 신물들이 타버렸다는 사실에 만족을 느꼈다. 이제 복권은 당첨 날짜만 기다리면 된다. 추첨자는 복권 행사의 주최자이니 걱정할 건 하나도 없다.

"문 선생도 변 선생도 적산법사의 힘이 뻗친 게 사실이었어."

"역시 그랬구나."

영희는 다정한 얼굴로 윤식을 바라보았다.

"곧 있으면 새엄마가 죽었다는 낭보가 날아올 거야. 난 믿어 의심치 않아."

"법사한테 넣을 잔금은 내가 다 알아서 할게. 윤식 씨는 신경 쓰지 마."

윤식이 영희의 손을 잡았다.

"하하하, 고려당 빵 봉지 안에 지령을 넣을 줄이야. 007도 아니고. 어?"

윤식이 흠칫 놀랐다. 영희의 눈에 이슬이 맺혀 있다.

"왜 울어?"

"윤식 씨, 우리가 무슨 짓을 한 거지?"

영희가 '자기' 대신 처음으로 '우리'라고 말했다. 윤식은 영희의 눈물을 닦아주었다.

"지난 일은 돌이키지 마. 이제 행복해질 일만 남았어."

"정말 죽어 마땅한 여자가 맞는 거지?"

"그럼."

"윤식 씨에게 엄청 고통을 준 나쁜 여자가 맞지?"

"그럼."

"내 곁엔 윤식 씨만 있으면 그뿐이야."

영희가 윤식의 목을 끌어안았다. 윤식은 그녀의 몸에 도는 따뜻한 피를 느낄 수 있었다. 지난 며칠간의 고생과 끔찍했던 계획들이 하나의 완성물 안에서 녹아내렸다. 그 완성물이란 당연히 그의 앞에 서 있는 반려자였다.

윤식이 영희의 허리춤을 잡아당겼다. 영희는 거부하지 않았다. 입술과 입술이 맞닿았다. 영희의 따뜻함은 어느새 뜨거움으로 변하고 있었다.

"내가 보상이 있을 거라고 그랬지?"

영희가 자신의 허리춤에 와 있던 윤식의 손에 가운 끈을 쥐여주었다. 윤식은 선물보따리를 풀듯 끈을 잡아당겼다.

"이젠 우리 떨어지지 말자."

가운이 바닥으로 떨어졌다. 눈부신 처녀의 나신이 윤식 앞에 나타났다. 윤식이 의무를 다한 것처럼 영희도 약속을 지켰다. 골칫덩이를 속 시원히 없애준 것도 모자라 평생의 반쪽까지 되어주다니. 윤식은 어느 날 홀연히 나타난 이 여인과 앞으로 어떤 고난이 닥쳐도 영원히 함께하리라 마음먹었다. 설사 지옥불이 코앞에서 타오른들 헤쳐 나가지 못할까. 감격에 겨운 윤식이 영희의 귀에 속삭였다.

"이젠 착한 일만 하고 살자, 우리."

윤식도 어느덧 알몸이 되어 있었다. 두 사람은 거실 바닥에서 서로에 대해 더 잘 알게 되었다.

✦

윤식은 몸을 뒤척거리다 눈을 떴다. 축축한 땀이 온몸에 번져 있었다. 또 전기가 흐르듯 팔다리가 찌릿찌릿했다. 숨이 가빴고 위장으로부터 역한 냄새가 올라왔다. 심장박동이 제야의 종소리처럼 크게 울려 미칠 것만 같다.

'왜 잠에서 깼을까?'

그는 영희를 돌아보았다. 창으로 비쳐 드는 새벽 어스름에 아름다운 여체의 곡선을 드러낸 영희는 세상모르게 자고 있다.

'신물을 태울 때마다 이랬어. 혼이 빠지는 거 같아. 왜 이리 기운이 없을까.'

윤식이 허헉, 하고 숨을 들이켰다.

방 안에 누군가 있었다.

남자 하나가 컴컴한 어둠 속에 쪼그려 앉아 그를 쳐다보고 있다. 자신처럼 벌거벗은 남자였다. 눈썹도 머리카락도, 심지어 그곳의 털조차 없는 민숭민숭한 남자였다. 한자 같은 괴상한

184

문자가 온몸에 문신처럼 새겨져 있다. 노랗게 타오르는 눈이 윤식의 얼굴에 고정되었다. 윤식이 왁, 하고 비명을 지르니 남자가 벌떡 일어나 욕실로 도망쳤다. 영희가 깜짝 놀라 몸을 일으켰다.

"왜 그래, 윤식 씨!"

"누가 있어!"

"뭐라고!"

영희가 급히 이불로 몸을 가렸다. 그녀가 일어날 때까지도 윤식은 제대로 몸을 가누지 못했다.

"정말이야, 누군가 있다는 게?"

영희의 얼굴이 새파랗게 질렸다.

"그래! 내가 소리치니까 저리로 들어갔어."

윤식이 전등 스위치에 손을 대자 찰칵하고 밝은 빛이 쏟아졌다. 그는 비지땀을 흘리며 욕실을 향해 외쳤다.

"너 누구야! 당장 이리 나와!"

"사람 불러올까?"

윤식은 영희의 말도 귓전으로 듣고 소리쳤다.

"나 무서운 놈이야. 내 친구가 경찰이야!"

욕실에서는 아무런 응답도 없었다.

영희는 이상한 예감에 휩싸였다. 종이 하나 부스럭거리는 소리도 나지 않는 데다 아무런 인기척도 느껴지질 않았던 것이다. 윤식만이 액취 나는 땀을 쏟고 있을 뿐이다.

"자기 혹시 악몽 꾼 거 아냐?"

영희는 호기심인지 당당함인지 분간할 수 없는 확고한 걸음으로 욕실을 향했다. 손에는 거실 한편에 기대어 있던 빗자루가 쥐여 있었다.

"안 돼, 영희야! 가지 마!"

영희는 윤식의 말을 듣지 않았다. 그녀는 빗자루로 문을 살짝 밀면서 몸을 움츠리다가 이윽고 허리를 쭉 폈다. 그 바람에 이불이 흘러내려 벌거벗은 뒷모습이 당당하게 공개되었다. 윤식의 남성은 영희의 여체에도 전혀 반응하지 않았다.

"이리 와봐, 뭐가 있는지."

윤식이 어렵게 다가가 욕실로 들어갔다. 영희의 태연함에 예상했던 바이지만 거기에는 아무도 없었다. 윤식은 핑핑 도는 머리를 붙잡고 세면대에 기댔다. 거울 속의 푸르스름한 얼굴이 그를 따라 헐떡거렸다.

404호 남자의 정체

1

1990년의 아침이 밝았다.

새로운 10년의 시작은 누구에게나 희망을 주는 법이다. 그중에서도 윤식과 영희에게 다가온 1990년대의 시작은 남달랐다. 현재의 골칫덩어리 양어머니이자 미래의 걱정거리 시어머니가 누구도 겪어보지 못한 방식으로 제거된 것이다.

두 사람은 떠오르는 일출을 바라보며 행복의 단꿈에 젖었다. 남들이 뭐라든 상관없었다. 병원에서 돌아왔을 때 윤식을 바라보는 사람들의 시선은 따가웠다. 하지만 그들은 쏘아보기만 할 뿐 입은 열지 않았다. 변 선생과 같은 차를 탔고 있었음에도 하나는 목이 잘려 죽었는데 하나는 사지가 멀쩡했다. 그들은 뭔가 하고 싶은 말이 있는 눈치였다. 그것은 죽음과 연관된 것으로 실체가 명확하지 않았다. 그래서 쏘아보기만 할 뿐이었다. 실체적 진실이 밝혀지지 않는 이상 용의자는 범인이 될 수 없는 법이니까. 이처럼 '의심은 가지만 물증은 없음'은 그의 어머니마저 죽어버림으로써 더욱 강조되었다(비록 친모는 아니라지만).

윤식은 겉으로는 깍듯한 인사를 건네며 속으로 그들을 비웃었다. 초상은 다 끝났고 이젠 결혼식만 남았다. 지난 한 달 사이에 그렇게나 많은 조의금을 냈으니 이젠 축의금을 걷을 차례였다. 선망의 대상인 이영희와 결혼 발표를 할 때 분함을 감춘 남자 선생들의 표정을 생각하자니 윤식은 저절로 웃음이 나왔다.

윤미의 말과 달리 학교는 휴교 상태가 아니었다. 교직원의 연이은 사망에 교장이 '휴교라도 해야 할 지경'이라고 내뱉은 푸념을 윤식의 누나는 잘못 해석했다. 하긴 겨울방학이 코앞인 시점에 군이 휴교까지 할 필요도 없었다. 이 방학은 윤식에게 큰 도움이 되었다. 선생들은 물론 학생들까지 슬슬 윤식을 피한다는 소문이 돌았기 때문이다. 윤식은 충분히 그럴 만하다고 고개를 끄덕였다. 어느 시점부터 자신은 죽음을 몰고 다니는 남자로 통했다.

죽은 사람 중 세 명이 그와 관련이 있는 사람이었고 이들의 죽음은 아무래도 안락과는 거리가 먼, 신체가 박살 나고 살점이 튀기는 비명횡사였다.

새엄마 정금옥 여사 역시 비슷한 최후를 맞았다. 골수는 터지고 뼈다귀는 가루가 되었다. 윤식이 그토록 바란 잔혹한 죽음이었다. 윤미는 입술이 찢어져라 웃는 윤식에게 겁을 집어먹었다. 하나밖에 없는 동생이 처음부터 그 여자의 죽음을 원한 사실을 잘 알기 때문이었다.

정금옥의 죽음은 윤식이 변 선생의 장지에서 네번째 신물을 태워버린 지 이틀 만에 발생했다. 당시 윤미의 집에 기거하던 그녀의 몰골은 끔찍할 정도였다. 짧은 시간 동안에 엄청난 변화가 일어났다. 얼마 남지 않은 머리카락조차 거의 빠지는 바람에 찰랑거리는 머리카락만으로도 관능의 매력을 발산했던 두상이 혼이 없는 마네킹 대가리가 되고 말았다. 굵은 주사기를 꽂아 탄력이란 탄력은 남김없이 추출한 것처럼 피부는 뼈다귀에 바짝 붙었고, 거기에 따른 대응인지 시커먼 반점들이 우중충하게 모습을 드러냈다. 애마부인 같던 가슴도 바늘 찔린 풍선처럼 처졌고, 사람 속을 꿰뚫고도 남을 것 같던 눈은 크레파스를 섞어 칠한 것처럼 흐릿했다. 발성을 하는 데도 애를 먹었고 작은 움직임도 귀찮아했다. 윤식의 치성을 아는지 모르는지 하루가 다르게 그녀는 괴물로 변해갔다. 살아 있는 해골이 골방에 들어앉아 밥이나 진통제를 요구하는 것만 같았기에 윤미는 그녀가 부를 때마다 무서워했다. 입원을 하자고 권유했으나 정금옥은 퀭한 눈을 부릅뜨며, 나를 한 번만 더 병원에 처넣으면 니 동생 놈을 가만두지 않겠다고 협박했다. 고열에 시달리며 헛소리를 늘어놓는 괴물 앞에서 윤미는 차츰 고조되는 불안을 견딜 수가 없었다. 남편 동준은 안락한 가정에 침투한 이물질을 가끔 매처럼 살기 도는 눈으로 노려보았다.

2

정금옥이 최후를 맞은 그날 밤이었다. 부부가 잠을 자는 방이 벌컥 열렸다. 윤미가 비명을 질렀고 동준이 몸을 일으켰다. 어둠 속에서 몇 가닥 털이 남지 않는 머리가 부부를 노려보았다. 그녀는 보퉁이 같은 것을 안고 있었는데 숨 쉴 때마다 가슴이 크게 벌렁거렸다. 긴 원피스 잠옷은 온통 피로 얼룩져 있었다. 보퉁이에서 피가 뚝뚝 떨어졌다. 짙은 어둠 속에서 눈알만 남은 해골이 색색 숨을 몰아쉬었다. 윤미는 저도 모르게 이불을 턱 밑까지 당겨 올렸다.

"어, 엄마. 대체 왜 그래요?"

대답 대신 보퉁이가 날아왔다. 날개 달린 보퉁이는 하늘로 비상하는 대신 하얀 담요 위로 힘없이 추락했다. 징그러울 정도로 큰 볏과 부리가 부부를 향했다. 지독한 비린내가 피어올랐다. 아직도 피를 쏟는 갓 죽은 닭이었다.

"아악!"

윤미의 비명에 동준이 벌떡 일어나 장모를 노려보았다. 정금옥이 팔을 홱 치켜들었다. 식칼이 차가운 빛깔로 번득이고 광기에 찬 입에서는 쇳소리가 나왔다.

"내 네년의 동생을 기어이 염라대왕 앞으로 끌고 갈 것이야."

식칼을 허공에 휘두르며 그녀는 외쳤다.

"반드시 데려갈 것이야! 반드시!"

동준이 베개를 집어 던져 정금옥의 칼을 떨어뜨렸다. 쥐를

190

잡으려는 고양이처럼 동준은 순식간에 도약해 그녀를 덮쳤다. 그러나 지옥에서 온 장모가 더 빨랐다. 다시 칼을 집어 든 그녀는 집 바깥으로 도망쳐 눈 깜빡할 사이에 좁은 골목길로 들어섰다. 환자의 움직임이라고 보기 어려울 만큼 민첩했다. 윤미는 사람이 위기를 맞으면 불가사의한 능력을 발휘할 수 있다는 해외 토픽을 떠올렸다. 보도에 의하면 아이를 구하려는 엄마가 맨손으로 표범을 때려잡는 일도, 약한 여자가 체격 좋은 남자를 집어 던지는 일도 불가능한 것이 아니다. 새엄마는 위험한 사람이었다. 남편에게 어떤 해가 닥칠지도 모른다는 생각에 그녀는 제정신으로 돌아왔다. 가지 말라며 소리쳤지만 이미 동준은 새엄마를 쫓고 있었다.

윤미가 따라 나왔을 때 골목길 끝을 뛰어가는 동준의 뒷모습이 어렴풋이 보였다. 좁은 골목길 양쪽에 불이 켜진 집은 하나도 없었다. 누군가 자신의 비명을 듣고 나와주기라도 원했지만 동네는 짙은 어둠에 잠겨 있었다.

'정전일까? 이상한 일이야.'

윤미는 남편이 사라져간 방향을 따라 보도블록 위를 달리기 시작했다. 새엄마는 칼을 들고 있다. 남편을 잃는다는 생각만으로도 몸서리가 쳐졌다.

'왜 저 여자가 나타나고도 지금까지 참고 있었지? 왜 당연한 것처럼 그녀를 받아들이고 따로 셋방까지 얻어주려고 했지? 왜 심각한 위험으로 생각하지 않았지? 과거에 그런 위험한 짓을 한 여잔데? 내 동생을 죽이려 하는지도 모르는데, 왜?'

잘못 계산했다. 새엄마같이 미친 여자한테는 더욱 강경하게 나갔어야 했다. 동생을 보호하려는 마음이 더 큰 화를 불렀다. 강제로라도 시설에 처넣든지 흥신소에라도 연락할 걸 그랬다. 온건적인 대처야말로 오판이었다. 그 옛날의 무서운 모습에 지레 겁먹은 게 문제였고, 자신을 사랑해주는 착한 남편 앞에서 시끄러운 집안 꼴을 보이기 싫어한 것도 문제였다. 바보 같은 처신이 남편을 잃을지 모를 위기를 불러왔다.

동준은 남편이라기보다 오빠처럼 의지할 수 있는 사람이었다. 불우했던 남매를 누구보다 잘 이해하고 넓게 포용한 사람이다. 결혼마다 정해진 운명이 있다면 윤미의 운명은 바로 이 남자였다. 그를 만나기 위해 하나님은 만남과 헤어짐이란 거미줄을 끊고 또 잇기를 반복해 때를 기다리게 했던 것이다. 그전까지의 남자들은 윤미의 결손가정을 집요히 문제 삼았지만 동준은 오히려 그런 아픔을 보듬을 줄 아는 사람이었다.

그렇다. 분명 하늘의 뜻이었다.

하지만 그런 사람도 꼭꼭 숨겨놓았던 새엄마가 나타나고부터는 변한 눈치다. 제아무리 선한 사람일지라도 매일매일을 악과 접하면 조금씩은 그것에 감염되는 것이 아닐까. 동준의 눈은 예전에 보지 못했던 무서운 기운을 띠고 있다. 새엄마가 나타나기 전과 후가 확연히 달라진 눈빛이었다.

생각이 여기까지 이르자 윤미는 남편이 심각하게 걱정되었다. 새엄마가 칼을 버렸다면 좋을 텐데. 도움의 손길이 절실했지만 새벽 거리에 행인의 모습은 보이지 않았다. 얼마나 뛰었는지 숨이 턱 끝까지 차올랐다. 윤미는 그제야 자기가 다다른 곳이 새로 지은 아파트 단지임을 알았다. 맙소사, 인면동까지 뛰어왔잖아. 거짓말처럼 이곳 역시 불이 밝혀진 집은 하나도 없었다.

"윤미야, 넌 거기 있어! 위험해!"

저만치 앞 어둠 속에서 동준의 목소리가 들려왔다. 윤미는 남편이 어디 있는지 감을 잡을 수 없었다. 윤미가 직감으로 45도 방향으로 움직였을 때 처음으로 행인의 모습이 보였다. 새벽을 깨웠으나 아직 잠에 취해 머리를 숙인 채 터벅터벅 걸어가는 사람이었다. 술에 취한 건지도 몰랐다. 윤미가 아저씨, 하고 부르려는 찰나 맞은편 아파트 계단의 센서등에 1층부터 고층순으로 차례차례 불이 들어왔다. 이 깜깜함 속에서 그 같은 문명의 요소는 반가웠다. 그러나 반가움은 곧 두려움으로 변했다. 밝은 조명 사이로 잠옷을 입은 여자와 트레이닝복 차림 남자의 무시무시한 추격전이 언뜻언뜻 보였던 것이다. 윤미 앞에 등을 보인 행인이 일고여덟 명으로 늘어났다. 남자와 여자가 섞여 있었다. 윤미는 그중 한 명을 붙잡았다.

"도와주세요, 아저씨!"

남자가 무감각한 눈으로 윤미를 쳐다보았다. 표정이 없는 얼굴에 말문이 막힌 것 같은 모습이다. 윤미는 남자를 포기하고 반대편의 아주머니를 붙잡았다. 아주머니는 대답 대신 천천히 손가락을 치켜 올렸다. 손가락을 따라가던 윤미는 그만 양손으로 입을 막고 말았다. 그녀의 확대된 동공에 비친, 아파트 옥상

위에 허수아비처럼 우뚝 서 있는 여자는 새엄마였기 때문이다. 동준의 모습은 보이지 않았다. 정금옥이 윤미를 내려다보았다. 먼지 덩어리 같은 시커먼 구름이 그녀의 뒤로 빠르게 이동했다. 어디선가 개 짖는 소리가 들려왔다. 난폭한 고성이었다. 그러자 차가운 겨울 하늘에 한 줄기 섬광이 번득였다. 정금옥이 윤미에게 손가락을 겨누었다. 최후의 한마디 한마디가 또렷하게 천지를 격동시켰다.

"조윤식! 내 너를 반드시 데려갈 것이야! 반드시!"

새엄마의 뒤편에서 번갯불이 일었다. 눈이 부신 윤미가 팔로 눈을 가렸다. 감은 눈을 개 짖는 소리가 파고들었다. 다음 순간 으직, 하는 둔탁한 소리가 나면서 빛은 가셨다. 눈을 뜬 윤미는 모여 선 사람들이 20여 명으로 늘어난 사실을 알았다. 그들은 바닥에 추락해 엉망진창으로 터져버린 40대의 여자를 내려다보고 있었다. 몸을 피하는 사람도 구토를 하는 사람도 없었다. 별다른 내색 없이 그들은 그저 바라보기만 했다. 윤미는 끔찍하게 죽은 새엄마를 외면하고 아파트 옥상으로 시선을 돌렸다. 눈물이 볼을 타고 흘러내렸다. 누구를 위한 눈물인지는 몰랐다. 옥상에는 망연자실 숨을 몰아쉬며 시신을 바라보는 동준이 있었다. 이윽고 윤미가 정신을 잃고 바닥에 쓰러졌다. 여전히 사람들은 움직이지 않았다. 급히 달려 내려온 동준이 윤미를 안아 들었다. 사람들이 신기하다는 듯 두 사람을 쳐다보았다. 동준은 서서히 뒷걸음질 치다가 그 자리를 벗어났다. 윤미부부는 모르겠지만 그곳은 윤식이 살고 있는 아파트 단지였다.

새엄마 정금옥의 최후는 그렇게 마무리되었다.

3

눈이 내리는 오후, 하숙집에 전화가 걸려 왔다. 윤식은 하얗게 변한 마당을 보면서 전화를 받았다.

—윤식 씨, 오늘 좀 만날까?

영희였다. 윤식은 쏟아지는 눈을 맞으며 약속 장소까지 걸어갔다. 영희가 커피를 시켜놓고 기다리고 있었다. 방학이 시작되었는데도 그녀는 아직 다홍에 있다. 두 사람은 수시로 아파트에서 사랑을 나누고 함께 시간을 보냈다.

"윤식 씨, 나 내일 서울 올라가."

"개학 때 돌아오는 거야?"

윤식이 풀죽은 목소리로 대꾸했다.

"아냐, 며칠만 있을 거야."

"그래, 너도 여가를 좀 즐겨야지."

"그런 거 아냐. 집에서 전화가 왔어."

윤식은 영희의 시무룩한 표정을 보고 혹시 금성전자 이사와 보게 될 맞선 때문이 아닌가 생각했다.

"아빠가 오늘 아침에 입원하셨대."

영희가 간단하게 말했다.

"어디 편찮으셔?"

"자세한 건 가봐야 알 거 같아. 내가 들은 건 새벽에 화장실 가시다가 쓰러지셨다는 거뿐이니까."

윤식의 얼굴이 심상찮은 빛으로 채워졌다. 자라 보고 놀란 가슴이 솥뚜껑만 봐도 놀라는 격이었다. 구름 위라고 생각하지만 실상 두 사람이 한 발씩 디딘 곳은 수렁이었다. 희망의 신기루인지 생명을 빨아들이는 늪인지 구별이 쉽지 않은 수렁이다. 겉으로는 웃고 있지만 맘 편하게 인생을 즐길 수는 없었다. 가까이에 비슷한 일만 생겨도 이런 심적 반응은 '죽을 때까지' 따라다닐 것이었다.

"나, 나, 나도 같이 갈까?"

"왜 말을 더듬어!"

영희가 소리쳤다. 그간의 다정함은 사라지고 표독스러운 얼굴이 다시 나타났다. 그녀도 겁에 질려 있음이 분명하다.

이제 그것은 다 끝난 게 아니었나.

잊고 싶던 모든 것이 한꺼번에 돌아오는 느낌이었다. 윤식은 창문에 비친 자신의 얼굴을 보았다. 푸르스름한 저 기운은 몰려오는 바깥의 어둠 때문일까, 내 얼굴에서 나오는 걸까.

"우리 아빠를 거기에 연관시키지 마."

"무슨 소리야? 연관이라니?"

"아냐, 분명 그 사실을 떠올린 거야. 내가 그랬지? 두 번 다시 지난 일은 떠올리지 말라고."

"난 아무 말도 안 했어."

"그게 그거야! 난 니 얼굴만 봐도 알 수 있어."

"갑자기 왜 이래?"

"우리 아빠한테 무슨 일만 생겨봐."

주먹을 부르쥔 영희의 눈에 눈물이 번졌다. 윤식은 솔직한 심정으로 사정을 더 묻고 싶었고 서울에도 동행하고 싶었지만 참을 수밖에 없었다. 영희가 히스테리를 부릴 땐 그저 잠잠해질 때까지 놔두는 게 상책이었다.

그는 탕약 마시듯 커피를 단숨에 다 마셨다.

"알았어, 알았어. 일단 서울부터 갔다 와. 과민하게 반응하지 말고."

"나 그러는 거 싫어."

"뭘?"

"커피를 그렇게 마시다니 방금 뭐 한 거야? 나한테 시위하는 거야?"

"속이 뜨거워서 그래. 왜 이리 예민하게 나오니?"

"속이 끓어올라?"

"겁이 나서 열이 난다구!"

"초상 치를 일이 끝난 게 아닐까봐?"

"니가 헤어지자고 할까봐!"

영희가 입을 다물고 눈을 내리깔았다. 윤식이 은근한 목소리로 그녀를 달랬다.

"서울 얼른 올라가, 응? 올라가서 친구들도 좀 만나고 쇼핑도 하고 그래. 오래도록 있다가 내려와. 자꾸 안 좋은 생각 하지 말고."

"네가 커피 그렇게 마시는 모습이 정말 싫어. 촌스러워."

"고칠게."

윤식이 자리에서 일어났다. 갈수록 다루기 힘든 여자였다. 어떤 일에 한번 꽂히면 무슨 곁가지든 거기에 의미 부여를 한다. 한마디도 지지 않으려 하고 뜻대로 되어야만 직성이 풀린다.

한 남자를 제 것으로 만들기 전과 후가 이렇게 다르다니.

"집을 사놓고도 왜 하숙집에서 생활해? 난 니 그런 소심한 모습이 싫어."

윤식은 대답하지 않았다. 혼자서는 절대 그 아파트에 들어갈 수가 없었다.

"무서워서 못 들어가는 거지?"

윤식은 석고상처럼 굳은 채 침묵을 지켰다.

"윤식 씨, 자리에 앉아."

윤식은 앉지 않았다.

"우리가 계속 이렇게 지낸다면 어떤 안 좋은 일도 과거에 맞춰서 해석을 하게 돼. 매 순간이 지옥이라고. 앞만 보고 대범하게 헤쳐 나가야지."

자기가 불안하니까 들볶을 대로 들볶아놓고 이제 와서 설교조가 되는 꼴이 영 달갑지 않다. 같은 방식을 고수하는 건 정작 그녀요, 죽음을 부르는 무속에 여전히 속박당한 것도 그녀가 아닌가. 윤식은 뭐라고 심하게 얘기해주고 싶은 충동을 가까스로 참았다.

"서울 잘 갔다 와. 연락 주고. 먼저 나갈게."

"아빠한테 윤식 씨 서울로 전근할 수 있도록 알아볼게. 우리 빨리 여기 뜨자, 윤식 씨."

영희는 자기가 좀 심했음을 깨달았는지 다소 퉁명스러운 말투지만 그래도 윤식에게 위안이 되는 말을 했다.

윤식이 돌아서서 가볍게 고개를 끄덕였다. 찻집을 나설 때 등 뒤에서 영희가 불렀다.

"윤식 씨!"

윤식은 고개만 살짝 돌렸다. 영희가 허리에 손을 척 얹고 큰 소리로 말했다.

"바보처럼 굴지 말고 아파트에 들어가. 내가 돌아올 때까지 좀 우아하게 꾸며놓고, 알았지?"

윤식은 그녀가 빨리 서울로 가기를 바랐다. 혼자 술이라도 마시고 싶었다.

4

윤식은 혼자 시내를 거닐다가 저녁이 되어 하숙집으로 돌아왔다. 마당에 쌓인 눈은 아무도 치우지 않았다. 이 집에는 다섯 하숙생이 있었는데 모두 미취업자들로 고시를 준비한다느니, 삼성그룹에 들어간다느니 입만 요란한 백수들이었다. 마당 한편을 뒹구는 소주병 무더기가 눈에 들어왔다. 저 값싼 홍분제를 앞에 두고 저희끼리 모여 대기업 회장도 모시고 여야 정치

권도 일벌백계하고 대통령도 친구로 삼고 세상도 바로잡는다. 윤식은 가끔씩 들어오는 그들의 술자리 제의를 일절 거절했고 그들 역시도 '싸가지 티처'로 윤식을 대했다.

윤식은 얼른 이곳을 벗어나고 싶었다. 벽에 왕개미가 기어 다니는 하숙집에는 진저리가 났다. 하지만 아파트는 가기 싫었 다. 한밤중에 노란 눈으로 자신을 쳐다보던 남자에 대한 기억 과 새엄마가 자기 집 옥상에서 뛰어내렸다는 사실 때문이었다.

윤식이 방에 들어가 신문을 펼쳤을 때 누가 문을 두드렸다.

"조 선생, 조 선생 있나요?"

나이 든 여자의 낮은 음성이었다. 윤식은 어리둥절한 얼굴로 문을 열었다. 며칠 새에 몇 년은 더 늙어버린 얼굴의 최순애 선 생이 서 있었다.

"최 선생님! 여기까지 어쩐 일이세요?"

"좀 들어가도 되나요?"

윤식은 이상함을 느꼈지만 순순히 그녀를 방에 들였다.

"무슨 일이시죠?"

"아들이 돌아왔어요."

"혹시…… 지난번 시내의 집회 때 연설을 하던 분 말입니까?"

"맞아요, 바로 그 녀석이에요."

"네에…… 그런데 저한테 무슨 볼일로……?"

"경찰에 쫓기고 있어요. 붙잡히면 감옥에 가게 될 거예요."

최순애가 윤식의 팔을 잡았다.

"조 선생밖에 의지할 사람이 없어요."

윤식은 경찰 친구 종환에게 어떻게 다리라도 놓아달라는 줄 알았다. 하지만 그게 아니었다.

"며칠만 숨겨주세요, 단 며칠만."

곤혹스러웠다. 최순애 선생의 아들은 교직원 사이에선 두 번의 유명세를 치른 인사였다. 서울의 일류대에 장학생으로 합격해 부러움에 찬 유명세를 치렀고, 얼마 안 있어 민주화 운동의 지하활동으로 반전의 유명세를 치렀다. 후자의 유명세는 더욱 커져 지명수배 전단지에 사진이 올랐고 거액의 현상금도 붙었다. 그런 아들을 숨겨달라고 한다. 국가보안법을 위반한 범법자를 국가공무원한테 숨겨달라니 윤식은 가슴이 컥 막히는 기분이었다.

"선생님, 죄송하지만 그건 안 되겠습니다."

"부상을 당했어요. 하루, 이틀이면 돼요. 바로 떠나도록 할게요."

"죄송합니다. 목숨 걸기 싫습니다."

"제발! 선생님, 도와주세요."

최순애의 목소리가 떨렸다. 윤식도 물러서지 않았다.

"너무하십니다, 선생님. 그런 위험한 부탁은 가까운 사람한테 하시면 안 되잖습니까?"

"조 선생밖에 의지할 사람이 없어요. 다른 사람들은 꿈도 못 꿀 일이에요."

"버스터미널에도 담배 가게에도 현상금 걸린 아드님 사진이 있습니다. 운동권 간부 아닙니까? 도와줬다가 저도 엮여 감옥에 갈 수 있는 심각한 문제란 말입니다."

"그럼 하루만 도와주세요. 제발 하루만."

"선생님 댁에 숨기면 되지 왜 구태여 남에게 부탁하십니까?"

"우리 집엔 벌써 사복형사들이 깔렸는걸요."

윤식은 현실적인 위험이 피부에 닿자 노골적으로 자신의 입장만 내세웠다. 선생과의 안면도, 사이좋았던 나날도 평화의 위협 앞에선 깡그리 몰수되었다. 적산법사를 만나고 그 고생을 한 것도 어디까지나 궁극의 평화를 위해서였다. 모든 일이 성취되고 어렵게 여기까지 왔는데 다른 실수로 엉망이 될 수는 없었다. 매정하지만 어쩔 수 없다.

"사정은 안됐지만 죄송합니다. 다른 데를 알아보십시오."

"아아! 제발! 제발 도와주세요!"

최 선생이 윤식의 다리를 붙잡고 머리를 조아렸다. 윤식의 맘이 흔들렸다.

"선생님 왜 이러세요? 이러시면 안 돼요."

"제발 도와주세요. 하나밖에 없는 아들이에요. 잡히면 고문을 당해 죽을지도 몰라요."

하숙생들이 둘의 대화를 들을까봐 걱정되었다.

"허락한다 해도 대체 어디에 아드님을 숨긴단 말입니까. 여긴 하숙생들이 바글거리는데요."

"아파트를 갖고 계신 걸 알아요. 아마 결혼하기 위해서겠죠. 하지만 하숙집에서 생활하지 거긴 늘 비워놓잖아요."

윤식의 뒷덜미가 서늘해졌다. 내 뒷조사를 했나?

코너에 몰리면 인자한 얼굴 뒤로 수십 마리 능구렁이가 쉽게 똬리를 트는 이 악함, 모든 인간의 본성인가. 최순애 선생 같은 호인도? 설마 새엄마한테 한 짓까지 알고 있는 건 아니겠지.

"제가 아파트 가진 걸 어떻게 아셨습니까?"

"이영희 선생님이 얘기해줬어요."

"예?"

"조 선생하고 사귄다면서요."

"영희가…… 이영희 선생님이요?"

윤식이 놀란 표정을 지었다.

"제발 이렇게 빌게요! 도와주세요! 선생님!"

최 선생이 바닥에 머리를 찧었다. 이제 그녀는 윤식이 평소 존경해오던 거인이 아니었다. 그저 버릴 수도 없는 혈육 때문에 눈물을 쏟는 가련한 중년 여인일 뿐이었다. 윤식이 물었다.

"지금 아드님은 어디 있지요?"

"학교 쓰레기 소각장에 있어요."

"이틀입니다. 절대로 이틀을 넘기면 안 됩니다."

"고맙습니다, 선생님! 정말 고맙습니다!"

"무조건 이틀 뒤에는 비워주는 겁니다."

"약속할게요."

윤식은 아들 같은 사람한테 거듭 머리를 조아리는 여선생을 보며 생각했다. 왜 하늘은 이런 분을 제 어머니로 보내주시지 않았습니까. 이렇게 자식 걱정밖에 없는 분인데.

헤드라이트를 끈 포니(사고 후 윤식은 중고로 차를 바꾸었다)가 학교 뒷문의 소각장으로 천천히 접근했다. ㅂ자형으로 생긴 소각장의 양쪽 'ㅣ'는 벽돌을 층층이 쌓아올린 방화벽이었다. 쓰레기를 태우는 공간은 가운데 'ㅁ'이었는데, 방학 시즌답게 불길을 맛보지 못한 쓰레기에는 하얀 눈만 내리덮여 있었다. 인기척은 없었다. 차에서 내린 최 선생이 약 1초의 간격을 두고 돌두 개를 던졌다. 그러자 소각장 안 왼편 벽에서 그림자 하나가 고개를 내밀었다.

"민섭아, 엄마다."

야전 상의에 배낭을 둘러멘 남자가 주위를 경계하며 걸어 나왔다. 윤식은 깜짝 놀랐다. 남자의 얼굴이 온통 하얀 붕대로 싸여 있었기 때문이다.

"누가 따라오지 않았어요?"

붕대 안에서 거친 음성이 나왔다.

"그래, 인사해라. 널 도와주실 우리 학교 선생님이시다."

붕대 감은 머리가 꾸벅 절을 했다. 윤식이 차를 가리키자 민섭이라 불린 남자는 급하게 포니의 뒷좌석에 올랐다. 차가 출발하자마자 민섭은 칭칭 감은 붕대 사이의 눈으로 윤식을 뚫어지게 쳐다보았다. 계림문고 앞표지의 『투명인간』처럼 생긴 재수 없는 녀석이었다. 시선을 의식했는지 민섭이 윤식에게 또한 번 인사했다.

"신세 좀 지겠습니다."

최 선생이 붕대를 만지려 하자 민섭이 고개를 틀어 손길을 외면했다. 젊은 연인에게 배신당한 늙은 여자처럼 최 선생이 화냈다.

"버릇없이 굴지 마라."

민섭은 어머니는 쳐다보지도 않고 윤식에게 배낭을 들어 보였다.

"먹을 건 여기 다 있습니다. 몸만 숨겨주시면 됩니다."

"제가 곤란해지니 절대 이틀을 넘기면 안 됩니다."

윤식이 강조했다.

✦

차가 아파트 주차장에 도착했을 때는 8시가 넘었다. 그들이 승강기를 타고 올라갈 때까지 마주친 사람은 아무도 없었다. 모자를 눌러쓴 민섭의 몰골을 감안하면 다행이 아닐 수 없었다. 그럼에도 윤식은 사복형사나 안기부 직원이 어딘가에서 감시하는 건 아닐까 불안한 기분이었다.

1205호의 문이 열렸다. 어둠에 싸인 집은 평소와 다름이 없었는데도 윤식은 등골이 오싹했다. 그는 곁눈질로 민섭을 흘끗 쳐다보았다. 아무것도 모르는 민섭은 가방을 안은 채 엉거주춤 서 있다.

'기왕 이렇게 된 거 여기에 그 벌거숭이 귀신이 있는지 없는

지 그거나 확인해다오. 이틀 동안 아무 일도 없으면 나도 여기 들어와 살아야겠다.'

민섭은 아무 말도 없이 컴컴한 거실 앞에서 숨만 몰아쉬었다. 붕대가 들썩였다. 자본주의의 호사스러움을 받아들일 수 없음일까, 풍찬노숙으로 도망 다닐 동지들에 대한 미안함일까. 그는 들어가길 망설였다.

윤식은 그가 '이런 곳엔 들어가지 않겠습니다'라는 지사적인 대쪽 같은 절개를 보여주길 기대했다. 하지만 붕대 안에서는 긴장으로 가득한 탁한 음성이 새어 나왔을 뿐이다.

"여기 누가 있나요?"

최 선생이 나섰다.

"아무도 없다 그랬잖아. 왜 그래?"

"아니요. 누가 있는 줄 알았어요."

윤식은 모자의 태도가 마음에 들지 않았다. 이것들이 남의 귀한 아파트를 갖고 뭔 수작이야. 불쌍하다고 도와주고 있는 마당에.

그는 목소리에 노여움을 띠지 않기 위해 노력했다.

"자, 민섭 씨. 이틀입니다. 밖에 나가거나 사람을 들이면 절대 안 됩니다. 나나 선생님이 찾아올 일이 있을 땐 노크를 똑똑 똑 짧게 두드려 세 번씩 아홉 번을 칠게요. 그 외 다른 사람은 열어주지 마세요. 만약 경찰에 발각이 되면 나는 일절 모르는 겁니다. 여기 최순애 선생님이 나 몰래 아파트 열쇠를 슬쩍한 걸로 입을 맞출 겁니다. 알겠죠?"

붕대 대가리가 이리저리로 돌았다.

"이 녀석아, 왜 대답을 안 해?"

최 선생이 민섭의 팔을 쳤다.

"집 안에 누가 있어요, 어머니. 혹시 형사는 아닌가?"

윤식이 뭐라 대답하려 할 때 최 선생이 먼저 말했다.

"혹시 이영희 선생님이 여기 계시나요?"

윤식이 차갑게 말했다.

"이 집에는 아무도 없습니다. 들어가기 싫으면 그냥 돌아가도 돼요."

"그냥 입 다물고 이틀만 얌전히 있어. 그새 돈하고 옷 준비해 올게."

최순애가 민섭을 떠밀고 문을 쾅 닫았다. 윤식은 벌레 씹은 기분이었다. 문이 다시 열리더니 민섭이 붕대 사이로 눈을 빛냈다.

"경찰에 붙잡혀도 나하고 어머니가 다 덮어쓸 테니 염려 마세요."

최순애가 다시 문을 닫았다.

"미안해요, 조 선생님. 제가 아들을 잘못 키웠어요."

'저도 사람을 잘못 봤군요.'

윤식은 그들이 보는 앞에서 침을 뱉고 싶어졌다.

6

하숙집에 돌아오니 곽 씨 할머니가 종이쪽지를 건네주었다.

"종환이란 사람이 이 번호로 전화 달라던데?"

혹시 민섭을 숨겨준 사실을 아는 게 아닐까. 윤식은 불안한 마음을 감추지 못한 채 전화를 걸었다.

—야, 요새 왜 통 연락이 없냐? 어머니 상은 잘 치렀고?

윤식은 농담 반 진담 반으로 응수했다.

"수배자 은닉해주느라 바빴다."

—미친놈, 혼자 있냐? 할 일 없으면 목마른데 술이나 한잔하자.

종환은 아무것도 모르는 모양이다. 영희에 최순애 모자에 불안만 가중되던 차에 종환의 제안은 반가웠다. 윤식은 알았다고 답하고 일어섰다. 또다시 전기가 통하는 것처럼 온몸이 쑤시더니 일순 눈앞이 캄캄해졌다. 심장이 두근거리며 현기증이 일었다.

'그 모자가 스트레스를 준 거야. 망할 연놈들.'

그는 기어이 침을 뱉었다.

✦

"미안하다. 네 어머니 문상 못 가서."

"괜찮아, 친엄마도 아닌데. 잘 알잖아?"

"그래그래, 너한테는 잘된 일이겠지."

소주잔이 부딪치며 땡 하는 소리를 냈다.

"근데 너 무슨 일 있냐? 얼굴이 아주 안 좋은데."

"내가? 어떤데?"

윤식은 뒤편의 거울을 보았다.

"얼굴이 시퍼렇잖아. 살도 많이 빠졌고."

종환이 윤식을 이리저리 뜯어보았다.

"살이 빠진 건 맞아……. 얼굴은 글쎄…… 난 모르겠는데?"

"여우가 너무 애간장 태우는 거 아냐?"

"잘 진행되고 있어. 결혼할지도 모른다."

종환의 눈이 동그래졌다.

"아니, 시의원 딸이라던 그 여자랑?"

윤식이 자랑스럽게 웃었다.

"그래. 근데 오늘 싸우고 서울 올라갔다. 내려오면 또 어떻게 마음이 바뀔지 몰라."

"그럼 방학인데도 여태까지 같이 다흥에 있었단 말이야? 야, 조 선생, 이거 보통이 아닌데. 도대체 뭘 어떻게 푹 삶았길래."

윤식은 종환의 집요함을 잘 알기에 대략을 간추려 연애의 진행을 들려주었다. 물론 적산법사와 관계된 비밀은 일절 얘기하지 않았다. 이야기를 다 듣고 난 종환이 말했다.

"어쨌든 그 아가씨 오늘은 서울 가 있단 말이잖아."

"그렇지."

"좋은 소식인데. 자, 한잔하자."

두 사람의 발밑으로 빈 소주병 여섯 개가 굴러다녔다.

"잠깐 전화 좀 하고 오마."

윤식이 일어섰다. 그는 신발을 신다가 약간 비틀거렸다.

"전화까지 하고 오는 걸 보니 확실히 잘된 모양이구먼."

종환이 키득거렸다. 윤식은 음식점 바깥의 공중전화 부스에 들어가 하숙집으로 전화를 걸었다. 곽 씨 할머니는 연속극 시청을 강제로 중단당했기에 약간 급한 목소리로 대꾸했다.

—아니우. 전화 걸려 온 데 없었수.

윤식은 걱정이 되었다.

'영희의 아버지, 대체 어디가 아픈 걸까?'

윤식은 영희 아버지에 대한 생각을 접고 운동권 학생 민섭을 떠올렸다. 그 싸가지 없는 자식이 빨리 꺼져줬으면 싶었다. 최순애 선생도 실망이었다. 사람이란 건 겉만 보고 모르는 것이다. 영희를 언급하며 아파트 안에 숨겨달라던 그녀의 태도는 분명 부탁이 아닌 협박에 가까웠다.

'좋게 생각하자, 좋게. 더 큰 골칫거리는 이제 영원히 없어졌잖아.'

전화를 끊은 윤식이 들어가려 할 때 이미 종환은 밖으로 나오고 있었다.

"야, 너 왜 나오냐?"

"우리 벌써 일곱 병 먹었다. 많이 먹은 거야."

"아직 안주 남았잖아."

"남긴 뭘 남아. 다 먹었어. 어디 가서 한잔 더 하자."

"이거 니가 계산했냐? 많이 나왔을 텐데."

종환이 '또오소 닭도리탕'이라고 쓰인 간판을 손가락질했다.

"이 가게 사장이 음주 단속 걸렸을 때 내가 봐준 사람이다."

"무전취식했단 말이야?"

윤식이 씩 웃었다.

"그러면 되나? 내 잠깐 들어갔다 나올게."

"아서라. 너도 돈 봉투 받잖냐. 좋은 게 좋은 거다."

윤식이 들어 올린 팔이 종환의 어깨를 팍하고 붙잡았다. 종환도 껄껄거리며 윤식과 어깨동무를 했다.

술과 고기도 공짜로 먹는 이 편한 세상에 민주화 운동은 무슨……. 윤식은 자기 영역을 침범한 이방인과 대조되는 친구의 얼굴을 진지하게 바라보았다.

"종환아!"

"왜?"

"너와 나는 친구 맞지?"

종환의 불콰해진 얼굴이 미소로 가득 찼다. 형사 밥이 만들어낸 날카로운 인상이 아닌, 윤식이 알던 옛 친구의 개구쟁이 얼굴이다. 이상한 일들만 연속하여 겪어온 이 겨울, 윤식은 십년지기의 표정에 마음이 따뜻해짐을 느꼈다.

"그럼, 둘도 없는 내 친구지."

"나한테 무슨 일이 생기면 니가 도와줄 수 있는 거지?"

"무슨 일?"

"음…… 살다 보면 생길 수 있는 일 말이다. 그러니까 음주운

전보다는 센 범법 행위라고나 할까?"

"강력반 차 형사가 못할 게 뭐 있어? 언제든지 전화해라!"

"좋아, 한잔 더 하러 가자!"

"좋지! 어, 취한다. 근데 조금 쉬었다 먹어야 오래 먹을 수 있지 않을까."

"그럼 영화나 한 편 땡길까? 어때?"

"좋은 생각이야."

7

상영 시간을 놓쳐 영화는 이미 시작하고 있었다. 초반 10분을 놓친 영화는 재개봉작인 〈영웅본색〉이었다. 탄창이 어떻게 만들어졌는지 아무리 쏴대도 총알이 떨어지지 않는 암흑가의 총싸움 영화였다. 주윤발이란 배우가 술잔을 앞에 놓고 폼을 잡을 때 구창모의 〈희나리〉가 중국어로 나오기도 했다. 두 친구는 큰 소리로 떠들며 영화를 관람했는데 관객들은 술 냄새를 풍기는 그들을 참다못해 매표원을 불렀다. 결국 윤식과 종환은 2본 동시 상영인 〈매화방 천둥불〉을 포기하고 중도에 나와야만 했다. 종환은 술 마실 시간이 늘어났으니 더 잘된 일이라고 소리쳤다. 취기가 윤식의 현실적인 걱정을 잊게 했다.

"우리 색시 불러 술 마실까?"

포장마차에서 술이 오른 종환이 게슴츠레 뜬 눈으로 물었다.

"안될 거 없지. 불러라."

윤식이 흔쾌히 대답했다. 그는 영희의 얼굴을 떠올렸다.

✦

자정을 조금 넘긴 시각, 술에 만취한 종환과 윤식이 5층짜리 여관 '동궁장' 입구에 나타났다. 두 친구는 각자 허리춤에 여자 하나씩을 끼고 있다. 포장마차 앞 공중전화에서 종환은 어떤 남자에게 전화를 걸었다. 사장님, 차 형삽니다, 하고 말한 지 20분도 안 되어 아가씨 두 명이 택시를 타고 와, 나는 민 양이고 애는 주 양이에요, 하고 소개를 했다. 그 남자는 종환에게 단속의 도움을 받은 적이 있는 티켓다방 업주였다.

네 사람은 장소를 바꿔 술을 마시면서 이야기를 나누었다. 남자들의 이야기는 두서가 없었고 포장이 심했으나 결국 한 가지 결론으로 귀착되고 있었다. 그것은 골대에 공을 차 넣는 행동과 비슷했다. 여자들은 이런 수작을 남자들보다 더 잘 알고 있는 것처럼 보였으나 별 거부감을 보이지는 않았다. 아마 호출을 받은 순간부터 돌아가는 사태를 알았을 것이다. 분위기가 무르익은 네 사람은 둘씩 짝을 이뤄 하룻밤을 보내기로 합의했다.

그러나 객실 입구에서 윤식의 마음은 바뀌었다. 서울로 올라간 영희가 다시 생각난 것이다. 그는 만류하는 종환을 뿌리치고 아가씨를 택시에 태워 돌려보내고는 자신이 배정받은 403호실로 혼자 들어갔다. 종환은 후회하지 말라며 연행하듯이 자기 파

213

트너를 201호실로 데려갔다. 윤식은 그들의 옆방에서 자지 않게 된 걸 다행으로 여겼다.

✦

유흥업소 거리의 여관답게 동궁장 403호실은 호사스러웠다. 윤식은 씻을 생각도 하지 못한 채 피곤한 몸을 침대에 뉘었다. 오늘 하루, 돌발 사태의 연속에 그는 과음했다. 술에 취해도 불안은 가시지 않는 느낌이었다.

장래를 약속한 여자는 변덕 끝에 자신을 버릴 것만 같은데, 집에는 주객전도의 수상한 남자까지 들어앉아 있다. 두 사람 머리 위에 공통으로 튀어나온 건 폭탄의 뇌관이다. 하나는 이별, 하나는 범법이라는 폭탄이다. 최순애 선생의 표정은 이전과는 사뭇 달랐다. 문명 생활이 꼭꼭 숨겨놓은 야성이 드러난 좀 더 솔직한 얼굴이었다. 아들을 위해서라면 무슨 짓이든 할 여자였다. 민섭이 이틀 뒤에 떠나지 않을까 겁이 난다.

윤식은 불 꺼진 형광등을 응시했다.

적산법사와의 거래는 끝났다. 목구멍의 가시는 성공적으로 제거되었고 이제 불길한 일은 일어나지 않아야 했다. 분위기만 가중될 뿐 실제로 불길한 일은 일어나지 않았다. 그런데 왜 이렇게 마음이 편치 못한 걸까. 왜 폭풍이 몰려오기 직전의 고요한 분위기와도 같을까. 네 번의 의식에 관련된 기억은 아직도 윤식을 놔주지 않았다.

잔금 청산을 위해 적산법사 편으로 연락했을 때였다. 나이 든 남자가 전화를 받자마자 불같이 성을 냈다.

ㅡ연락은 필요하면 우리가 할 터이니 절대로 먼저 전화하지 마시오!

돈을 입금한다는 데 어째서 화를 내는 걸까.

처음 만났을 때도 적산법사 측은 돈보다는 약속을 이행하는 데 집중하라고 했다. 암시가 무서워서 윤식은 약속을 지켰다. 그들의 의도를 넘겨짚으려 하니 시체가 된 문상교와 변준혁이 생각을 가로막았다.

'나 때문이 아니야. 우연일 뿐이라고! 우연!'

천만분의 1의 우연? 윤식은 베개에 얼굴을 묻었다.

기다려보자. 모든 건 사필귀정이 될 거야. 처음 상태로 돌아간다구.

그는 눈을 감고 하나님께 빌었다. 빨리 영희가 내려와 좋은 소식을 들려주길. 어서 그 재수 없는 놈이 꺼져주길.

기도를 마친 그는 옆으로 돌아누웠다. 남자의 목소리가 들려왔다.

ㅡ자기야, 나 동궁장 404호실에 방 잡아놨어. 올 거지? 뭐라고? …… 미안해. 다 내 잘못이야. 와서 얘기해. 그래…… 와줄 거지? 고마워. 404호실이야, 404호실. 빨리 와.

윤식은 멀거니 벽을 응시했다. 보이는 것이라곤 자신의 얼굴뿐이다. 섹스의 쾌감을 높이기 위함인지 온몸이 비치는 커다란 거울이 벽에 붙박여 있다. 404호로 오라는 남자의 목소리는 그

거울 너머로부터 들려왔다.

'여관이 겉을 꾸미는 데만 돈을 퍼부었지 내부 공사는 개판이군.'

나도 저놈처럼 영희한테 전화하고 싶네. 이리 오라고. 하지만 여관 전화기는 시내밖에 안 되잖아. 잠깐만…… 영희네 전화번호가 몇 번이었더라? 윤식이 생각하는 사이 난방 온도가 올라갔다. 잠시 멈추었던 취기도 급격하게 올랐다. 윤식의 술 취한 뺨은 더욱 진한 붉은색을 띠었다. 천장이 빙글빙글 돌았다. 그렇지…… 영희는 집 전화번호를 가르쳐준 적이 없었어…… 영희는……. 그걸 깨달았을 때 윤식은 까무룩 잠이 들었다.

8

잠이 깬 것은 옆방에서 들려오는 목소리 때문이었다.

─너 안 오는 거야? 응? 말해! 온다고 그랬잖아.

건물의 방음은 최악이었다. 모두가 잠든 시각이라 그런지 소리는 생생하게 들렸다. 시곗바늘은 1시 20분을 가리키고 있었다.

─대체 나한테 왜 이러는 거야? 일단 와보라니까. 와서 얘기해.

목소리 톤이 잠시 낮아졌지만 윤식에게는 귓가에 속삭이는 것과 다를 게 없었다. 잠을 푹 잘 수 있을지 조바심이 났다.

'이웃 잘못 만났군.'

216

—그래…… 알았어. 올 거지? 분명 올 거지? 그래…… 미안해.

수화기 놓는 소리가 나고 남자의 한숨이 이어졌다. 뭘 하고 있는지 소리로 추측할 수 있었다. 병뚜껑이 뽑히고 맥주 따르는 소리가 들렸다. 종이컵인지 유리에 닿는 마찰음은 없었다. 목구멍으로 물 넘기는 소리가 나고 이어서 질긴 물체가 지이익, 잡아 뜯겼다. 숨넘어가는 남녀의 신음 소리가 들려오는 가운데 질경질경 씹는 소리가 났다. 404호 남자는 혼자 맥주를 마시며 여관에서 틀어준 포르노를 보는 게 틀림없었다. 여자에게 달라붙어 애원할 때와는 몹시도 상반된 행태였다.

채 3분도 안 되어 퐁, 하고 새 병 따는 소리가 들려왔다. 길게 이어지는 꿀떡꿀떡 소리는 병째 나발을 불고 있음을 암시했다.

'하고 싶어 미치겠는데 안 올까봐 더 미치는 모양이군. 좆 빠지게 기다려봐라.'

윤식이 키득키득 웃었다. 거울 속의 자신이 따라 웃었다. 그 너머로 악의적으로 오징어 씹는 소리가 들려왔다.

✦

윤식은 맥주병들이 구르는 소리에 잠을 깼다. 1시 45분이었다.

—올 거야, 안 올 거야!

악을 쓰는 고함이 벽 너머에서 터졌다.

—올 거야, 안 올 거야!

눈을 뜬 윤식은 간이 철렁했다. 털이 없는 알몸의 남자가 숨을 몰아쉬며 자신을 노려보고 있지 않은가. 놀라 일어나니 거울 속의 남자가 따라 일어났다. 형광등을 켜자 선잠이 달아났다. 거울에 비친 남자의 눈알은 노랗지 않았고 머리카락도 새까맸다. 거울은 무서웠지만 거기 비친 이는 분명 자신이었다. 안도의 한숨이 절로 새어 나왔다.

벽 너머에서 난폭한 고함이 다시금 목청을 드높였다.

―올 거야, 안 올 거야!

남자가 뭐라고 욕을 하는 사이 윤식은 눈만 껌뻑였다. 다시 다이얼 돌아가는 소리가 들려왔고 그사이로 술에 취한 남자의 한숨이 섞여 들었다. 이제 여자는 전화를 받지 않는 모양이었다. 땅이 꺼질 듯 한숨 소리도 무게가 늘었다. 윤식은 남자에게 충고라도 해주고 싶은 심정이었지만 괜히 참견했다가는 피를 볼지도 몰랐다. 그때 쿵, 하는 소리가 들려왔다. 온 사위가 깊은 침묵 속으로 떨어졌다. 포기하고 드러누웠구나. 윤식은 다행이라고 중얼거린 뒤 불을 껐다.

✦

―올 거야, 안 올 거야!

2시 50분에 또 소란은 시작되었다. 윤식은 전화를 거는 미친 놈보다 전화를 꼬박꼬박 받아주는 계집이 더 미웠다. 딱 잘라 못 간다고 하면 될 것을 계속 전화를 받으면서, 금방 가겠다고 약속하면서 애만 바짝바짝 태우는 것이다. 참으로 별난 인간이

218

많은 세상이었다. 편안한 수면을 방해당한 윤식의 머리가 부글부글 끓어올랐다.

　─올 거야, 안 올 거야!

'그만 입 좀 다물어라. 안 온다니까! 걘 꽃뱀이야.'

벽에 대고 소리치고 싶었다.

　─올 거야, 안 올 거야! 이 개 같은 년아!

윤식이 자리에서 일어나 주전자 꼭지에 입을 댔다. 그동안에도 외침은 잦아들지 않았다.

　─아, 그러니까 올 거냐고 안 올 거냐고! 이 개 같은 년아!

물을 마신 윤식이 일부러 주전자를 쾅 소리 나게 내려놓았다. 404호의 목청은 조금도 줄지 않았다.

　─올 거야, 안 올 거야! 이 개 같은 년아!

그는 또 주전자를 들어 올렸다. 손잡이 쥐는 품이 물을 마시려는 게 아니었다.

　─올 거야, 안 올 거야! 이 걸레 같은 년아!

벽을 향해 주전자가 날아갔다. 거울에 맞았다면 박살 날 정도로 센 투구였다.

　─올 거……

정전당한 카세트처럼 소리가 뚝 끊겨졌다. 윤식은 벽을 노려보며 그대로 서 있었다. 거울 속의 자아도 무서운 눈을 부릅떴다. 윤식은 자허이 뱃나 자허이 뱃나 사바하, 하고 옆방의 심기를 건드렸다. 여기엔 너만 돈 내고 들어온 게 아니야, 하고 가르쳐주기라도 하듯.

그러자 더 이상의 고함은 없었다. 세상이 정적 속으로 잠겼다. 참다운 어둠의 평화가 찾아왔다. 두 번 다시 404호 남자는 소란을 피우지 않았다. 만족한 윤식이 다시 침대에 누웠다.

9

뜨거운 땀이 쏟아졌다. 윤식이 안고 있는 여자는 종환의 소개로 만났던 민 양이란 여자였다. 그는 영희를 생각해 외도를 거절했지만 다른 경험도 해보고 싶은 속뜻이 있었다. 민 양은 약간 뚱뚱한 체격임에도 밉지 않은 인상을 가졌다. 사실 영희만 아니라면 어떤 여자라도 좋았을 것이다. 그것은 윤식의 잠재의식이 가리키는 자유와 해방의 상징인지도 몰랐다. 어딘가 뻣뻣했던 영희의 몸이 아닌지라 색다른 쾌감이 엄습했다. 403호는 지나치게 후끈후끈해 그들은 창문을 열어놓고 정사를 벌여야만 했다. 404호의 남자는 이제 입을 다물었다. 민 양이 신음 소리를 냈다. 윤식은 그자가 들으라고 더욱 힘을 가했다.

내가 이겼어, 이 새끼야. 내 물건이 더 커.

닿을 듯 말 듯한 욕망의 최고점이 서서히 윤식을 덮어왔다. 그 지점의 도달이 어떤 것인지 윤식은 반드시 체험해보고 싶었다. 욕망의 한계를 극복할 수 있는 곳은 꿈속밖에 없으니까. 온몸이 뜨거운 땀으로 젖은 것은 여관의 열기 외에 이 꿈도 한몫했음이 틀림없다. 그는 평소와 다르게 가학적이었고 처음 만난

민 양은 거부 없는 복종으로 일관했다. 눈을 감은 윤식은 민 양을 영희로 상상했다. 더 이상 주군과 농노의 사이는 없었다. 정복한 나라의 공주를 차지한 기사의 난폭함만이 있을 뿐이었다.

그 순간 민 양이 고개를 홱 돌려 윤식을 노려보았다. 고양이같은 야광 눈이 노랗게 타올랐다. 윤식이 놀라 물러서자 여관은 사라지고 여자도 사라졌다. 한 점 여백 없는 어둠의 공간속에 윤식 혼자만이 남았다. 그때 윤식은 저 멀리로부터 무엇인가가 천천히 낙하하는 걸 볼 수 있었다. 그것은 오징어 발처럼 온몸을 흐느적거리며 내려왔다. 피하고자 하였으나 무용한 노력이었다. 그를 덮쳐 오는 천연색의 알록달록한 물체는 무섭기도 했으나 어둠 속에 기묘한 매력을 흩뿌리기도 했다.

그것은 무당의 저고리였다.

저고리가 떨어지자마자 윤식의 주변으로 거대한 불길이 치솟았다. 피할 공간이 없는 원형의 불길이었다. 화염 바깥에서 그를 둘러싼 군중이 보였다. 그들은 흑백사진 속에서 튀어나온 것처럼 예스러웠고 시체처럼 창백한 얼굴을 갖고 있었다. 낯선 소리 하나가 윤식의 귀를 비집고 들어왔다. 몹시 사납게 짖는 개의 소리였다. 도망치려 했으나 불길이 그의 가죽을 태웠고 입안까지 비집고 들어왔다. 비명을 지르고 싶었지만 오장육부가 뜨거워 소리를 낼 수 없었다. 그의 눈길이 군중의 가장자리에서 이쪽을 노려보는 사람을 알아보았다. 올빼미 같은 눈을 커다랗게 치켜뜬 여자, 자살이라는 무기로 살해했던 새엄마였다.

"불이야!"

거대한 고함이 흔들리던 세상을 하나로 맞붙였다. 윤식의 눈에 천장이 보이기 시작했다. 새카만 연기로 뒤덮인 천장이. 개 짖는 소리가 사라지고 어마어마한 사이렌이 귀를 메웠다. 그 사이를 배회하는 건 이리 치고 저리 치는 고함이었다. 윤식은 문득 자신을 내려다보았다. 물에 빠진 것처럼 온몸이 젖어 있다. 술이 땀으로 다 빠져나왔다. 한 번도 겪어보지 못한 뜨거움이 사방에서 몰려왔다. 어지러운 발자국 소리와 함께 매캐한 냄새가 몰아쳤다. 쿵쿵거리며 문이 흔들렸다.

"정신 차려! 일어나!"

누군가 고함쳤다. 그의 발길질에 문짝이 박살 났다. 웃통을 벗은 건장한 남자가 수건으로 입을 가린 채 뛰어들어왔다. 시커먼 연기에 눈을 뜰 수 없었고 기침 때문에 대꾸할 수도 없었다. 바깥은 타오르는 불길로 대낮처럼 밝았다. 남자가 욕실의 수도꼭지를 트는 소리가 들렸다. 이내 윤식의 얼굴에 차가운 수건이 닿았다. 상대방은 정신 차리라 소리치며 윤식의 팔을 잡아끌었다. 방을 벗어나자마자 머리 위로부터 차가운 물줄기가 쏟아졌다. 윤식이 따가운 눈을 게슴츠레 떴다. 물줄기 사이로 노란 눈의 멧돼지가 자신을 노려보았다. 윤식의 동공이 확대되었다. 하지만 그건 날름거리는 화염의 착시일 뿐이었다. 윤식은 얼굴을 드러내지 않은 남자들이 손으로 뱀을 부리는 신기한 영상을 보았다. 꿈인지 현실인지 분간할 수가 없었다. 정신없는 와중에 자신을 이끄는 남자의 튼튼한 등짝이 보였다. 남자는 윤식을 아래로 데려가고 있었다.

'404호 남자다!'

현실감각이 돌아왔다. 뱀을 부리는 이들은 헬멧을 쓴 소방관들이었다. 그들은 자기들끼리 뭐라 외치며 격렬하게 물을 쏘아댔다. 1층과 2층 사이의 불은 상당 부분 진화가 된 상태였다. 윤식은 자신을 구해준 옆방 남자가 고맙기 짝이 없었다. 정신없이 뛰어 내려가는 사이 뜨거운 바람이 미지근해졌다. 건물 바깥이 보이고 시원한 공기와 차가운 바람이 그들을 맞았다.

윤식이 주위를 둘러보았다. 얼어붙은 도시는 불구경을 하러 나온 군중으로 북적였다. 윤식을 이끌던 남자가 가볍게 뺨을 쳤다.

"야, 너 괜찮으냐?"

윤식은 코앞의 남자를 어리둥절한 시선으로 바라보았다. 404호 남자가 아니었다. 종환이었다. 그렇군, 그놈이 아니었어! 종환이니까 날 구하러 달려온 거였어. 모르는 놈이라면 어림도 없지. 윤식의 곁에는 담요로 온몸을 가린 여자가 서 있었다. 종환이 데려왔던 주 양이었다. 그때 사람들이 '어!' '저기!' '어떡해!' 하며 각자 소리를 질렀다. 화염에 휩싸인 여관의 지붕에 남자 하나가 막 올라섰다. 군용 야전 상의에 청바지를 입은 젊은 남자였다. 얼굴에 피가 흘렀고 몸 군데군데 그을린 흔적이 역력했다. 참혹한 몰골의 남자는 에베레스트 산의 정상에라도 오른 듯 고함을 치며 웃어댔다.

"올 거야, 안 올 거야! 하하하하!"

윤식의 몸이 얼어붙었다. 심상치 않은 표정과 태연한 자태가 남자의 다음 행동을 충분히 예감케 했다. 소방대 지휘관이 윤식을 밀치고 나아가 소리쳤다.

"이봐요! 거기 그대로 가만히 있어요!"

남자는 이 지시를 들었음이 틀림없다. 유령 같은 시선이 정확이 이쪽으로 움직였던 것이다. 시곗바늘처럼 천천히 돌아간 고개가 멈추었다. 갑자기 남자가 눈을 커다랗게 떴다. 윤식의 호흡이 가빠졌다. 10여 미터 거리의 건물 꼭대기에서 남자가 노려보고 있는 대상은 분명 자신이었던 것이다. 윤식이 휘청거리자 종환과 소방대 지휘관이 그를 붙잡았다. 지휘관은 종환에게 윤식을 맡기고 지붕을 향해 외쳤다.

"금방 구해줄 테니 가만히 있어요!"

시커먼 연기가 남자의 주위를 덮었다. 갓 불붙인 신문지처럼 서서히 남자의 옆으로 솟구치는 불길이 보였다. 고층의 불은 잡힐 기미를 보이지 않고 맹렬히 타올랐다. 소방대원들이 고함을 치며 뛰어다녔다. 남자는 서서히 몸을 태우는 불길 속에서도 서두르지 않았다. 잠에 취한 듯 멍한 표정에는 아무런 변화도 없었다. 불과 3분이면 남자는 불의 먹이가 되어 존재 자체가 지워질 판이었다. 시선의 방향도 그대로였다. 죽음에 아랑곳없이 그는 기다란 손가락을 들어 올리더니 지상을 겨누었다. 윤식이 심장을 움켜쥐고 비틀거렸다. 이윽고 남자가 한마디를 던졌다.

"이 모든 건 다 너 때문이다! 바로 너!"

남자가 뛰어내렸다. 거대한 불덩어리가 바닥에 부딪치는 처참함에 사람들이 귀 막고 눈을 감았다. 여자들의 비명은 소방

차 사이렌을 압도했다.

"날보고 저러는 거야!"

윤식이 이성을 잃고 종환에게 매달렸다.

"저놈은 전부 다 알고 있었어!"

"왜 이래, 인마! 정신 차려!"

현장엔 소방대원뿐만 아니라 경찰들도 다수 있었다. 성매매까지 한 마당에 이런 모습은 형사인 종환에게 좋을 리 없었다. 그는 윤식을 질질 끌고 갔다.

"집으로 돌아가 있어. 내 대충 정리되면 전화할게."

"다 안다구! 다!"

"얘기하지 마!"

구경꾼 중에 택시 기사가 있었다. 종환은 500원짜리 동전 한 개를 기사의 손에 쥐여주고는 상문동의 하숙집 주소를 댔다. 종환과 기사가 발버둥치는 윤식을 강제로 택시에 태웠다. 윤식이 뒷좌석에서 고개를 돌렸을 때 이미 택시는 출발한 후였다. 소방관들이 5층 옥상에서 뛰어내린 남자에게 몰려들었다. 서서히 멀어져가는 불기둥이 윤식의 눈엔 멧돼지가 뿜던 흉악한 눈빛으로 보였다.

10

하숙집에 도착했을 때는 새벽 5시였다. 언제나 그랬듯 곽 씨 할머니는 일찍 일어나 있다가 시커멓게 변한 윤식을 대하고는 입을 쩍 벌렸다.

"아이고! 이게 어쩐 일이래! 무슨 일이 있었수?"

"전화 걸려 온 거 없었습니까?"

"불이 났구먼!"

"전화 걸려 온 거 없었어요, 할머니?"

할머니는 모범 하숙생의 표정이 평소와 다름을 알았다.

"왔수. 한 사람한테서 다섯 통이나 걸려 왔지."

영희구나! 나쁜 일이 일어나지 않아야 할 텐데. 피가 바짝바짝 타들어가는 느낌이었다.

"새벽부터 얼마나 걸어대던지 잠을 다 설쳤지 뭐유. 어디 보자⋯⋯."

할머니가 메모지를 뒤적거렸다.

"여기 있네. 최순애라는 여자유. 돌아오거든 아무리 늦어도 이 번호로 전화 달라고 했어."

윤식은 저도 모르게 한숨을 쉬었으나 채 5초도 유지가 안 되는 안도감이었다.

겉옷을 갈아입고 다시 바깥으로 나왔다. 어디선가 개가 짖어댔다. 공중전화 부스로 들어가 동전을 넣고 다이얼을 돌렸다. 신호음이 가는 사이 개가 짖는 쪽으로 돌아가는 윤식의 눈가가 바르르 떨렸다.

─여보세요?

"조윤식입니다."

226

—선생님, 어디 있었어요?

최 선생의 목소리는 겁에 질려 있었다.

여기도 무슨 일이 생겼구나. 윤식은 불안을 감추지 못한 채 물었다.

"시내에서 사고를 좀 만났어요. 무슨 일 있습니까?"

—민섭이가 떠났어요.

"떠나다뇨? 벌써요?"

—네, 이제 여긴 돌아오지 않겠대요.

"경찰이 눈치챈 건가요?"

—그런 게 아니에요.

"그럼 왜 벌써 나갔지요?"

—무서워서요! 그 아파트에 누가 있대요!

윤식의 팔뚝에 닭 껍질 같은 소름이 좍 돋아났다.

"좀 자세하게 얘기해보세요."

—우리랑 헤어지고 민섭이는 바로 이불을 펴고 누웠대요. 도 망 다니느라 사흘을 못 잤거든요. 그런데 잠만 들려고 하면 가 위에 눌린댔어요. 의식은 말짱한데 몸이 굳어서 손가락 하나도 까딱할 수 없다고 했지요.

"긴장 속에서 쫓겨 다녔을 테니 가위도 눌릴 만하겠죠."

—그게 아니에요. 가위눌릴 때마다 걔가 뭘 보았대요.

"뭐를요?"

윤식은 태연함을 가장하려 애썼다.

—사람이요. 욕실에서 웬 남자가 엎드려 기어 나왔다고 했어

요. 민섭이가 비명을 지르면 그 사람은 사라지고 가위도 풀린 대요. 그런데…… 그런데…….

"그런데요?"

윤식이 대답을 재촉했다.

—똑같은 가위눌림이 자꾸 반복되니까 하도 이상해 욕실에 한번 가보기로 한 거예요. 그런데 불을 켜니까 얼굴에 붕대가 몽땅 풀려 있더라지 뭐예요!

최순애의 목소리에도 듣는 윤식에게도 공포는 위험수위처럼 차올랐다.

—걔가 붕대를 싸맨 건 시위 때 입은 화상 때문이에요. 건드린 사람도 없는데 어떻게 꽉 묶은 붕대가 풀렸는지 모르겠대요. 애가 그렇게 놀라고 있는데 욕실에서 또 기어 나오더래요.

"가위눌렸을 때 본 남자 말인가요?"

—맞아요. 옷을 하나도 걸치지 않고 파리처럼 빠르게 움직이는 남자라고 했어요. 어둠 속에서 봤을 때는 머리카락도 눈썹도 없고 눈이 노랬는데 밝은 곳에서 봤을 땐 그렇지 않다고 했어요. 얼굴에 민섭이의 붕대를 감고 있었으니까요!

윤식이 얼굴을 와락 구기며 아으 씨팔, 하고 중얼거렸다. 낮은 목소리를 최순애는 듣지 못했다.

"헛것을 본 건 아닙니까?"

—그렇지 않아요. 선생님은 민섭이를 몰라서 그래요!

그녀의 목소리에 히스테리가 묻어났다.

—그 벌거벗은 남자는 조 선생님하고 아주 닮았다고 했어요!

"저, 저, 저하고요?"

서 있기조차 힘들어졌다. 찌릿찌릿하는 전기 충격이 또다시 안에서 시작돼 몸 구석구석을 괴롭혔다.

"그럴 리가 있겠……. 잘못 본 거겠죠."

—그렇지 않다니까요!

최순애가 소리쳤다.

—몰래 들어온 도둑이 아닐까 싶어 민섭이는 몇 번이나 그 남자한테 달려들었대요. 그럴 때마다 남자는 욕실로 도망친대요. 그런데 쫓아가기만 하면 사라지고 없다는 거예요. 비밀 문이 있는 곳도 아니고 사방이 벽으로 막힌 곳인데도요. 놀리듯 도망치다가 민섭이가 다시 누우면 문틈에 손을 대고 또 나온다고 했어요. 노란 눈이…… 노란 눈이……. 내 아들이 믿는 건 사회주의 이론이지 귀신 따위가 아니에요. 그런 민섭이가 그 아파트를 견디다 못해 도망친 거예요.

윤식은 말문이 막혀 아무런 말도 할 수 없었다. 최순애의 목소리가 약간 누그러졌다.

—민섭이가 전화한 이유는 조 선생님한테 전할 말이 있었기 때문이에요. 그 아파트에 절대로 가면 안 된대요. 거기를 떠나지 않는 어떤 귀신이 있는데 위험하다고 했어요. 살기를 느꼈대요! 누군가 죽을지도 모른대요!

윤식이 어지러운 머리를 붙잡았다.

그때 전화 부스 뒤로 시커먼 그림자 하나가 나타났다. 서리 낀 부스 유리창에 일그러진 형체가 서서히 위로 번졌다. 윤식이 홱 고개를 돌렸다. 연탄재를 버리러 나온 하숙집 할머니가 영문을 모르겠다는 표정으로 서 있다.

　　"아니, 집에서 걸면 되지 뭐하러 여기까지 나왔수?"

　　"괜찮습니다."

　　"방금 전화가 또 걸려 왔단 말이우."

　　"걸려 오다뇨? 지금 통화 중인데?"

　　할머니는 아무렇지도 않다는 얼굴로 말했다.

　　"다른 여자여. 영희라고 하던데. 서울 가다가 눈 때문에 차가 못 가 결국 돌아왔다나. 조 선생은 어디 갔느냐고 묻길래 잠깐 밖에 나갔다고 했수. 오는 대로 전화하라고 전해주겠다니까 그럴 것 없다면서 그저 이 말만 전해달래요. 좋은 소식이 있으니 곧바로 인면동 아파트로 오라고."

　　윤식이 들고 있던 수화기를 떨어뜨렸다.

　　"호호, 조 선생. 혹시 장가라도 드는 거 아니우?"

　　할머니가 기분 나쁘게 생글거렸다. 윤식이 하늘을 향해 소리쳤다.

　　"안 돼!"

　　"에구머니!"

　　할머니가 연탄집게를 놓치며 주저앉았다. 이미 윤식은 인면

230

동으로 뛰어가고 있었다.

11

새벽이 물러가고 아침이 오고 있었다. 넓은 아파트 주차장에 점 하나가 미친 듯이 움직이고 있다. 온몸이 검댕으로 시커멓게 된 청년이었다. 그는 차 문을 잠그는 것도 잊고 아파트 건물로 진입해 승강기 스위치를 주먹으로 때렸다. 이상하게도 승강기는 작동하지 않았다. 그는 주저 없이 계단을 뛰어올랐다. 주차장에 세워둔 영희의 자가용을 본 까닭이다.

털이 하나도 없는 그놈은 대체 뭘까. 새엄마가 죽고 나서도 사라지지 않는 걸로 봐서는 적산법사와 관련이 없는 놈인 듯하다. 위험한 놈일지도 모른다. 내가 아닌 삼자에게도 모습을 드러낸 걸로 보면 영희한테도 안 나타난다는 보장은 없다. 그 아파트에 있는 누구라도 피할 수 없다. 놈은 대체 뭘까.

체력이 튼실하지 못한 윤식은 계단 난간을 붙잡고 가쁜 숨을 몰아쉬었다.

동궁장 404호에 있던 놈도 이상하긴 마찬가지였다. 그의 최후는 문상교나 변준혁이 죽었을 당시와 비슷한 냄새를 풍겼다. 완벽하게 끝나 줄 알았지만 뭔가 잘못되었다는 불안은 이제 확신으로 굳었다. 사실 이제부터가 시작인지도 모를 일이었다.

윤식의 생각은 잠시 과거에 가 있었다. 적산법사의 신당에서 그는 눈을 가린 채 항아리에 손을 넣었었다. 그때 닿은 해괴한 감촉은 설마, 설마……

가까스로 12층까지 오른 윤식은 벽에 몸을 기대고 헉헉거렸다. 아파트 아래로 새벽을 깨우는 행인은 하나도 보이지 않았다. 마치 보이지 않는 어떤 존재가 조윤식이란 사람과 관련한 철저한 알리바이를 구성하는 것 같았다. 집에 다다른 윤식은 문이 열려 있음을 알았다.

"영희야."

윤식이 들어서자마자 몹시 차가운 냉기가 집주인을 맞았다. 베란다 문이 활짝 열려 있다. 휘파람 소리를 내는 바람이 몰아쳤다.

"영희야."

대답이 없다. 현관의 검정 부츠는 분명 영희의 것이다. 윤식이 걸어가 베란다 문을 닫자 휘파람 소리가 사라졌다. 그 순간 현관문이 저절로 쾅 닫혔다. 온 사위가 어둠에 휩싸였다. 윤식이 전등 스위치에 손을 올렸으나 불은 들어오지 않았다.

"영희야! 대답해!"

그러자 어떤 소리가 침묵을 깼다.

<u>끄으으으으으으</u>윽.

손톱으로 긁는 소리인지 목구멍이 내는 소리인지 분간이 가지 않는다. 중요한 사실은 소리의 근원지가 욕실이라는 것이다. 몸을 심하게 떠는 윤식에게 거울을 쳐다볼 용기가 생겨나지 않았다. 욕실에 들어갈 바에야 차라리 영희를 포기하고 싶

을 정도였다. 그는 저절로 닫힌 현관문 손잡이를 돌리느라 헛된 노력을 퍼부었다.

문은 열리지 않았다.

윤식의 시선이 손으로 갔다. 손가락 끝에서 팔뚝까지의 피부가 온통 자줏빛으로 변해 있다. 당혹스러워진 그는 얼굴을 매만져보았다. 표면이 가죽처럼 단단하고 거칠다. 보지 않아도 색깔을 짐작할 수 있었다.

끄으으으으으윽.

순간 윤식은 모든 것을 깨달았다. 그는 가해자였지만 희생자이기도 했다. 처음부터 그의 한 발은 지옥에 빠져 있었다. 대할 수 있는 상대가 아니었고 활용할 수 있는 방법이 아니었다. 애당초 새엄마가 나타난 게 문제였다. 시퍼레진 윤식의 얼굴에 눈물 한 줄기가 흘러내렸다. 육신이 썩어가고 있다는 강박관념에 사로잡히자마자, 잊었던 책임감과 마음 한구석의 선(善)이 다시 숨결을 얻었다. 함정에 빠진 건 분명했지만 영희를 두고 갈 수는 없었다. 늦기 전에 모든 것을 되돌려야만 했다. 그게 뜻대로 되지 않는다면 자기 혼자만의 희생으로 이 모든 일에 종지부를 찍어야만 했다. 영희의 한 쪽 부츠를 손에 쥔 윤식은 굽을 앞으로 바짝 세웠다. 어떤 놈이든 여차하면 머리를 바수어버릴 심산이었다.

어둠에 싸인 아파트는 시간과 공간을 망각한 별천지가 되었다. 윤식의 떨리는 자주색 손이 욕실 문을 살짝 건드렸다. 그러자 문은 스스로의 의지로 끼익하는 소리를 내면서 저 끝까지 한 번에 열렸다. 미지의 존재와 맞닥뜨릴 생각에 윤식은 침을 꿀꺽 삼켰다.

ㄲㅇㅇㅇㅇㅇㅇ윽.

욕실 안에서 흐린 빛 한 줄기가 새어 나왔다. 그 사이로 검은색 연기가 아지랑이처럼 피어올랐다. 윤식의 얼굴이 놀람으로 팽창되다가 서서히 두 눈의 검은자가 지워졌다. 절규하는 표정으로 윤식은 버텼다. 베란다와 출입문이 활짝 열리면서 눈보라가 휘몰아쳤다. 마치 조윤식이란 남자를 지워버리려는 정화 작업처럼 보였다. 윤식은 이를 악물고 끝내 버텼다. 발성은 내면의 뭔가에 가로막혔고 몸도 마음대로 움직여주지 않았다. 그는 옛날에도 이와 비슷한 상황에 처한 적이 있었음을 기억해냈다. 그 시절 역시도 장소는 욕실이었다. 과거로부터 온 것들은 결코 사라지지 않았다. 한층 더한 악의와 살기로 과거는 부활했다.
'이게 내 운명인가.'
위기를 벗어나기에는 이미 늦었다. 흐린 빛이 환해지더니 온 집 안을 화이트로 지워버렸다. 절망적으로 영희를 부르는 윤식도 빛 속에 묻혀버렸다.

제2부

1205호에 살고 있는 그림자

1

형사계 사무실은 위압적인 분위기로 가득했다. 벽면의 '정의 사회구현' 문구도, 그 위의 대통령 사진도, 타자기 치는 소리도, 조서 작성 중 튀어나오는 거친 욕설도 분위기를 조성했다. 형사들은 사극의 무장(武將)과 폭력배의 외양을 반반씩 표현하며 '이 공간의 마스터는 나다'라는 존재를 증명하고 있었다. 그런 그들 뒤에는 더 큰 권력이 있었고 권력은 질서 유지와 체제 보호란 명목으로 위압적인 분위기를 조장했다.

"형사님, 누가 찾아왔어요."

한창 타자 치는 일에 몰두하고 있는 젊은 형사에게 의경이 경례를 붙였다.

"누구야?『사람의 아들』때문에 바빠 죽겠는데."

그는 북적거리는 시장통에서 젊은 여성을 성추행하다 붙잡힌 파렴치한을 처리하고 있었다. 상황과 등장인물이 최근에 읽은 『사람의 아들』 발단 부분과 비슷해 자기도 모르게 내뱉은 말이었다. '무식한 형사 놈'이란 욕을 하도 많이 들어서 울며 겨자 먹기로 독서에 취미 아닌 취미를 붙였다. 야간대학도 생각해봤으나 걸핏하면 잠복에 수사에 데모 진압까지 도무지 시간이 나질 않았다. 만화든 무협지든 뭐라도 읽어야 사람들이 덜 무시할 것 같았다.

 현행범은 스무 살이 채 안 된 앳된 얼굴이었다.

 형사는 조서 꾸미는 데 몰두하느라 의경이 형사계 사무실로 데리고 들어온 여자를 아직 보지 못했다.

 "좀 봐주세요, 형사 아저씨도 똑같은 남자잖아요. 그렇게 짧은 치마를 입고 돌아다니는데 세상에 가만둘 남자가 어디 있어요. 내가 엉덩이 한 번 만진 덕분에 이젠 조신하게 다니고 늑대 무서운 줄 알 거란 말입니다. 따지고 보면 내가 더 큰 범죄를 예방한 거라니까요."

 "뭐 어째? 이 새끼, 자지를 확 잘라버릴까!"

 형사는 '탄약 수불부'라고 적힌 파란 장부로 현행범의 머리를 때렸다. 그러다가 의경이 데리고 들어온 여자와 눈이 마주쳤다. 형사의 얼굴이 확 붉어졌다. 내가 방금 소리 지른 거 들었으면 안 되는데!

 그는 자리에서 일어났다.

 "누나…… 여기까지 어쩐 일이세요?"

"오랜만이다, 종환아."

윤미의 등장에 차종환 형사가 약간 허둥대다가 자신을 묘한 표정으로 바라보는 현행범과 눈이 마주쳤다.

"형사 아저씨, 얼굴이 왜 그리 벌게져요?"

"시끄러, 인마."

일자로 세운 '탄약 수불부'가 정수리를 강타했다. 숨넘어가는 비명을 뒤로한 채 종환은 일어섰다.

"김 형사, 잠깐만 나갔다 올게. 이 조서 좀 대신 꾸며줘."

원래 종환은 만만한 후배인 남 형사에게 일을 떠넘기기 일쑤였으나 지금 남 형사는 긴급체포한 공안 사범을 취조 중이었다. 그래서 동기인 김 형사에게 일을 부탁한 것이다.

"윤식이는 연락 있었나요?"

"아니, 나도 혹시 새로운 소식이 없나 해서 너한테 들른 거야."

윤미의 표정에 활력은 보이지 않았다.

"그렇군요……. 일단 나가시죠."

두 사람은 형사계 사무실을 걸어 나갔다. 남 형사와 공안 사범이 둘을 쳐다보다가 이내 조서로 고개를 박았다.

✦

두 사람은 경찰서 근처의 다방에 자리 잡았다.

"미리 전화라도 주시지 그랬어요?"

윤미와 마주 앉아 있으니 종환은 윤식에게 뻔질나게 놀러 갔던 학창 시절이 떠올랐다. 새엄마가 죽고 동생마저 실종된 마당에 그녀의 아름다운 얼굴은 많이 수척해졌다.

"애가 말도 없이 대체 어딜 간 걸까? 일주일이 넘었어."

"전화도 한 통 없었어요?"

"없었어."

"하숙집에도 가보셨죠?"

"응. 주인 할머니가 그러는데 그날 새벽에 온몸이 재투성이가 되어가지고 온 게 마지막이었대. 짐도 그대로 있고."

종환은 그날 윤식과 술을 마시고 동궁장에서 함께 잤다는 얘기는 했지만 여자들과 투숙했다는 사실은 숨겼다.

"그날 화재 때 충격 많이 받았을 거예요. 하마터면 큰일 날 뻔했거든요."

윤미가 고개를 갸웃거렸다.

"할머니 말이 그날 새벽에 최순애란 사람한테서 윤식이 찾는 전화가 몇 번이나 걸려 왔대. 수소문해보니 같은 학교 선생님이었어. 전화번호는 알아냈는데 아무리 걸어도 안 받아."

"방학이니까 어디 갔을 수도 있겠죠. 꾸준하게 걸어보세요."

"그 선생님 말고도 윤식이를 찾는 전화가 또 있었던 모양이야. 이영희라는 이름이야. 윤식이는 이영희한테서 전화가 왔었다는 소리를 듣자마자 급하게 차를 몰고 나갔다고 했어. 그게 윤식이의 마지막 모습이야."

"둘이 도피라도 했나?"

"무슨 소리니?"

"이영희란 여자, 윤식이 애인이잖아요."

"윤식이한테 애인이 있었어?"

윤미가 놀란 얼굴을 했다.

종환은 이영희의 존재를 비밀에 부쳐달라는 윤식의 부탁을 떠올렸다.

"저두 직접 본 적은 없어요. 이름조차 최근에 알았죠. 윤식이가 소개하길 꺼렸거든요."

"그래? 어떤 아가씨길래?"

"서울 여잔데 심한 깍쟁이였나 봐요. 도시 애들 보통이 아니잖아요. 시의원 집안이라느니 뭐니 잘나가는 가문이라던데 제대로 인연이 될지 안 될지 자신이 없으니까 완전히 성사될 때까지 비밀에 부친 거겠죠."

"놀라운 소식이네. 그럼 둘이 여행이라도 간 걸까?"

"제가 보기엔 그런 거 같은데요."

"아무리 그래도 일주일씩이나 연락이 없어?"

"너무 좋아하다 보면 그럴 수도 있는 거 아니겠어요? 거 왜 요샌 결혼 전에 잊지 못할 추억 만드는 게 유행이잖아요."

"결혼까지 약속한 사이란 말이니?"

"네, 윤식이가 놓치지 않으려고 엄청 노력했죠."

"이상하다. 왜 나한텐 귀띔도 없었을까?"

"얘기만 들어봐도 보통 여자가 아닌 것 같았어요. 윤식이는 그 여자가 시키면 시키는 대로 다 했을걸요."

종환이 생각났다는 듯 물었다.

"얼마 전에 누나한테 큰돈 빌리지 않았어요?"

윤미가 질문을 이해하기까지는 시간이 걸렸다.

"그럼 서울에 땅 산다는 게……."

"그 여자 만나고 나서 결심한 일이에요. 놓치기 싫으니까 청년 알부자로 보이게끔 무리를 한 거겠죠. 그래도 같은 교직원인데 사기당한 건 아닐 테니 안심하세요."

윤미는 아무 말도 하지 않았다. 종환이 쓴웃음을 지었다.

"그렇게나 공주처럼 모시는데 일주일이 아니라 한 달이라도 끌려다닐걸요."

윤미가 고개를 저으며 입을 열었다.

"왠지 그게 아닌 거 같아. 없어진 사람이 또 있어. 윤식이 매형도 같은 날부터 여태 연락이 없거든."

"그런 일이 있었어요?"

종환의 눈동자가 동그래졌다. 놀랐다기보다 기대감이 상승했다는 해석을 낳을 수도 있는 반응이었다.

"주방용품 세일즈하시는 분이라면서요? 바쁠 땐 일주일에도 서너 번씩 전국 각지로 돌아다니신다고 식이한테 들었는데……."

"일주일이나 연락 안 할 사람이 아니야. 또 그 일자리는 진작 그만뒀고. 최근에는 집에서 계속 병간호만 했단 말이야."

"아, 새어머니 말이죠?"

"응."

윤미의 표정이 어두워졌다.

"꼭 새엄마가 죽고 나서부터인 거 같아. 이상한 일이 벌어지는 게."

"에이, 설마요."

종환이 안심시키려는 듯 말했다.

"이영희는 윤식이한테 인면동 아파트로 오라고 했대."

윤미는 새엄마가 인면동 아파트 옥상에서 투신했을 때의 상황을 종환에게 설명해주었다.

"윤식이를 염라대왕한테 데려가겠다, 그렇게 말했다고요?"

"응. 시기적으로도 아주 이상한 때였어."

"무슨 말씀이죠?"

"그때 윤식이 주변 사람이 많이도 죽었거든. 새엄마가 계속 아팠는데도 윤식이는 거의 병문안을 오지 않았어. 연락할 때마다 문상 가야 한다면서 병원 오는 걸 미뤘단 말이야. 꼭 윤식이의 새엄마를 피하기 위한 구실 같은 느낌이 들었어."

"원래 겨울에 어른들이 많이 돌아가시잖아요."

"노인들만이 아니야. 두 명은 윤식이네 학교 선생님들이야. 끔찍한 사고였지. 한 명은 멧돼지를 피하려다 높은 데서 추락했고 한 명은 윤식이랑 차를 타고 가다가 신호등이 차를 덮쳤어."

"변준혁 선생 말하는 거죠? 윤식이는 타박상만 조금 입었는데 그 사람은 목이 잘렸지요."

종환이 끔찍한 표현을 한 것에 대해 후회했지만 윤미는 개의치 않는 눈치였다.

"이상한 건 윤식이가 초상집에 갈 때마다 새엄마는 쓰러져 입원을 하거나 큰 난리를 피웠다는 거야."

"원래 집안에 우환이 있을 때는 상갓집 가지 말라고 그러잖아요."

윤미의 얘기를 들은 종환이 골똘히 생각에 잠겼다.

"듣고 보니 좀 이상한 부분들이 있군요. 뭐 별일이야 있겠어요? 너무 걱정이 많다 보면 이것저것 생각도 많아지는 법이죠. 맘 편히 가세요. 윤식이는 누나 동생이기도 하지만 제 둘도 없는 친구기도 해요. 제가 여기저기 알아보고 소식 있으면 바로 연락드릴게요."

"그래 주겠니? 꼭 좀 부탁해 종환아."

"염려 마세요."

종환은 수첩을 꺼내 윤식과 매형, 그리고 주변 인물들에 대해 질문을 던졌다. 윤미는 자신이 알고 있는 부분에 대해 성실히 대답했다.

윤미를 돌려보낸 종환이 형사계 사무실로 돌아왔을 때 남 형사가 다가왔다.

"잠깐 할 얘기가 있는데 밖으로 나갑시다."

종환은 불과 한 살이 적은 후배지만 벌써부터 탈모가 진행되어 '속알머리'가 훤히 들여다보이는 남 형사를 따라나섰다.

"아까 온 여자분 누굽니까?"

새끼, 겨우 그런 거 물으려고 귀한 몸을 바깥으로 불러냈느냐, 종환은 멋쩍게 웃었다.

"신경 꺼, 인마. 내 친구 누나야."

"바로 그겁니다. 친구분 이름이 조윤식 씨 아닙니까?"

종환이 웃음을 거두었다.

"맞아. 어떻게 알았지?"

"내가 아는 게 아니에요. 아까 취조하던 공안 사범 있잖아요. 그놈이 파솔미 아파트에 숨어 지냈는데 조윤식 씨를 안대요."

"파솔미 아파트라면 인면동이잖아?"

종환이 인상을 찡그렸다.

"예, 나동 1205호에 숨어 있었다던데 소유주가 김영환 씨로 되어 있어요."

"김영환? 처음 듣는 이름인데. 거기도 운동권 출신인가?"

"아니에요. 김영환은 집주인인데 거기 안 살고 세를 놓았어요. 세입자 이름이 조윤식 씨예요."

"뭐라고?"

종환의 표정이 변했다.

"파솔미 아파트는 값비싼 신축 아파트잖아. 그놈은 하숙집에서 생활하는데……."

불현듯 그 '서울 여자'가 떠올랐고, 촌놈같이 살지 말아야 한다고 떠벌리던 윤식의 허장성세도 생각났다.

남 형사가 목소리를 낮췄다.

"친구분, 아무래도 공안 사범 은닉 사건에 연루될까봐 도피한 거 같은데요. 조서 꾸미기 전에 선배한테 물어봐야 할 것 같아서 아직 정식 보고 안 했어요."

"잘했다. 그 공안 사범 이름이 뭐지?"

"이민섭이요."

"지금 어딨어?"

"유치장에 있어요. 이틀 후면 대공수사부로 넘어갈 놈이니까 만나려거든 서둘러요."

그는 종이 뭉치를 건넸다.

"이게 조서 초안이에요. 사실대로 적으면 조윤식 씨가 공범으로 몰릴지 모르니 선배가 그놈 만나보고 고쳐줘요. 그럼 내가 새로 꾸밀 테니까."

"그러지. 고마워."

종환은 경찰서 지하에 있는 유치장으로 내려갔다. 전국에 지명수배된 공안 사범 이민섭은 특별 관리 대상으로 유치장을 따로 쓰고 있었다. 엿듣는 사람이 없으므로 종환에겐 잘된 일이었다. 그는 유치장을 지키는 의경에게 수사상 이유로 이민섭을 면담해야겠다고 했다. 의경이 열쇠로 문을 열어주자 어두컴컴한 철창 안으로부터 이쪽을 노려보는 눈빛이 있었다. 종환은 의경을 내보낸 후 상대방을 불렀다.

"이민섭?"

"그런데요?"

"가까이 와봐."

상대방은 움직이지 않았다.

"이리 와보라니까, 이 빨갱이야."

"당신이 지닌 권력은 누구로부터 나오는 거요? 왜 반말을 하

246

는데?"

"윤식이에 대해 물으러 왔다."

그러자 구석의 시커먼 그림자에게서 움찔거리는 기색이 있었다.

"그 사람과 당신은 어떤 관계요?"

"가르쳐줄 테니 이리 와봐."

이민섭이 가까이 다가왔다. 종환은 서서히 드러나는 공안 사범의 얼굴에 놀랐다. 공포영화의 주인공처럼 깊은 화상의 흔적이 얼굴 구석구석을 메우고 있었기 때문이다.

"그 사람 지금 어디 있어요?"

"행방불명되었어. 혹시 어디로 갔는지 몰라?"

"나도 알고 싶어요."

"왜 윤식의 아파트에 있었지?"

"어머니가 다흥국민학교 교직원이에요."

"어머니가 윤식이한테 널 숨겨달라고 한 거야?"

"그래요."

"순순히 숨겨줬고?"

"한사코 거부하는 걸 어머니가 애걸복걸했지요. 그래서 이틀만 숨기로 한 거예요."

조서를 읽고 내려온 종환은 이민섭의 어머니가 윤식이 사라지기 전에 통화한 최순애임을 알고 있었다.

"네가 붙잡힌 곳은 부모님 댁 주변의 공중전화 부스야. 니가 한 진술을 보면 이틀 동안 숨기로 약속한 걸로 되어 있는데 왜 하루 만에 그 아파트에서 나왔지? 윤식이가 나가라고 그랬나?"

"내 발로 도망쳐 나왔어요."

"어째서?"

이민섭의 목소리가 변했다.

"귀신이 살아요."

"뭐라고?"

"그 아파트에 귀신이 산다고요."

화상으로 일그러진 얼굴에 경련이 일어났다.

"불만 끄면 나타나는 귀신이에요. 귀가 약간 길고 눈이 노랗지요. 옷을 벗은 채 어둠 속에서 쭈그리고 앉아 사람을 빤히 쳐다봐요. 움직이면 욕실 안으로 도망가는데 따라가면 사라지고 없어요. 사람을 건드리진 않지만 피를 말려 죽이는 귀신이에요."

이민섭의 눈이 유리구슬처럼 번쩍였다.

"조윤식 씨를 해치려는 귀신인지, 아니면 조윤식 씨가 풀어놓은 귀신인지 알 수가 없어요."

"그건 또 무슨 소리야?"

"조윤식 씨와 똑같이 생겼으니까요. 머리카락도 눈썹도 없지만 분명해요. 그 사람 뭔가 흉악한 마음을 품고 있거나 위험한 일에 연루된 게 분명해요."

이 자식 뭔 횡설수설이야? 종환은 공안 사범이 쏟는 귀신 얘기에 어안이 벙벙해졌다.

"네 어머니는 지금 어디 있어?"

"집에 계세……."

이민섭의 표정이 변했다.

"그러고 보니 어머니가 여태 면회를 안 왔어. 지금 어디 있어요? 어머니한테 무슨 일이 생긴 거 아니오?"

"나도 몰라. 연락이 안 된다고 하니까."

2

그날 오후, 종환과 윤미는 인면동에 도착했다. 지역에서 좀 산다는 사람들의 아파트 단지를 대하자 윤미는 땅 투기 핑계로 돈을 빌려간 동생의 의중이 궁금했다. 속았다는 사실에 화가 난다기보다 어처구니가 없었다. 누나다운 편견이 ─ 세상 물정 모르는 동생이 여자의 치맛바람에 휘둘린 건 아닌가 ─ 자연스레 성립된 까닭이다. 하지만 그보다 끔찍한 진실도 있다.

"새엄마가 떨어져 죽은 곳도 이 아파트야."

윤미가 아파트 옥상을 손가락으로 가리켰다.

"이민섭이 봤다던 귀신은 남자라던데요."

종환은 그 '빨갱이'가 말한 사실 그대로를 얘기하지 않았다.

그리고 종환은 경비실 직원을 불러 잠겨 있는 나동 1205호를 열고 들어갈 수 있게 협조해달라고 말했다. 나이 지긋한 경비원은 당신이 형사라도 되냐며 딱딱하게 나오다가 종환이 형사라고 신분을 밝히자마자 두말없이 협력했다. 영장보다 경찰

신분증이 수사에 즉효인 시대였다. 종환과 윤미는 나동 12층의 1205호 앞으로 안내되었다.

"세상에, 이런 아파트를 갖고 있으면서도 나한테 말 한마디 없었다니."

"제 말도 그 말이에요."

"그럴 애가 아닌데."

종환은 '그러고도 남을 녀석입니다'라는 말을 참았다.

경비원이 부른 열쇠 장수가 도착했다. 그가 문을 따자 종환과 윤미가 안으로 들어섰다. 침묵을 즐기던 아파트는 외부인이 몰고 온 찬바람에 방해를 받자 뿌연 먼지를 일으켰다. 스산한 공기가 집 안 곳곳에 가득했다. 종환은 등줄기를 스치고 가는 바람에서 거대한 손이 쓰다듬는 듯한 기분을 느꼈다. 옥상에서 죽은 새엄마도, 여기서 나왔다는 귀신도 충분히 이해가 갈 법했다. 물리적으로도, 심리적으로도 집은 텅 비어 있었다. 즉, 죽어 있었다는 말이다.

"왜 세간이 하나도 없지?"

윤미의 목소리가 떨렸다. 이 텅 빈 공간에서 동생의 존재를 표현해주는 소품은 아무것도 없었다.

"제가 한번 살펴보죠, 누나."

종환이 앞장섰다. 그는 고양이처럼 걸어가 방 안을 세심하게 둘러보았다. 최신식의 싱크대와 선반, 빨강과 노랑의 꽃무늬가 새겨진 벽지. 모두 새것일 뿐 특별한 점은 없었다. 종환은 싱크대를 열어보고 냄새를 맡다가 손바닥으로 벽 구석구석을 더듬기도 했다. 윤미 말마따나 세간이 없어 수색은 쉬웠다. 사방이 먼지투성이일 뿐 특이한 점은 없다.

"일주일이 아니라 몇 달을 비운 거 같은데요."

벽을 문지르며 걷던 종환이 문 닫힌 욕실 앞에서 멈추었다. 뒤통수가 근질거렸다. 여기서 이상한 낌새가 느껴지고 있는 거였군. 종환은 뒤로 한 발 물러서 권총을 꺼내 들었다. 그 모습에 경비원과 열쇠 장수가 긴장했다. 윤미는 동생의 시신이라도 발견되는 건 아닐까 벌써부터 눈물이 글썽했다. 종환이 손으로 밀자 욕실 문이 천천히 열렸다.

"누나, 여기 와보세요."

묘한 표정을 지은 종환이 총을 거두며 말했다.

세 사람이 다가왔다. 욕실 앞에 선 그들은 한곳을 응시했다. 욕조에도 변기에도 붙박이장에도 아무런 이상이 없었다. 그러나 거울 안에 글자가 있었다. 빨간색 립스틱으로 쓴 것 같은 네 글자가.

원대신왕.

"원대신왕? 이게 뭐지? 왕 이름인가?"

윤미가 거울을 만지려 하자 종환이 말렸다.

"사건 현장일 수도 있으니 그냥 두세요."

"넌 저게 뭔지 아니?"

"글쎄요, 꼭 무협지 주인공 같은데요."

"원나라 시대 왕 아뇨?"

경비원이 말했다.

"윤식이 글씨 같기도 하고 아닌 것 같기도 하고."

윤미가 말했다.

먼지만 쌓인 새 아파트는 을씨년스러운 분위기로 가득했지만 이민섭이 말한 귀신은 보이지 않았다. 종환은 고개를 갸웃거렸다. 이민섭이 귀신을 봤을 시각, 그와 윤식은 불이 난 동궁장 여관에 있었다. 왜 윤식이와 닮았다고 말한 걸까. 대체 그 빨갱이는 여기서 뭘 본 걸까. 윤식이는 왜 여관에서 이상한 행동을 보였지.

이 자식, 대체 어디로 간 걸까. 종환은 원대신왕이라는 글자를 응시하면서 생각에 잠겼다. 종환과 윤미는 열심히 머리를 짜내보았으나 원대신왕이라는 이름을 풀이할 수가 없었다. 종환은 못 미더운 얼굴로 수첩에다가 이름을 적었다. 결국 윤식이 전세 아파트를 보유하고 있었다는 사실 말고 건진 수확은 없는 셈이었다.

이 집을 장만한 목적은 틀림없이 서울 여자 이영희에게 잘 보이려 했음이렷다. 그 여자 확실히 보통내기는 아닌데.

혹시 결혼 승낙 받으러 서울로 간 건 아닐까. 일주일씩이나 연락도 없이? 차라리 혼빙 인신매매가 그럴듯하겠다. 종환은 이영희란 여자도 조사해봐야겠다고 생각했다.

3

다음 날 다흥국민학교 측으로부터 이영희의 서울 자택 주소와 전화번호를 알아냈다.

하지만 전화를 걸 때마다 "지금 거신 번호는 없는 국번입니다"라는 대답이 돌아왔다. 종환은 볼펜으로 관자놀이를 톡톡 쳤다.

최순에도 전화 연결이 되지 않았다. 집을 찾아갔지만 대문은 굳게 잠겼고 불도 꺼져 있었다. 종환은 수사과에 잘 아는 사람이 있으니 이영희의 주소를 상세히 캐보겠다고 윤미를 안심시켰다. 그는 이곳저곳에 전화하느라 오후 시간을 다 보냈다.

저녁 무렵 사무실에 돌아와보니 남 형사만 자릴 지키고 다른 형사들은 하나도 안 보였다.

"다 어디 갔냐?"

"병원으로 갔어요."

"무슨 일 있어?"

"난리 났어요. 유치장 안에서 사람이 죽었어요."

종환이 목소리를 낮췄다.

"누군데? 설마 고문이라도 한 건 아니겠지?"

"고문은 무슨 고문이에요? 그 빨갱이 자식 저녁밥 먹다가 죽었어요."

종환의 안색이 싹 변했다.

"그게 무슨 소리야?"

"6시에 저녁 배식했죠, 평상시처럼. 오늘 메뉴는 단무지하고 된장. 근데 이 친구가 몇 숟갈 뜨다가 음식이 목에 걸렸는지 캑캑거렸대요. 별거 아니라고 생각했는데 계속 저 혼자 몸을 비비 꼬더니 쓰러져 깔딱거린 거예요. 문을 땄을 때는 벌써 끝났고요."

"밥 먹다 죽었다고?"

"그렇다니까요."

"음식에 독을 탔군! 누가 따로 사식 넣어준 거 없었어?"

"아닐걸요. 찾아온 사람 아무도 없었는걸요."

"확실해?"

"예, 잔반도 정밀 조사한다고 따로 보냈어요."

"어디 병원이야?"

"복음병원이요."

종환은 사무실을 박차고 나와 병원으로 달려갔다.

복음병원 영안실에 착잡한 표정을 지은 경찰들이 모여 있었다. 유명한 학생운동 간부가 유치장 안에서 죽었으니 감당해야 할 후폭풍이 걱정될 수밖에 없었다. 자연사든 돌연사든 재야 정치계와 운동권에서는 인권유린을 걸고넘어질 터이고 윗선의 문책과 징계도 가볍지 않을 것이다. 이 한 사람의 죽음이 전국적인 시위를 가져올 수도 있으니까. 그것도 경찰에 대한 직접적인 시위 말이다. 몇 사람 모가지로 해결될 일이 아니다.

"이민섭이 시신은 어디 있나?"

종환이 폴리스라인을 지키는 전경에게 물었다. 전경은 영안실로 종환을 안내해주었지만 들어갈 수는 없었다. 경찰서장과 각 과장들이 시신을 둘러싸고 있었기 때문이다. 거친 욕설이 오갔고 서장이 과장 머리를 때리기도 했다. 종환은 소리 없이 현장을 빠져나왔다. 옆의 복도에서는 같은 사무실 형사들이 시신의 옷가지 등 유류품 검사를 하고 있었다. 운동권끼리의 연락책 같은 쪽지라도 찾는 게 분명했다.

"야! 차 형사, 니 어디 갔다 왔어?"

"아, 예. 죄송합니다."

고참 형사 하나가 버럭 소리를 지르자 종환도 얼른 자리에 앉아 셔츠를 주워 들었다. 솔기를 뜯고 실밥 하나도 놓치지 않았다. 윤식과 윤미를 보호하기 위해서는 어떤 사소한 거라도 자신이 먼저 발견해야 했다.

"에이, 빨갱이 새끼. 밥 잘 처먹다가 뒈지긴 왜 뒈져?"

반장이 욕을 퍼부었다. 종환은 이민섭의 셔츠를 뒤지고 나서 운동화를 집어 들었다. 나이키 상호를 패러디한 짝퉁 운동화였다. 끈을 풀고 밑창을 들어내자 그 밑에서 작게 접힌 종이 하나가 나왔다. 아하, 연락책 쪽지로군. 여기에 윤식이 전화번호가 있으면 안 되는데. 종환은 종이를 숨기려 했지만 형사반장의 눈이 더 빨랐다.

"종환이 그거 뭐냐? 이리 줘봐라."

반장이 휘리릭 소리를 내면서 빨간 종이를 빼앗아 펼쳤다.

"뭐야 이게……."

반장이 눈썹을 찌푸렸다. 종이 안에는 가부좌를 틀고 석가모니의 포즈를 취한 대머리 남자의 그림이 있었다. 남자의 주변을 깨알같이 채우고 있는 건 알아볼 수 없는 노란 문자였다. 단순한 종이가 아닌 부적 같아 보였다.

"요새 데모하는 애새끼들은 이런 암호로 위장하나?"

종환은 반장의 말이 귀에 들어오지 않았다. 부적 속의 그림을 본 순간, 무시했던 사실 하나가 수면 위로 떠올랐다. 이민섭의 화상 입은 얼굴에 짙게 드리워진 공포의 그림자, 바로 귀신을 봤다던 이야기였다.

4

종환을 비롯한 말단 경찰들은 입조심하라는 경비과장의 엄중한 지시를 받았다. 분위기는 썰렁해지고 서내 모든 사무실에 불이 켜졌다. 모두가 불똥이 튈까봐 책상만 들여다보았다. 종환은 어제 만난 놈이 오늘 죽어버렸다는 사실이 믿어지지 않았다. 윤식에 대해 더 물어봐야 하는데 남은 거라고는 가당찮게도 귀신 얘기뿐이라니. 마르크스 사상이 몸에 밴 학생운동 간부의 귀신 얘기.

'놈이 봤다는 귀신과 부적의 그림이 왜 똑같다는 생각이 들지.'

그 역시도 액막이나 무사고 근무의 용도로 부적을 소지한 적이 있다. 순경 시험 합격 후 파출소에 갓 발령받았을 때 어머니가 거금 5,000원을 주고 무당한테 부적을 받아 왔다. 하지만 흰

바탕에 빨간 한자가 씌어 있는 게 대부분이지 붉은 종이에 이상한 그림이 그려진 부적은 없었다.

종환은 사무실 벽을 응시했다. 머리카락이 없고 눈썹이 없는 대머리 남자의 알몸이 서서히 보이는 듯했다.

귀신을 부르는 부적인가.

윤식이와 똑같이 생겼다 그랬잖아.

말도 안 돼, 윤식이가 귀신이라도 되었단 말인가.

혹시 누가 일부러 신발 안에 넣은 건 아닐까. 왜?

입을 막으려고! 벽에 비친 대머리가 대답하였다. 종환은 고개를 흔들었다.

'내가 왜 이러지. 난 형사야. 귀신이라니 말도 안 돼.'

의문사 때문에 모든 형사가 퇴근하지 못하고 사무실에 대기해 있었다. 종환은 이민섭을 검거한 박 형사에게 갔다.

"박 형사님, 민섭이 잡은 데가 걔네 집 주변 공중전화 맞아요?"

책상만 들여다보던 박 형사는 안 그래도 말상대가 그리웠던지 쉽게 대답해주었다.

"맞아, 거기서 우리 잠복조한테 잡혔지."

"왜 하필 경찰이 깔린 데서 전화했을까요?"

"글쎄, 이유는 모르겠는데 애가 완전히 넋이 나가 있더라고. 겁이 나서 집을 찾은 건 아닌지 몰라. 그래서 체포도 쉬웠지."

최순애의 집은 윤식의 하숙집이 있는 상문동이다. 윤식의 아파트는 1킬로미터 정도 거리의 인면동에 있으니 그사이 이민섭의 행적은 알 길이 없다. 정말 아파트에서 귀신을 보고 겁에 질려 그 길을 왔단 말인가. 잠복 형사가 있는 걸 아는데도?

종환은 피처럼 붉은 글씨로 거울에 쓰여 있던 '원대신왕'을 떠올렸다.

놈이 죽을 줄 알았다면 혹시 그 글자 뜻을 아느냐고 물어보는 건데.

✦

다흥경찰서 유치장에서 벌어진 일을 모르는 윤미는 침구를 펴고 누웠다. 종환이 친절하게 도와줘서 조금은 마음이 놓였지만 아직 불안은 가시지 않았다. 윤식과 가까웠던 여자들은 전화를 안 받거나 지금 거신 전화는 없는 국번이라고 한다. 모두가 짜고 어딘가로 숨어버린 것만 같다. 내일 눈을 뜰 때 동생도 남편도 여자들도 모두 나타나, 생일 파티의 깜짝쇼처럼 놀라게 해준다면 얼마나 좋을까. 그녀는 차오르는 불안에 잠을 이룰 수 없었다.

불 꺼진 방이 침묵에 싸였다.

혼자 누워 있자니 방 안의 정경이 낯설게 보였다. 윤미는 텔레비전 위에 얹어둔 사진을 응시했다. 어둠 때문에 윤곽만이 희미하게 드러났다. 동준과 경주 불국사에서 찍은 사진이었다. 그녀는 일어나 바깥으로 나갔다. 마당 건너편의 방문을 두드리자 집주인인 안 씨 아줌마가 문을 열었다. 윤미는 혼자 자기가 무서워서 그러니 예진이를 우리 집에서 재우면 안 되겠느냐고 물었다. 사람 좋은 안 씨 아줌마는 여태 남편한테 연락이 없느냐고 묻고 나서 끌끌 혀를 찼다. 잠시 후 아줌마의 딸 예진이가 베개를 끌어안고 나왔다. 윤미를 잘 따랐던 여덟 살 예진이는 두말없이 이웃집으로 잠자리를 옮겼다(집주인 일가는 새엄마가 광란의 모습을 보이던 그날 칠순 잔치 때문에 시골에 가 있었다. 따라서 끔찍했던 그날의 사정을 잘 모르고 있다).

윤미는 예진이와 이런저런 얘기를 나누었고 겨드랑이를 간질이는 등 장난도 쳤다. 불을 끈 지 얼마 되지도 않아 예진은 깊이 잠들었다. 윤미는 코를 고는 예진의 모습에 결혼 3년째 자식이 없는 자신의 처지가 처량해졌다. 동준은 안정된 직장을 갖게 되는 그날 아이를 갖자고 했다.

창밖으로 바람이 불었다. 미닫이식 창문이 덜커덕거렸다. 예진이가 잠결에도 윤미에게 찰싹 달라붙었다. 외풍이 심해 올려다보니 창문이 열려 있었다.

분명 잠갔는데, 하면서 그녀는 일어났다. 창문에 손을 대려하자 노랗게 타오르는 눈알이 이쪽을 노려보았다. 시커멓게 덮인 털 사이로 하얗고 뾰족한 이빨이 딱딱거렸다. 거대한 짐승 대가리가 창틀에 꽉 밀착되었다. 윤미는 한 번도 접하지 못한 공포에 비명조차 지를 수 없었다. 사람의 표정을 지닌 괴물이었고, 괴물 같은 형상을 한 멧돼지였다. 멧돼지는 노란 눈길을 고정한 채 입맛을 다시듯 계속 이빨 소리를 냈다. 비틀거리던 윤미가 뒤로 넘어져 예진의 얼굴을 깔아뭉갰다. 예진의 울부짖는 소리가 까마득했다. 그 순간 돼지가 얼굴에 힘을 주었다. 찌이익, 나무 갈라지는 소리를 내던 창틀이 순식간에 박살 나 파편들을 날려 보냈다. 돼지가 몸을 비집고 들어오자 노랗고 흉악한 섬광이 시야를 메웠다.

윤미가 눈을 떴다. 쿵, 하는 소리에도 예진이는 단잠에서 깨어나지 않았다. 예진이의 입가에 흐르는 건 피가 아니라 침이었다. 그 위로 각도가 틀어진 베개가 보였다. 머리가 바닥에 떨어진 덕분에 꿈에서 깨어날 수 있었다. 창문에는 평상시처럼 커튼이 쳐져 있을 뿐 요상한 짐승 따위는 존재하지 않았다. 하지만 온몸 구석구석마다 돋아난 식은땀은, 당하는 순간만큼은 환상이 아니었던 악몽의 공포를 반추하고 있었다.

5

밤사이 불던 바람이 잦아들고 해가 높이 떠 포근한 날씨였다. 상문동의 치안을 맡고 있는 동부파출소에는 일곱 명의 경찰관이 근무하고 있다. 오늘의 근무조인 '천마' 콤비 천 경장과 마 순경은 오전 10시 32분에 신고를 받았다. 이웃집에서 며칠 전부터 악취가 심하게 나는데 문을 두드려도 주인이 나오질 않는다는 것이다. 마 순경은 바빠 죽겠는데 옆집에서 냄새 좀 난다고 112까지 출동해야 된단 말이오, 쏘아붙이고는 전화를 끊었다. 3분 뒤 또 전화가 걸려왔다. 이번엔 다른 사람이 이웃에서 악취가 난다고 떠들어댔다. 첫번째 전화와 마찬가지로 그이웃이란 '옥달약국 앞 파란 대문 집'이었다. 두번째 신고자는 더 나은 정보력을 갖고 있었다.

—그 집구석, 방 안에서 치와와를 키우고 있어. 낯선 사람만 보면 방구석에서 뛰쳐나와 얼마나 짖어댔다고. 자꾸 냄새가 나서 찾아갔는데 며칠째 문을 안 열어주고 있어. 개만 놔두고 어디 여행이라도 간 게 틀림없어. 뻔할 뻔자 아냐? 방에 갇힌 그놈의 개가 굶어 죽어버린 게지. 짖는 소리가 안 들려. 이 집은 연탄이 아니고 기름보일러 때는데 온도 설정을 외출로 안 해놓고 간 게 틀림없어. 방구석에서 풀풀 썩고 있는지 냄새 진짜 장난 아냐. 빨리 한번 가봐.

이 할망구가 어디서 말끝마다 반말을 하고 지랄이야. 마 순경은 119에 알아보슈, 하고 퉁명스레 전화를 끊은 뒤, 신문을 펴고 맞춰보다가 중단한 주택복권 번호를 다시 들여다보았다.

또 전화가 걸려왔다.

"예, 동부파출소 순경 마일환입니다."

—나 서장이다.

"뭐라고?"

—나 서장이다.

마 순경은 복권에서 눈을 떼지 않았다. 두 자리 번호가 들어맞았기 때문이다. 파출소와 소방서에 장난 전화가 잦던 시기였다. 그는 꿈을 꾸는 표정으로 전화기에 대고 말했다.

"니가 서장이면 난 청장이다."

—야, 이 개부랄 티야!

'개부랄 티'는 다홍경찰서장이 입에 달고 다니는 욕이었다. 선기 감전 쇼크를 받은 듯 마 순경이 신문 복권을 날려버리고 벌떡 일어나 차렷 자세를 취했다. 천 경장은 그 모습에 손가락으로 안경을 밀어 올렸다.

"옛, 서장님! 근무 중 이상 없습니다!"

—너 이름 뭐야? 마일환?

"죄, 죄송합니다. 서장님."

—너 조금 전에 어떤 할머니 전화받았지?

"예⋯⋯?"

—옆집에 냄새난다는 전화.

"예? 예, 그렇습니다."

—그 할머니가 우리 장모다. 빨리 가서 확인해봐라.

"몰랐습니다! 당장 뛰어가겠습니다!"

—그 할망구 나한테 또 전화하게 하지 마라. 알았나, 이 개부랄 티야!

천 경장과 마 순경이 탄 순찰차는 마하의 속도로 상문동 2통 4반 122번지에 도착했다. 이미 이웃 사람 몇 명이 나와 있었다. 경찰서장은 아내한테 쥐여산다고 했다. 아내의 성깔이 보통이 아니라고도 했다. 그런 여자의 엄마한테 찍히면 좋을 일이 없었다. 마 순경은 주민과 눈을 마주치지 않으려 했지만 먼저 말을 건 것은 그들이었다.

"거봐요, 냄새 정말 독하지."

천 경장이 코를 킁킁거렸다.

"좀 독하네."

"아유, 개가 죽었는데 전화도 안 받아요. 어디 해외여행이라도 간 모양이에요."

"대체 여기 사는 사람은 누굽니까?"

천 경장이 묻는 사이 마 순경이 파란색 대문을 쾅쾅 두들겼다. 집 안으로부터는 아무런 반응도 없었다.

"천 경장님, 어쩌죠?"

마 순경이 조용하게 물었다.

"뭘 어째? 개부랄 티 장모가 보고 있다며? 빨리 월담해."

마 순경은 시키는 대로 유리병 조각이 꽂힌 담을 조심조심 넘을 수밖에 없었다. 굳은 표정으로 팔짱을 낀 주민 중에는 개부랄 티의 장모가 있을지도 몰랐다. 젠장, 주택복권만 당첨되면 당장……. 유리 조각에 마 순경의 바지가 찢어졌다.

마당에 착지하니 냄새는 더욱 심해졌다. 마 순경이 아유! 하면서 대문을 열자 손가락으로 코를 움켜쥔 천 경장이 집 안으로 들어왔다. 동네 사람들은 응원이라도 하듯 두 사람의 모습을 뒤에서 지켜보았다.

"아무도 없어요?"

천 경장의 코맹맹이 소리에 마 순경이 키득거렸다. 천 경장은 그 웃음을 비웃음으로 받아들였다.

"야, 마 순경. 니가 들어가봐."

"내가요?"

"나 심장 약하다. 혈압도 높고. 구더기 끓는 똥개 사체 못 본다."

말싸움해봐야 득 될 게 없었다. 에이씨, 하는 소리를 삼키며 마 순경이 마루로 올랐다. 마루 밑 섬돌에는 신발이 다섯 켤레나 있었다. 도둑 방지용의 위장일 터였다. 안방 문으로 걸어갈 때 냄새는 더욱 심해졌다. 마 순경은 발견도 발견이지만 개 시체를 자기가 직접 치워야 할지 고민되었다.

안방 문의 손잡이를 잡았을 때 마 순경은 긴장했다. 안에서 방울 소리가 났기 때문이다. 그는 본능적으로 권총 손잡이에 손을 올렸다.

"계세요? 파출소에서 왔어요."

대답이 없다. 마 순경이 천천히 손잡이를 돌리자 방울 소리는 더 빨라졌다. 그는 흠칫 놀라 손을 떼었다.

"야, 너 뭐 해?"

천 경장이 쥐어박듯 말했다.

"안에 누가 있어요. 방울 소리가 나요."

"에이, 겁쟁이 자식. 저리 비켜!"

빨랫줄에서 집게 하나를 빼 코를 막은 천 경장이 기세 좋게 마루로 올랐다. 그가 확고한 몸짓으로 방문을 연 순간 사람 몇은 죽이고도 남을 독가스가 밀물처럼 밀려들었다. 방울 소리가 가까워졌다. 심장을 움켜쥔 천 경장이 무릎을 꿇더니 서서히 무너졌다. 마 순경은 여자처럼 손으로 얼굴을 막고 아악, 비명을 질렀다. 그는 배 속에 든 것을 토하면서 순찰차로 기어갔다.

"뭐야, 대체 무슨 일인데 그래?"

마당에 들어선 주민들 두엇이 마루로 올랐다. 딸랑거리는 소리의 주인공이 안방에서 바깥으로 나왔다. 입가에 피를 잔뜩 묻힌 채 뭔가를 씹고 있는 치와와의 목에는 작은 방울이 달려 있었다. 치와와는 몰려든 사람들을 둘러보며 씹기를 멈추지 않았다. 사람들은 개의 등 뒤로 열려 있는 방 안을 볼 수 있었다. 부패가 상당히 진행된 시신 두 구가 바닥에 쓰러져 있었다. 피부가 치와와의 이빨에 상당 부분 찢어졌고 내장 일부도 적출된 상태였다.

"아이고머니! 세상에!"

아주머니 하나가 발레 동작처럼 우아하게 넘어지더니 기절해버렸다. 개부랄 티 서장의 장모였다. 누군가 개를 잡으려고 했다. 그러자 치와와는 씹고 있던 최순애의 코를 떨어뜨리고 쏜살같이 달아났다.

지원을 요청하던 마 순경이 또 한 번 토하면서 무전기를 더럽혔다.

새끼 무당

1

일주일이나 종환으로부터 연락이 없었다. 동생과 남편에겐 2주일 넘게 연락이 없는 셈이었다. 최순애는 끝내 전화를 안 받았고 이영희에게 전화하면 계속 없는 번호라는 안내 음성만 나왔다. 형사계 사무실에도 두어 번 전화를 걸었지만 차 형사는 바빠 자리에 없다는 대답만이 돌아왔다. 자꾸 전화하는 것도, 찾아가는 것도 부담스러웠다. 결국 그녀는 아무것도 할 수 없는 자신의 처지에 어깨가 축 처졌다.

윤미는 텅 빈 집의 독수공방이 무서워 종종 예진이를 불러 같이 잤다. 돼지꿈을 꾸었지만 운수가 좋을 것이라는 생각은 들지 않았다. 다행히 멧돼지는 더 이상 꿈에 나타나지 않았다. 집주인은 뭔가 문제가 있는 가정사의 세입자가 달갑지는 않은 눈치였지만 워낙 심성이 착해 어린 딸을 무시로 보내주었다. 윤미의 직장 상사는 틈만 나면 자리를 비우는 여직원의 집안 사정을 탐탁지 않아 했다.

점점 자포자기의 심정이 되어갈 때, 낯선 사람한테서 전화가 걸려 왔다.

— 오현철이라고 합니다. 조윤식 씨에 대해 알려드릴 게 있으니 만나서 얘기하죠.

전화를 끊은 윤미가 약속 장소의 특이함에 의아해하고 있을 때 종환이 연락을 해 왔다. 윤미는 종환부터 만나고 나서 오현철을 찾기로 했다.

"사건들이 연달아 터져서 정신없었어요."

찻집에서 만난 종환은 고슴도치처럼 수염이 돋아 있었다.

"그날 누나 만나고 나서 이민섭을 만났어요."

"이민섭이 누구지?"

"벌써 잊었어요? 윤식이 아파트."

종환은 찻집 벽에 붙은 전단지를 손가락으로 가리켰다. 정면을 쏘아보는 다양한 얼굴들이 살인, 강도, 절도, 사기, 횡령 따위 죄명을 직함처럼 내걸고 있다. 그중 '국가보안법 위반'이란 글귀가 붙어 있는 갸름한 얼굴 밑의 이름이 이민섭이었다. 얼굴 위에는 '검거'라는 붉은 스탬프가 찍혀 있다.

"얘가 유치장에서 사망했어요."

"아니, 왜?"

예상도 못 한 소식에 윤미가 놀란 표정을 지었다.

"질식사요. 목이 막혀 죽었어요."

"설마…… 자살한 거니?"

"밥 먹다 기도가 막힌 거예요. 거짓말 같죠?"

윤미는 대꾸하지 않았지만 종환은 그녀가 윤식의 주변에 따르는 죽음을 또다시 상기하고 있음을 확신했다.

"최순애 씨 부부도 죽었어요."

윤미가 핸드백을 꽉 움켜쥐었다.

"며칠 전 상문동에서 민원 신고가 들어왔어요. 이웃집에서 고기 썩는 냄새가 진동을 한다고요."

떠올리기 싫은 일이었지만 별수 없었다. 종환이 빠르게 말했다.

"그 이웃집이 바로 최순애 씨 집이었어요. 관할 파출소에서 순경들이 찾아갔죠. 실제로 지독한 악취가 몇십 미터 바깥까지 풍길 정도였다더군요. 생선 썩는 것 같은 악취가요. 아무리 두드려도 문을 열어주는 사람이 없자 순경들은 결국 담을 타 넘고 방 안으로 들어갔답니다. 방 안에서 최순애 부부의 변사체가 발견되었는데 죽은 지 꽤 오래된 걸로 추정되고 있어요. 부부는 개를 기르고 있었는데 발견 당시 방에 갇혀 있던 개가 주인을 뜯어 먹었다고 하니까요. 그것도 많이요."

윤미가 손으로 입을 막았다. 종환이 강조했다.

"그러니까 윤식이가 행방불명되기 전에 만났던 사람들이 한꺼번에 죽은 겁니다."

"그 부부의 사망 원인은 뭐니?"

"몰라요. 아마도 부검을 해봐야 알 수 있겠죠."

윤미가 입을 막던 손을 가슴으로 옮겼다.

"윤식이가 어디 있는지는 아직도 모르니?"

"모릅니다. 이민섭이도 모른댔어요."

종환이 수첩을 꺼내더니 펜으로 뭔가 그렸다.

"죽은 이민섭이 신발 안에서 부적이 나왔어요. 그자가 봤다던 귀신과 비슷한 그림이에요."

"부처인가?"

"아니에요. 무슨 동자 같았어요. 이민섭이 말하길 윤식이도 위험할지 모른다고 했는데······."

윤미의 안색이 변했다. 종환이 좌우를 살피더니 목소리를 낮추었다.

"솔직히 제 생각을 말해드릴까요?"

종환이 고개를 들이밀었다.

"그 빨갱이가 가담한 운동 조직이 아무래도 북괴와 연관된 거 같아요. 그런 대학생 놈, 진짜 민주화 운동을 한 건지 야산에 삐라를 뿌리고 다녔는지 아무도 모르는 거잖아요. 질식산지 쇼크산지로 죽었지만 그것도 알 수 없는 일이죠. 모르긴 해도 남한에 고정간첩이 한둘이 아닐걸요. 기밀이 누설될까봐 부모도 똑같이 당한 거지요. 만약 윤식이가 그놈을 아파트에 숨겨준 사실이 알려지면······."

"그만해. 그런 말 하지 마."

윤미가 도리질을 치자 종환이 입을 다물었다.

"말도 안 돼. 아니야, 그런 건 절대 아닐 거야."

"최순애 부부는 개한테 뜯긴 것 말고는 별다른 외상이 없었어요. 두 사람이 동시에 자연사하는 경우는 없죠. 분명 전문가 솜씨예요. 귀신같았단 말입니다."

종환은 자기도 모르게 내뱉은 '귀신'이란 말에 목에 가래가 끼는 기분이었다.

그때 한복을 입은 마담이 간드러진 목소리로 종환을 불렀다.

"차 형사님, 전화 왔어요."

"누군데요?"

"선배라는데요. 받아보세요."

"드디어 걸려 왔구나."

종환이 손을 비비고 나서 윤미를 보았다.

"수사과 선배한테 이영희에 대해 알아봐달라고 했거든요. 그거 때문에 겸사겸사 누나 불렀어요."

역시 전화를 건 사람은 수사과의 고참 경장이었다.

─종환이냐? 니가 알아봐달라고 한 이영희란 아가씨 있잖아.

"예, 알아냈습니까?"

종환의 눈에 한 가닥 빛이 생겼다.

─주민등록번호가 651028-○○○○○○○ 맞지? 주소는 서울시 서초구 반포 2동 동림아파트고.

"맞아요."

─그 전화번호는 틀린 거야. 이 여자 전화번호는 534-3624가 아니라 534-2597이야.

"그래요? 최근에 전화번호를 바꿨나요?"

종환이 수화기를 반대쪽 귀로 옮기고 손짓으로 마담에게 메모지를 달라고 했다.

—아니야, 원래부터 이 번호였어.

"원래부터라고요? 이상하다. 왜 그런 오류가 났을까?"

—뭐 다른 사람하고 뒤바뀌거나 그랬겠지. 사람이 하는 일이 실수가 없을 수 있겠냐? 하여간 내가 알려준 거 비밀유지 해야 해. 나중에 어떻게 개인 정보 알아냈느냐고 물고 늘어지면 골치 아파.

"예, 걱정 마세요."

종환은 전화를 끊고 윤미에게로 돌아와 V자를 그려 보이듯 손가락을 세웠다. 쪽지가 손가락 사이에 꽂혀 있었다.

"나갑시다, 누나."

"어딜 갈 건데?"

"전화하러요. 이영희의 진짜 전화번호를 알아냈습니다."

2

이름: 이영희

주민등록번호: 651028-○○○○○○○

주소: 서울특별시 서초구 반포 2동 동림아파트 12동 805호

연락처: 02) 534-3624

최종학력: ○○교대 졸

취미: 여행

특기: 주산

가족사항: 부 이맹길

         모 권희자

         제 이상구

   교직원 신상기록부에서 베껴 적은 메모지를 쳐다보며 종환은 동전을 넣었다. 수사과 선배가 알려준 새 번호로 다이얼을 돌렸다.

   "이번엔 신호가 가는데요."

   종환이 공중전화 부스 바깥을 향해 말했다. 윤미의 얼굴이 기대감으로 밝아졌다. 신호가 세 번쯤 흘렀을 때 어떤 남자가 전화를 받았다.

   —여보세요.

   "저, 거기가 이영희 선생님 댁입니까?"

   —누구라고요?

   "이영희 선생님요."

   —누구? 누구라고요?

   "이영희 선생님요! 다흥국민학교 이영희 선생님 말입니다!"

   —아니, 그 아이가 선생이 되었단 말이요?

   종환은 전화를 잘못 건 게 아닌가 싶어 발음을 또렷이 해 물었다.

"실례지만 거기가 반포동 동림아파트 맞습니까? 이맹길 씨와 권희자 씨의 따님 이영희 씨 자택이요."

─맞아요. 내가 이맹길이고 집사람 이름이 권희자요.

"이영희 씨 안 계십니까?"

─전화하신 분은 누구요? 왜 우리 딸을 찾소?

이영희의 집이 확실하다. 일단 절반은 수확을 했다.

"저는 다흥경찰서 형사계의 차종환이라고 합니다."

─형사라고!

"예. 다흥국민학교에 남선생 하나가 최근 행방불명이 되었습니다. 그래서 혹시 아시는 게 있는지 방학이지만 실례를 무릅쓰고 각 선생님마다 이렇게 전화드리는 겁니다."

─다흥이라면 경상북도 아니요?

"맞습니다."

─영희가 거기서 선생이 되었다고?

종환은 기묘하다는 시선으로 윤미를 쳐다보았다. 윤미는 자기를 바꿔달라며 손짓했지만 종환은 기다리라는 신호를 보냈다.

─그 아이는 집 나간 지 벌써 3년이 넘었소. 교대 장학생이었는데…… 그 일만 아니었으면…… 어쨌든 시골이라도 교사가 되긴 되었군. 이제라도 정신을 차린 게 틀림없어. 우리한테 낯이 안 서 연락을 안 했던 모양이오.

"3년이요? 그럼 그동안 한 번도 만나지 못했단 말입니까?"

─그렇소.

종환은 전화 부스 바깥으로 밀려오는 먹구름을 보았다. 윤식의 말로는 그녀가 정기적으로 서울 자택에 올라갔다고 하지 않았던가. 3년이라니. 게다가 아버지란 사람의 음성에서 말 못할 비밀이 느껴지는 건 왜일까.

이맹길이 물었다.

—걔가 다흥국민학교에서 얼마나 근무를 한 거요?

"제가 알기로는 한 1년이 다 되어갑니다만."

—집도 다흥에 있나요? 영희가 지금 사는 집 말이오.

"예. 하숙집을 얻어 사는 걸로 알고 있습니다."

—이리로 전화하신 건 방학인데 걔가 거기 없었기 때문이고?

"맞습니다."

이맹길은 개인 정보의 불법 수집 따위는 안중에도 없었다.

—아무래도 내가 내일 다흥에 내려가봐야겠소. 차 형사님이라고 하셨소? 다흥경찰서에 가면 만날 수 있나요?

"예, 제가 연락처를 불러드리지요."

—고맙소. 덕분에 잃어버린 딸자식을 찾을 수 있을지도 모르겠소.

"잠깐만, 선생님. 하나 물어볼 게 있는데 혹시 최근에 전화번호를 바꾸신 적 있나요?"

—아니요. 한 번도 바꾼 적 없어요.

"혹시 534-3624 이 번호를 쓰신 적도 없고요?"

—없어요. 처음 듣는 번호요.

"알겠습니다. 만나서 뵙도록 하지요."

"뭐래, 종환아?"

종환이 전화를 끊자마자 윤미가 물었다.

"이영희란 여자, 집 나간 지 3년이 넘었다네요."

윤미가 물었다.

"그 이영희가 확실해?"

"네, 전화번호만 빼고 이 신상기록부와 모든 게 일치합니다. 교대를 다니다가 무슨 이유에선지 집을 나간 걸로 들리네요."

윤미가 이상하다는 듯한 표정을 지었다.

"집 나간 여자라니…… 윤식이 이 녀석 대체 무슨 짓을 하고 돌아다닌 거야?"

"그러게요."

그는 눈을 가늘게 떴다.

"뭔가 이상해요. 신상기록부에 있는 이 전화번호는 분명 실재했거든요. 이영희가 처음 발령받을 때 다흥국민학교에서 신원조회차 몇 번이나 그리로 전화를 걸었대요. 그때마다 가족이 전화를 받았고요."

"그럼 왜 지금은 없는 전화번호라고 할까? 그것도 이영희가 사라지자마자 말이야."

"윤식이가 사라지자마자일지도 모르죠."

종환은 윤미를 안심시키듯 침착한 목소리로 말했다.

"이영희의 아버지가 직접 다흥에 내려오겠답니다. 분명 우리가 모르는 사실들이 있을 거예요. 저하고 만나기로 했으니 그 여자에 대해 캐볼게요."

윤미의 무서움은 의지할 종환이 있어서 상당 부분 덜어졌다.

"네 일도 바쁠 텐데. 여러모로 고마워, 종환아."

"뭘요. 윤식이를 빨리 찾아야죠."

"사무실로 돌아갈 거니?"

"오현철 씨 만나기로 했다면서요? 동행해드릴까요?"

"그래도 돼? 안 그래도 혼자 가기 무서워서 네게 부탁하려고 그랬어."

"무서울 게 뭐 있어요?"

"좀 이상한 사람 같았어. 반드시 교회에서 만나야 된다, 그랬거든."

"그 사람에 대해 뭐 좀 아시는 거 있어요?"

"윤식이 동료 선생이라는 것만 알아."

"동료 아니에요. 윤식이가 아주 싫어했어요. 위로는 아부하고 뒤에서는 사람들 욕하는 인간이라고요."

"그래? 어쩐지 만나기가 꺼려지는데."

"그러게요. 꼭 최순애 부부가 시체로 발견되니까 연락 온 거 같잖아요."

3

11시 조금 넘어서 두 사람은 찻집을 나왔다. 뿌연 부유물 같은 하늘이 함박눈을 뿌릴 기세였다. 종환은 잠깐 사무실에 들어갔다 올 테니 점심 식사 후에 만나자고 했다. 윤미가 그러지 말고 같이 식사하면 어떻겠냐고 제안했다. 여러모로 도와주는 게 고마워 점심을 사겠다는 것이다. 계면쩍은 얼굴이 된 종환이 좁은 동네에서 유부녀와 외간남자가 밥 먹는 걸 누가 보기라도 하면 어떡하느냐고 묻자 참으로 오랜만에 윤미가 미소를 보였다. 종환의 얼굴이 약간 붉어졌다.

식사하기엔 이른 시각이라 두 사람은 30분 뒤에 갈비탕집으로 향했다. 그사이 구내 이발소에 들른 종환의 머리는 제식훈련이 제대로 된 병사들의 대오처럼 정돈이 되고 수염도 말끔히 정리되었다. 오랜 세월 연정을 품어온 친구 누나에게 종환은 조금이라도 잘 보이고 싶었다. 하지만 윤미가 식사 중에 꺼낸 얘기는 대부분 소식 없는 남편에 관한 것이었다.

"시댁, 친척 집 다 알아보셨지요?"

"그이는 고아야."

"예? 누나가 왜 고아와……."

아차, 하면서 종환이 말을 잇지 못했다.

"괜찮아. 나도 윤식이도 고아나 다름없는 처지였는데, 뭘."

"연애결혼하신 거지요?"

"응."

"어떻게 만나신 건데요?"

"수사상 필요한 거니?"

"찾는 데 도움이 될 수도 있지요. 대답하기 싫으면 안 하셔도 돼요."

종환이 멋쩍게 웃었다. 윤미는 한시바삐 동준을 만나고 싶었지만 종환이 남편 뒷조사를 하는 상상은 별로 유쾌하지 않았다. 남편의 과거를 남이 알게 하긴 싫었다.

  고아원 출신의 동준은 검정고시를 거쳐 홀로 전문대학을 졸업한 자수성가형의 사람이었다. 홀로 고생한 사람들 특유의 공격적이거나 의심 많은 성격은 그에게서 찾아볼 수 없었다. 무던한 바탕에 확립된 꼼꼼한 성격은 그의 무기이자 매력이었다. 공무원이 인기 없고 기업 사원이 대접받던 1980년대, 그는 활발한 세일즈맨이었다. 직장을 자주 옮겨 다녔지만 일이 적성에 안 맞거나 참을성이 없어서 그런 게 아니었다. 신기하게도 그가 맡은 영업의 실적은 언제나 정상을 달렸지만, 아니다 싶으면 주저 없이 자리를 내놓고 나왔다. 예리한 직관은 부실을 알아보았고 회전이 빠른 머리는 항상 발전적인 것을 지향했다. 그런 판단이 옳았음은 그의 자리가 부재한 회사가 보여주는 경영 악화로 잘 알 수 있었다. 그는 사업 감각이 있었고 사람의 심리를 잘 이해했다.

  윤미가 동준을 만난 것은 직장 동료 미선의 권유로 나간, 불우 아동을 후원하는 모임에서였다. 끔찍한 비극으로 부모를 잃은 윤미는 결혼 전에는 직장과 동생 뒷바라지밖에 몰랐고 한 번도 혼자만의 여가 생활을 즐기지 못했다. 아름다운 외모와 교양을 두루 갖춘 처녀임에도 친척 집에서 더부살이로 자란 것이 체질을 바꾸어놓았다. 그녀는 자기보다 더 불우한 사람들에게 관심을 가졌고 그들에게 봉사하는 일에 기쁨을 느꼈다. 보험회사 직원이었던 동준을 만난 건 모임에 세번째 참가했을 때였고 두 사람은 곧 친해졌다. 그가 고아원의 장애인들을 친동생처럼 돌보는 이유 중에는 얼굴도 모르는 미혼모에게 버림받은 뼈아픈 과거가 있었던 것이다. 나중에 미선한테서 들은 바에 의하면, 대기업 고위 간부의 첩이 그의 친어머니라는 믿을 만한 소문이 있다고 했다.

어쨌든 동준은 윤미에게 관심을 가졌고 특히 부모가 없다는 사실에 주목했다. 남자 친구 따위 사치로 알았던 윤미 역시도 매사 긍정적이고 생각이 깊은 데다가 외모마저 준수한 동준한테 서서히 마음이 끌리고 있음을 깨달았다. 우연처럼 다가왔던 남자는 그렇게 인연이 되었다.

"그 사람, 아마 어딘가에서 새 직장을 알아보고 있을지 몰라. 이전에도 비슷한 일이 있었거든. 자존심이 너무 강해서 일이 성사되기 전까진 내게 한마디도 알려주지 않더라고."

설득력 없는 핑계였다. 종환은 헛기침을 하고 나서 말했다.

"혹시 누나한테 화가 나서 그런 건 아니겠죠?"

"화가 나다니?"

"이상한 장모가 있다는 사실은 몰랐을 거잖아요."

윤미는 설렁탕 그릇 안에 숟가락을 놓고 얕은 한숨을 내쉬었다.

"니 말이 맞아. 말은 안 해도 배신당한 기분이었을 거야."

"대놓고 장모님을 싫어했나요?"

윤미는 새엄마를 붙잡으러 인면동 아파트 옥상을 오르던 동준의 모습을 떠올렸다.

"아니, 그렇진 않아. 가랑비에 옷 젖듯 조금씩 스트레스가 쌓여갔지."

"윤식이는 노골적으로 미워했는데. 고등학교 때부터 그랬어요."

"너니까 하는 말인데, 윤식이는 새엄마를 죽이고 싶을 정도로 미워했어."

"옛날에 감옥 간 그 일하고 상관있는 거죠?"

"기억하는구나."

"윤식이랑 붙어 다닐 때 일어난 일이었잖아요."

"새엄마는 자기가 억울하게 옥살이를 했다고 믿는 거 같았어."

"동준 형님도 그 사실을 알아요?"

"그이는 새엄마에 대해서는 아무것도 묻지 않았어, 단 한 번도."

윤미가 풀죽은 목소리로 대답했다. 남편이 한 번도 미친 장모에게 궁금증을 갖지 않았단 사실이 상기된 까닭이다. 철저한 무관심이야말로 그가 진정으로 화를 내는 방식이었다. 그런 남편이 한마디 말도 없이 사라졌다.

윤미의 허탈한 표정을 본 종환이 이만 일어나자고 했다 .

"내가 함부로 꺼낼 얘기가 아닌 모양이군요. 일단 동준 형님은 더 기다려보기로 하지요. 자, 이제 오 선생한테 가볼까요."

4

다홍교회는 들쑥날쑥한 기와집들 한복판에 서 있는 2층 석조 건물이었다. 첨탑은 높았지만 건물 면적이 빈약해 난쟁이들 틈에 서 있는 홀쭉이 같았다. 출입문 위로 나 있는 육각형 창문에 비둘기 떼가 까맣게 붙어 있었다. 종환이 탁, 손뼉을 치자 새들이 날아오르며 십자가가 드러났다. 수위와 집사를 겸하는 중년 남자가 달려 나왔다.

"어떻게 오셨습니까?"

종환이 경찰 신분증을 꺼내 들었다.

"오현철 선생님을 만나러 왔습니다."

"아, 차 형사님이신가요? 형제님은 예배실에서 기다리고 계십니다."

종환과 윤미는 집사의 안내를 받고 교회 안으로 들어갔다. 대낮인데도 건물 안은 어두컴컴했다. 교구는 낡았고 벽에는 굵은 금까지 가 있었다. 문짝이 박살 나 예배실과 복도를 임시로 구분 지은 자주색 벨벳 커튼은 교회의 빈약한 재정 상태를 여실히 드러냈다.

예배실에 들어선 종환은 눈을 가늘게 뜨고 어둠 속을 응시했다. 사람 대여섯이 가로로 앉을 수 있는 긴 나무 책상이 오와 열을 이루고 있었다. 열의 맨 앞에 작은 연단이 있었고 연단 중앙에 마이크 달린 연설대가 보였다. 연단 우측에서 팔을 벌린 채 눈을 감고 있는 사람은 사람 키만 한 그리스도상이었는데, 이 뒤로 교회 건물보다 역사가 오래된 것처럼 보이는 낡은 십자가가 붙어 있다. 그리스도상은 좌측 아래로 고개를 떨구고 있어 어떻게 보면 십자가를 외면하는 것 같기도 하다.

집사의 손전등에 예배석 맨 앞에 앉아 있던 남자가 언뜻 비쳤다. 집사는 종환에게 손전등을 건네주고 물러갔다. 남자가 일어서자 종환이 물었다.

"오현철 선생님이십니까?"

진공관처럼 목소리가 예배실에 쩌렁하게 울렸다. 남자의 목소리는 새처럼 작아 울리지 않았다.

"조 선생 누님 혼자 오시라고 말했을 텐데요."

쇠처럼 쉰 목소리, 틀림없이 광적으로 신앙에 집착하는 남자다. 종환은 이 남자가 소리소리 지르며 열렬하게 찬양하는 모습을 떠올릴 수 있었다.

"저는 형사 차종환입니다. 윤식이와는 절친한 친구 사입니다."

"알고 있습니다."

오현철의 목소리가 잦아들었다.

"불을 켜지 않은 걸 용서하십시오. 이래야 안심이 됩니다."

"오현철 선생님이세요?"

윤미가 종환이 했던 질문을 반복했다.

"그렇습니다. 제가 오현철입니다."

손전등 불빛이 잠시 오현철의 얼굴을 비추었다. 말라비틀어진 멸치처럼 살집이 거의 없는 얼굴이다. 일찍이 윤식으로부터 들은, 승진과 보신에 혈안이 된 아부형 직장인의 모습은 그 어디에도 찾아볼 수 없었다.

"왜 여기서 만나자고 하셨죠?"

"보고 있으니까요."

"간첩을 말하는 거지요?"

종환이 그럴 줄 알았다는 표정을 지었다.

"누가 보고 있단 말인가요?"

윤미가 다급히 물었다.

"저도 잘 모릅니다."

오현철은 불안한 눈초리로 천장을 살피며 예배석에 앉았다. 종환과 윤미는 그의 앞까지 걸어가 그대로 서 있었다.

"저희 집안은 대대로 불교를 믿었습니다. 하지만 얼마 전에 개종을 했지요. 기독교는 주 예수 그리스도만을 유일신으로 모시기 때문입니다. 하지만 불교는 그렇지 않습니다. 그러니 이곳만큼 안전한 곳은 없습니다."

"불교도 부처 하나잖아요?"

이민섭의 부적을 떠올린 종환이 물었다.

"틀린 말은 아니지만 불교는 잡신을 배척하지 않습니다."

오현철은 무서운 표정을 하고 종환을 빤히 쳐다보았다.

"무속신앙 말입니다."

"무슨 말인지 모르겠군요."

"무당은 십자가는 불태울지라도 스님을 멀리하지는 않습니다. 때로 불가의 도움을 받기도 하지요."

윤미가 끼어들었다.

"윤식이에 대해 알려주신다는 게 뭐죠?"

"조윤식 선생은 무속신앙에 빠졌습니다. 지나치게 빠졌지요."

"우리 윤식이는 교회에 다녀요."

"예전에는 그랬지만 지금은 아닙니다."

"지금 어디 있는지 알고 있습니까?"

종환이 물었다.

"모릅니다. 알려고 해서도 안 됩니다."

종환과 윤미가 서로를 쳐다보았다.

"지금 조 선생은 아주 위험한 사람입니다. 그는 사악한 생각에 집착했습니다. 무엇이 그를 끔찍한 괴물로 만들었는지 모르겠습니다. 그는 사람이 죽은 장소에서 저주로 가득 찬 무속 의식을 치러서 귀신들의 도움을 받았습니다. 그 귀신들이 또 다른 죽음을 불러들인 겁니다."

"왜 하나같이 귀신 타령이람?"

종환이 푸념했다.

"문 선생 앞에 멧돼지가 나타난 게 우연 같습니까? 변 선생이 신호등에 목이 잘린 게 사고라고 보십니까? 최순애 선생 일가가 왜 같은 날 모두 사망했지요?"

"모두 윤식이 때문이란 말인가요?"

윤미가 물었다.

"조 선생이 관련이 있는 것은 확실합니다."

오현철이 윤미를 똑바로 보았다.

"금년 겨울에 사람들이 많이 죽었습니다. 날씨가 유난히 추웠지요. 노인들의 건강이 계절의 변덕을 이겨내지 못한 겁니다. 하지만 꼬리에 꼬리를 무는 줄초상에 건강하고 젊은 사람들도 죽어나가기 시작했습니다. 이 지역에서, 그것도 간격을 두고 이어지는 죽음 말입니다. 학교라는 한 장소에서 이상할 정도로 초상이 자주 일어났습니다. 그리고 문상의 중심엔 언제나 조윤식 선생이 있었습니다. 예전에는 단 한 번도 장례식장을 찾지 않던 사람이 말입니다."

윤미와 종환은 대꾸할 수 없었다. 최근 이상했던 윤식의 행동은 그들도 수긍하는 바였기 때문이다.

"조 선생은 고인의 혼백이 마지막으로 머무는 상갓집에서 무당의 물건을 태우고 귀신을 부르는 주문을 외웠습니다. 그 일을 마치면 며칠 내에 가까운 사람이 죽어나갔습니다."

"말도 안 돼요. 내 동생이 왜 그런 이상한 짓을 했겠어요?"

"돌아가신 변 선생은 조 선생이 그걸 태우는 걸 직접 봤고, 저는 조 선생이 그 물건을 가지고 나가는 걸 봤습니다. 문 선생에게 모두가 문상 갔던 날 저는 숙직을 하고 있었습니다. 조 선생은 물건을 두고 갔는지 야심한 시각에 학교에 몰래 들어왔습니다. 그걸 들고 나오다 저랑 마주쳐서 실랑이가 벌어졌습니다. 그래서 그 물건들을 볼 수 있었지요."

"그 물건이 뭔데요?"

종환이 물었다.

"사람의 신체 부분들, 짐승의 터럭, 부적, 실 꾸러미 따위죠."

"믿을 수 없어요! 걔는 이상한 짓을 할 애가 아니에요!"

"이미 조 선생이 벌였던 일입니다. 목적은 저도 잘 모르겠습니다. 처음에는 자신을 미워하는 사람에 대한 보복이라고 생각했어요. 문상교 선생과는 오해가 있어 사이가 안 좋았고 저도 그다지 친하지는 않았으니까요. 하지만 조 선생은 술값이나 험담 따위의 이유로 사람을 죽이기까지 하는 미치광이는 아닙니다. 제 생각에 그는 신내림을 받은 거 같습니다."

"윤식이가 신이 들렸다고요?"

윤미가 입을 벌렸다.

십자가에 못 박힌 예수는 미동도 없었다. 오현철은 기도하는 것처럼 양손을 깍지 낀 후 이야기를 계속했다.

"지금으로선 그 정도 추측밖에 할 수 없습니다. 상갓집에서 벌인 의식들이 일종의 내림굿일지도 모르지요. 변 선생님과 저는 거기에 개입을 했기 때문에 저주…… 아니, 살이 끼었다고 해야 할까요. 그래서 홀로 남은 저는 이렇게 몸을 숨기고 있는 겁니다."

종환이 목소리를 높였다.

"그럼 귀신의 영험함을 받아서 윤식이 주변에 살인이 났단 말입니까? 최근의 사건사고는 나도 잘 알고 있습니다. 교통사고 건만 해도 윤식이가 다치지 않았단 사실은 거짓말 같았죠. 하지만 수많은 교통사고 사례를 보면 전혀 이해 못 할 일도 아닙니다. 그날 분 바람은 분명 조수석 쪽으로 불었을 게 틀림없습니다. 멧돼지 얘기도 알아요. 윤식이가 실제로 봤다고도 했죠. 하지만 그건 지역 뉴스에 나와 우리 모두가 알고 있던 사실입니다. 문상교 씨가 죽은 날 아침 눈치 없이 교무실에서 돼지 얘길 하니까 이상하게 보일 수밖에요. 우연의 일치일 뿐입니다. 귀신이니 무당이니 말도 안 돼요. 오히려 오 선생님이야말로 이상한 분 같군요. 왜 사람을 이런 곳으로 불러내 무서운 얘길 하시는지 모르겠네요."

"그날 교실에서 만났을 때 조 선생이 제게 이상한 행동을 한 걸 아십니까?"

"이상한 행동이라뇨?"

"그날 숙직 중인 제가 현장을 덮쳤을 때 조 선생은 심각한 범죄라도 저지른 것처럼 매우 당황한 기색이었죠. 제가 이 시간에 여기서 뭐 하냐고 물으니 어설픈 변명만 늘어놓았습니다. '어머니가 편찮습니다'라고요. 물건들이 발견되고 저랑 싸움이 붙었을 때는 제게 이런 말조차 했습니다. '조심해라, 내 치성 한 번에 니 마누라 과부 만들 수도 있다'고 말이죠."

윤미가 손을 가슴께로 가져갔다. 오현철은 멈추지 않았다.

"돌아가신 변 선생의 어머니는 신내림받은 무당이었습니다. 조 선생의 행동이 어떤 목적을 향한 것인지 알고 있던 분은 바로 변 선생님이었습니다. 상갓집에서 신물을 태우고 영정 사진 앞에서 무당의 주문을 외우는 것. 그건 죽은 자의 영기를 빌려 누군가를 죽음에 이르도록 급살을 내리는 의식이라고 했습니다."

종환이 뭐라 말하려 했지만 오현철이 손을 들고 막았다.

"조 선생은 제게 이런 말도 했어요. '아무것도 모르면 끼어들지 마. 내 궁극의 목적은 너희가 아니야'라고요."

예배실 뒤편에서 의자를 끄는 것 같은 소리가 났다. 드르륵 하는 소리는 진공관 안에 소름 끼치는 여운을 남겼다. 오현철의 얼굴이 대번에 사색이 되었다.

"여기도 안전하지 않군! 가봐야겠소."

그는 자리에서 벌떡 일어섰다.

"내게도 좋지 않은 일이 닥칠지 몰라요."

"잠깐만요."

윤미가 막아섰다. 오현철이 그녀를 밀치고 출입문으로 뛰었다.

"어디든 먼 곳으로 도망가요. 흉악한 살이 우리를 찾고 있소!"

윤미가 급하게 물었다.

"윤식이는 지금 어떻게 됐을까요?"

오현철이 멈춰 섰다. 어둠이 만들어낸 실루엣에 그의 얼굴은 반쪽만 보였다.

"그가 어떻게 됐는진 몰라요. 신내림받고 어딘가에 무당이 되어 있거나 안 좋은 일을 당했을 수도 있지요. 정 알고 싶다면 궁극의 목적부터 조사해봐요."

"궁극의 목적?"

"조 선생이 정말 죽이고 싶던 사람이 있었냐는 거죠."

또다시 의자를 끄는 것 같은 소리가 들렸다. 공포로 발광 직전까지 간 오현철이 커튼을 엉망으로 잡아 뜯으며 뛰쳐나갔다. 종환이 뒤쫓았으나 그의 모습은 사라지고 없었다.

"아직 물어볼 게 많은데. 이영희에 대해서도 알아봐야 하고."

윤미가 종환의 팔을 잡았다.

"종환아, 우리가 들어왔을 때 저기 십자가가 원래 저랬니?"

연단의 십자가는 각도가 45도쯤 기울어져 있었다. 형사인 종환조차도 그 순간 심장이 철렁했다. 그러나 그건 무서운 분위기가 사람을 조종하는 심리적인 눈속임이라고 생각되었다.

"맞아요. 처음부터 저랬어요. 여기가 어두컴컴하고 무서운 얘기를 들으니 착각이 드는 거예요."

윤미는 그의 목소리가 조금 떨리고 있음을 알았다.

"여기서 나가요, 누나."

✦

두 사람이 나왔을 때 온 세상은 하얗게 변해버렸다. 쏟아지는 눈발 사이로 급하게 교회를 벗어나는 오현철의 차 꽁무니가 보였다.

종환은 한 남자를 생각하고 있었다. 예배실에서 도망칠 때 오현철의 얼굴도 그 남자와 똑같았던 것이다. 그는 이미 죽어버린 남자였다. 종환도 윤식도 그의 최후를 보았다. 지금 생각해보니 그 추락에는 종교적인 색채랄까, 일종의 신비함마저 엿보였다. 지옥의 불길을 배경으로 탑 꼭대기에 오른 그는 결코 죽음을 두려워하지 않았다. 공포와 원망이 구분되지 않을 감정을 얼굴에 담긴 했어도 그의 마지막 외침에는 생과 사를 초월한 의지가 있었다.

　—이 모든 건 너 때문이다.

　윤식은 여관 지붕의 남자가 가리킨 대상이 분명 자신이라고 했다. 당시 그는 사시나무 떨듯 몸을 떨고 있었다. 엄청난 화재를 겪은 후인지라 혼이 빠질 지경임은 명백했다. 하지만 그가 겁에 질린 이유가 다른 것이었다면? 양심에 찔려서? 저주를 내렸다는 사실을 남자가 알고 있어서? 오현철은 윤식이 일련의 죽음들과 분명 연관이 있다고 했다.

　'아니야, 말도 안 되는 소리야.'

　종환이 알아본 바로는 여관 옥상의 남자가 손가락으로 가리킨 건 윤식이 아니라 윤식 뒤편의 소방대원이었다. 고무신 거꾸로 신은 애인에 대한 분노에 자신을 향한 비관이 더해진 것이 방화의 원인이었다. 옥상의 남자는 4년째 시험에 낙방한 서른세 살의 고시생이었다. 네번째 시험 성적이 영 형편없자, 뒷바라지를 해온 고시생의 애인은 기약 없는 미래를 확실하게 포기해버렸다. 그간의 물질적, 육체적 정성에 대한 분풀이로 보란 듯이 다른 남자와 맞선을 보고 상견례까지 진행한 것이다. 선본 남자의 직업이 하필이면 소방관이었다. 이 사실을 안 고시생은 깊은 절망에 빠졌다. 여자는 소방관과 잠자리까지 가졌지만 만약 헤어진 후 혹독하게 공부한 고시생이 판검사가 되면 어쩌지, 하는 심리가 맘 한편에 남아 있었다. 자기가 갖기는 뭣하지만 남 주기는 싫은 심보도 있었다. 한편 버림받은 고시생은 여관에서 혼자 술을 마셨고 갈등하고 있는 애인에게 매달렸다. 여자가 끝내 여관으로 가지는 않으면서 꼬박꼬박 전화는 받아준 이유가 바로 이 갈등 때문이었다. 그리고 마음 돌린 애인에게 육체의 미련이 남아 소리 지르던(올 거야, 안 올 거야!) 한심한 남자의 옆방을 배정받은 게 하필이면 윤식이었던 것이다. 결국 만취 상태의 고시생은 본인밖에 모를 '어떤 심경으로' 방화를 저질렀고 교도소행 대신 악마적 이미지의 분신을 택했다.

'윤식이는 왜 그렇게 겁에 질렸던 걸까?'

윤미가 침묵을 깼다.

"종환아, 너 오 선생 말을 어떻게 생각하니?"

"글쎄요……."

종환이 상념에서 깨어났다.

"정신상태가 안 좋은 사람 같은데요. 무당이니 저주니 요즘 세상에 말이나 될 법한 얘기예요?"

"아냐, 그럴듯한 부분이 있어. 윤식이는 이전까지 단 한 번도 남의 경조사를 챙긴 적이 없어. 어렵게 살아서 돈에 관한 한 악착같은 애야. 그런 애가 왜 집요하게 문상을 다녔을까?"

종환도 오 선생의 말에 공감 가는 부분이 있었지만 소설 같은 얘기를 순순히 인정할 수는 없었다.

"철이 든 거겠죠. 주관이 뚜렷한 거지, 짠돌이는 아닙니다."

"부적이니 아기 손가락이니 이상한 걸 태웠다잖니? 왜 그런 무서운 짓을 했을까?"

"교회 나가는 사람도 부적 같은 걸 갖고 다니는 경우가 있어요. 손가락은 무슨 손가락이요. 명태나 약초 같은 걸 잘못 본 거겠지. 윤식이가 뭘 태우고 제사 비슷한 걸 지냈다 해도 다른 목적이 있었을 거예요. 건강이나 진급 같은 거요."

마음에도 없는 종환의 안심 작전은 전혀 먹혀들지 않았다. 윤미가 겁에 질려 우는 목소리를 냈다.

"난 알아. 새엄마가 쓰러졌을 때 윤식이는 바로 병문안을 오지 않았어."

"사이가 안 좋았잖아요."

"아니야! 초상집엘 간다는 이유로 안 왔다니까! 죽은 사람 문상을 갈 때마다 새엄마는 병이 악화되고 미친 여자처럼 성격도 이상해졌어! 심지어 교통사고를 당해 누워 있을 때도 윤식이는 병원을 뛰쳐나갔어!"

윤미가 아악, 하고 비명을 질렀다.

"기억났다! '늦기 전에 마지막 일을 해야 한다!'고 그랬어! 이제 알았어! 그건 네번째 초상에 참석하려던 거였어! 변 선생의 장례 말이야!"

"진정하세요."

"진정하게 됐니! 새엄마 병세가 악화될 때마다 개랑 전화하면 항상 그렇게 될 줄 알고 있었다는 눈치였어. 확인 전화나 다름없었어. 뭔가 은밀한 짓을 해놓고 변화가 있나 없나 확인한 거란 말이야. 네번째 초상을 치르자마자 분명 새엄마는 자살로 죽었잖아!"

자살로 죽다.

자살로 살해되다.

'가만두지 않겠다.'

'너 때문이다.'

종환은 여관 옥상에서 뛰어내린 고시생 생각을 했다. 분명 현실에서 벌어진 사고인데 가만히 들여다보면 현실적이지 않은 부분이 있다. 마치 거대한 눈이 하늘에서 그들을 내려다보는 것처럼.

"궁극의 목적이란 건 분명해. 새엄마의 죽음이야."

흥분한 윤미의 목소리가 떨렸다.

"윤식이는 대놓고 그랬어! 저 여자 죽어버렸으면 좋겠다고 말이야! 오 선생한테 들켰을 때도 그랬다잖니. 엄마가 편찮다고. 그게 다 무슨 소리겠니!"

눈이 쏟아지는 하늘에서 우르릉거리는 천둥소리가 나면서 기상이변이 일어났다. 무지막지한 눈발의 각도가 한순간에 반대 방향으로 틀어졌다.

윤미가 경련을 일으켰다. 눈동자가 까뒤집어지고 흰자위가 드러났다. 입술이 저 혼자 달싹이더니 혓바닥마저 꼬이는 것 같았다. 입을 부르르 떠느라 그녀의 비명은 제대로 흘러나오지 않았다. 경련은 수 분간이나 지속되었다.

"누나! 정신 차려요! 누나!"

종환이 쓰러지는 윤미를 끌어안았다.

집에 돌아온 윤미는 의식을 회복했지만 상태가 좋아 보이지는 않았다. 큰 충격을 받은 사람처럼 멍한 시선을 허공에 둘 뿐이었다. 이부자리를 깔면서 안 씨 아주머니는 혀를 찼다.

"쯧쯧쯧. 바깥양반도 안 들어오고 맘고생을 그리 하더니만……"

종환으로부터 자초지종을 들은 그녀는 윤미를 눕히고 입에 청심환을 밀어 넣었다.

"이걸 좀 씹어봐요. 한결 나을 테니."

윤미는 소리 없는 눈물을 흘릴 뿐 청심환을 물지 않았다.

"누나, 정신이 좀 들어요?"

종환이 걱정스러운 기색으로 물었다.

"병원에 데려가려고 했는데 누나가 안 간다고 했어요. 기억나요?"

윤미가 가볍게 고개를 끄덕였다. 창밖으로 억수 같은 눈이 퍼붓고 있다.

"일단 저는 사무실로 돌아갈게요. 자리를 너무 오래 비웠어요. 오 선생한테는 다시 연락해서 더 알아보도록 하죠. 눈이 이렇게 많이 와서 가능할지 모르지만 내일 이영희의 아버지도 온다고 했잖아요. 소식 들어오는 대로 알려드릴 테니 집에서 푹 쉬세요. 아셨죠?"

윤미는 대답 대신 가만히 종환의 손을 잡았다. 종환도 기운

내라는 듯 그녀의 손등을 두들겼다.

"혹시 무슨 일이 있거든 제게 연락 주세요."

종환은 사무실과 자택 전화번호 두 개를 다 적어서 아주머니한테 맡긴 뒤 눈보라가 휘몰아치는 거리로 나섰다.

✦

그날 밤 윤미는 악몽을 꾸었다.

머리가 허연 할멈에게 머리채를 잡혀 깊은 산속을 끌려다니는 꿈이었다. 할멈은 허리가 구부러졌지만 나는 듯이 걸었고 가끔 화난 얼굴을 윤미에게로 돌렸다. 알아들을 수 없는 말로 야단을 쳤는데 그 목소리가 그릇에 넣은 바둑알을 마구 흔드는 것처럼 귀를 자극했다. 윤미가 살려달라 빌었지만 할멈은 더욱 거세게 머리채를 잡아끌었다. 걸음이 빨라지면서 검은 언덕이 지나가고 아기 울음소리가 나는 숲이 뒤로 멀어져갔다. 강을 지날 때 아래를 보니 파충류처럼 징그럽게 생긴 물고기가 투명한 강바닥에 가득했다. 물고기들은 횟집 수조에서처럼 헤엄을 치지 않고 눈만 부릅떴다. 할멈이 절대로 물고기들을 밟아선 안 된다고 경고했다.

강을 다 건너자 할멈이 머리채를 놓아주었다. 윤미가 엎어진 곳은 드넓은 광장이었다. 커다란 평바위 위에 제사상이 차려져 있었다. 상 위에 떡과 과일 그리고 남편과 비슷하게 생긴 사람의 머리가 놓여 있다. 윤미가 상으로 걸음을 옮기자 광장을 둘러싼 숲으로부터 방울 소리가 들리더니 붉은 무의(巫衣)를 입은 무당이 나타났다. 할멈이 땅바닥에 머리를 조아리며 윤미에게도 똑같이 하라고 시켰다. 윤미가 말을 듣지 않자 또 머리끄덩이를 붙잡았다. 무당이 펄펄 뛰며 춤을 추기 시작했다. 윤미의 숨이 막혀왔다. 무당이 죽은 새엄마의 얼굴을 하고 있었던 것이다. 외면하려고 했지만 할멈이 성을 내며 손바닥으로 때렸다. 그때 무당이 윤미를 보고 요령(방울)을 흔들어댔다. 교태 부리는 미소에 악귀의 눈길이 더해졌다. 상이 저절로 뒤집어지고 남편과 비슷하게 생긴 머리가 바닥을 굴렀다.

"네년의 동생을 반드시 데려갈 것이야!"

윤미가 악몽에서 깨어났다. 온몸이 몸살의 열기로 뜨거웠다. 어깨에서부터 시작된 통증이 몸 구석구석으로 번졌다. 윤미는 이불을 추스르며 악몽에서 벗어나려 안간힘을 썼다.

6

다음 날 형사계 사무실로 전화가 걸려 왔다. 남 형사가 종환에게 수화기를 넘겼다.

"누가 바꿔달라는데요."

종환은 혹시 오현철이 아닐까 생각했다. 세 번이나 걸었지만 전화선을 뽑았는지 끝내 연결이 되지 않았던 것이다.

"차 형삽니다."

─이맹길이오. 다흥 버스터미널에 도착했소.

　왔구나, 종환이 점퍼를 걸치고 일어섰다. 딸의 소식을 수년 만에 듣게 된 아버지는 서울에서 경북 북부까지 쌓인 눈을 뚫고 내려왔다. 종환은 직접 차를 끌고 터미널로 마중 나갔다. 장사치와 노인밖에 없는 대합실에 빵모자를 눌러쓰고 파이프 담배를 문 이질적인 외양의 남자가 서 있었다. 주위에서 흔하게 볼 수 있는 사람 같지 않았다. 흡사 〈형사 25시〉류의 수사물에서 영화감독을 사칭하며 충무로 다방에 죽치고 앉아 있는 사기꾼 같았다. 하지만 차림은 속되지 아니했고 몸가짐에는 절도가 있었다. 중년의 이 멋진 남자도 형사의 냄새를 단번에 알아차렸는지 종환을 똑바로 응시했다.

　"이맹길 선생님이십니까?"

　"차 형사님?"

　굵직한 서울 억양이었다. 이영희의 아버지가 맞군, 종환이 고개를 끄덕였다.

　악수를 마친 종환은 이맹길을 자신의 차에 태우고 곧바로 다흥국민학교로 향했다. 이맹길이 학교 관계자와 만나기로 미리 약속을 잡아놓은 사실은 종환도 알고 있었다. 별다른 말을 꺼내지 않은 그는 차창을 스쳐 가는 지방의 경치를 감상했다.

　"내 딸이 여기서 근무했다고요?"

　차에서 내린 이맹길이 감격스러운 표정으로 다흥국민학교를 둘러보았다. 시골 학교의 소박함에 서린 딸의 순수를 느껴보려는 것 같았다. 감탄에도 풍취가 있었고 제스처 하나에도 품위가 있었다. 정말 시의원이 맞는 모양인데―그런 집안의 사위라면 무리를 해서 아파트를 마련하는 것도 납득할 수 없는 바는 아니다―종환은 생각했다.

"정말로 여기서 근무한 사실을 모르셨습니까?"

"그렇소. 대학 잘 다니다가 멋대로 집을 나갔으니까요."

"왜 집을 나갔는데요?"

"무당이 되었소."

"예?"

"어느 날 자고 일어나니 신이 들렸단 말이오. 멀쩡한 애가 이상한 꿈을 꾼 뒤 열병을 앓고 집 안에서 아주 해괴한 행동을 했소. 그 내용은 차마 밝히기 싫지만…… 하여튼 병원에도 데려가고 요양도 시켜봤는데 아무런 차도가 없었소. 그런데 아는 사람들이 그러는 거요. 이상한 행동을 하는 게 바로 신딸이 되려는 조짐이라고 말이오. 무당 될 운명을 타고났다는 거요. 몸이 낫기 위해선 내림굿을 받는 방법밖에 없다고 했소. 공부 잘하고 재주 많던 딸이 무당이라니 이 얼마나 끔찍한 소린가? 식구들은 모두 반대했지만 고통을 견디다 못한 영희가 제 발로 내림을 받겠다고 집을 나간 거요."

이맹길은 종환의 대꾸를 듣기도 전에 화제를 돌렸다.

"그런 아이가 늦었지만 이렇게 선생님이 되다니 참 대견하지 않소? 아마 집으로 바로 전화하기가 망설여졌을 거요."

교무실 창가에 사람의 모습이 비쳤다. 그 사람이 창문을 열고 이리 오시면 됩니다, 하고 소리쳤다. 윤식의 실종과 관련된 수사로 종환과도 안면이 있는 사람이었다. 이맹길은 종환과 함께 걸어가면서 물었다.

"그런데 딸애를 찾는 이유도 누구를 찾기 위한 거라면서요?"

"조윤식이란 선생이 행방불명되었습니다. 그래서 가까운 선생님들마다 아는 사실이라도 있는지 물어보던 중입니다."

"그 조 선생은 우리 딸애와 각별한 사이였소?"

맞는다고 대답할 수도 아니라고 대답할 수도 없었다. 종환 자신도 잘 모르니까.

"친했던 것 같습니다."

"차 형사님이 우리 집 전화번호까지 알아내서 연락할 정도라면 영희가 조윤식 선생한테 특별한 사람은 아닐까 생각되오만."

역시 보통내기가 아니군. 종환은 헛기침을 한 후 대답했다.

"저도 두 사람의 관계는 잘 모릅니다만 윤식이가 이영희 선생 칭찬을 많이 했습니다. 팔방미인 같은 사람이라고요. 어쩌면 젊은 사람끼리 좋은 감정을 가졌을 수도 있겠지요."

교무실에서 나온 사람이 이맹길에게 교사 석두영이라고 자신을 소개했다. 교무실에는 난롯불이 활활 타오르고 있었고 미리 준비를 한 듯 커피와 서류 뭉치가 책상에 놓여 있었다.

"정확하게 언제부터 여기서 근무를 한 겁니까?"

인사를 마친 이맹길이 물었다.

석 선생이 교직원 신상기록부를 펴면서 대답했다.

"여길 보면 아시겠지만 이영희 선생은 1989년 5월 6일부로 다흥국민학교에 발령받았습니다. 거의 1년이 다 되어가는군요."

신상기록부를 유심히 쏘아보던 이맹길이 손가락으로 사진을 짚었다.

"내 딸이 아니오."

"예?"

"이 사진의 여자는 모르는 사람이오."

"따님이 아니라고요?"

"그렇소. 나이는 비슷한데 영희는 이렇게 생기지 않았소."

종환이 나섰다.

"다시 한 번 봐주십시오. 3년을 못 보셨다면서요?"

이맹길의 대답은 확고했다.

"가족사항, 생년월일, 본적, 주소, 다 맞아요. 하지만 사진은 달라요. 이 아가씨는 절대로 우리 영희가 아니오."

그러더니 코트 주머니에서 수첩을 꺼냈다.

"여기 이 사진이 영희의 얼굴이오."

종환과 석 선생이 수첩에서 나온 증명사진을 바라보았다. 신상기록부에 있는 얼굴과 확연히 다른 아가씨였다. 귀티는 두드러졌지만 못생긴 얼굴이었다. 계란에 대추 두 개를 붙인 것만 같은 희극적인 상이다. 문득 종환은 어떤 생각에 사로잡혔다. 이 타원형의 얼굴 윤곽, 어디서 봤더라…….

종환이 신상기록부를 가리키며 석 선생에게 물었다.

"이 사진은 여기서 근무한 이영희 선생이 맞나요?"

"그럼요. 당연히 이분이 우리랑 근무했던 이영희 선생이지요."

종환은 신상기록부의 연락처를 가리켰다. 언제부터인가 '지금 거신 전화는 없는 국번이오니'라는 답변만을 쏟아놓은 번호였다.

"분명 이 번호로 전화하신 적이 있다고 그랬지요?"

"예, 발령받기 전에 이것저것 출근 절차를 알려줄 때 이 번호로 걸었는걸요. 그때 아버님께서 전화를 받지 않으셨습니까?"

석 선생이 이맹길을 쳐다보며 의아하다는 듯 물었다.

"난 이 학교는 물론 어느 학교로부터도 내 딸에 관해 전화받은 적이 없었소."

그러고는 전화번호를 손가락으로 눌렀다.

"다 맞는데 사진하고 전화번호만 틀리군. 처음 보는 번호요."

당했구나, 비로소 종환은 계획적인 음모의 냄새를 감지했다. 가짜 이영희가 1년 동안이나 다홍국민학교에서 진짜 행세를 했다. 조윤식이 근무하는 다홍국민학교에서. 윤식은 그녀의 매력을 침이 마르도록 칭찬하더니 거짓말처럼 연인이 되었다. 처음부터 윤식을 노렸음에 틀림없다. 사진으로만 봐도 가짜 이영희는 어떤 남자라도 빠지게 만들 대단한 미모의 소유자였다. 여자 모르고 살아온 순진한 윤식을 노예로 만들어버리는 건 일도 아닐 터였다. 시의원의 딸이라고 집안까지 속이니 그를 묶은 거미줄은 더욱 촘촘했으리라. 확실하다. 계획적으로 윤식을 노린 것이다. 대체 이유가 뭘까.

"선생님 하시는 일은 무엇이지요?"

종환이 이맹길에게 물었다.

"식품업체 사장이오."

"혹시 집안에 국회의원이나 시의원이 있지 않습니까?"

"한 4년 전에 시의원 출마했다가 당선되지 못했소만."

종환은 아버지의 전력마저 거짓이 아님을 알고는 놀랐다. 이야말로 철저한 고증이 아닌가. 가짜와 진짜 이영희가 서로 친한 사이일지도 모른다는 추리가 성립되었다. 이러한 범죄를 위해서 그녀를 구석구석까지 알았고 오랜 시간 그녀로 행세하기 위해 연습을 했을 것이다.

석 선생이 이맹길의 눈앞에 신상기록부를 쳐들었다. 인사기록 담당자답게 무척 당황한 기색이었다.

"아버님, 다시 한 번 자세히 보십시오. 화장을 달리하거나 머리모양이 바뀌어도 여자들은 구별하기가 쉽지 않잖아요."

"이 얼굴과 이 얼굴이 어떻게 같을 수 있겠소? 전혀 모르는 여자요. 이거 뭔가 단단히 이상하군. 이번엔 내가 물어봅시다. 여태까지 이 아가씨가 계속 내 딸의 이름으로 근무했다 그 말 아니오?"

"이분이 근무했던 것은 사실입니다."

석 선생이 기어들어가는 목소리로 대답했다.

"이 번호로 전화하면 아버지란 사람이 받았고?"

"네."

"이상한 일이군. 내가 한번 걸어볼까요?"

"소용없는 일입니다."

종환이 사라진 여자처럼 유령 전화번호라고 설명하자 이맹길은 눈을 감고 깊은 생각에 잠겼다. 석 선생이 조심스럽게 물었다.

"혹시 따님이 성형수술을 한 건 아닐까요?"

"말도 안 되는 소리요. 전혀 딴 얼굴이 되는 성형도 있소?"

뭔가 생각났다는 듯 이맹길이 물었다.

"혹시 치마를 입은 적이 있었소?"

"예?"

"이 아가씨가 정강이가 드러나는 치마를 입고 출근한 적이 있었느냐는 말이오."

"물론입니다."

"왼쪽에 흉터가 있었소?"

"없었던 걸로 압니다만……."

석 선생은 궁색한 답변과 함께 공연히 깨끗한 안경알을 닦았다. 처녀의 다리를 유심히 쳐다봤다는 사실을 얘기해야 하는 상대방이 그 처녀의 아버지일 수도 있으니까. 이맹길이 허리를 펴면서 천천히 입을 열었다.

"우리 영희는 하나님이 보내준 아이라고 소문이 자자했소. 날 때부터 왼쪽 정강이에 열십자 모양의 큰 흉터가 있었거든. 성흔이라고도 했소. 하지만 그 아이는 그게 부끄러워 언제나 치마를 입지 않았소. 왼쪽 정강이에 십자가 흉터가 없다면 절대로 영희가 아니오."

거대한 드릴이 관자놀이를 뚫는 기분이었다. 이맹길의 말을 듣는 순간 종환은 그 여자를 어디서 봤는지 기억해낸 것이다.

노들강변에서 발견된 변사체, 심하게 훼손되어 얼굴을 알아볼 수 없었던 변사체, 국과수에 보낸 신원 미상 여자 사체의 왼쪽 정강이에는 분명 10센티미터 크기의 열십자 흉터가 있었다.

이맹길은 무서운 표정을 지은 종환을 어리둥절한 얼굴로 바라보았다.

진짜 이영희는 가짜 이영희가 발령받기 직전에 다홍에서 죽은 것이다. 사망 원인은 쇠파이프 등의 흉기에 의한 집단 폭행이었다. 명백한 살인이었고 배후에는 하나가 아닌 다수의 조직이 있다. 가짜는 긴 시간 동안 버젓이 진짜 행세를 했다. 서울에서 가족인 척 전화를 받는 협력자들까지 끼고서. 가짜는 미스코리아 뺨치게 예뻤고 윤식은 그녀의 매력뿐만이 아닌, 깊이를 헤아릴 수 없는 함정에도 빠져버렸다. 비밀과 미스터리로 가득한 함정에. 도대체 녀석은 어떤 사연으로 무당의 물건을 태우고 이상한 짓거리를 한 걸까. 가장 친한 친구가 거대한 음모에 걸렸다는 불길한 확신이 종환을 내리눌렀다.

7

밤이 깊었다. 어제 내린 눈이 녹기도 전에 또다시 폭설이 시작되었다. 소리 없이 쏟아지는 눈은 은밀한 음모처럼 잠든 사람들 모르게 쌓여갔다. 하얗게 변해버린 전신주에 시커먼 날개를 퍼덕거리며 새 한 마리가 내려앉았다. 토끼만 한 크기의 까마귀였다. 까마귀는 폭설에도 아랑곳없이 한 곳만을 응시했다. 그때 골목 어귀로부터 리어카를 끄는 노인 하나가 등장했다. 리어카에는 고철 더미와 종이 박스가 엉망진창으로 쌓여 있었다. 노인은 전신주 앞에 잠시 멈춰 하얀 입김을 뿜어냈다. 까마귀는 그새 다섯 마리로 늘어나 있었다. 노인이 거무튀튀한 손으로 눈을 한 줌 모았다. OB베어스 박철순의 투구처럼 눈덩이가 전신주로 날아갔다. 다섯 마리의 검정 덩어리가 날개를 퍼덕이며 날아올랐다. 노인이 만족의 미소를 짓자 수염에서 눈이 떨어졌다. 그러나 노인은 리어카 끄트머리에 앉아 자신을 노려보는 까마귀를 보고는 흠칫 놀랐다. 이렇게 큰 까마귀는 평생 본 적이 없었다. 까마귀는 웃음 같은 '까악!' 한마디를 토해내며 노인의 머리 바로 위를 스치고 지나가더니 다시 전신주로 날아올랐다. 움츠렸던 몸을 일으켜 전깃줄을 본 순간 노인은 눈을 커다랗게 떴다. 숫자를 셀 수 없는 까마귀 떼가 일렬횡대로 앉아 있었던 것이다. 노인은 얼른 리어카를 밀면서 그 자리를 벗어났다.

눈은 전신주 옆의 기와집에도 하얗게 내리덮였다. 오현철의 자택이었다. 처마 끝의 액막이 귀면와(鬼面瓦)도 눈 속에 파묻혔다.

집 안에는 어린 두 남매가 겁에 질려 떨고 있었다. 연탄불은 꺼진 지 오래였지만 아빠는 신경 쓰지 않았다. 벌써 며칠째 아빠는 자기 방에 틀어박혀 이상한 행동을 하고 있다. 우울증으로 정신과 약을 복용한 적 있던 엄마는 미친 여자처럼 울부짖으며 어디론가 떠나버렸다. 남매한테 신경을 쓰는 이는 아무도 없었다. 아빠의 방에서 또 종이 찢어지는 소리가 들려왔다. 남매의 누나인 소녀는 그 소리가 무서워 귀를 막았다.

오현철의 얼굴은 젖어 있었다. 온몸의 땀구멍마다 진액이 새어 나왔다. 공포가 지독한 악취를 부여했다. 그는 또다시 종이를 찢었는데 이미 이 방의 사방 벽면이 찢어 붙인 종이로 도배가 되어 있었다. 빈틈의 여백은 없었고 도배지는 이중 삼중으로 덧씌워졌다. 아무리 찢어도 성경책은 페이지가 남았다. 해골로 변한 얼굴이 떨리는 음성으로 찬송가를 불렀다.

"사셨네! 사셨네! 예수 다시 사셨네!"

소녀가 겁에 질린 동생을 끌어안았다. 찬송가 부르는 소리가 평소의 아빠 목소리라고는 믿기지 않았다.

"태산을 넘어 험곡에 가도 빛 가운데로 걸어가면……."

소녀는 간절한 심정으로 외삼촌을 기다렸지만 가망 없는 일이었다. 아빠가 선을 뽑고 전화기를 감춰버렸기 때문이다.

오현철은 문을 잠근 채 도배와 찬양에만 열중했다. 그것이 유일한 방어막이라도 되는 것처럼. 깨알 같은 글씨들로 벽은 그로테스크한 디자인을 창출했다.

별안간 오현철이 비명을 질렀다. 지금 막 삼중으로 성경을 붙이려는 벽면에 하나님 말씀이 사라진 대신 웬 남자의 그림이 나타났다. 틀림없는 무장(武將)이었다. 화려한 붉은색 전포에 가슴까지 내려오는 수염을 기른 장수는 긴 창을 꼬나 잡은 채 발가락이 드러난 신발로 벌거숭이 도깨비를 짓밟고 있었다. 고통에 겨워 하는 도깨비의 송곳니가 흉측했다. 그때 소용돌이 형태의 구름이 주위에 피어오르더니 하얗게 머리를 기른 노인들이 구름 위에 올라 손으로 뭔가를 뿌려댔다. 파랑색의 앵무새들이 날아올랐고 사람만 한 잉어들이 허공을 헤엄쳤다. 알아볼 수 없는 문자들이 세로로 나타났다. 오현철은 마지막으로 온 정신을 집중해서 입을 열었다.

"하늘의 영광! 하늘의 영광! 나의 마음에……."

도깨비의 눈알이 돌아갔다. 오현철과 눈이 마주친 도깨비가 싱긋 웃었다.

"아빠, 제발 그만해!"

남매의 애원이 오현철의 귀에는 들어오지 않았다. 그는 또 다른 변화를 보고 있는 중이었다. 무장의 얼굴이 찰흙처럼 길게 늘어났다. 입이 튀어나오고 야수 같은 송곳니가 입술 사이로 올라왔다. 변화를 거듭하는 그림 속에서 오현철의 몸은 석고상이 되어 아무런 행동도 취할 수 없었다. 남매가 지르는 소리는 아득한 동굴에서 울려오는 듯했다. 마침내 요술 같은 변화가 끝났다. 오현철의 광기 품은 눈에 들어온 것은 갑옷을 입은 개였다.

"으아악!"

아빠의 비명에 동생이 먼저 도망쳤다. 소녀가 동생을 따라 마당으로 뛰어갔다. 동생이 눈길에 미끄러져 넘어졌다. 그 순간 뭔가가 굳게 잠긴 대문을 마구 흔들어댔다.

오현철은 천장을 처다보고 있었다. 거기서 여자의 소리가 들려왔다. 우는 건지 웃는 건지 분간할 수 없는 소리였다. 이제 천장에는 검은 한복을 입은 여자가 발을 붙인 채 거꾸로 앉아 있다. 여자의 얼굴이 우유처럼 새하얗다. 방바닥에 닿을 듯 아래로 처진 긴 머리칼 때문에 돋보인 얼굴색이다. 아무리 몸을 틀어도 여자의 시선은 이쪽만을 향했다. 거꾸로 보니 틀림없이 웃는 얼굴이었다. 오현철은 그 얼굴을 교실 맨 뒤편에서 본 적이 있었다. 비밀을 알아내면 낫을 들고 튀어나와 목숨을 뺏는다는 여자였다. 여자는 생글생글 웃더니 양손을 번갈아 움직여 줄을 내밀었다. 마치 세상이 뒤집혀 여자가 밧줄을 타고 벽을 올라가려는 모습이 거꾸로 재현된 것 같았다. 줄이 생명을 얻어 저 마음대로 이리저리 움직였다. 징그럽게 진 마디는 동아줄보다 굵었다. 오현철은 그것이 몸에서 광채가 나고 비늘이 매끄러운 구렁이라는 걸 알았다. 구렁이가 두 갈래 혓바닥을 날름거리자 여자가 씨익 웃었다. 마침내 모든 비밀을 알아낸 오현철이 천천히 고개를 끄덕였다. 그림 속의 개가 으르렁거렸고 도깨비는 다시 인상을 찌푸렸다. 여자의 미소로 빨간 입술이 귀밑까지 벌어졌다.

대문을 잡아 흔드는 소리가 그 어느 때보다 거세졌다가 뚝 멈췄다. 잠시의 침묵이 있은 뒤 정원에 쿵, 하고 뭔가 떨어졌다. 군복을 입은 청년이었다. 내복 차림으로 벌벌 떠는 아이들을 보자마자 청년의 얼굴이 고통으로 구겨졌다. 입고 있던 군용 파카를 벗어 아이들을 감싸 안은 청년은 달려가 대문을 열었다. 두루마기를 걸친 노인이 불편한 거동으로 들어왔다.

"외할아버지!"

남매가 동시에 외쳤다. 노인도 아이들을 보고는 고통으로 얼굴이 구겨졌다.

"아빠, 어디 있니?"

소녀가 가녀린 팔로 작은방을 가리켰다. 청년이 달려가 문손잡이를 돌렸다. 노인은 아이들을 맡았다.

"자형! 저예요! 문 열어요!"

아무런 기척도 없었다. 어느새 노인도 다가와 주먹으로 문을 두드렸다.

"오 서방! 문 좀 열어보게!"

청년은 지독한 침묵이 심상치 않아서인지 노인을 돌아보고 말했다.

"아버지, 애들 데리고 나가 계세요."

그새 집 바깥에는 동네 사람들이 하나둘 나타났다. 이 집의 별난 사정이 하루이틀에 그치지 않았음을 알려주는 증거 같았다. 실제로 몇몇 이웃은 내일도 엄마란 사람이 돌아오지 않으면 불쌍한 남매에게 밥이라도 먹일 생각까지 갖고 있었다.

아이들의 외삼촌이 발길질로 문을 걷어찼다. 그 기세에 천장에 매달린 것이 어둠 속을 둥둥 떠다녔다. 외삼촌은 망연자실해 말을 잃어버렸다.

오현철은 성경책으로 도배된 방 안에서 자살을 기도했고 사람들의 도착이 늦어 숨이 끊어졌다. 외삼촌은 마당의 빨랫줄이 왜 안 보였던가를 알고는 자주색으로 변한 얼굴에서 시선을 돌려버렸다.

8

오현철이 죽은 것을 모르는 종환은 윤미를 보살피고 있었다. 그녀의 혈색은 흡혈귀에 물린 여자처럼 창백했다. 컵에 보리차를 따른 종환이 윤미를 일으켜 세웠다. 이부자리 위의 감기약도 종환이 지어 왔다. 윤미가 일어나자 이마의 물수건이 떨어졌다.

"종환아, 새엄마는 죽어서도 윤식이를 가만두지 않겠다고 했어."

"자, 말하지 마시고 이 약을 드세요."

윤미가 움직이는 바람에 약봉지의 하얀 가루가 이불 위로 흩날렸다.

"악몽을 꾼 거예요. 죽은 사람은 빨리 잊도록 하세요. 지금은 가짜 이영희를 찾는 게 급선무예요."

"악몽이 아니야. 아무래도 그건 현실 같아."

종환의 권유로 윤미는 물을 마셨지만 대부분이 이불 위로 떨어졌다.

"윤식이도 그랬어. 그 여자는 복수하러 돌아왔다고."

"정금옥 씨는 죽었어요."

"윤식이가 이상한 굿을 벌인 건 분명 새엄마를 죽이려고 그랬던 거야. 그러다가 뭔가 잘못된 거지."

"자, 누나. 약부터. 옳지…… 한꺼번에 삼키세요."

"무당 옷을 입은 건…… 무당 옷을 입은 건…… 틀림없이 새엄마였어."

종환은 진짜 이영희가 어느 날 신이 들려 가출했다던 이맹길의 말을 새삼 떠올렸다. 주변에서 일어나는 모든 일에 어느 때부턴가 '무속'이 끼어들고 있다.

"윤식이 녀석 때문에 동준 씨도 어떻게 된 게 틀림없어."

종환은 윤미를 다독여 다시 자리에 눕혔다.

"이상한 게 하나둘이 아니야. 옛날부터 그랬어. 우리 아버지는 안기부 공무원이었는데 어느 날 엄마가 사고로 죽었거든. 그러자 갑자기 우리를 버리고 혼자 미국으로 갔어. 13년 만에 목사가 되어 돌아왔지. 그때 데리고 온 여자가 새엄마야. 그 여자 때문에 무서운 일이 일어났어."

"목사님이 직접 살해당한 걸 목격한 사람이 윤식이지요?"

"그래, 맞아. 내가 춘천에서 다흥으로 온 바로 그날 아버지가 살해되셨지. 그전까지 아버지랑 그 여자랑 같이 지낸 사람은 윤식이야. 가만히 생각해보니 난 그 여자에 대해 아는 게 하나도 없어."

종환은 잠시 생각에 잠겼다.

"그때가 1981년…… 참 이상한 일들이 많기는 했어요. 그 아줌마는 너무 젊어서 목사님과 안 어울렸고, 또 어느 날 불쑥 나타났던 그 검정 개…… 정말 재수 없는 짐승이었죠. 무슨 이유인지 목사님이 나랑 윤식이를 같이 조퇴시킨 일까지 있었어요."

종환이 물었다.

"누나, 그 아줌마 무당 아니죠?"

"응, 아니야. 그러니 꿈자리가 이상하지."

"꿈일 뿐이니 너무 떠올리지 마세요."

"무서운 여자야. 감옥에 있었대도 그 세월 동안 뭔 짓을 했는지 아무도 모르잖아. 아직도 안 죽고 어딘가 숨어 있는 거 같아."

종환이 윤미의 얼굴을 물끄러미 바라보았다. 신경쇠약이야, 저러다 정신이라도 놓아버리면 큰일인데.

어떻게라도 안심을 시켜주고 싶지만 방법이 생각나지 않았다.

"누나, 그렇게도 맘이 불안하면 제가 교도소 찾아가서 좀 알아보고 올까요?"

뜻밖에도 윤미가 크게 반응했다.

"그래 주겠니! 이 모든 게 다 그 여자가 다시 우리 남매한테 나타나고부터 벌어진 일이야."

가짜 이영희는 새엄마보다 먼저 등장했습니다, 종환은 말을 삼켰다.

겨우 실마리가 보이기 시작하는 가짜 이영희를 파고들어야 할 판에 죽은 여자를 조사해야 하다니. 하지만 윤미 누나가 좋다는데 뭐 어쩌겠어. 누나를 안심시키기 위한 일인데 내가 좀 더 뛰어도 상관없잖아. 혹시 알아, 그 남편 영영 안 돌아올지.

종환은 앗, 내가 무슨 생각을 하는 거지, 하고 손바닥으로 이마를 쳤다. 윤미의 얼굴에 물음표가 새겨졌다.

종환은 이맹길을 떠올렸다. 그가 국과수에 냉동 보관된 변사체가 친딸인지 아닌지 확인하는 데는 최소한 하루 이틀 이상은 걸릴 터였다. 시간은 충분하다.

"알겠어요. 출장 신청을 하고 갔다 오지요. 대신 이 약은 꼬박꼬박 먹기로 약속하는 거예요."

"그럴게."

살짝 미소 지은 윤미가 종환의 손을 잡았다. 몸살 때문에 손은 숯불 같았다.

"니가 준 약을 먹으니까 벌써 괜찮아지는 거 같은데. 푹 자고 일어나면 다 나을 거야. 니가 이렇게 고생하는데 나도 가만있을 수는 없지. 큰아버지 댁에 한번 가봐야겠어. 안 가본 지 오래됐거든."

"예전에 살았던 집 말이죠?"

"그래, 아버지가 다시 나타날 때까지 춘천 큰아버지가 우리 남매를 키워주셨어. 내겐 친아버지 같은 분이야. 왜 아버지는 목사이면서도 그런 악마 같은 여자를 만났던 걸까. 이번 기회에 아버지에 대해 자세히 물어봐야겠어. 대체 어떤 분이었는지, 왜 우릴 버리고 미국에 갔는지, 그때 우리 모르게 연락은 없었는지, 대체 새엄마하고는 어떻게 만났는지 다 물어볼 거야. 나는 옛날 일에 대해 아는 게 없어. 질문 자체를 꺼렸으니까. 큰아버지한테 물어보면 뭔가 나오는 게 있을지도 몰라."

"일단은요."

창밖으로 하얀 눈이 내렸다. 어디선가 까마귀 울음소리가 들렸다. 돌아가려던 종환은 윤미와 조금이라도 더 있고 싶어 이렇게 물었다.

"누나가 아는 범위 내에서 그 아줌마에 대해 말해주세요."

절대악과의 싸움

1

"형님이 그동안 고생하신 건 잘 압니다."

조정락은 대답 대신 담배 연기만 뿜어댔다.

"아이들을 길러주신 은혜는 제가 반드시 갚겠습니다."

조정락은 13년 만에 나타난 동생을 복잡한 시선으로 쳐다보았다. 신학을 공부하겠다고 1968년, 미국행을 택했던 동생은 약속대로 목사가 되어 돌아왔다.

"불쑥 나타나서 한다는 말이 데려가겠다는 것도 아니고…… 차라리 여길 안 들렀으면 그냥 모르고 지냈을 텐데…… 애들 마음만 더 혼란스럽게 한 게 아니냐?"

"아닙니다, 형님. 목회자이기 전에 저도 사람입니다. 어찌 낳은 자식들 얼굴이 안 보고 싶었겠습니까?"

조정열은 고개 숙인 남매를 다정한 눈길로 바라보았다. 조정락이 담배를 비벼 껐다.

"그러니까 정식으로 식을 올린 처자는 아니란 말이지?"

"2년을 같이 살았으니 부부나 마찬가지입니다."

"니가 입고 있는 게 목사복 아니냐. 여긴 한국이다. 사람들 시선이 곱지는 않을 텐데."

"이미 강산이 한 번 변했습니다. 저의 과거에 대해 아는 사람은 별로 없습니다."

"그건 니 생각일 뿐이지."

"새로 집을 마련한 곳은 경상도 객지입니다. 아는 사람 없는 타향이죠."

"넌 언제나 니 하고 싶은 대로구나."

조정열 목사는 남매를 돌아보았다.

"조금만 더 큰아버지하고 살아라. 내 자리 잡는 대로 너희를 데리러 오마."

윤미는 끝내 고개를 들지 않았다. 떨군 고개 아래로 눈물이 방바닥을 적셨다. 방울방울마다 담긴 게 그리움만은 아닐 것이다. 남매를 버리다시피 두고 떠난 사람을 아직 아버지로 인정하지 않음은 분명했다. 이리 늦게 돌아온 것만도 야속한데 거기다가 새엄마라니. 하지만 윤식은 고개를 들고 간만에 상봉한 아버지를 똑바로 쳐다보았다. 조정열은 만감이 교차하는 윤식의 표정에 감동했다. 자신을 그대로 빼닮은 얼굴이었다.

조정락은 오랜 세월을 함께 한 조카들을 연민의 눈길로 바라보다가 다시 동생을 향해 인상을 굳혔다.

"이번이 마지막이다. 이제 더는 니 행동을 봐주지 못한다. 최대한 빠른 시일 내로 애들을 데려가거라."

그러겠다고 약속한 조 목사는 잠시 후 검정색 가방을 들고 일어섰다. 기차 시간이 다 되어가기 때문이다. 큰댁 식구들의 전송을 받은 목사는 윤미와 윤식을 따로 불렀다.

"잘 들어라. 사실 나는 너희를 한시도 잊은 적이 없었단다. 이 아비가 너희한테 소홀히 한 데는 이유가 있었어. 조금만 참아라. 그때는 우리끼리 행복하게 살자꾸나."

조 목사가 안으려 하자 윤미가 몸을 피했다. 별 동요를 보이지 않은 조 목사는 부자끼리만 포옹을 했다. 윤식은 시선을 내리깐 채 별다른 말을 꺼내지 않았다. 조 목사는 고등학생인 아들이 자신을 따라가고 싶어 함을 내심 눈치챘다. 하지만 그는 약속만을 남긴 채 그대로 길을 떠났다.

✦

조 목사는 늦은 저녁이 되어 경북 다흥의 자택에 도착했다. 한옥 일색의 주택가와 떨어진 외딴 양옥이었다. 마당은 꽤 넓었지만 정원의 나무는 죽은 지 오래되어 여름 날씨에도 수척한 가지만 내뻗었고 은빛 철창의 대문은 녹이 슬 대로 슬어 음산한 분위기를 풍겼다. 2층짜리 건물엔 군데군데 금이 갔으며 건물 앞뒤로 나누어진 2조의 원형 창문은 퀭한 환자의 눈을 연

316

상시켰다. 북향으로 지어져서 집은 온통 그늘에 싸여 있다. 이곳은 지은 지 오래된 전임 목사의 관사였다. 조 목사는 지붕 꼭대기에 우뚝 선 십자가를 잠시 올려다보았다. 창문 하나가 열리면서 머리에 청소용 수건을 두른 여자가 나타났다. 이국적인 분위기를 물씬 풍기는 미인이었다. 여자는 가볍게 손을 흔들더니 현관으로 내려와 대문을 열었다.

"이제 오세요? 일은 잘됐어요?"

"응, 3천 권 받기로 했어."

조 목사가 가방을 맡겼다. 여자는 조 목사가 성경책을 기증할 사업가를 만나고 온 줄 알고 있다. 오른손으로 가방을 옮겨 쥔 그녀는 왼팔로 조 목사의 허리를 감은 후 머리를 기댔다. 이같은 애정 표현은 조 목사가 여자를 가볍게 밀치는 바람에 앙증맞은 영상을 완성하지 못했다. 목사의 새 부인, 정금옥은 입술을 삐죽 내민 채 근엄함으로 뭉친 목사의 뒤를 따랐다.

✦

피곤한 몸을 누인 목사는 남매의 얼굴을 떠올렸다. 참으로 기나긴 세월이었다. 윤미는 시집갈 아가씨가 다 되었고 윤식은 이제 곧 대학생이 될 것이다. 훌륭하게 자라준 자식들이 고맙기 그지없었다. 두말없이 아이를 맡아준 형도 고마웠다. 보통 사람의 삶이야말로 가장 이상적인 삶이라는 진리를 깨닫는 순간, 그는 자신의 운명을 저주했다. 그는 회의와 번민에 싸인 삶을 살았고 앞으로 진행될 일의 결과를 장담하지 못해 아직 자식들을 거두지 못하고 있다.

조 목사는 잠시 자신을 돌아보았다.

그는 믿음 하나로 마흔 평생을 버텨왔다. 애초 타의에 의한 강압적인 믿음은 이제 강력한 내부의 신념으로 승화되었다. 어떤 시련과 위협에도 그는 이 믿음을 포기하지 않았다. 악에 대한 응시는 몇 번이나 존재에 허무를 부여했다. 포기하려고 하면 악은 뒤통수를 쳤고 쫓아갈라치면 악은 날쌔게 꽁무니를 뺐다. 악은 수시로 모습을 바꾸고 그를 시험에 빠지게 했다. 악의 실재에 확신이 생기면 생길수록 악의 평정에는 의심과 두려움만 늘어갈 뿐이었다.

하지만 이제 믿음은 확고부동해졌다. 장성한 아이들을 보고 온 지금, 그 같은 믿음은 더욱 견고해졌다. 머잖아 악은 소멸하고 인류는 구제될 것이다. 그럼 자신도 보통 사람으로 살 수 있다. 궁극의 목적만 실현된다면 목사복 따위는 던져버려도 좋았다.

"아……."

건넌방에서 여자의 신음 소리가 들려왔다. 조 목사의 표정이 어두워졌다. 신음 다음에 이어지는 중얼거림이 있었다. 중얼거림은 곧 교태 섞인 웃음으로 변했다. 그 여자는 언제나 잠꼬대라고 잡아떼지만 천만의 말씀이다. 목사는 분명히 알 수 있다. 천천히 일어난 그는 무릎걸음으로 방구석까지 이동한 뒤 육각형 문양이 벌집처럼 무수한 장판을 들어올렸다. 장판 아래

시멘트 바닥의 한 귀퉁이에는 가로세로 약 50센티미터 크기의 비밀 문이 있었다. 문을 열어젖히자 작은 검정 가방이 나왔다. 가방에는 자물쇠가 달려 있었다. 가방을 꺼낸 목사는 장판을 원래대로 해놓고 목사복을 걸친 후 방을 나섰다.

건넌방에 이를 때 신음 소리는 절정에 달했다. 목사가 손으로 밀자 소리도 없이 문이 열렸다. 서서히, 매끄러운 여자의 다리가 드러났다. 조 목사의 이마에 고드름처럼 땀방울이 매달렸다. 땀의 원인을 알 수는 없었다. 정금옥이 게슴츠레 뜬 눈으로 목사를 올려다보았다. 빨간 입술이 짓는 미소가 암고양이를 연상시켰다.

"너의 정체를 밝혀라."

목사가 가방을 열면서 말했다.

2

사흘 후, 교회로 출근한 조 목사는 집무도 잊고 창밖을 내다보았다. 목사의 주름진 눈가에 깊은 심연이 담겨 있었다. 그날 밤 있었던 일을 떠올리려 애썼지만 쉽지 않았다. 그녀의 웃음소리만이 사고를 메웠다. 그녀는 신음을 내지르면서도 웃었고 울다가도 웃었고 목사복을 벗기려 한 때도 웃었다. 조 목사는 이를 악물고 귀를 막았다. 기억의 한 자락이 살아났다. 그녀가 몸을 꼬면서 내지른 소리였다.

"날 갖고 싶지! 갖고 싶지! 그럼 가져보란 말이야! 그렇게 땀만 흘리지 말고!"

아침이 되자 그녀는 딴사람이 되었다. 평소와 다름없이 발목까지 오는 긴 치마 차림으로 아침상을 차렸다. 입가에 상처 자국이 있지만 수면 도중 몸을 뒤척이다가 벽에 부딪친 줄로만 안다. 그녀가 간밤의 일을 전혀 기억 못 하는 건 '그 같은 기행'이 선천적인 몽유병에서 비롯된 줄 알기 때문이다. 하지만 목사는 그 같은 주장을 쉽사리 믿지 않는다.

절대악의 연극임에 틀림없다.

조 목사는 그녀에게서 인간적인 면모를 더욱 거리 두어야겠다고 생각한다. 인정에 흔들리면 안 된다. 더욱 냉혹해져야만 악은 본래의 모습을 드러낼 것이다. 호시탐탐 틈을 노리지만 아직 코앞까지는 나타나지 않았다. 그렇지만 이제 얼마 남지 않았다. 만나게 되면 두 번 다시 놓치지 않겠다.

전화가 울렸다.

"여보세요."

─여보, 저예요.

정금옥이었다. 조 목사는 자신의 생각을 들킨 듯 헛기침을 하고 근엄한 음성으로 야단쳤다.

"교회로 전화하지 말라 그랬잖아."

─윤식이가 왔어요.

"누가 왔다고?"

─당신을 쏙 빼닮은 아들이군요.

목덜미의 털이 사르르 일어섰다. 좋지 않다, 하필 이럴 때 윤식이가 나타나다니. 모든 게 해결되고 사필귀정이 되면 데려오려 했는데…… 대체 어떻게 여길 찾았을까. 이것도 악의 손길이란 말인가……. 그는 하마터면 전화기를 떨어뜨릴 뻔했다.

✦

퇴근하는 목사를 맞이하는 사람이 한 명 더 늘었다. 정금옥의 신장은 168센티미터로 1981년 당시의 여자치고는 매우 키가 컸는데 윤식은 이보다 더 컸다. 그녀는 새로 얻은 아들이 맘에 든 듯 팔짱을 꼭 낀 채 조 목사를 향해 손을 흔들었다. 그 모습이 영락없는 연상의 연인이었다. 아들의 모습을 보자마자 목사의 가슴속에서는 한없는 애정이 솟구쳤으나 정금옥이 곁에 있으니 감상적인 모습을 보일 수는 없었다. 악이 원하는 게 평정을 잃는 나약함이니까. 정금옥이 팔을 풀면서 윤식의 등을 살짝 밀었다. 그러자 윤식은 새엄마에게 가볍게 웃어 보이고 대문 밖으로 걸어 나갔다. 정금옥이 환하게 웃었다.

"이제 오세요, 아버지."

"네가 여기는 어떻게 찾아왔느냐?"

"교회에 알아봤어요."

조 목사의 바위 같은 얼굴에 균열이 일어났다.

"교회가 나에 대해…… 쉽게 가르쳐주더냐?"

"아뇨, 실은 큰아버지가 도와주신 거예요."

"기다리라고 했는데 왜 왔지?"

장난치다 야단맞은 꼬마처럼 윤식은 풀이 죽었다.

"아버지랑…… 살고 싶어서요……."

애들한테는 절대 비밀로 해달라고 했는데…… 애당초 귀국 후 형님을 찾는 게 아니었다. 혈육의 끈끈한 정이 끔찍한 결과로 이어질까봐 조 목사는 불안해했다. 한편으론 글썽한 눈물로 야단맞은 것처럼 서 있는 아들을 보니 마음이 쓰려왔다.

"들어가자."

조 목사가 윤식의 어깨에 손을 걸쳤다. 부엌에서 닭볶음탕 냄새가 풍겨왔다. 급히 장을 봐 온 정금옥이 한 상 푸짐하게 차리던 중이었다.

13년 만에 친아버지를 만나자마자 윤식은 때가 될 때까지 기다리라는 말도 잊고 여러 교회에 아버지를 수소문했다. 윤미가 말려도 막무가내였다. 큰아버지가 윤식에게 많이 시달렸다. 결국 조 목사가 경북 다홍에 적을 두었다는 소식을 알아내자마자 윤식은 편지 한 장을 남긴 채 춘천을 떠났다.

그날 밤 조 목사는 조정락의 전화를 받았다.

─윤식이가 거기 가 있냐?

"예, 형님. 제 발로 찾아왔습니다."

─간곡하게 묻길래 안 가르쳐줄 수도 없었다. 주말에 데리러 가마.

"아닙니다, 형님. 당분간 윤미나 좀 맡아주십시오."

결연한 의지의 음성이 수화기 건너 춘천으로 날아갔다.

"윤식이는 이곳에서 학교를 보내겠습니다."

✦

윤식은 춘천에서 다흥고등학교로 전학 오게 되었다. 수속은 아주 간단했다. 조 목사의 전화 한 통이면 무엇이든 다 이뤄졌다. 윤식은 자신이 알지 못하는 아버지의 사회적 지위가 궁금하면서도 감격적이었다. 자식을 내팽개친 목사 아버지는 젊은 여자한테 빠져 허송세월만 한 게 아니었다.

새엄마는 젊었다. 마흔둘인 아버지와 여덟 살이나 차이가 났다.

윤식은 아버지의 집을 찾은 첫날 대문을 열어준 그녀의 얼굴을 잊지 못한다. 조정열 씨의 아들이란 말에 과장되게 반가움을 드러낸 그녀는 할리우드 배우를 연상시킬 만큼 대단한 미인이었다. 미국에서 오래 살아서인지 서구적인 이목구비를 가졌고 눈, 코, 입의 배열도 서로의 부족함을 허용치 않으려는 듯 정확한 균형을 이루었다. 피부는 백옥 같았고 시선에는 거침이 없었다. 누구에게도 지지 않을 큰 눈은 남자의 마음을 잡아끄는 매력을 갖고 있었다.

하지만 목사의 아내한테도, 신혼인 여자한테도 어울리지 않는 불협화음이 있었다. 아름다운 얼굴 한편에 새파란 멍 자국이 있었던 것이다. 윤식은 옥에 티 같은 첫인상에 뭔가 꺼림칙함을 느꼈지만 예기치도 못한 아들을 살갑게 대해주는 그녀의 정성에 그다지 마음에 두진 않았다.

윤식이 새로운 가족 구성원이 되자 그녀의 행동은 전에 없이 활기를 띠었다. 아마도 외국에서 시집와 친구 하나 없는 객지 생활이 낯설고 불안했기 때문이리라.

조 목사는 잠시도 윤식의 곁을 떠나지 않았다. 나중에 데리러 오겠다더니 막상 한 이불 덮고 살게 되자 터진 둑처럼 한량없는 애정이었다. 윤식은 아버지의 애정이란 것이 혹시 과잉보호의 다른 표현은 아닌지 궁금할 때가 있었다.

"니가 반드시 지켜줘야 할 것이 있다."

교회에 둘만 있게 된 어느 날 조 목사가 윤식에게 말했다.

"이 교회는 니가 가는 학교의 길목에 위치한다. 넌 항상 등교와 하교를 나와 같이 해야 한다. 혼자서는 집에 가지 마라. 나와 같이 일어나 등교를 하고, 학교를 마치면 집이 아니라 교회로 오는 거다. 알았지?"

이유가 뭘까? 새엄마와 둘이 있지 말라는 거 같은데.

윤식은 약간 고개를 갸웃거렸지만 알겠다고 짧게 대답했다.

조 목사는 순종하는 윤식의 모습에 자신의 젊은 날을 떠올렸다. 프로 의식에서 비롯된 맹목적인 순종, 그것이 조정열을 이끄는 추동력이었다. 그는 목사가 되기 전에는 국가안전기획부의 비밀 정보원이었는데 대의명분과 절대 권력에 의문을 가지지 않았다. 맡은 임무는 확실하게 수행했고, 그 결과가 실패와 상처뿐이어도 좌절하지 않았다. 지시에 순종하는 자신의 분신을 바라보자니 아버지로서의 애정을 주체할 수 없었다. 시간이 흐르면 자연히 알게 될 거다, 아들아.

조 목사는 아들에게 정보를 주었다.

"새엄마와 쓸데없이 말을 많이 나누지 마라. 겉은 멀쩡하지만 마음이 병든 환자야. 정신적으로 약간 좋지 않단 말이다. 너한테 뭔가 시켜도 절대 그대로 따르면 안 돼. 반드시 내게 먼저 말해라."

새엄마의 파란 멍 자국이 떠올랐다. 윤식은 엄마가 죽고 나자 남매를 큰댁에 맡긴 일, 미국에서의 신학 수업, 새엄마를 만난 경위 따위 궁금한 것이 하나둘이 아니었으나 아버지가 차단막을 두른 존재감 앞에서 입을 다물 수밖에 없었다.

✦

전학을 가서도 윤식은 공부에 뒤처지지 않았다. 원래 머리가 좋은 데다가 아버지가 생기고 나서 어떤 각오 같은 것이 내면에 확립된 까닭이다. 1980년대 초반 지방의 고등학교는 인심과 의리가 살아 있었다. 괴롭힘이나 따돌림 따위는 찾아보기 힘들었다. 먹고살기가 힘든 개발도상국의 배경에다가, 공공의 적은 북쪽에 있으니 남쪽끼리는 잘 뭉쳐야 한다는 시대적 분위기도 상호 우호적인 풍조에 일조했다. 하지만 윤식은 특이했던 가정사 때문인지 친구를 사귀는 데는 서툴러 단 한 명하고만 마음을 터놓고 지냈을 뿐이다. 불량기 다분했지만 순수하고 의리있는 차종환이란 친구였다. 마음이 통하는 바 있었던 종환은 곧 윤식의 둘도 없는 친구가 되었다. 술, 담배를 가르쳐준 것도 종환이었고 경상도 문화의 각개각처를 체험시켜준 것도 종환이었다. 윤식은 시험 때마다 커닝의 손길을 보냈고 종환은 그 보답으로 롤러스케이트장이나 여자들과의 미팅 같은 데 윤식을 데려갔다. 윤식은 재미있는 학창 생활을 보내면서 가끔 춘천의 누나에게 안부 편지를 보냈다.

그러나 이 모든 건 집 밖에서의 일이요, 집 안에서는 언제나 엄격하고도 괴상한 무거움이 감돌았다. 식탁에 앉은 조 목사는 파이프를 물고 오늘 학교는 어땠냐는 식의 일상적 대화를 이끌었지만 윤식과 둘이 있을 때면 새엄마에 관해서만 묻기 일쑤였다. 네게 무슨 얘기를 했느냐, 이상한 행동을 보이진 않더냐.

윤식은 대답하지 않았다. 마음이 아픈 사람은 새엄마가 아니라 아버지 같다는 생각이 점점 들기 시작했다. 생물 선생한테 들은 의처증 환자가 아버지의 모습과 상당히 부합되었다. 위엄 있는 목사복 아래로 음산한 미스터리가 가득해 애초의 부자지정마저 조금씩 경감되는 듯했다. 반면 새엄마는 조 목사 앞에서는 눈을 내리깔면서도 여느 가정주부 못지않게 아들의 뒷바라지를 했다. 맛깔난 음식으로 도시락을 싸주었고 목사복보다 교복을 더 자주 다렸다. 외출은 거의 하지 않았고 주부의 자리에 만족하는 모습이 종갓집 규수가 따로 없을 정도였다. 하지만 그녀는 가끔 '아이구, 내 새끼' 하면서 윤식을 끌어안거나 머리와 뺨을 쓰다듬기도 했는데 이는 조 목사가 화단에 있거나 시선이 닿지 않는 곳에서 이뤄지기 일쑤였다. 윤식은 이런 사실을 아버지한테 말하지 않았다. 남의 아들에게 친엄마처럼 헌신하면서도 목사의 부인이란 고상함을 유지하는 그녀의 처신에 순응할 뿐이었다.

시간이 흐른 후 윤식은 새로운 사실을 알게 되었다. 모두가 잠자리에 든 시간이면 새엄마의 방에서 낮은 신음 소리가 들린다는 것이다. 부부는 방을 따로 썼다. 일부러 문을 열어놓은 것처럼 그 소리는 윤식의 방에 잘 전파되었다. 비명 소리에 낯이 화끈거리는 구석이 좀 있어 귀를 막을라치면 다음엔 낮게 웅얼거리는 소리가 뒤를 이었다. 그 소리만 들으면 소름이 끼쳤다. 무슨 주문을 외우는 것 같았기 때문이다.

3

어느 한밤중, 윤식은 새엄마의 신음 소리에 눈을 떴다. 귀를 파고들어오는 소리를 막을 방법은 없었다. 어디가 아파서 그러는지 다른 이유로 그러는지 기분이 묘했다. 눈을 감고 얼른 이 순간이 지나가기만을 빌었다. 그때 신음 소리에 아버지의 목소리가 섞여 들었다. 성경 구절이 등장하다가 느닷없이 후려치는 소리가 나면서 새엄마가 비명을 질렀다. 아버지의 목소리는 더욱 빨라졌다. 윤식은 어둠 속에서 몸을 일으켰다. 책상 위에는 정전에 대비한 촛불이 있었다(예고 없는 정전이 잦던 시기였다). 그는 조심스럽게 촛불을 켜고 책상 위에 놓아둔, 누나한테 보내려던 편지의 초안에 연필로 급히 덧붙였다.

　—아버지는 한밤중에 새엄마 방에서 뭔가 중얼거려. 기도문 같아. 그런데 안수라도 하는지 때리는 소리가 들려.

　그날은 바람이 몹시도 불고 장대비가 쏟아지고 있었다. 거센 바람이 빗줄기를 떠밀어 창문에 해바라기 같은 문양을 만들었다. 번개와 천둥이 쉬지 않고 번갈았다. 철썩하고 후려치는 소리가 나면서 새엄마의 흐느끼는 소리가 들려왔다. 이어서 몹시 다급한 기세로 가방을 열어젖히는 소리가 났다. 큰 쇠목걸이 같은 금속이 쨍그랑거리는 소리가 잇따랐다.

　"너의 모습을 드러내라! 너의 모습을 드러내!"

　—이상해, 누나. 둘 중에 누가 제정신이 아닌지 모르겠어.

　"그만해요, 당신은 정상이 아니야."

　새엄마가 있는 방의 문이 거칠게 열렸다. 마루를 뛰는 발소리가 점차 커졌다. 소리의 방향은 분명 이쪽이었다. 놀랄 새도 없이 윤식의 방문 손잡이가 덜그럭거렸다. 문은 아버지의 지시로 언제나 잠가둔 상태였다. 윤식은 나쁜 짓을 하다 걸린 것처럼 후닥닥 이부자리에 누워 얼굴까지 이불을 덮어썼다. 아버지가 다시 새엄마를 때렸다. 비명 다음에 뭔가 질질 끄는 소리, 울부짖는 소리가 멀어져 갔다.

　"아무리 그래도 당신이 불구자란 사실을 부정하지는 못해! 안 그래?"

　"못된 것! 이러고도 몽유병이라니! 일부러 들으라고 크게 소리치는군."

328

새엄마의 앙칼진 목소리가 뺨을 때리는 소리에 가려졌다. 윤식은 몸을 떨며 일어나 편지지를 구겼다.

✦

　다음 날 식탁에서 윤식은 고개를 들 수 없었다. 새엄마와 눈을 마주치기기 어려웠다. 그녀의 얼굴과 팔뚝에는 새로운 상처 자국이 생겼다. 그녀는 아침상을 차리긴 했지만 한마디도 하지 않았다. 아버지는 늪처럼 깊은 눈을 신문에 박고 있다.

　윤식은 밥을 먹는 둥 마는 둥 젓가락만 만지작거렸다.

　"오늘은 먼저 학교에 가라."

　신문에서 시선을 떼지 않으며 조 목사가 말했다. 윤식은 대답 없이 일어섰다. 새엄마 앞에서 잠시 발걸음이 멎었으나 그녀는 고개를 돌리지 않았다. 학교 다녀오겠다는 인사를 던진 윤식은 집을 나섰다.

　등교한 윤식은 가방을 내려놓고 수업에 쓸 책을 꺼냈다. 『성문종합영어』안에서 쪽지 하나가 떨어졌다.

　―엄마다, 윤식아. 너도 간밤의 소란을 들었으리라 생각하는데, 내 생각에 아버지는 뭔가에 씌신 것 같구나. 네가 학생이라서 아직 자세히 말하진 못하겠는데 너와 내가 함께 아버지를 돌봐야 할 것 같아. 종교에 지나치게 빠지신 게 틀림없어. 뭐든지 지나치면 무리가 오는 법이잖니. 사람의 정신도 마찬가지란다. 넌 이 집안의 든든한 남자야. 네가 이 엄마를 지켜줘야 해.

엄마는 아버지 때문에 가끔 무서워. 니가 오기 전부터 저러셨거든. 니가 와서 정말 다행이야. 뭔가 이유가 있는 게 분명해. 난 미국에서 살다 왔기 때문에 여기에는 아는 사람이 아무도 없어. 내가 의지할 사람은 너 하나밖에 없어 윤식아. 앞으로는 밤에 그렇게 문을 잠가놓지 마. 내가 피할 수 있는 곳이 없잖아.

읽는 사이 피가 거꾸로 흐르는 것만 같았다. 얼굴이 빨개졌다. 무슨 일이 있으면 알려달라는 아버지의 부탁과 너밖에 의지할 사람이 없다는 새엄마의 얼굴이 겹쳐졌다. 그는 어떻게 할까 고민하느라 수업에 집중하지 못했다.

결국 윤식은 하굣길에 교회에 들렀다. 윤미라도 같은 결론을 내렸을 거라고 애써 생각했다. 조 목사는 편지를 읽고 나서 크게 고개를 끄덕였다.

"잘했다, 윤식아. 넌 시험에서 이긴 거야. 시험에서 이겼어! 그 여자의 정체는 바로."

조 목사는 손가락으로 머리에 뿔을 세우는 시늉을 했다.

"사탄이다."

"사탄이요?"

"그래, 현대의 사탄이지. 어제 그 여자가 내뱉은 말을 들었지?"

윤식은 낯 뜨거운 대화의 소재 때문에 망설였다.

"정숙한 여자가 그런 말을 내뱉고 있다. 분명 그녀는 씐 거야."

"처음부터 그랬어요?"

"응?"

"문제가 있는 걸 알면서도 결혼하신 거냐고?"

330

"그렇다. 난 인간을 구해야 하니까."

인간이라니? 새엄마를 말하는 건가? 입을 닫은 조 목사는 그이상 말하지 않았다. 창밖을 응시하는 그의 눈이 광기인지 열망인지 모를 불길로 번득였다. 윤식이 가만히 생각해보니 사소한 편지 한 장일 뿐인데 그대로 고자질한 자신의 처사가 과연잘한 짓인가 의문이 생겼다. 문제가 있는 사람은 아버지일 수도 있는데 말이다.

그런 사실을 알고 있기라도 하듯 새엄마는 학교에서 돌아온윤식에게 냉랭하게 대했다. 시선을 마주치지 않았고 거의 말을걸지도 않았다. 아버지가 이 사실에 대해 따로 언질을 주었던게 분명했다. 윤식은 앞으로 그들의 생활이 어떻게 펼쳐질지복잡한 심정이었다. 하지만 변화는 다른 데서 일어났다. 그 일이 있고 나서—아버지가 시험에서 이겼다고 말하고 나서—새로운 존재가 일가족 앞에 나타난 것이다.

그것은 한 마리 개였다.

✦

그 사건이 있고 나서 윤식은 공부에 소홀해졌다. 감수성 예민한 청소년은 사건 내부에 침잠된 성적인 요소에 흔들렸다. 어딘가 비정상인 '보호자' 중 대체 누가 더 이상한 사람인 걸까. 아버지는 정신의 어떤 부분이 안 좋은 것 같고, 그걸 지적하면서도 새엄마는 그 정신을 구기는 데 열심인 것처럼 보인다.

마음 붙일 데가 없어진 윤식은 종환과 함께 놀러 다녔다. (이 상하게도 새엄마 때문인지) 주말이면 교외에서 야영을 하는 등 집에 잘 들어가려 하지 않았다. 등하교를 같이하는 아버지의 지시는 그대로 이행되었지만 시간대는 잘 지켜지지 않았다. 아버지도 새엄마도 표면적으로는 아무런 참견도 하지 않았다.

어느 일요일, 윤식은 종환과 함께 극장에 가 〈외팔이〉라는 무술영화를 보고 왔다. 팔 한쪽을 잃은 무사가 자신이 떠난 문파에 위기가 닥치자 분연히 돌아와 한 팔로 터득한 무예를 남김없이 발휘해 적을 싹쓸이한다는 내용이었다. 종환은 어찌나 영화에 빠졌던지 교련복 안으로 주먹을 당겨 한쪽 소매를 텅 비게 해 외팔이 흉내를 냈다(교련복을 일종의 패션으로 생각한 종환은 일요일에도 사복을 입지 않았다).

"왕우, 정말 멋있지 않냐?"

"이소룡이 더 낫다."

윤식의 시선이 뒤쪽으로 쏠렸다.

"종환아, 저 개 아까부터 계속 우릴 따라와."

"뭐?"

고개 돌린 종환의 눈이 커졌다. 교회로 통하는 비포장도로로 빨간 혀를 내민 검은 개 한 마리가 따라오고 있었다. 종환이 깜짝 놀라 윤식의 뒤로 숨었다.

"야, 저거 뭐냐! 개냐, 곰이냐!"

그것은 가히 작은 곰이라 불러도 손색이 없을 거대한 개였다. 윤식도 불안해졌다. 검은 개는 가쁜 숨을 몰아쉬며 서슴없이 두 사람을 따라왔다. 겁을 주면 도망갈지 자신이 서지 않았고 덤빈다면 다치지 않는다고 장담할 수 없었다. 윤식은 강경책 대신 유화정책을 쓰기로 하고, 먹고 있던 핫도그 한 점을 손으로 뜯어 흔들었다. 개는 꼬리를 크게 흔들기 시작했다.

"보기보다 순한 거 같은데."

윤식이 핫도그 조각을 던졌다. 개는 핫도그를 집어 물더니 와작와작 씹으며 돌아와 머리를 바짝 들이밀었다. 손을 대자 개는 귀를 눕혀 사람의 마음을 받아들였다.

"말 잘 듣네."

종환도 개의 등덜미에 손을 대려 했다. 순간 개의 눈빛이 흉악하게 변하더니 으르렁거리며 날아올랐다. 종환이 몸을 피했지만 늦었다. 금세 왼손이 동굴만큼 큰 개의 입안으로 들어가 버렸다. 드라큘라의 이빨 같은 송곳니를 윤식은 똑똑하게 보았다. 외팔이 왕우를 흉내 낸 게 다행이었다. 제대로 물렸더라면 손이 잘렸을지 몰랐다. 개가 으르렁거리며 고개를 틀자 종환이 옆으로 자빠져 바닥을 굴렀다. 교련복 소매가 뜯겨져 나갔다. 윤식이 쓰러진 종환에게 다가갔다. 개는 종환을 놓아주고 윤식에게로 달려와 언제 그랬냐는 듯 다시 꼬리를 흔들었다. 윤식과 종환은 당혹스러운 눈길을 교환했다.

두 사람이 서둘러 자리를 떠날 때 개가 또 따라왔다. 정확히 말하자면 윤식을 따라왔다. 개는 가끔 종환을 쳐다보았는데 맹렬하게 으르렁거려 윤식이 몇 번이나 "그러지 마" 하고 소리쳐야 했다. 개는 윤식의 명령을 잘 따랐다. 종환은 먼저 가겠다고 눈치를 준 후 갈림길에서 사라져 줄행랑을 쳤다. 교회를 향해 걸어갈 때까지도 개는 윤식을 따라왔다. 아무리 가라고 해도 말을 듣지 않았다.

"개라고?"

조 목사는 집무실 창 너머로 교회 바깥에 있는 개를 보았다. 코흘리개 아이들이 거대한 몸집의 개를 만지고 있었고 개는 스스럼없이 아이들에게 몸을 내맡기고 있었다. 목에는 목줄이 보이지 않았다. 조 목사의 시선이 흥미롭다는 빛으로 가득했다. 눈길이 하도 날카로워 윤식은 아버지한테 말을 붙일 수 없었다.

"니 말을 잘 듣는다고?"

"네."

"가서 한번 손짓해봐."

목사의 등 뒤에 걸린 십자가가 햇빛에 반사되어 반짝거렸다.

"교회 안으로 들어오게 해보라고."

윤식이 내려가 시키는 대로 손짓하니 거짓말처럼 개는 몰려선 아이들을 뿌리치고 교회 안으로 성큼성큼 걸어 들어왔다. 뜨거운 태양 아래 개는 창가의 조 목사를 올려다보며 학학 숨을 쉬었다.

윤식이 그것 보라는 듯한 눈길을 주자 조 목사는 개를 거기 두고 올라오라고 손짓했다. 윤식이 집무실에 들어가자 조 목사는 온화한 눈길로 윤식을 맞았다.

"너 요새 학교는 잘 다니느냐?"

"네? 네……."

윤식이 떨떠름히 대답했다.

"춘천보다 적응이 안 된다거나 힘든 건 없어?"

"네, 괜찮아요."

"큰아버지 안 보고 싶니?"

"보고 싶어요."

"그럼 다시 춘천으로 보내줄까?"

윤식은 잠시 공백을 둔 후 대답했다.

"아뇨."

"나랑 있는 게 좋으냐?"

"네."

"새엄마는?"

"……."

"나와 새엄마를 어떻게 생각하느냐?"

"어떻게 생각하냐니요?"

"내가 결혼을 잘했다고 생각하느냐?"

"……."

"밤에 이상한 소리를 들었겠지?"

"……."

조 목사가 윤식의 어깨를 잡았다.

"잘 들어라. 몇 번을 강조하지만 나는 결코 너희를 버린 게 아니었단다. 미국에 있었던 단 한순간도 너희를 잊어본 적이 없단다."

윤식은 십자가에 매달린 예수를 등지고 선 아버지를 쳐다보왔다. 조 목사의 눈이 밝게 빛났다.

"무릇 아직 속량도 되지 못하고 해방도 되지 못하고 정혼한 씨족과 사람이 행음하면 두 사람이 형벌은 받으려니와 그들이 죽임을 당치 아니한 것은 그 여인이 아직 해방되지 못하였음이라."

말을 마친 그는 성경책을 톡톡 두드렸다.

"「레위기」 19장에 나오는 말이야."

윤식은 아버지가 무슨 소리를 하는지 이해하지 못했다.

"사탄이야. 그 여잔 사탄에 씌었다. 그걸 부를 만한 다른 이름은 없어. 그래서 사탄이라고 칭하는 거야. 너를 낳아준 엄마도 그 못된 존재에게 당한 것이었어. 모든 걸 네게 설명할 수 있으면 좋겠지만 지금은 그럴 때가 아니야. 언젠가 우리가 승리하면 모든 걸 알게 돼. 하지만 숨통을 끊어놓을 때까지는 철저하게 보안 유지를 해야 해. 그렇지 않으면 우리가 당할 테니까."

'비밀을 지키다'라면 몰라도 '보안 유지'라는 말은 왠지 목사복과 어울리지 않았다. 윤식이 아무런 대꾸도 하지 않자 조 목사는 아들의 손을 잡았다.

"하지만 네가 있어 든든하다. 나도 두려웠거든."

교회를 나온 두 사람은 어깨를 나란히 하고 집으로 걸음을 옮겼다. 검은 개는 아이들을 간단히 뿌리치고 부자의 뒤를 따르기 시작했다. 조 목사는 개를 쳐다보지도 만지지도 않았다. 소나기가 오려는 듯 갑자기 먹구름이 몰려왔다. 검은 하늘을 배경으로 검은 옷의 목사와 그를 따르는 검은 개, 그리고 얼굴에 물음표가 새겨진 청소년의 모습은 인상주의 화가가 그린 한 폭의 서양화 같았다. 묘한 불길함이 캔버스에 가득했다. 집 앞까지 다 왔을 때 목사가 물었다.

"기르고 싶니?"

"네."

"그럼."

조 목사가 개를 노려보았다.

"저놈의 자유의사에 맡겨보자."

조 목사가 먼저 집 안으로 들어갔고 다음에 윤식이 따랐다. 개는 대문을 넘지 않고 그대로 서 있었다. 두 사람의 손짓을 기다리는 것 같았다. 조 목사는 어떠한 제스처도 취하지 않은 채 개를 대문 밖에 방치했다. 시험에 빠진 개는 혀를 내밀고 학학거렸다. 그때 집 안으로부터 정금옥이 나왔다.

"어머, 이게 웬 개예요?"

검은 개는 새로이 손짓하는 사람을 향해 꼬리를 흔들었다. 정금옥이 손가락을 움직거리자 개가 종종걸음으로 마당에 들어왔다. 이내 묵주 같은 팔찌를 낀 여자의 손이 개의 등과 허리를 쓰다듬었다.

"어머, 참 순한 개네. 크기도 엄청 크고. 샀어요?"

그녀는 며칠 전에 당한 험한 꼴은 생각나지도 않는다는 말투였다.

"길 가는데 계속 따라오더라고요."

윤식이 말했다.

"그래? 안 그래도 동네에 도둑이 많았는데 잘됐네."

정금옥이 조 목사를 쳐다보았다. 목사는 아무 말도 없이 집 안으로 들어갔다. 윤식은 두 사람 사이에 흐르고 있는 이상한 기류가 몹시 궁금했지만 물어볼 수는 없었다. 아직 끝난 게 아니야. 곧 무슨 일이 터질 것 같단 말이야. 개는 그녀에게 몸을 맡긴 채로 시선은 윤식에게 두었다. 빨간 혀가 길게 늘어졌고 거품 같은 흰 침이 뚝뚝 흘러내렸다.

✦

며칠 후였다. 학교에서 수업받던 윤식은 담임의 호출을 받았다. 아버지가 급히 찾는다고 했다. 그사이 집안에 시끄러운 일은 없었다. 새엄마는 이상한 신음을 내지 않았고 아버지는 한밤중에 '종교 활동'을 하지 않았다. 무료하고 평온한 나날의 연속이어서 조 목사가 직접 나무를 구해 와 개집을 짓는 데 대부분의 시간을 보낼 정도였다. 산도—윤식이 붙여준 개의 이름이다—는 처음부터 그랬던 것처럼 태연히 목사 관사에 들어와 한 식구가 되었다. 개를 찾는다는 방은 붙지 않았고 조 씨 일가도 구태여 주인을 찾으려 들지 않았다.

"조 목사님 전화다. 교무실 가서 받아봐라."

담임은 '아버지' 대신 '조 목사님'이란 호칭을 썼는데 목소리에는 일말의 존경심마저 엿보였다. 사람들에 따르면 아버지는 지역사회에 영향력이 있는 분이라고 했다. 교회 신도도 그리

많아 보이진 않던데. 윤식은 머리를 긁적이며 교무실로 가 전화를 받았다.

—애비다. 지금 당장 집으로 가거라. 니가 할 일이 있다.

"수업 중인데요."

—선생님한테 얘기해놨다. 집으로 가서 새엄마가 산도를 데리고 외출했는지 알아보거라. 외출했다면 바로 나한테 보고해. 어디로 가는지 알아내야 하니까. 만약 새엄마가 집에 있으면 분명 널 보고 물을 거야. 이 시간에 집에 웬일이냐고. 그때는 내가 보냈다고 그대로 얘기하면 된다.

윤식은 아버지의 낮고 진지한 음성이 기분 좋지 않았다. 언젠간 터지고 말 폭탄이 머리 위에서 재깍거리는 느낌이었다.

"대체 무슨 일이죠?"

—심판의 날이 도래했다고 보면 된다. 얼른 내 말대로 해.

목사의 언성에 날이 섰다. 심판의 날이라니, 윤식은 아버지가 제정신인가 의아해했지만 일단 알겠다고 대답했다.

—혼자서는 위험할 수도 있으니 종환이하고 가라. 그것도 선생님한테 다 얘기해놨다. 종환이를 집 밖에서 기다리게 하고 너 혼자만 들어가는 거다. 조심해야 해.

목사는 전화를 끊었다.

✦

담임은 이유를 묻지 않고 순순히 두 사람을 조퇴시켰다. 수업을 빼먹는다는 사실에 종환은 신바람이 났지만 윤식은 겁이 났다. 대체 아버지가 왜 저러는 거지. 정말 심각한 의처증은 아닐까?

집으로 가는 발걸음은 가볍지 않았다. 그는 생각에 잠겼다.

'처음 볼 때부터 산도는 새엄마를 잘 따랐다. 마치 잘 아는 주인처럼. 그래, 아버지는 새엄마에게 바람을 피우는 상대가 있다고 생각하는 게 분명해. 그렇다면 산도는 그 남자가 기르는 개야.'

그는 머리를 저었다.

'말도 안 돼. 나이 차이가 나도 아직 신혼이잖아.'

그러자 잠을 설치게 했던 부부간의 끔찍스러운 대화가 윤식의 뇌리에 떠올랐다. 불구자라고 핏대를 올리던 목소리도 기억 속에 되살아났다.

'아니야, 산도는 처음 보는 나도 잘 따라왔는데.'

연속된 생각에 머리가 복잡해질 무렵 윤식과 종환은 집에 도착했다. 보이지 않는 어떤 기운이 집을 감싸고 있었다. 햇빛에 반사된 유리창은 정신병자의 멍한 눈처럼 두 사람을 내려다보았다.

집 안으로 들어갈 줄 알았던 종환은 대문 밖에서 기다리라는 윤식의 말에 황당하다는 표정을 지었다. 목사님이 물건의 운반 같은 심부름을 시키려고 수업을 빼준 줄로만 알았던 것이다.

틈새가 나 있는 창살문 사이로 윤식은 눈을 갖다 댔다. 개집은 비어 있다. 윤식은 문고리를 잡고 서너 차례 문을 두들겼다.

집 안으로부터는 아무런 반응도 없었다.

'산도와 어딜 나간 거야.'

아버지의 의혹이 점차 현실이 되는 기분이었다. 시장을 보러 갔다면 다행이겠지만 그것이 아닐 수도 있다.

윤식은 익숙한 동작으로 깨진 병 조각이 솟아 있는 부분을 피해 담을 넘었다. 상추가 심어진 뜰에 착지할 때도 산도는 짖지 않았다. 역시 개집은 비어 있었다. 죽은 뱀처럼 목줄만이 바닥에 널브러져 있을 뿐이다.

"야, 문 안 열어줄 거야?"

종환이 볼멘소리를 냈다. 그때 집 안으로부터 소리가 났다. 작은 웃음소리가 닫힌 문을 뚫고 윤식의 귀로 들어온 것이다. 윤식은 종환을 그대로 세워놓고 집 안으로 발길을 돌렸다. 드르륵 소리가 나도록 여닫이 현관문을 열었을 때도 인기척은 없었다. 마루에는 밥상이 차려져 있을 뿐 모든 가재도구는 청소를 마치고 제자리에 잘 정돈되어 있다. 올 사람을 위해 준비를 끝낸 주부가 외출한 모습이다. 밥상에는 상보가 덮여 있었고 그 위 선반에 라디오가 켜져 있다. 웃음소리는 바로 이 라디오 연속극에서 나온 것이었다. 전원을 끄는 걸 잊고 나간 모양이다. 라디오를 끈 윤식은 책가방을 놓고 상보를 들췄다. 반찬은 평소와 다를 바 없었다. 상보를 제자리에 놓을 때 손가락에 마늘장아찌의 간이 묻었다. 넘버원 표시처럼 손가락을 세운 윤식은 네 손가락으로 안방 문을 밀었다. 역시 새엄마는 보이질 않았다.

"아줌마."

대답이 없었다. 윤식은 결과를 아버지에게 알리기 전에 손가락부터 씻기로 했다. 세면장은 부엌과 함께 마루 한구석에 있어 안방과는 떨어져 있다. 타일로 장식된 3평 공간 중앙에 욕조를 갖다놓고 수도꼭지 아래 물통과 바가지를 놓은 세면장은 새엄마가 자주 애용하는 공간이었다. 조 목사 부자는 대중탕을 주로 이용했다. 만일 지금 그녀가 이 안에 있다면 습기나 인기척이 있어야 옳았다. 하지만 세면장 주위는 평소와 조금도 다름이 없었다.

아무 생각 없이 문을 연 순간 윤식은 머리가 빙빙 도는 듯한 착각에 빠졌다. 참을 수 없는 열기와 관능적인 웃음소리가 한꺼번에 몰아닥친 것이다(나중에 제정신이 든 그가 아무리 생각해도 이 같은 정황의 수수께끼를 풀 수 없었다).

윤식은 이상한 광경을 보고 말았다.

세면장은 극도의 어둠에 싸여 있었다. 태초에 암흑을 사른 빛이 있었듯이 어둠을 뭉개버리는 이미지들이 있었다. 윤식은 개화하는 꽃송이를 본 것 같기도 하고 다채롭게 변하는 색깔의 무리를 본 것도 같았다. 사고는 정지하고 두뇌는 자아의 지령대로 작동하지 않았다. 이건 밤하늘의 별이 아닌가 하고 멍하니 생각에 빠져든 순간 별안간 시뻘건 두 눈이 그를 노려보았다.

"아아악!"

여자의 비명이 울려 퍼졌다. 밝은 빛이 닥치면서 그는 퍼뜩 정신을 차렸다. 윤식의 눈에 타월로 급히 몸을 가리는 새엄마가 보였다. 윤식 역시도 비명을 지르며 뒤로 쓰러졌다. 그녀의 알몸에 놀란 것도, 텅 빈 줄 알았던 장소에 사람이 있어 놀란 것도 아니었다. 산도가 욕조 안에 있었던 것이다. 물기로 털이 찰싹 달라붙은 산도가 욕조 안에 웅크리고 앉아 이쪽을 쳐다보았다. 순종적인 반려동물의 표정은 사라지고 없었다. 한번에 물어뜯어 죽일 야성의 맨 얼굴, 더 정확히 말하자면 마치성이 난 사람 같은 얼굴이었다. 비밀을 침해당한 독종의 분노로 산도는 으르렁거렸다. 윤식이 당황하여 산도의 이름을 불렀다. 산도는 그깟 이름 따위 모른다는 듯 흉포한 송곳니를 드러냈다. 그때 새엄마가 개의 목덜미를 껴안았다. 윤식의 눈에 고스란히 드러난 커다란 가슴이 개의 귀밑에 밀착되었다. 개가거세게 포효를 했다. 진동이 일어나고 집의 토대마저 흔들리는것 같았다. 윤식이 손으로 얼굴을 가렸을 때 전광석화 같은 돌진이 있었다. 개가 그를 스치고 열린 문틈으로 뛰쳐나갔다. 다음 순간 세면장 문이 탕 닫혔다. 집 바깥에서 누군가의 비명이들려왔다. 윤식이 얼굴을 가렸던 손을 치웠다. 개는 사라졌고사방에 수증기와 물 흐르는 소리만 가득했다. 고개를 들자 무서운 눈을 부릅뜬 새엄마가 물안개를 뚫고 다가왔다. 타월을두른 그녀는 쪼그려 앉아 윤식을 노려보더니 멈추지 않고 뺨을후려쳤다.

"너! 너!"

그녀의 눈은 놀람과 분노에 휩싸여 있었다.

"말해! 왜 이 시간에 학교에 안 있고 살금살금 들어왔어!"

윤식의 뺨이 붉은 자국을 남겼다. 우락부락한 남자 선생한테 맞는 것과는 강도가 달랐다. 분명, 사람을 죽일 수도 있는 손이었다.

"말해!"

"아버······."

"뭐라고!"

"아파, 아파서······ 조퇴를 했어요!"

"왜!"

"토하고 배가 아파서요."

"이게 어디서 거짓말이야!"

새엄마가 윤식의 머리를 때렸다. 윤식이 흐느끼기 시작했다.

"말해! 뭘 봤지!"

"네?"

"방금 전에 뭘 봤냐고!"

"몰라요. 난 아무것도 몰라요."

그녀가 일어섰다. 윤식이 겁먹은 눈길로 올려다보자 새엄마가 발로 윤식의 얼굴을 걷어찼다. 벽에 얼굴을 박고 쓰러진 윤식의 코에서 한 줄기 피가 흘러내렸다.

"말해! 뭘 봤느냐고!"

"아줌마가······ 아줌마가······."

"날 아줌마라 부르지 마!"

여자가 다시 꿇어앉아 윤식의 멱살을 쥐었다. 타월이 흘러내렸지만 그녀는 의식하지 못하는 눈치였다.

"새…… 새엄마가 산도를 목욕시키고 있었어요."

묘한 기운이 그녀의 눈을 스치고 지나갔다. 다양한 생각에 빠져든 얼굴이 순식간에 하나의 결론을 찾은 듯 온화한 표정을 찾았다.

"그래, 맞아. 난 산도를 목욕시키고 있었지."

"흐흐흑…… 이거 봐요."

"난 강간범이 들어온 줄 알았단 말이야. 니 말대로 산도를 목욕시키고 있었어. 내가 얼마나 놀랐겠니?"

손바닥으로 눈물과 피를 한꺼번에 닦던 그녀가 윤식을 똑바로 쳐다보더니 갑자기 자신의 가슴께로 얼굴을 잡아당겼다. 끌어안긴 윤식이 발버둥 쳤다.

"미안해, 윤식아. 많이 놀랐지, 응? 정말 미안해."

그녀는 윤식을 일으켜 세웠다.

"정말 미안해. 아버지한텐 말하지 마."

윤식은 대답하지 않았다.

"알았지? 대답해."

그녀가 손가락으로 윤식의 배를 쿡 찔렀다. 못된 선생에게 몽둥이 체벌을 당하기 직전 맛보기로 배를 쿡 찔리는 감각이었다.

윤식이 마침내 고개를 끄덕였다. 정금옥은 그런 윤식을 뚫어져라 쳐다보았다.

"벗어."

"네?"

"벗으라고. 옷이 더러워졌잖니?"

그러더니 강제로 윤식의 옷을 벗기려 했다. 윤식이 저항했다.

"엄마 말을 들어야지."

"이러지 마요!"

그녀는 완강했다. 이내 윤식의 교복 상의 단추가 떨어져 나가고 허리띠가 풀렸다. 새엄마의 숨소리가 거칠어졌다.

그때 바깥의 목소리 하나가 그녀의 행동을 막았다.

"유, 윤식아. 너 안에 있니?"

종환이었다. 새엄마의 표정이 얼음장처럼 차가워졌다.

"개가 도망갔어. 담을 한 번에 뛰어넘어서……."

"들어오지 마! 내가 나갈게!"

윤식이 황급히 소리쳤다. 새엄마는 깊이 모를 시선으로 윤식을 노려보다가 타월을 주워 들고 몸을 감쌌다. 윤식은 이 여자가 몹시도 무서웠다.

"말 안 할 거지?"

"안 할게요."

윤식이 답했다.

"나가봐. 쟤를 집 안에 못 들어오게 해."

윤식은 서둘러 옷을 입고 마당으로 나갔다. 대문을 열자 종환이 들어오려고 했다. 윤식은 종환을 떠밀었다.

"야, 너 왜 그래? 흠뻑 젖었잖아. 어! 너 울었냐?"

"산도가 집 안에 있었어. 물을 튕겨서 닦고 나왔다. 나가자."

종환이 이상하다는 듯한 눈길로 친구를 쳐다보았다. 윤식의 눈 속에서는 아까 욕실에서 보았던 광경의 일부가 재생되었다. 말로 표현하지 못할 희한한 영상이었다. 눈을 감자 어둠 속에서 우주가 지나가고 만물을 이루는 색상들이 어두컴컴한 미로 속으로 잦아들었다. 새엄마의 비누 냄새와 동물 특유한 비린내가 생각을 가로막았다. 정신의 공황 속으로 윤식은 서서히 추락해갔다.

아버지는 뭔가 알고 있었어. 그래서 내게 이런 일을 시킨 거야.

여기 오는 게 아니었어. 뭔가 무서운 일이 벌어지고 있어.

두 사람은 걸음을 바삐 해 교회로 걸었다. 윤식은 사실대로 말하고 새엄마를 쫓아버리자고 말할 심산이었다. 아울러 자신도 춘천 큰아버지에게 돌아갈 작정이었다.

교회 마당에는 많은 사람이 모여 있었다. 주로 신도들이었는데 사이사이에 경찰들이 보였다. 정신을 잃은 남자 하나가 누군가의 등에 업혀 구급차에 올랐다.

"윤식아, 목사님이잖아!"

종환이 업힌 남자를 알아보았다. 달려가는 두 학생을 사람들이 막았다. 김 집사가 윤식을 끌어안았다.

"많이 다치셨다. 가지 마."

"무슨 일인가요?"

"개가 달려들었어. 커다란 검은 개가 목사님을 공격하고 도망가버렸어."

"산도 말인가요?"

"그래, 그놈이 미친 게 틀림없지. 2층까지 뛰어 올라와서 목사님을 습격한 거야. 얼마나 발광했는지 문이 다 박살 났어."

"산도는 아까……."

흥분한 윤식이 소리쳤다.

누군가 윤식의 어깨를 붙잡았다. 돌아보니 젖은 머리를 닦고 나타난 새엄마였다. 윤식의 말문이 막혔다.

"넌 지금부터 나랑 같이 있어야 해, 아들."

윤식의 귓불에 차가운 입술이 닿았다.

"그래야 함부로 입을 놀리지 않지."

사람들이 목사의 사모님을 알아보았다. 몰려드는 인파를 대하는 정금옥은 잘 교육받은 연극배우처럼 이내 손수건에다 눈물을 찍어대기 시작했다.

윤식의 얼굴이 공포로 물들었다.

4

다행히 광견병은 피해 갔지만 바닥에 머리를 부딪친 충격으로 조 목사는 뇌진탕을 입었다. 의사는 1~2주가량 안정을 취해야 한다며 입원을 권유했다. 하지만 정금옥의 고집으로 조 목사는 자택에서 안정을 취하게 되었다. 그녀는 슬픔을 이기지 못하겠다는 듯한 얼굴로 한시도 목사의 곁을 떠나려 하지 않았다. 간호인지 감시인지 모호했다. 때문에 윤식은 자신이 본 것을 목사에게 전할 수도 없게 되었다. 아랫목에 누운 조 목사는 한마디 말도 없이 천장만 바라보았다. 머리 어딘가를 크게 다친 백치의 몰골이었다.

윤식은 김 집사로부터 대략의 전말을 들을 수 있었다.

사건은 시간상 윤식이 세면장에서 새엄마를 발견한 직후에 일어났다. 수요일 집회를 준비하던 목사의 집무실에 산도가 성난 기세로 난입했다. 의외로 조 목사는 태연한 모습을 보였다. 모든 걸 알고 기다렸다는 듯한 태세로 조용히 허리띠를 풀더니 손에 감기 시작했다(현장에 있던 집사는 목사의 침착한 대응도, 미리 준비해둔 무기도 신기하기만 했다). 흉포하게 으르렁대던 산도는 몸을 날려 공격했고 조 목사도 일격을 날렸다. 조련사와 들개처럼 둘의 몸싸움은 격렬했다. 조 목사는 벽에 걸린 십자가에 몸을 부딪치고 쓰러졌는데 그의 몸을 밟고 앉은 산도의 목에는 은색 허리띠가 감겨 있었다. 조 목사는 한 발로 산도의 배를 밀어내 이빨이 닿지 못하게 하는 한편 양팔로 허리띠를 조였다.

"너의 본모습을 드러내라!"

산도는 야수의 난폭함으로 발광하며 뜨거운 침을 쏟았다. 악어를 연상케 하는 송곳니는 전혀 개의 이빨 같지 않았다. 조 목사의 얼굴에도 굵은 땀방울이 맺혔다. 그는 줄다리기 같은 힘겨루기 끝에 천천히 무릎을 땅에 대고 일어섰다. 심약한 김 집사는 도울 생각을 못 하고 이 같은 싸움을 방관할 뿐이었다. 그때 미친 듯이 발악하는 개의 목구멍 안에서 어떤 소리가 나왔다. 짐승인지 사람인지 분간할 수 없는 소리는 김 집사의 등골을 오싹하게 했다. 안개와 같은 연기가 포효하는 짐승의 주위로 솟고 은색 허리띠도 조금씩 틈이 벌어졌다. 계단을 올라오는 발소리들이 들린 건 그때였다.

"너의 본모습을 드러내어라. 나는 다 알고 있다."

조 목사가 고함을 쳤다. 개는 낑낑거리며 항복하는 척하더니 별안간 눈을 커다랗게 떴다. 온 교회가 떠나가도록 으르렁대는 소리가 집무실을 진동시켰다. 김 집사는 그 소리가 분명 개라는 동물이 내는 소리는 아니었다고 단언했다. 허리띠가 끊어지며 반 토막이 났다. 조 목사의 얼굴에 당황한 기색이 나타났다.

웡! 하는 소리와 함께 개가 목사를 공격했다. 목사는 쓰러지며 바닥에 머리를 세게 부딪쳤다. 산도가 이빨을 세우고 목사의 뺨을 노렸다. 살점이 뜯겨 나가는 건 시간문제였다. 순간 사람들이 집무실 안으로 들이닥쳤다. 산도가 돌아보았다. 사람들은 악귀와도 같은 짐승의 형상에 주춤했지만 이내 목사님을 부르며 달려왔다. 산도는 유리창을 박살 내며 2층 아래로 뛰어내렸다.

✦

산도는 다시 나타나지 않았지만 조 목사의 병세는 날이 갈수록 나빠졌다. 말수가 부쩍 줄고 하루 중 3분의 2를 혼수상태에 가까운 잠에 빠져들었다. 기력은 점점 쇠퇴해져 김 집사가 교회 업무를 대행할 정도였다. 새엄마는 남편 곁에 바짝 붙어 병간호에 전념했지만 실상은 잠시도 윤식과 조 목사를 같이 두지 않으려는 속셈임이 분명했다. 어떤 짓을 할지 모를 여자였다. 안정을 핑계로 그녀는 신도들의 방문조차 일절 허용하지 않았다.

윤식 역시도 아버지와 새엄마를 단둘만 남게 하지 않았다. 일주일이면 괜찮아질 거라는 의사의 진단이 허언이 된 데는 분명 새엄마에게 원인이 있었다. 음식에 약을 탔을 수도 있고 신기한 주술을 쓴 건지도 몰랐다. 아버지 말마따나 사탄이 틀림없었다. 산도가 아버지를 공격한 건 분명 그 일이 있던 직후가 아닌가. 놈은 단순한 개가 아니다. 사람처럼 생각을 하고 행동하는 존재였다. 새엄마가, 사탄이 그렇게 만들었음이 틀림없다. 모든 걸 이해할 순 없었지만 조금씩 이해가 되는 부분이 하나둘 생겨났다.

악은 코앞에 바짝 다가와 있었다.

그러나 막상 산도가 사라지자 욕실에서 보였던 새엄마의 무시무시한 기세는 크게 꺾여 있었다.

"윤미한테 전화 왔다. 내일쯤 이리로 온대."

어느 날 부엌에서 쌀을 씻고 있던 새엄마는 윤식을 돌아보지 않고 간단히 말했다. 윤식은 아버지 병간호를 핑계로 학교에 나가지 않고 있었다. 모자간의 상호 감시나 다름없었다.

"누나가 왜요?"

윤식이 물었다.

"아버지가 많이 편찮으시니까."

"새엄마가 알렸나요?"

"그래."

왜 하필 이런 시국에 누나가 온담. 윤식은 혼란에 빠졌다. 누나가 온다면 당장의 무서움은 덜겠고 아버지를 보호하는 데도 도움이 될 것이다. 하지만 아무래도 알 수 없는 음모가 있는 것 같다. 마치 조씨 집안사람들을 하나하나 꾀어 나쁜 짓을 하려는 수작 같지 않은가. 새엄마가 어떤 여자인지 감을 잡은 이상 누나와 알고 지내게 하고 싶지 않았다.

"이 집에는 여자가 하나 더 있어야 해. 아버지가 내게 한 짓을 모르니?"

새엄마가 윤식을 돌아보고 빙그레 웃었다. 그녀는 왼쪽 옆구리에 힘을 줘 윤식에게 엉덩이를 약간 움직거렸다. 윤식이 시선을 외면하자 귀에 거슬리는 쌀의 마찰 소리가 다시 이어졌다.

"목사가 아니라 색골이지."

윤식의 머리털이 분노로 곤두섰다.

"왜 산도를 아버지한테 덤비게 했죠?"

쌀을 비비는 소리가 멎었다. 새엄마가 반쯤 눈을 감으며 고개를 돌렸다.

"왜 그날 몰래 들어와서 욕실을 열었지?"

그녀는 쌀바가지를 내려놓고 윤식에게로 다가왔다. 윤식은 그녀의 으스스한 미소를 보았다.

"아버지가 보낸 거였지? 내가 뭐 하는지 보라고?"

"왜 아버지는 몸을 가누지 못하죠?"

"내가 약이라도 탔다고 생각하니? 우린 세끼 밥을 항상 같이 먹잖아."

"개가 전염병이라도 옮긴 건지 모르잖아요. 당장 병원으로 옮겨요."

"우리한테 그럴 돈이 어디 있니?"

"돈은 아버지한테 있을 거예요. 정 안 되면 신도들도 있잖아요. 왜 사람들을 여기 못 오게 하죠?"

"안정이 필요하다고 했잖아!"

그녀가 언성을 높였다. 한 번 심하게 당한 적이 있는지라 윤식은 저도 모르게 한 걸음 뒤로 물러났다.

"산도를 어떻게 알았지요?"

"알다니? 산도를 데려온 건 너야."

"거짓말이야."

"아니야."

"대체 무슨 속셈이죠?"

"무슨 소리니?"

"왜 불쑥 나타나서 우리 집을 이상하게 만드는 거죠?"

"이상하다니? 문제 있는 사람은 네 아버지인 걸 모르니? 네 아버진 자식까지 버리고 외국으로 도망쳤던 사람이야. 예수그리스도를 공부하면서도 정신 못 차렸지. 불쌍한 여자 하나 잡아 달콤한 거짓말만 늘어놓더니 이런 후진국까지 납치해 와 그 여자 인생을 망가뜨리고 있는 중이잖아. 내가 다 얘기해줄까?"

그녀의 얼굴에 한 번도 보지 못했던 분노의 기색이 서렸다.

"다 얘기해줄까! 다!"

새엄마가 윤식의 어깨를 거칠게 붙잡았다.

"네 아버지는 성적으로 문제가 있는 사람이야. 좋은 매너와 해박한 지식으로 접근할 때 난 아무것도 몰랐지. 미국에서 나는 아침부터 밤까지 세탁소에서 일했어. 아메리칸드림은 우리 같은 동양인에게는 아무런 해당도 안 돼. 죽고 싶은 날도 많았지. 그런 심정이니 외로운 객지 생활에 동포를 만났다는 사실 하나만으로도 큰 위안이 되더구나.

네 아버진 매력이 있었고 존경심을 느낄 만한 미남자였어. 알고 보니 철저한 위선이었지만. 겉으로는 훌륭한 신사, 칭송받는 목사지만 사실은 주 예수그리스도를 교활하게 등에 업은 이기주의자에다가 거짓말쟁이야. 의심만 많고 집착이 강해. 자신에게 어울리는 노예를 찾던 변태성욕자였지. 그렇게 마음이 병든 사람한테 재수 없게도 내가 걸려든 거란 말이야. 결혼하고 우린 단 한 번도 부부가 아니었어. 너도 곧 성인이 될 테니 무슨 말인지 잘 알지? 입에 담기 민망하지만 난 한창 신혼인 젊은 주부야. 헌데 네 아버지가 다 망쳐놨어. 네 아버지는 지금도 의심이 늘어만 가고 소유욕은 감당을 못해. 가끔 이상한 걸로 때리면서 정체를 드러내라느니 소리치면서 쾌감을 느끼지. 언젠가는 나를 죽일걸.

저기 누워 있는 꼴 좀 봐라. 정상이 아닌 마음에 신학이 합쳐지니 그게 구원의 효과를 내기는커녕 네 아버지를 돌이킬 수 없는 의처증 변태성욕자로 만든 거야. 정상적인 즐거움을 찾지 못하니 비정상적인 방법으로만 재미를 추구할 수밖에. 정작 자신은 교활하게도 쾌락으로 인정치 않고 구원이라고 승화시키

354

고 있지만. 뻐딱한 자기만의 세계에 빠져놓고도 모두가 하나님 뜻이라고 합리화하고 있어. 하나님을 핑계로 한 자기기만이야. '예수님 이름으로 기도드리나이다'만큼 일체의 반론을 허용치 않는 구실도 없지. 문제가 있음을 지적하면 마귀가 들려 사실을 보지 못한다고 몰아세우거든. 말문이 막히면 기도로 얼렁뚱땅 넘겨버리기도 하고. 아마도 나를 뱀으로, 사탄으로 불렀겠지. 언제 대중목욕탕이라도 같이 가거든 부자끼리 알몸으로 한번 진솔하게 얘기 나눠봐. 머릿속에 든 게 대체 뭐냐고. 저 사람은 당장 정신병원에 가둬야 될 사람이란 말이다. 지금 보니까 피는 못 속인다는 말이 맞아. 너 역시도 그런 낌새가 있는 것 같으니."

"닥쳐요! 거짓말 마요!"

"내가 지어냈다고 생각해?"

"그럼 왜 밤에 이상한 신음 소릴 냈죠?"

"몽유병이야! 어릴 때부터 갖고 있던 증세야!"

"아니야! 분명 제정신으로 불구자라고 아버지를 비난했잖아요!"

새엄마는 대답하지 않고 허리춤에 손을 올렸다. 허리가 스펀지처럼 탄력 있게 쏙 들어갔다. 쌀을 씻은 손끝의 매니큐어가 새빨갛다. 윤식의 이마에 땀이 흘러내렸다.

"그날 둘이 뭘 했어요?"

"뭐?"

"그날 산도랑 둘이 뭘 했냐고요? 아버지 때문이에요? 사람도 아닌 개랑!"

정금옥의 관자놀이가 바르르 떨렸다. 독사 같은 눈이 깜빡거
리지도 않고 윤식을 노려보았다. 윤식은 와락 겁에 질렸다. 그
때였다.

"으어어어어!"

조 목사의 고통스러운 비명이 들려왔다. 정금옥은 윤식을 향
한 시선을 거두지 않으며 안방으로 걸어갔다. 윤식도 따라갔
다. 조 목사는 이부자리에서 이탈해 육각형 무늬가 무수한 장
판 위에 생선처럼 널브러져 있었다.

"무슨 일이에요?"

정금옥이 차갑게 물었다.

"머리가 깨질 것 같아."

그녀는 조 목사를 안아 일으킨 후 이부자리를 다시 손보려
했다. 그러자 조 목사가 그녀의 손을 쳤다.

"나가!"

정금옥은 어이없다는 표정으로 목사를 노려보더니 문을 쾅
닫고 방에서 나갔다. 조 목사는 홀로 남은 아들을 쳐다보았다.
수염이 덥수룩한 얼굴로 그는 낮게 읊조렸다.

"여자가 짐승에게 가까이하여 교합하거든 너는 여자와 짐승
을 죽이되 이들은 반드시 죽을지니 그 피가 자기에게 돌아가리
라."

윤식이 아버지의 머리맡에 앉았다.

"「레위기」 20장 17절이죠?"

조 목사는 천천히 윤식의 손을 잡았다.

"누나가 온대요, 아버지. 새엄마가 불렀다네요."

"차라리 잘됐어."

손에 따뜻한 힘이 들어갔다. 기운은 없었지만 그 어느 때보다 밝은 미소가 목사의 얼굴에 아로새겨졌다. 그의 한쪽 손은 이불 안으로 깊숙이 박혀 있었다.

"저 여자 때문이 아니야. 그놈이 내게 독을 불어넣었기 때문이야. 그건 현대 의학으로 잡을 수 있는 증상이 아니야."

조 목사는 한참이나 아들의 손을 잡고 흔들었다.

"하늘의 영광이 땅에서도. 난 내 아들과 딸을 언제까지나 사랑한단다. 십자가보다도 예수님보다도 더 사랑해. 꼭 잊지 말아다오."

윤식이 눈시울을 붉히며 나왔을 때 새엄마는 고개를 숙인 채 마루 한편에 기대 있었다.

"내가 당장에라도 죽어버린다면 아마도 조씨 집안에 한을 품게 될 것 같구나."

5

결국 다음 날 파국은 닥쳐왔다. 비가 세차게 내리던 오후 늦은 시간, 전화벨 소리가 침묵을 깼다. 정금옥이 낮은 목소리로 뭐라 답하더니 윤식에게로 걸어갔다.

"네 누나가 도착했다."

새엄마의 등 뒤로 번개가 번쩍였다. 윤식은 탈처럼 굳은 새엄마의 표정을 보았다.

"정말이에요?"

"기차역에 도착했다는구나."

그녀는 겉옷을 걸쳐 입고 지친 목소리로 말했다.

"아버지랑 내가 단둘이 있게 하진 않겠지. 내가 갔다 올게."

윤식은 대꾸하지 않았다. 쭉 고르지 못하고 군데군데 헝클어진 그녀의 뒷머리를 바라볼 뿐이었다. 한 번도 보지 못했던 새치가 시선에 포착되었다. 아주 짧은 순간 윤식은 그녀가 했던 말이 일부 사실일지도 모른다는 생각에 사로잡혔다. 그것은 일말의 동정심과도 비슷한 감정인지도 몰랐다. 하지만 산도를 떠올리니 그 같은 마음도 금세 사라졌다. 윤식은 짧은 한숨을 쉬고 말했다.

"같이 가요."

"정말?"

의외라는 듯 그녀의 표정이 펴졌다.

윤식은 대답 대신 안방으로 건너갔다.

"아버지, 누나가 도착했다네요. 새엄마랑 가서 데려올게요."

조 목사는 끓는 물에 덴 것 같은 눈을 뜨고 윤식을 쳐다보았다. 따뜻한 손이 윤식의 뺨을 어루만졌다. 윤식은 아버지의 표정을 보았다.

"혼자 계실 수 있죠?"

조 목사가 고개를 끄덕였다.

"가서 네 누나 데려오너라."

문득 윤식은 이것이 아버지와의 마지막 순간일지도 모른다는 불길한 예감에 휩싸였다. 창밖에 우르릉하고 천둥이 쳤다.

"차라리 종환이를 역으로 보낼까요?"

"난 괜찮으니 갔다 와."

그러더니 귓속말을 했다.

"윤미가 오면 이제까지의 모든 비밀을 너희에게 알려주마."

조 목사의 눈동자가 광주리 안에서 끓는 미꾸라지처럼 어지럽게 움직였다.

"저……."

윤식이 주저하며 말을 꺼냈다. 조 목사는 눈을 크게 뜨고 아들의 말을 기다렸다.

"저…… 새엄마에게 먼저 청혼한 사람은 아버지였나요?"

조 목사는 대답하지 않고 눈을 감더니 옆으로 고개를 돌렸다.

"다녀올게요."

윤식이 일어서 마당으로 나섰다. 단정한 외출복 차림을 한 새엄마가 대나무 막대에 푸른 비닐이 둘러쳐진 우산을 들고 기다리고 있었다.

"우산이 하나밖에 없어. 매번 사놓는다는 걸 깜빡하지 뭐니. 생각난 김에 몇 개 사오자. 이리 와."

새엄마가 손짓했다. 빗줄기는 더욱 강해졌다. 마당의 흙도 물기를 먹었다. 윤식은 마지못한 걸음으로 새엄마의 우산 안으로 뛰어들었다. 운동화가 흙에 미끄러져 몸이 잠시 기우뚱거렸다. 새엄마가 크게 웃었다.

"이주일 같잖아."

저도 모르게 윤식도 웃음 짓고 말았다. 새엄마가 윤식의 어깨에 팔을 둘렀다. 내리는 빗방울이 두 사람이 쓴 우산에 튕겨 나갔다. 푸르른 비닐이 타닥타닥 경쾌한 소리를 냈다.

"밝은 데 나와도 내가 이상하게 보이니?"

윤식은 답하지 않았다. 갑자기 새엄마가 오랫동안 하늘을 올려다보았다.

"언젠가는…… 너도 날 이해하게 될지 몰라. 출발할까?"

윤식은 새엄마의 모습에서 밤하늘의 별을 찾는 무인도의 여자 같은 인상을 받았다.

여느 가정집의 엄마와 아들처럼 두 사람은 뛰었다. 마치 격전 중의 휴전과도 같은 광경이었다. 이상한 일이 두번 다시 없다면, 서로가 조금만 더 노력한다면, 아버지도 조금만 특이한 행동을 버린다면 그 어느 집보다 좋은 가정을 이룰 수 있는 건 아닐까. 윤식은 무의식중에 새엄마가 매번 이런 모습만 보인다면 얼마나 좋을까 생각했다. 그러나 산도와 얽힌 초현실적인 기억은 그런 희망을 철저히 분쇄했다.

✦

새엄마의 첫인상을 보자마자 윤미는 질려버렸다. 여자끼리는 말하지 않고도 통하는 것이 있는 법이다. 너무 젊고 지나치게 화려한 여자, 아무리 봐도 목사의 아내감은 아니다. 말로만 듣던 꽃뱀 같은 이미지가 너무 세다.

남자는 모두 똑같은 걸까. 목사복을 입고 있어도?

윤미는 또다시 아버지에 대한 분노가 치미는 걸 느꼈으나 살가운 동생의 얼굴에 모든 것을 참기로 했다. 나는 이곳에 살기 위해 온 거야. 윤식이는 내가 누구보다도 훌륭하게 키울 거야. 마음에 안 드는 게 있으면 하나하나 고쳐나가면 돼.

하지만 베일에 싸인 새엄마의 모습을 보자니 불안감이 저절로 엄습했다.

'대체 뭐지. 이 찜찜한 기운은?'

"오는 데 힘들지 않았지?"

"네, 괜찮았어요."

"윤식이가 네 얘길 자주 했단다. 이렇게 만나게 되다니 정말 반가워."

"네……."

비닐우산 셋은 나란히 집으로 향했다.

두 여자는 우중에 걸어가며 대화를 나누었다. 거의 질문하는 쪽은 새엄마였고 윤미는 대답만 했다. 집이 가까워올수록 질문도 대답도 활기를 띠었다. 그들의 대화는 골목에서 울리는 경찰차의 사이렌에 중단되었다. 윤식이 와락 소리를 질렀다.

"아니, 우리 집 쪽이잖아!"

우산을 내던진 윤식이 뛰었다. 새엄마가 윤식의 이름을 부르며 그를 따랐다. 윤미도 뛰었지만 도저히 둘을 따라잡을 수 없었다. 형형색색의 우산들이 보였다. 사람들 모습이 하나둘 보이기 시작했다. 그들은 호기심 어린 눈길로 달려오는 세 사람을 쳐다보았다.

맨 먼저 집에 뛰어든 것은 윤식이었다. 불안은 현실로 탈바꿈했다. 깨진 현관 유리문 안쪽으로부터 비린내가 코를 찔렀다. 마당에는 화분과 대야가 어지럽게 나뒹굴고 있었다. 그 위로 굵은 장대비가 총알처럼 내리퍼부었다.

윤식이 문을 박차고 들어갔다. 그러고는 그대로 몸이 굳어버렸다. 집 안의 벽이란 벽마다 피가 흘러내리고 있었다. 찬장은 박살 났고 옷장도 뒤집어졌다. 라디오는 두 동강이 나 스프링이 튀어나왔고 이불장에서 쏟아진 이불(대부분 흰색 누비이불이었다)마다 붉은 피가 흥건했다. 윤식은 아버지를 부르며 안방으로 뛰어들었다.

머리털을 쥐어뜯으며 윤식은 절규했다.

방 한가운데 피의 웅덩이가 반경을 넓혀가고 있었다. 피를 매트리스 삼아 누워 있는 남자는 조 목사였다. 이상하게 생긴 단검이 가슴께에 박혀 있다. 방아쇠 같은 손잡이가 붙은 화려한 황금색 단검이었다. 조 목사의 곁에 누워 있는 산도의 가슴에도 똑같은 단검이 박혀 있었다. 마치 식기 세트처럼 같은 두 개의 칼이었다. 그 옆에는 검정 가죽 가방이 찢어진 채로 입을 벌리고 있었다. 가방 안에서 쏟아졌음이 분명한 이상한 금속 줄과 면도기처럼 생긴 기구들이 육각형 문양의 장판 위를 뒹굴었다.

"안 돼!"

윤식을 밀치고 들어온 새엄마가 오열했다.

그녀는 산도 앞으로 뛰어가 그 앞에서 손을 모으고 알 수 없는 말들을 중얼거렸다. 산도는 피 묻은 이빨이 그대로 드러난 입을 하늘로 벌린 채 꼼짝도 하지 않았다. 숨이 끊어졌음은 확실했다. 그때 조 목사가 꿈틀대었다. 광기와 믿음으로 뭉쳐진 목회자의 표정 안에 승리의 미소가 더해졌다.

"이년, 이제 너도 끝이다……."

정금옥의 표정이 종잇장처럼 구겨졌다. 그녀는 함성을 지르며 조 목사의 가슴에 꽂힌 단도의 끝을 잡았다. 윤식이 미처 말릴 새도 없었다. 정금옥이 단도를 세로로 긋자 수박을 가르는 듯한 소리가 생생했다. 외마디 비명과 함께 피 분수가 온 방 안을 채색했다. 윤식이 새엄마의 목을 끌어안고 뒤로 쓰러졌다. 그녀는 외국어 같은 이상한 소리를 집이 떠나가도록 질렀다.

한 떼의 사람들이 들이닥쳤다. 이 집 안에서 난 소란에 이웃 주민의 신고를 받고 진작 달려온 경찰들이었다. 그들은 잔혹하게 펼쳐진 사건 현장에 잠시 주춤하다가 이내 권총을 뽑아 들었다.

"모두 움직이지 마."

순식간에 정금옥의 표정이 바뀌었다. 눈과 입이 한껏 커다래진, 당혹스러움으로 가득한 얼굴이었다. 그녀는 목을 감던 윤식의 팔을 뿌리치고 일어나서는 애원이 가득한 얼굴을 이리저리로 돌렸다. 그러다가 피의 웅덩이 위에 누워 있는 윤식과 눈이 마주치고는 그대로 엎어져 윤식을 안고 가슴에 얼굴을 비벼대기 시작했다.

"내, 내가 그런 게 아니야, 윤식아. 넌 다 봤잖아."

새엄마가 세게 흔들자 윤식의 등과 허리가 피로 흥건해졌다. 이제 두번 다시 볼 수 없는 아버지의 피였다. 그 위로 새엄마의 눈물방울이 떨어졌다.

"응? 윤식아? 얘는 내 아들이에요. 우린 기차역에 가서⋯⋯."

"이 여자가 아버지를 죽였어요."

윤식이 말했다.

경찰들 사이에서 수런거리는 기색이 있었다.

"아니야! 내가 그런 게 아니잖아, 윤식아?"

"칼에 지문 검사해보세요."

윤식이 차갑게 내뱉었다. 그는 더욱 파고드는 새엄마의 어깨를 단호한 동작으로 밀어냈다. 갑자기 정금옥은 몇 년은 더 늙어 보였다. 경찰들이 그녀의 곁으로 다가왔다. 윤식이 죽어서 꼼짝도 하지 않는 산도를 손가락으로 가리켰다.

"아버지가 미친개를 찔렀고 저 여자가 아버지를 찔렀어요. 개는 손을 못 쓰니까요."

윤미가 들어왔다. 그녀는 참극의 현장으로 변한 집 안을 둘러보다가 벽에 등을 대고 서서히 주저앉았다. 윤식은 멍한 표정으로 윤미를 쳐다보았지만 그녀가 누나라는 걸 의식하지 못하는 것 같았다. 경찰들이 정금옥을 붙잡았다. 그녀는 흐느끼면서 손을 심하게 떨었다.

"내가 아니야, 윤식아. 너는 알잖니."

✦

수사와 재판은 신속하게 이뤄졌다. 정금옥은 이성적으로 자신을 변호하지 못했는데 충격을 준 원인이 남편의 죽음인지 애견의 죽음인지 헷갈렸다. 윤식은 새엄마가 칼로 아버지의 배를 그은 광경만을 집중적으로 진술했다. 결국 정금옥은 남편을 살해한 혐의로 감옥에 가게 되었다. 윤식은 단 한 번도 면회 가지 않았고 그녀와 관련된 모든 것을 버리거나 태워버렸다.

큰아버지가 동생의 장례를 치렀다. 장례식에는 고급한 양복을 입은 사람들이 많았는데 고위급의 공무원이거나 정부 고관들로 보였다. 과거 안기부에 근무했던 경력이 사실임을 입증해주는 광경이었다. 뜻밖에도 교회에 관련된 사람이나 외국인은 거의 보이지 않았다.

장례를 마친 큰아버지는 다시 남매를 데려가려 했지만 춘천에서 다홍으로 어렵게 전보 조치를 받은 윤미의 직장이 문제였다. 직장까지 옮길 정도로 모든 것을 정리하고 만나러 온 아버지는 시체가 되어버렸으니 그녀가 받은 충격은 이만저만한 것이 아니었다. 전보 조치는 다시 구제되지 않았고 윤미는 사표를 내든지 다홍에서 직장을 다니든지 선택을 해야만 했다.

고민 끝에 그녀는 윤식과 함께 다홍에서 살기로 했다.

그 같은 결심은 독을 독으로 치료한다는 말처럼, 험난한 세상에 외로이 남은 남매만의 힘겨운 생존 방식일지도 모를 일이었다. 선택의 여지도 없었고 다른 방법을 찾을 의지도 없었다. 윤미는 동생이 강인해지길 원했다. 시간은 걸리겠지만 모든 것이 정상으로 돌아오길 원했다. 그녀는 여태껏 그래 왔던 것처럼 유일한 혈육의 뒷바라지를 인생의 목표로 삼기로 결심했다. 그러나 목사가 죽었으니 관사에서 살 수는 없었다. 큰 한옥의 별채를 전세로 얻은 윤미는 큰아버지에게 하직 인사를 고했다. 그것은 마치 순탄하지 못했던 남매의 과거와 완전한 결별을 선언하는 제스처로 보였다.

'윤식이는 내가 알아서 할게요.'

무표정한 얼굴로 큰아버지를 보낸 윤미는 그날 이후로 혹독하게 윤식을 공부시켰다. 마치 그래야만 과거의 사슬에서 풀려날 수 있다는 듯이.

걱정거리였던 새엄마는 다행히도 무기징역을 받았다. 영원히 볼 일이 없어진 셈이었다. 윤미의 눈에 비친 정금옥이란 여자는 후환이 두려울 것이 틀림없는, 귀신처럼 무서운 여자였기 때문이다.

시간은 그 어떤 약보다 훌륭한 치료제가 되었다. 충격에서 벗어나는 데 힘은 들었지만 윤식은 누나의 삶의 방식을 직시하고 공부에 몰입했다. 그가 깨달은 진리 가운데 하나는 이제 이 세상에서 모셔야 할 부모님은 누나 하나밖에 없다는 것이었다. 조씨 가문에 더 이상의 비극은 없길 바랐다. 이 같은 노력에 보람이 있었던지 그는 우수한 성적으로 사범대학에 입학했고, 새로운 대학 생활로 서서히 과거를 잊는 데 성공했다. 어차피 정을 붙였던 아버지가 아닌 데다가 같이 보낸 시간도 짧았기 때문에 망각은 크게 어렵지 않았다. 그는 부모에게 쏟을 정성을 누나한테 보였다. 실망시키기 싫었고 성공하고 싶었다.

시간이 흐르고 대학을 졸업한 윤식은 교사가 되었다. 아버지는 없지만 누나가 있고 친구가 있는 다흥으로 첫 근무지를 발령받았다. 20대의 윤식은 그새 현실적이고 이기적인 청년이 되어 있었다. 무서웠던 경험이 트라우마로 남아 가끔 소심한 모습도 배제할 수는 없었지만.

그러는 사이에 종환도 순경이 되었다. 친구가 있어 외롭지 않았고 가족이 있어 힘들지 않았다.

가끔 새엄마에 대한 소식이 귓전을 스쳐 지나갈 때도 있었다. 하지만 그는 철저한 무시로 일관했다. 아버지를 단검으로 찔렀던 사람은 아직도 누구인지 모른다. 산도의 공격을 방어하던 아버지가 실수로 자기 가슴을 찔렀다고 보는 게 정황상 가장 유력하다. 개는 손을 쓰지 못하니까. 거기 누군가 따로 있다고는 생각되지 않았다.

윤식은 교회를 다니기 시작했고 주 예수그리스도 앞에서 무릎을 꿇었다.

'하나님 아버지, 비록 아버지를 찌르지는 않았을지라도 사망에 이르게 한 장본인은 분명 새엄마입니다.'

그의 믿음은 끝내 그렇게 일관되었다. 그는 자신의 죄를 사하여 달라고 빌지 않았다, 그저 하나님 은혜로 과거가 사라지고 좋은 내일만이 가득하기를 소망했을 뿐이다. 머리에 잡념이 찾아들면 '예수님 이름으로 기도드리옵나이다'로 서둘러 생각을 막았다.

조 목사의 불운은 풀리지 않은 수수께끼 속에서 막을 내렸다. 의혹을 제기하는 사람은 없었고 남매는 사건이 더 이상 파헤쳐지길 원하지 않았다. 좋은 게 좋은 것이니까. 새엄마를 영원히 안 볼 수만 있다면 그걸로 그만이니까. 누나가 오면 모든 걸 알려준다던 아버지의 비밀도 윤식은 알고 싶지 않았다. 두 번 다시는 사고뭉치 아버지와 엮이기 싫었다.

하지만 새엄마가 투옥되고 2년여의 시간이 흐를 때까지 윤식은 새엄마의 악몽을 자주 꾸었다. 꿈의 배경은 주로 교회 관사의 세면장이었다. 새엄마는 바로 그날처럼 눈부신 알몸으로 등장했다.

사람이 겪는 세상에서 맘 가는 대로 사물이 변화무쌍하게 변하는 곳이 바로 꿈속의 세상이다. 윤식은 무슨 이유에서인지 그녀의 몸을 향해 손을 뻗었다. 정확한 이유는 몰랐다. 아마도 자신을 쳐다보는 새엄마의 표정 때문인 것 같았다. 하지만 단 한 번도 접촉은 이루어지지 않았다. 이쪽을 노려보는 환기구의 얼굴 때문이었다. 수증기로 축축한 털가죽 안에서 수박 속처럼 빨간 눈을 번득이며 악어의 이빨을 드러낸 거대한 개 대가리는 바로 산도였다. 산도는 영원히 죽지 않을 것처럼 감기지 않는 눈으로 윤식을 노려보았다.

수렁에서 건진 내 딸

1

시외버스에서 내린 종환은 찬 공기를 한껏 들이마셨다. 괴로운 여정이었다. 낡은 시외버스의 시트 냄새는 역했고 옆자리의 할머니는 멀미로 토악질까지 해댔다. 버스가 방향을 트는 대로 토사물과 함께 빠진 틀니가 쏠려 왔다가 쏠려 갔다. 이 모습에 종환의 속 울렁거림도 멎다가 진행되길 반복했다. 기사는 어머니뻘 되는 노인한테 욕설을 퍼부었고 그런 기사를 말리는 이는 아무도 없었다. 얼른 이 아수라장을 빠져나가고 싶었다. 잎이 다 떨어진 앙상한 가지들이 반대편으로 휙휙 지나갔다. 그 위로 거대한 손아귀 같은 먹구름이 따라왔다.

종환이 호흡한 서울의 공기는 탁했다. 시야가 닿는 곳마다 사람과 건물뿐이었다. 이들이 뿜는 공기는 활기차면서도 무거웠다. 종환은 대합실의 장사꾼에게 삶은 계란 한 줄과 음료수를 산 뒤 성북교도소 가는 길을 물었다. 장사꾼은 바빠 죽겠다는 듯 손가락으로 지하철 노선도를 가리켰다. 헤매던 종환이 간신히 승강장에 도착해 계란을 까먹는데 그사이 지하철이 도착했다. 노른자에 목이 멘 그는 밥 먹다 죽은 이민섭이 생각나 얼른 보리텐을 한입에 털어넣고 올랐다. 추운 날씨에 찬 음료를 마시니 속까지 얼어붙는 것 같았다. 젠장, 여기까지 온 게 과연 소득이 있을까. 내가 여기 왜 왔지.

지하철 안에는 연예인밖에 없었다. 하나같이 다흥에서 볼 수 없는 얼굴에, 다흥에서 입을 수 없는 옷을 걸치고 있다. 보란 듯 코앞을 지나가는 서울 여자들의 모습에 종환은 낚싯대 주변을 어슬렁거리는 물고기를 떠올렸다. 고기가 아무리 많아도 미끼를 물지 않는 낚싯대.

젠장, 유부녀 하나 때문에 이 무슨 고생이람.

하지만 교도소에서 뜻밖의 수확을 얻게 될 줄 그는 전혀 예상치 못하고 있었다.

2

"오래 기다리셨습니다."

종환과 인사를 나눈 서무과의 교도관이 서류 뭉치를 가지고 돌아왔다.

"그 여자, 정말 죽었단 말인가요?"

교도관은 신기함인지 애석함인지 모를 표정을 지었다.

"그것도 자살로?"

"그렇습니다."

"어허…… 그것 참……."

성북교도소는 수용 인원 천 800명에 이들을 찾아온 면회객으로 북적대는 대규모의 교도소였다. 민원실을 찾은 종환이 담당 교도관에게 사정을 설명하려 하자 면회객 하나가 '줄 서!' 하면서 그를 툭 쳤다. 종환은 욕이 튀어나오는 입술을 깨무느라 애를 먹었다. 줄서서 기다리는 데 20분을 허비했다. 형사라고 신분을 밝히자 민원실 직원은 친절하게 서무과로 길 안내를 해주었다.

재소자의 신상 확인, 입출소 정보의 관리는 서무과의 명적 업무자가 했다. 명적 담당 교도관은 점퍼에 고창완이란 명찰을 달고 있었다.

"정금옥 씨가 죽었구나……. 여기선 꽤 유명한 여자였거든요. 엣취!"

먼지가 폐를 자극했다. 고창완은 출소자의 신분장을 찾기 위해 '통제구역'이라고 쓰인 창고 안에서 먼지 나는 박스들을 뒤져야만 했다.

"여기 있네요. 살인죄로 무기징역. 가족관계는…… 없다고 나오네요."

종환의 눈에 죄수복을 입고 2408이란 번호판을 든 정금옥 여사의 사진이 들어왔다. 종환에게도 익숙한, 윤식의 아버지가 사망했을 무렵의 얼굴이었다. 호스티스 영화의 주인공을 닮은 육감적인 미인이다. 하지만 분함인지 억울함인지 모를 괴로운 표정으로 카메라를 노려보는 눈이 왠지 섬뜩하다.

"무기징역인데 어떻게 출소를 한 거죠?"

"검사가 보냈잖습니까? 집에 가서 쉬라고."

"검사요? 형집행정지라도 받았단 말인가요?"

"그렇지요."

종환이 놀란 시선으로 고창완을 쳐다보았다.

"아니, 그럼 그 여자한테 옥살이를 중지할 만한 중병이라도 있었단 말입니까?"

"예, 자궁암 말기였어요. 모르셨습니까?"

"몰랐는데……."

가석방이 아니었어! 불치병에 걸렸던 거였어! 살아날 가망이 없다는 확실한 진단을 받았으니까 형 집행이 중단된 것이었어. 죽기 얼마 전, 하루가 다르게 변해갔다던 흉측한 외모와 뭉텅뭉텅 빠졌던 머리카락이 그제야 이해되었다.

종환은 자신의 어리석음을 탓했다. 형집행정지라니, 확인하기도 간단한 사실을 왜 진작 조회하지 않았을까.

윤미가 말하길, 정금옥은 쓰러져 병원에 입원해도 정밀 검사를 거부하며 행패를 부렸다고 했다. 지병을 모르게 하려는 수작이 틀림없었다. 대체 무슨 이유로 병을 숨긴 걸까?

"몇 달밖에 살지 못할 거라고 해서 집행정지가 떨어진 거

372

지요."

"그럼 가족에게 통보라도 했을 것 아닙니까?"

"가족이 없다고 하더군요."

고창완이 종이컵에 커피 가루를 부으며 말했다.

"그런 사람들 가는 기도원 같은 데가 있어요. 그조차도 본인이 고집을 부려서 거절했습니다."

"가족이 있습니다. 양아들이죠. 지금 그 사람의 행방이 묘연합니다."

"저희도 남매가 있다는 사실은 알고 있었습니다."

"그럼 왜 출소 전에 통보를 안 했지요?"

"면회를 한 번도 오지 않은 사람들인 데다가 정금옥 씨가 거의 협박하다시피 출소 사실을 알리지 말라고 했어요."

거기서 고창완은 주위를 살피더니 목소리를 낮추었다.

"시키는 대로 할 수밖에요. 얼마나 무서운 여잔데요."

"그게 무슨 소립니까?"

"성질 잘못 건드렸다가는 급살 맞을지도 몰라서죠. 무서운 무당이었거든요."

"그 여자가 무당이라고요?"

종환의 신경이 곤두섰다.

"예."

충격적인 사실 앞에 종환은 할 말을 잃었다. 그 여자가 정말 무당이었다니…….

"어떻게 무당인지 아셨지요?"

"우리 모두 아는 사실입니다. 감옥 안에서 신이 들렸거든요."

"감옥 안에서?"

"그 여자에 관해서라면 에피소드가 많습니다."

고창완은 연탄난로 위에서 끓고 있던 주전자를 내려 종이컵에 물을 부었다. 그러고는 타자기를 치고 있던 경비 교도대원을 불렀다.

"한철아, 용도과 가서 김종길 주임님 좀 모시고 와. 지방에서 형사님 찾아왔다고."

대원은 타자기에서 손을 떼고 어딘가로 나갔다. 얼마 안 있어 안경을 쓴 체격이 건장한 50대 남자가 들어왔다. 김종길 주임이었다. 고창완이 그를 소개했다.

"이분이 그때 정금옥이 있던 관구의 책임 주임이셨습니다."

김종길은 경계심 서린 눈빛으로 종환을 쳐다보았다. 종환이 양아들의 실종에 대해 간략히 설명할 때도 그는 머뭇거렸다. 한사코 얘기하지 않으려는 눈치였다. 종환이 몇 번을 사정한 끝에 김종길은 마침내 입을 열기 시작했다.

3

정금옥은 입소 때부터 화젯거리였다. 목사 남편을 살해했다는 범죄 사실과 침어낙안(沈魚落雁)의 미모는 일거에 사람들의 관심을 모았다. 얼마나 잔혹하게 죽였길래 무기징역까지 받았나, 필시 바람을 피우다 걸렸을 거야, 저 얼굴로 뭐가 아깝다고 목사하고 결혼하나, 목사가 의처증이라도 걸린 건 아닐까.

검증 안 된 소문이 교도소 안을 둥둥 떠다녔다. 하지만 정금옥은 입을 닫은 채 멍하니 창살 밖만 바라보았다. 아무도 그녀를 찾지 않았고 그녀 역시 아무도 찾지 않았다. 가족사항을 묻는 말에도 '나의 가족은 없다'란 말로 일관했다. 때로 교도소 위촉 목사가 교화차 감옥을 찾아오는 일이 있었는데 그녀는 성경을 찢고 성난 고양이처럼 덤벼들어 위촉 목사는 그녀에 대해 가졌을 법한 의문을 풀지 못하고 포기해야만 했다. 그러나 불교는 배척하지 않았다. 자주 참석하지는 않았지만 불교 법회에서 합장하는 그녀의 모습이 사람들의 눈에 가끔 띄었다.

침묵의 5년이 지날 때까지 그녀는 바깥일에 일절 관심을 두지 않았다. 그러나 무표정한 얼굴 아래 그녀의 마음은 깊은 상처를 입은 것처럼 보였다. 아름다웠던 외양은 눈에 띄게 수척해졌고 몸이 아프다며 수시로 진통제를 타 먹기도 했다.

그러던 6년째의 어느 화창한 봄이었다. 그날은 뉴스에서 대대적으로 홍보한 대로 개기일식이 있던 날이었다. 정금옥이 심한 몸살에 걸려 누운 채 굴신을 하지 못하게 되었다. 먹는 음식마다 토해버렸고 고열에 정신을 잃으며 헛소리까지 해댔다. 교도관들은 얌전히 생활하던 여자의 변화에 필경 심각한 문제가 있다 판단하고 죽을 끓여주고 의무관에게 진료도 받게 했다. 하지만 이런 정성에도 그녀의 병세는 조금도 나아지지 않고 악화일로를 걸었다. 근 한 달을 차도 없이 자리보전하는 사이 그녀의 몰골은 산송장처럼 처참해져갔다.

　교도소 안에서 사람이 죽으면 곤란해진다. 교도소 바깥의 시선이 감당하기 어렵기 때문이다. 환자 걱정보다 문책 걱정이 앞선다. 교도소장은 교도관들의 계호 아래 정금옥을 시내 종합병원에 보냈다. 하지만 검사 결과는 하나같이 정상 소견이어서 더욱 사람들을 아연실색케 했다. 이러는 사이에도 그녀의 병세는 깊어만 갔다.

　병석에 누운 지 66일이 되던 날이었다. 정금옥이 자리에서 스르르 일어났다. 의자에서 졸고 있던 담당 교도관 안영숙은 모두가 잠든 한밤중에 웬 여자가 '담당님' 하고 부르자 간이 떨어지는 줄 알았다. 이내 그 목소리가 정금옥임을 알아들은 그녀는 무슨 일이라도 생겼나 불안해서 얼른 뛰어갔다. 정금옥은 파리한 얼굴로 창살을 붙잡고 있었다.

　"담당님, 소장님 좀 만나게 해줘요."

　"무슨 이유로 만나려고 하죠?"

　"목숨이 달린 일이니 어서 만나게 해줘요."

　"보고에도 순서가 있으니 소장님을 만나려면 담당 근무자인 나한테 먼저 얘기해야 돼요."

　"소장한테 직접 얘기해야 한다니까."

　안영숙은 상급자인 김종길에게 전화로 이 사실을 보고했다. 곧 김종길이 들어와 왜 소장님을 만나려는지 물었다. 똑같은 대답이 돌아왔다. 죄짓고 갇힌 주제에 하늘 같은 간수님을 무시한다, 이거지. 듣고 있던 김종길의 얼굴에 불끈 열이 올랐다.

면담 사유도 모르면서 위에다 보고해봤자 돌아오는 건 재소자한테 기 싸움에서 밀린다는 핀잔일 뿐이다. 그는 버럭 소리쳤다.

"이게 미쳤나? 소장인지 추장인지 니 친구야? 부르는 대로 만나게?"

정금옥은 눈에서 열을 뿜으며 창살을 꽉 붙잡았다.

"니들 소장, 3대 독자 아들 있다. 곧 있으면 저승 헤맨다. 내가 아니면 못 살린다. 나중에 박살 나지 말고 빨리 날 만나게 해라."

"이년이 아프다, 아프다 해서 봐줬더니!"

김종길이 파리채 같은 손바닥으로 철창을 탕 소리가 나도록 때렸다. 정금옥이 창살을 놓치고 쓰러졌다. 그 상태로 그녀는 실신하고 말았다. 땀이 흥건한 뺨에 머리카락이 찰싹 달라붙었다. 김종길은 그 모습이 조금 안쓰러웠으나 그대로 내버려두었다.

✦

이틀 후 교도소장은 전국 중고등부 태권도 시합에 참석하느라 하루 동안 자리를 비우게 되었다. 아들의 시합을 관전하기 위함이었는데 아들은 전국체전에서 경기도 대표로 뛴 태권도 인재였다.

그날 오후 직무를 대행하던 부소장은 소장으로부터 내일 출근하지 못할 것 같다는 전화를 받았다. 아들이 상대방 선수의 돌려차기에 얼굴을 강타당한 후 쓰러져 의식을 찾지 못한다는 게 결근의 사유였다. 아들은 대학병원으로 긴급 이송되었다. 뜻밖의 비보가 기관장으로부터 떨어지자 교도소 분위기는 급격히 무거워졌다. 기관장의 위세가 하늘을 찌를 듯하던 시대였다. 직원들은 공개된 장소에서 농담을 하지 못했고 대화도 소리를 죽여야만 했다. 그중에서도 이유 없이 겁에 질린 이가 있었다. 김종길이었다. 그는 순시를 핑계로 정금옥의 독방을 찾아갔다. 정금옥은 해골처럼 앙상한 얼굴을 철창에 바짝 들이대며 숨을 헐떡였다.

"시간이 없다. 빨리 소장을 만나게 해라. 꿈속의 노인이 또 찾아왔어. 노인을 화나게 하면 안 돼."

김종길은 심적으로 갈등을 겪었다. 이런 허황된 말을 보고해야 하나 말아야 하나. 에잇, 그저 우연일 뿐이겠지.

그는 또다시 정금옥의 요구를 묵살했다. 그녀는 여전히 이유를 숨긴 채 소장과 만나기만을 희망했다. 내용도 명확하지 않은 안건을 보고하면 자신만 묵사발이 되고 체면이 깎인다. '이런 바보 같은 놈!' 소리는 약과다. 재떨이가 날아오고 원산폭격까지 당하는 수도 있다. 경력 공무원의 자존심과 세상 물정의 설명할 수 없는 불길함 사이에서 그는 갈등했다. 지금 벌어진 일은 분명 자신과 관련이 없는데 또 달리 보면 관련이 있는 것도 같았으니까.

"노인이 이번엔 그의 계집을 건드릴 것이다."

"노인이란 누구인가?"

378

정금옥은 대답하지 못하고 쓰러져 정신을 잃었다. 김종길의 간도 졸아들었다.

다음 날이었다. 직원들이 휴게실 앞에서 하나둘 모여 수군거렸다.

"오늘 소장님 관사에 가봤다. 사모님 정말 미인이시던데."

"관사는 왜 갔는데?"

"판공비 나온 거 갖다 바치러 갔지."

"돈 많이 들겠지. 아들이 아직도 혼수상태잖아."

"안 그래도 사모님도 그 얘길 하시던데."

'이번엔 그의 계집을 건드릴 것이다.'

이 말이 생각난 김종길이 불쑥 물었다.

"그 사모님 혹시 어디 편찮지는 않던가?"

대화하던 두 사람은 운동회 곤봉체조 때 체육 선생의 곤봉에 머리를 맞은 듯한 표정을 지었다.

"뜬금없이 사모님 아픈 건 왜 물어? 둘이 친해?"

"그러게 말이야. 혹시 소장님 근무 때 몰래 들락날락거린 건 아냐?"

두 사람이 낄낄거렸다. 주군 앞에선 조정 중신들처럼 머리를 조아리는 인간들이 주군이 없자 음담패설을 늘어놓는다. 하지만 김종길은 여자가 괜찮다는 말에 그저 안심할 뿐이었다.

그때 소장의 운전기사가 등장했다.

"뭐 재미있는 일이라도 있수?"

"아이고, 정 기사 아니요? 왜 여기 있어요? 기관장 회의차 안

양에 간다 안 그랬소?"

정 기사는 뭔가 재밌는 사실을 알고 있는 것처럼 히죽 웃더니 주위를 살폈다.

"당신들 입 무겁지?"

"왜, 뭔 일 있소?"

"소장 지금 인천 갔수. 절대로 얘기하면 안 돼."

"인천은 왜요?"

"거기 세컨드가 살거든. 카바레 사장이야. 소장이 직접 운전해서 그 여잘 만나러 갔다 이 말이지."

"나도 애인이 있단 소문은 들었는데. 굉장한 미인이라고 말이야."

"허! 아들이 혼수상태인데도 애인을 만나러 갔다고?"

김종길이 혀를 내둘렀다.

"이 판국에도 즐길 건 즐기자 그건가?"

"어허, 뭔 소리. 병문안 갔어."

정 기사가 손을 휘저었다.

"병문안?"

김종길의 목소리가 높아졌다.

"여자가 추락해서 크게 다쳤거든. 자전거 타고 가는데 도사견 같은 게 달려들었다나 봐."

김종길은 눈앞이 캄캄해졌다.

✦

그로부터 이틀 뒤였다. 정금옥이 누워 있는 감방이 소리도 없이 열렸다. 여자와 남자가 섞인 체격 큰 교도관들이 정금옥을 번쩍 들어 올리더니 준비해둔 휠체어에 태웠다. 정금옥은 가까스로 눈을 떴지만 기운이 없어 입을 열지는 못했다. 그들은 사람이 없는 어두운 길을 지나 습기 차고 곰팡내가 진동하는 장소에 도착했다. 문짝은 깨졌고 벽은 그을음투성이였다. 누군가 불을 켜자 밝은 빛에 꽁무니를 빼는 쥐가 보였다. 그곳은 실현된 바 없는 리모델링 계획 때문에 몇 년이나 방치해둔 빈 사무실이었다.

"네가 내 아들에 대해 안다고?"

굵은 남자 음성이 사무실에 울렸다. 정금옥이 힘없이 고개를 들었다. 수행원들을 거느린 큰 몸집의 남자가 접의자에 앉아 있다.

"그렇습니다, 소장님."

"애가 그렇게 될 줄 네가 어떻게 알았지?"

"신령님께서 가르쳐주셨습니다."

소장은 꿈쩍도 하지 않았다.

"혹시 내 아들이 쓰러진 게 네가 한 일은 아니냐?"

"그렇지 않습니다. 제 말씀을 한번 들어주십시오."

정금옥은 수척해진 얼굴에 비지땀을 흘렸다.

"저는 얼마 전부터 꿈자리가 어지럽고 온몸에 기운이 없더니 깊은 잠을 자지 못하고 머리부터 발끝까지 아프지 않은 곳이 없었습니다. 열은 내려가지 않고 헛것이 자꾸 보이는 게 백약이 무효이고 당장이라도 죽어서 깨어나지 못할 것만 같았습니다. 그런데 정신을 잃을 때마다 계속 같은 꿈을 꿉니다. 웬 머리 허연 노인이 말을 타고 나타나 '너는 내 딸이다', '너는 내 딸이다' 하면서 깊은 산과 계곡을 데리고 다니는데 끌려다닐 때마다 온몸이 몽둥이로 맞은 것처럼 아프고 손가락 하나도 까딱하지 못하겠습니다. 어느 날 또 꿈속에 나타난 노인이 '나는 이역만리의 원대신왕(員帶神王)으로 내 딸을 찾아왔다. 당금에서야 내 딸을 찾은바 되었으니 이제 신통력을 내리겠다. 너는 지체 없이 준비를 해야 한다'고 일러주는데 '이년은 죄를 지어 옥에 갇힌 몸이 되었습니다. 무얼 어떻게 해야 합니까' 하고 물으니 '오냐, 무슨 말인지 알겠다. 내 딸의 내림을 위하여 옥사장한테도 눈치를 줄 터인즉 너는 즉시 말뜻 알아듣게 할 것이며 만약 이를 늦추거나 내림을 거부할 시에는 너 또한 저승에도 이승에도 머물지 못하는 잡귀가 될 터이니 만사 차질 없이 준비해야만 할 것이다' 다짐하였습니다. 저기 계신 교도관님한테 소장님 만나게 해달라고 부탁했더니 내용 알기 전엔 안 된다며 내 말뜻 잘라버렸습니다."

정금옥은 김종길을 손가락으로 가리켰다. 김종길은 아무 대꾸도 할 수 없었다.

"그러자 꿈속에서 원대신왕이 몹시 화가 난 얼굴로 다시 나타나 '이년, 네 어찌 내 말 가벼이 여기느냐' 하고 야단을 치길래 내 사정 얘기했더니, 그놈의 옥사장 아들놈을 손에 쥐고 흔들어 옥사장의 정신부터 차리게 해야겠노라 말하셨습니다. 내 얼핏 들으니, 소장님 자제분 운동하다 다쳤다 하옵고, 그래도 내 말뜻 전달 안 되어 또 내림받지 못하니 꿈속에서 또 원대신왕 나타나 하시는 말이 '이번엔 그 계집한테 신구(神狗)를 보내서 내 뜻 알게 하리라' 일갈하셨는데…….”

“됐어, 그만!”

소장이 손을 들어 막았다. '계집'이란 단어가 많은 사람이 모인 장소에서 나온 걸로 충분했다.

“네 말투가 원래 그런가?”

정금옥은 소장의 말뜻을 알아들었다.

“그렇지 않습니다. 그 꿈을 꾼 후부터 바뀌었습니다.”

교도소장은 생각에 잠긴 얼굴로 느릿느릿 입을 열었다.

“원래 우리 집은 경주 최씨 문중에서도 만석꾼 부자였다. 아버님은 양심적인 지주였는데도 6·25 때 공산군에게 인민재판을 받고 돌아가셨다. 내 이런 방면으로 아주 문외한이라면 너의 꿈을 쓸데없는 소리라고 무시하겠으나 억울하게 돌아가신 아버님과 숙부의 오구굿*을 겪어본 데다가 네 말투를 들어보니 확실히 무당다운 사설조라, 내 너의 말을 전면 부정하진 않겠다. 내 묻겠다. 너는 내림굿을 받기 원하느냐?”

그러자 정금옥은 생명의 은인이라두 만난 양 땅바닥에 머릴

* 무당굿에서 열두거리의 여덟째. 죽은 이의 넋을 극락세계로 인도하는 굿.

조아렸다.

"소장님, 저는 흰 말을 탄 그 노인이 무서워 죽겠습니다. 아무리 피하려고 해도 찾아와 머리채를 끌어 잡고 산이고 계곡이고 돌아다닙니다. 계속 너는 내 딸이다, 내 딸이다, 하는 통에 몸은 병들고 마음도 혼란스러워져서 이대로 지내다간 곧 죽을 것만 같습니다. 불쌍한 목숨 하나 살려주십시오."

"그리하면 내 아들을 살릴 수 있겠느냐?"

"그 노인에게서 비롯된 것이라면 충분히 가능할 걸로 믿습니다."

"너는 남편을 살해하고 여기로 들어온 것으로 아는데, 나간다면 가족은 있느냐?"

"저는 가족이 없습니다. 어머니는 몸을 파는 여자였는데 일찍이 죽어 어릴 때 미국으로 입양되었습니다. 의부가 좋지 못한 사람이어서 일찍 독립하여 혼자 지냈습니다."

그녀는 강조했다.

"저는 살고 싶습니다."

소장은 양손에 깍지를 끼고 몸을 앞으로 내밀었다.

"의사들 말이 내 아들의 혼수상태를 설명할 길이 없다고 한다. 만약에 네가 큰 무당이 될 소질을 갖고 태어났다면 내림굿을 피할 순 없겠지. 하지만 알다시피 영어(囹圄)의 몸이라 너나 내 마음대로 할 수 없는 부분이 있다."

소장은 몸을 더욱 앞으로 구부렸다.

"다른 재소자들 눈도 있으니까 네게 특별 대우를 해줄 순 없

384

다. 이렇게 하자. 일단 돌아가거든 사소한 것이라도 좋으니 관규를 위반해라. 그럼 너를 징벌실로 보내겠다. 독방 징벌실이라면 보는 눈이 없으니 거기서 아무도 모르게 내림굿을 하도록 준비를 해주겠다."

정금옥은 눈물을 흘렸다.

"만약 내 아들의 병세가 진척이 있다면 네가 가석방되도록 내 나름대로 힘을 써주겠다. 알다시피 너는 살인죄니까. 하지만 내 아들이 나아지지 않는다면 너는 가석방은 고사하고 흉악범이 많은 중구금 교도소로 이감을 가게 될 것이다. 부정을 탄 마물 같은 너를 나 역시도 하루라도 데리고 있긴 싫으니까. 이감을 가면 너는 신입이 된다. 군대 전입보다 힘든 게 교도소 이감이니 고생문이 열릴 건 불을 보듯 뻔하겠지."

소장의 몸이 다시금 뒤로 젖혀졌다.

"그러니 최선을 다해보란 말이다."

오랜 병마에 시달린 정금옥의 얼굴이 모처럼 밝아졌다.

"믿어보세요, 소장님."

✦

다음 날 정금옥은 징벌실인 6사로 옮기게 되었다. 6사는 관규를 위반한 재소자들이 징벌 제재를 받고 가는 좁은 독방으로 정금옥의 6사 입실 사유는 '소란'이었다. 정금옥은 아침 배식을 하던 김분자의 얼굴에 입에 머금은 물을 뿌렸다. 전직 버스 안

내양이었던 김분자는 배차부장인 장원극과 간통을 벌이고 교도소에 들어왔는데 두뇌 회전이 빠르고 사람(특히 남자)들을 잘 녹여 교도관들의 잡일을 보조하는 일을 맡았다. 리어카에 실은 밥통에서 밥을 나눠주던 그녀는 물벼락을 맞자 적잖이 당황했다.

"남의 서방 꼬셔 자지 만진 손을 씻지도 않고 배식해? 예라, 이 씨팔년!"

정금옥이 고함을 쳤다. 다 죽어가던 환자가 하루아침에 변한 모습에 김분자는 와락 겁이 났지만 워낙 담대한 천성답게 곧 대응 공격에 나섰다.

"지아비 죽이고 온 년이 어디서 빳빳하게 고갤 쳐들고 지랄이야! 너 이리 나와!"

교도관들이 즉각 달려왔다. 큰 싸움이 붙을까봐 얼른 둘을 떼어놓았다. 그들은 하루아침에 돌변한 모습에 다소 긴장하면서도 정금옥의 오버액션에 혀를 찼다. 징벌실에 가야 할 것은 두 사람이 아니기 때문이다. 결국 김분자는 평소의 행실이 정상 참작되어 방면되고 정금옥 혼자 징벌실로 끌려갔는데 김분자는 멀어져가는 정금옥의 뒷모습에 대고 남편을 살해한 여자에 관한 입에 담지 못할 욕설을 퍼부었다. 김종길은 정금옥을 데리고 가면서 그녀가 속삭이는 소리를 들을 수 있었다.

"흥, 더러운 년. 조금만 기다려봐라. 신왕님께서 가만두지 않을 테니."

✦

　　징벌실에 온 지 하루 만에 정금옥은 외부 병원 진료를 통보받았다. 원인을 알 수 없는 고열과 무기력증이 이유였다. 징벌은 집행도 중요하지만 감내할 수 있는 건강 상태가 우선이다. 이 인권을 고려한 법적인 명시를 핑계로 정금옥은 포승에 묶여 철망이 쳐진 앰뷸런스에 오를 수 있었다.

　　교도소를 벗어난 앰뷸런스는 시내의 병원으로 가지 않고 경기도 변두리의 깊은 야산으로 들어갔다. 인가가 사라지고 첩첩산중만이 앰뷸런스를 에워쌌을 때 따르는 차가 갑자기 열 대가량으로 늘어났다. 기관장이 탔음 직한 검정 세단이 맨 뒤에 자리하고 있었다.

　　얼마 후 차가 멈춘 곳은—마치 인공적으로 다듬어놓은 듯한—야산 속의 개활지였다.

　　울창한 수림 속에 제초 작업으로 관리가 잘된 광장이 있었다. 중대 병력이 도열하고도 남을 만한 크기였다. 백 년 고목이 동서남북을 방위하고 햇볕과 그늘, 곧 음양의 조화가 여느 곳과 달랐다. 경건하고도 전통적인 분위기가 물씬 풍겼다. 나중에 밝혀진 사실이지만 이곳은 조상을 모시는 큰제사를 주관하는 어느 문중의 성지였고 소유주도 이 문중의 종손이었다. 최씨 성을 가진 교도소장은 이 문중에 속해 있지 않았는데, 종손이 타성(他性)에게 성스러운 장소를 대여한 이유란 것이 '무당의 신내림'이라고 밝혀진다면 지하의 귀신이 일어나고 전국 각지의 문중 씨족이 난리를 칠 만한 일이었다. 이런 천인공노할 일이 어째서 가능해졌는가 하면, 하는 사업마다 실패를 거듭한 종손에게 건네진 거액의 돈이 있었기 때문이다.

개활지 중앙에는 커다란 상이 놓여 있었고 각종 과일과 돼지 대가리, 생선 따위가 상다리가 휘어지도록 푸짐하게 차려져 있었다. 상 바로 옆에는 커다란 대나무 깃발이 기세등등하게 바람을 맞이하고 있었고, 상을 에워싼 나무들마다 빨랫줄 같은 끈을 서로 이어놓았다. 끈마다 흰색 종이와 헝겊과 실이 어지럽게 나붙었다. 주위에는 접의자가 잘 배열되어 있었는데 소장이 중간 자리를 차지하고 앉자 수행원들도 그 옆에 하나둘 앉았다. 이제 상 앞에 마련된 돗자리에 무섭게 생긴 노파 하나가 올랐다. 노파는 남색 쾌자에 노랑 저고리를 입으며 각종 무구(巫具)를 점검했다. 김종길이 정금옥의 수갑과 포승을 풀어주었다. 노파는 교도소장을 보더니 허리 굽혀 절을 했다. 하지만 정금옥을 향할 때 노파의 표정은 거미가 줄에 걸린 벌레를 노려보는 것처럼 무섭게 변했다. 정금옥이 머리를 숙이며 인사하자 노파의 표정이 조금 풀렸다.

"나는 임자한테 내림받게 해주려고 온 이문보살이라고 하네."

이문보살은 벌써부터 어떤 교감을 느꼈는지 정금옥의 어깨를 어루만졌다.

"임자 위해 굿 날 받았는데 그게 바로 오늘이라. 먼저 내 하나 물어보자. 꿈속에서 본 몸주(수호신)가 누구라고?"

"원대신왕이라고 했어요."

"원대신왕? 그런 이름은 처음 듣는데……. 어쩌면 임자는 우리도 감당 못 할 큰 무당 될 운명을 타고났는지도 모르겠다. 일단 옷부터 갈아입자."

여자 교도관 하나가 정금옥을 빈 승합차 안으로 데려갔다. 새들과 벌레 소리가 온 산에 평화롭게 울려 퍼졌다. 6월 날씨는 화창했고 눈이 닿는 곳마다 아름드리 꽃이 만발했다. 칼날 위를 걸을 의식도 이 같은 자연의 조화 앞에선 아무런 긴장을 주지 못했다. 이러한 아름다움에 정점을 찍듯 머리에 비녀를 꽂고 하얀 소복으로 갈아입은 정금옥이 앰뷸런스 밖으로 모습을 드러냈다. 남자들의 입에서 저절로 탄성이 흘러나왔다. 죄수복을 벗은 그녀의 미모는 그토록 고아했다.

소장이 신호를 보내자 이문보살이 즉각 장구를 붙잡았다. 인명, 재물을 해칠 모진 기운을 막기 위한 살 가림을 시작하는 것이다. 장구를 때리자 이문보살의 입에서는 오늘의 일이 안전하게 성사되기를 기원하는 말들이 청산유수처럼 흘러나왔다. 사람들은 노파의 거침없는 사설을 집중하여 감상했다. 이러는 사이 정금옥은 준비해둔 돗자리 위에 다소곳이 무릎을 꿇고 앉았다. 별안간 이문보살이 장구를 떨어뜨렸다. 바람 한 점 없는 날씨임에도 깃발이 흔들리고 종이와 헝겊이 바르르 떨렸다.

"원대신왕님!"

이름을 부르는 이문보살의 이마에 굵은 땀방울이 송골송골 솟아났다. 법사들이 급히 북과 꽹과리를 준비했다. 사람들은 뭔가 순서가 생략된 이 뜻밖의 괴변에 긴장했다.

"예, 신왕님! 예, 신왕님! 이렇게 아득하고 큰 신왕님을 진작 몰라봤습니다. 둥그렇게 띠 두르고 활활 타는 하늘로부터 내려오신 신왕님을 몰라본 죄, 이년 죽어 마땅합니다. 귀하신 몸으로 왕림하셔갖고 우리 금옥이를 이 천한 몸한테 보내주셨습니다. 예예, 우리 신왕님 따님으로 알아서 모시렵니다."

이문보살은 이렇게 원대신왕이라는 전대미문의 신령과 더불어 대화를 나누면서 소반 위에 있던 무의를 떨리는 손가락으로 가리켰다. 정금옥에게 입으라는 신호였다.

"이렇게 빨리 내림 주시는 신왕님 처음입니다. 분명 신왕님의 큰딸입니다. 백발백중으로 신통방통하고 아무도 감히 가까이 못할 신왕님의 큰딸입니다."

정금옥은 눈을 아래로 내리깐 채 흰 소복 위에 노랑 두루마기를 입고 두루마기 위에 알록달록한 색상의 쾌자를 걸쳤다. 무의를 걸치자마자 사람들 사이에서는 또 한 번 탄성이 오갔다. 저건 하늘에서 온 선녀다, 사람이 아니다. 북과 꽹과리 소리가 고음으로 치달아가고 곧 시퍼런 칼날이 세워졌다. 방울이 멈추지 않고 울어댔다. 이문보살이 미친 듯이 떠들어대는 사이 정금옥을 에워싼 산천초목이 격렬하게 반응했다. 이파리는 이파리대로 떨고 구름은 전광석화의 속도로 흘러갔으며 온갖 산짐승의 소리는 하나로 합창되어 우주의 비밀이라도 공개할 듯 정금옥에게 지지를 보내는 것이었다. 그 순간 정금옥의 눈동자가 까뒤집히며 흰자위가 드러났다. 지켜보던 군중이 억, 하고 신음을 냈다. 그녀의 입에서 본인의 목소리가 아닌 굵직한 남자의 음성이 새어 나왔다.

내가누고 내가누고
세상천지 다스리고
우주만물 초월하는
만년존자 원대신왕
한손에는 불칼쥐고
한손에는 방패들어
법력찾고 운기모아
불측스러운 무리들아
무간지옥 떨어진다
아득하던 옛시절에
태평성대 원대신왕
시기하고 탄압하던
흉악스러운 무리있어
백귀야행 따로없네
하늘높고 땅넓은줄
티끌머리 모르더니
야음틈타 기습하여
성군신왕 사지찢고
서역잡귀 십자세워
혼돈세월 가가대소
아수라장 따로없네

캄캄했던 인고세월

한점두점 골육파편

잊혀지고 억압당한

찬란했던 무한신을

두드리고 일깨우는

니는누고 니는누고

금지옥엽 내딸일세

옥고치러 공양하는

눈넣어도 아프잖을

금지옥엽 내딸일세

효녀심청 저리가라

춘향이도 저리가라

울아부지 눈뜨소서

울아부지 눈뜨소서

지성이면 감천이라

오냐그래 내가왔다

피와살이 다시뭉쳐

원대신왕 일어선다

세상천지 삼라만상

평정하고 무릎꿇릴

원대신왕 부활한다

엇쉐 잡귀야 물렀거라

또다시날 탄압하면

눈알잃고 혀가뽑혀

집도없고 절도없는

낮도깨비 되게하마

또다시날 억압하면

자손대대 악담하여

낳는속족 배냇병신

낳는족족 곰보봉사

패륜반역 살인사기

인간망종 되게하마

엇쉐 잡귀들아 물렀거라

원대신왕 나가신다

　장구 소리, 북소리가 더욱 요란해졌지만 법사들의 얼굴에는 당혹스러운 표정이 나타났다. 무당의 사설이 내용상 끔찍한 데다가 그녀의 신들림에는 산 사람이라도 대번에 도려낼 듯한 무서운 기색이 있었던 것이다. 분명 바람은 없는데 나뭇잎들이 일제히 사각거렸다. 캑캑거리는 짐승의 울음소리가 어디선가 들려왔다. 사람들이 당황한 기색으로 일어서거나 서로를 붙잡았다. 그 순간 부채를 좍 펴든 정금옥이 칼 위로 사뿐 날아올랐다. 여자 교도관이 비명을 지르며 기절했다. 남자들 일부도 눈을 가렸다. 하지만 원대신왕은 칼보다 강하고 작두보다 기세등등했다. 날카로운 쇳조각들은 비단 같은 그녀의 발을 감히 상처 내지 못했다. 이름 있는 무당으로서 산전수전 다 겪은 이문보살조차도 겁에 질린 눈으로 사태를 관망할 뿐이었다. 정금옥이 그녀를 둘러싼 사람들을 천천히 둘러보았다.

"내가 다시 왔다."

정금옥의 시선은 이문보살에게로 가서야 멎었다. 사람을 매섭게 째려보는 시선이었다. 대나무가 마치 사람이 웃는 것처럼 삭삭거렸다. 이문보살은 손을 벌벌 떨다가 힘없이 주저앉았다. 교도소장이 뒷짐을 지고 일어섰다. 얼어붙어 있던 사람들도 소장이 일어서자 그제야 따라 일어섰다. 칼 위에서 바닥으로 뛰어내린 정금옥은 잠시 저 멀리 어딘가를 쳐다보았다. 알 수 없는 비밀을 간직한 그녀의 시선은 단호한 의지와 거듭난 승리감으로 사물을 꿰뚫었다. 우아한 몸놀림으로 그녀는 춤을 추기 시작했다. 잠시 멎었던 무악이 아리따운 추임새에 맞춰 속개되었다. 법사들의 얼굴도 땀으로 흥건해졌다. 이문보살은 공포에 질린 얼굴로 한참이나 정금옥을 쳐다보다가 슬슬 뒷걸음치더니 곧 어디론가 사라졌다. 아무도 그녀가 현장에서 사라진 걸 눈치채지 못했다. 이문보살 가까이에 있던 교도관 하나만이 그녀가 사라지기 전 "아무 말도 안 할게요, 신왕님. 그저 살려만 주시와요" 하는 말을 들었다고 했으나, 그 역시도 절정에 달한 분위기 때문에 신빙성을 얻지는 못했다.

내림굿이 끝날 무렵에야 나무와 풀은 소란을 멈추고 얌전해졌다. 산짐승들도 선생의 지시에 순응한 학동들처럼 입을 다물었다. 정금옥의 얼굴에서 병마의 기색이 사라졌다. 그녀는 아름답고 담담한 얼굴로 저 멀리 있는 하늘 어딘가를 언제까지나

394

처다볼 뿐이었다. 그런 그녀에게 말을 붙일 수 있는 이는 아무도 없었다.

✦

내림굿을 치른 지 하루 만에 교도소장의 아들이 의식을 회복했다. 같은 날 교도소장의 애인도 짐승한테 물린 자리가 아물기 시작했다. 아들은 아무 일도 없었다는 듯이 다시 태권도 연습에 매진했고(540도 회전돌려차기가 눈부시게 빨라졌다), 애인은 소장을 더욱 자주 불러냈다(한밤의 기술이 눈부시게 발전했다).

소장은 정금옥을 특별 독실에다 수용하고 일반 죄수와는 다른 처우를 해주었다. 그녀는 이 같은 배려를 감사히 받으면서도 바깥 사회를 그리워하는 눈치였다. 가석방이라도 받을 수 있도록 소장이 이리저리 알아봤지만 이것만큼은 뜻대로 되지 않았다. 무당이 되어 신묘함을 보인 존재일지라도 판결문을 바꾸는 능력은 없었다. 그럼에도 그녀는 법령에 어긋나는 처우를 요구하지 않았고 사람들에게 해를 끼치는 힘을 행사하지도 않았다. 그저 평소처럼 창살 밖을 응시할 뿐이었다. 여전히 세끼 식사를 했고 배가 아플 때는 진통제도 먹었다. 하지만 교도관들은 이전과는 달리 그녀가 웃는 모습을 자주 볼 수 있었고, 말수도 늘어나 사교성 또한 나날이 좋아짐을 알 수 있었다. 마치 자포자기의 절망 속에서 살다가 뭔가 살아야 할 희망이 생긴 사람처럼 보였다. 언제부턴가는 사람들 몇몇이 그녀를 면회 오기 시작했다. 그들은 하나같이 '지인'이라고 자신을 소개했다.

그렇게 천천히 시간은 흘렀다. 정금옥은 별다른 동요 없이 자신을 보듬은 시간의 흐름에 자연스럽게 몸을 내맡겼다.

그러던 어느 날 새벽이었다. 정금옥이 방바닥을 구르며 심한 복통을 호소했다. 한 번도 보인 적이 없는 응급 사태의 통증이었다. 급성맹장염을 의심한 의무과 직원은 소장에게 보고했고 소장은 잠옷 바람으로 소리를 지르며 그녀를 대학병원 응급실로 보냈다.

이 정치계 거물급 같은 대우가 소장을 둘러싼 소문 밭에 엄청난 비료로 작용했음은 물론이다. 무당이 되고 난 후 소장이 부동산 투기로 엄청난 시세 차익을 남겼다느니, 주식 투자로 대단한 재산을 모았다느니, 안면 없는 어떤 국회의원과 깊이 사귀게 되어 정계로 진출할 발판이 마련되었다느니, 매력이 철철 넘치는 정금옥을 어떻게 해보려다가 급살 맞고 죽을까봐 포기했다느니 검증되지 않은 무수한 소문이었다.

뚜렷하게 검증된 것은 병원으로부터 통보된 검사 결과일 뿐이었다.

자궁암 3기.

무기징역의 불문율을 깨고 기어이 정금옥의 소망은 이뤄졌다. 가석방은 허가되지 않았지만 길어봐야 몇 달밖에 살 수 없는 운명이 형의 집행을 정지한다는 검사의 결정을 이끌어냈다. 그녀는 나간다는 사실에 들뜨지도, 곧 죽는다는 사실에 슬퍼하지도 않았다. 창살 밖 밤하늘을 향해 정화수를 떠놓고 두 손 모아 무언가 축원했을 뿐이었다. 그 모습에는 처연하고 달관한 듯한 아름다움이 있었다. 귀신을 아우르는 특별한 능력이 있다고는 생각되지 않는, 그저 얌전하고 우아한 중년 여인으로 돌아갔을 뿐이다. 축원을 마친 그녀는 방바닥에 떨어진 자신의 머리카락을 볼 수 있었다. 그녀는 눈을 감고 신왕님, 신왕님, 하고 낮게 읊조렸다.

출소 당일 소장이 여비와 옷 한 벌을 보내왔다. 도움이 필요하거든 언제든지 연락하라는 편지가 옷 사이에 끼여 있었다. 그녀는 소장의 선물을 휴지통에 버렸다. 김종길이 자전거를 타고 나타나 찾아온 가족 하나 없는 그녀를 버스 승강장까지 태워주겠다고 했다. 정금옥은 자전거 뒷자리에 기꺼이 몸을 실었다.

"어디로 갈 거요?"

"아들한테 갈 거예요."

"아들? 가족이 없다면서."

"죽은 남편의 아들이 있어요."

"당신을 신고한 사람이 아니오?"

"아무 일도 없을 거예요. 그저 한번 보고 싶어서요."

"학생이오?"

"선생님이에요."

"어디 사는지는 알아요?"

"난 무당이잖아요."

"그럼 내가 아드님한테 미리 연락이라도 해줄까?"

"안 돼요."

자전거가 멈춰 섰다. 브레이크를 세게 밟지도 않았는데 정금옥의 몸이 앞으로 쏠려 김종길의 탄탄한 등에 밀착되었다. 이제 그녀는 하루하루 더욱 힘을 잃어갈 중환자였다. 하지만 아직도 그녀에게서는 좋은 향기가 났다. 정금옥이 자전거에서 내렸다. 새벽안개가 걷히지 않은 그곳은 버스 승강장이었다.

"저…… 이봐요, 정금옥 씨."

"예?"

"내가 아는 스님이 하나 있는데…… 그분 계신 절에 부탁을 하면 요양할 수 있도록 방을 마련해줄 수 있어요."

그녀의 얼굴에 희미한 미소가 나타났다.

"이제야 내 이름을 불러주는군요. 2408번이라 부르지 않고."

김종길은 뭐라 대꾸해야 좋을지 몰랐다.

"그동안 고마웠어요."

이 말을 남기고 그녀는 안개 속으로 사라졌다. 김종길은 버스를 타지 않고 어디론가 걸어가는 정금옥의 뒷모습에서 시선을 뗄 줄 몰랐다. 창살을 사이에 둔 재소자와 교도관 사이지만 긴 세월을 같이 보낸 여자다. 그녀 때문에 괴롭고 성가신 일을 많이도 겪었다. 심지어 소장한테 맞기까지 했으니. 하지만 지금 그를 사로잡은 건 가슴에 구멍이 뚫린 듯한 허전함과 외로움일 뿐이었다.

상실감과 짙은 안개 때문에 김종길은 저만치에서 그녀를 마중 나온 십여 명의 사람들을 보지 못했다. 그녀의 '지인'들이었다.

4

이야기를 듣고 난 종환의 머릿속은 복잡해졌다.

"그 아들이 실종되었다고요?"

김종길이 물었다.

"예, 정금옥 씨가 죽고 나서 행방불명되었습니다."

"정말 자살을 한 거요?"

"네."

"저런…… 제아무리 신통방통한 무녀라도 병마는 어쩔 수 없는 모양이군. 얼마나 괴로웠으면 그랬을까?"

김종길이 안타깝다는 듯 혀를 끌끌 찼다. 종환은 윤식과 정금옥 사이의 기이한 에피소드를 차마 이야기할 수는 없었다.

"저, 교도소장님한테 찾아가면 뭔가 더 알 수 있지 않을까요?"

"안됐지만 불가능하오. 며칠 전에 돌아가셨으니까."

"돌아가셨다고요?"

"급성심근경색이오."

김종길이 심장을 손바닥으로 탁탁 쳤다.

"쉰아홉인데도 운동을 좋아해 등산을 무리하게 했지요. 쓰러진 채 발견된 곳도 산이었소."

"혹시 그 소장님이 출소 후에도 정금옥 씨와 연락을 주고받은 건 아닐까요?"

"그건 내가 모르는 일이오."

김종길은 잠시 생각에 잠기는 눈치였다가 느릿느릿 말했다.

"아까 내가 말한 김분자라는 여자 있잖아요?"

"얼굴에 물을 뿜었다는 사람요?"

"그렇소. 그 이후로 정금옥은 그 여자와 몇 번 충돌이 있었소. 김분자가 앙심을 품었거든. 사사건건 싸움이 붙어 둘을 떼어놓느라 참 힘들었소."

"그분을 찾아가면 얻어들을 게 있나요?"

"자살했소."

"혹시나 했는데…… 역시 그렇습니까? 어떻게……?"

"자기 머리카락을 스스로 다 뽑았소. 그런 다음 손가락으로 눈을 파버렸소."

"자살의 이유는요?"

"몰라요. 한 가지 아는 건 김분자가 운동 시간에 달려들어 정금옥의 정화수 그릇을 깨버렸다는 사실이오."

종환이 김종길을 똑바로 쳐다보았다.

"혹시 소장님이나 그 여자의 죽음에 정금옥 씨가 연관되어 있다고 보시나요?"

"그렇게 보지 않소."

김종길이 단호하게 말했다.

"소장님 사인은 당연히 심근경색이오. 의사의 진단이 그랬으니까."

"하지만 소장님은 정금옥 씨에 대해 가장 많이 알고 있는 사람이 아니겠습니까?"

"여기까지가 내가 아는 전부요. 이제 더 얘기하지 않겠소."

김종길이 칼로 자르듯 말을 끊었다.

갑작스러운 퉁명스러움에 어색한 침묵이 흘렀다. 종환이 목소리를 한껏 낮춰 물었다.

"혹시…… 선생님도 무슨 사고를 당할까봐 걱정하신 적이 있나요?"

김종길은 끝내 태연했다. 잠시 후 그가 던진 대답은 이랬다.

"내가 그 여자한테 당할까봐 겁냈다면 뭐하러 처음부터 다 들려줬겠소?"

그러더니 볼펜을 꺼냈다.

"이문보살을 찾아가보시오. 신내림받게 해준 무당 할머니 말이오. 그 할머니야말로 가장 많이 알고 있는 사람이오. 사는 곳도 차 형사님이 사는 데서 멀지 않소. 경북 섭주니까."

"섭주요!"

섭주는 다흥에서 30분이 채 안 걸리는 거리에 있는 군이다. 종환이 살고 있는 곳과는 지척이나 다름없다.

"서울에서 신내림을 하는 데 왜 하필 경상도의 무당을 불렀던 겁니까?"

"소장이 그렇게 시켰소. 정금옥의 부탁으로 그 지역의 무당을 부른 거요."

지그소 퍼즐처럼 들어맞는 음모의 윤곽은 더더욱 뚜렷해지는 느낌이었다. 김종길은 한쪽은 달력, 한쪽은 메모지로 된 수첩에서 종이를 한 장 찢더니 주소를 적고 약도를 그렸다. 종환은 메모를 받으며 물었다.

"아까 신들리고 나서 정금옥 씨를 면회 온 사람들이 있었다고 하셨는데…… 어떤 사람들이었죠?"

"무슨 종교단체 봉사원들이라고 했소. 그중에서도 거의 매일 오다시피 한 사람이 있었어요."

"혹시 젊은 남자 아닙니까?"

종환은 윤미의 남편을 의심했다. 전국 각지를 돌아다니며 세일즈맨 노릇을 했다는 그의 지난 행적에 대해서는 알려진 바가 없다. 기나긴 보복 계획의 일환으로 정금옥에게 지시받은 동준이 일부러 윤미에게 접근했을 수도 있다.

"아니오. 젊은 아가씨였는데."

또 예상이 빗나갔다. 종환은 혹시나 하는 심정으로 지갑을 꺼내 증명사진 하나를 뺐다.

"혹시 이 아가씨는 아니겠지요?"

"머리하고 화장이 다르긴 한데…… 맞는 거 같아요. 어이, 재두야, 이리 와봐라."

그는 다른 교도관을 불러 사진을 보여주었다.

"이거 정금옥 수시로 면회 온 그 여자 아니냐?"

"맞네요, 그 아가씨. 되게 예뻤잖아. 와, 더 예뻐졌네."

종환의 심장이 크게 뛰었다.

"이 아가씨 주소 알 수 있을까요?"

예나 지금이나 개인정보는 기밀 사항이었다. 하지만 그들은 종환이 형사라는 사실에 쉽게 협조했다. 접견 기록물을 뒤지자 면회객의 신상정보는 고스란히 나왔다.

"여기 있군. 이름은 안미영."

기록물에 사진은 없었으나 교도관들은 종환이 꺼낸 증명사진을 보자마자 그녀가 안미영임을 인정했다. 접견 기록물에는 가짜 이영희인 안미영이 총 128회에 걸쳐 윤식의 새어머니 정금옥을 면회 온 사실이 뚜렷하게 기록되어 있었다.

처음부터 정금옥과 한패였어. 윤식이 녀석 철저하게 당했어. 계획된 보복에 철저하게 당한 거야! 종환은 눈앞의 안개가 조금씩 걷혀감을 느낄 수 있었다. 안개가 사라진 지점에는 시커먼 암흑이 입을 벌리고 있었다.

5

성북교도소를 나온 종환은 두툼한 전화번호부를 뒤적거리며 전화를 걸었다.

"누나, 종환인데요. 몸은 좀 어때요?"

―종환이니? 많이 좋아졌어.

"윤식이나 형님이나 연락 온 데 없었죠?"

―아니, 없었어.

"전 흥미로운 사실을 알아냈습니다. 정금옥 씨 있잖아요, 실은 무당이 맞대요. 수감 당시 이상한 꿈을 꾸고 신이 들린 모양인데 교도소 측에서 내림굿을 마련해줬답니다."

윤미는 충격 때문에 한참이나 말이 없다가 혼잣말을 했다.

─역시나 그랬구나…….

"무당이 되고 나서 그 아줌마 주변에 신기한 일이 많이 벌어졌던 모양이에요. 다흥에서 벌어진 일하고 어째 비슷해요."

윤미는 '비슷한 일'이 뭔지 묻지 않았다.

─종환아, 있잖아. 어젯밤에 오현철 선생이 자살했대.

"그래요? 설마 목이라도 맨 건 아니겠죠?"

─맞아, 목을 매고 죽었어.

"젠장, 윤식이와 상관이 있는 사람은 다 죽어나가는군요."

─너도 새엄마가 찾아온 게 계획적이라고 생각하지?

"처음부터 윤식이는 함정에 빠진 거예요. 이영희는 본명이 안미영인데, 정금옥 씨가 무당이 되자마자 수시로 면회를 온 여자랍니다."

─그럼…… 그 여자가 윤식이랑 사귄 것도 다 계획된 거야?

"그럴 겁니다. 아무래도 정금옥과 안미영이 공모 관계일 가능성이 커요. 교도소 측에 알아보니 주소는 있는데 연락처가 없어요. 지금 전화번호부 뒤지는 중입니다."

─이게 대체 무슨 변고람. 그럼 새엄마는 그 여자랑 짜고 탈옥이라도 한 거였니?

"아니에요. 정금옥 씨는 실은 시한부 인생이었어요. 말기암 판정을 받고 형집행정지로 풀려난 거였어요."

─말기암이었다구?

"네, 자궁암 3기라는데 몇 달밖에 살지 못한다고 했나 봐요."

윤미의 의식 속에 새엄마가 부렸던 행패와 병원 검사의 거부, 나날이 변해갔던 몰골, 자살을 선택했던 마지막 순간이 한꺼번에 떠올랐다.

─나오자마자 우릴 찾아온 건 복수가 급해서 그랬던 거로구나.

"근데 말기암으로 판명된 시점이 좀 신기해요. 가석방 심사에서 탈락한 직후였거든요."

수화기 너머 윤미의 음성이 떨렸다.

─넌 지금 어디니? 바로 안 내려오니?

"아뇨, 일단 안미영에 대해 알아봐야죠. 서울 산다는데."

─나도 이렇게 있을 수는 없구나. 당장 큰아버지한테 가봐야겠어.

"조심해요, 누나. 정금옥 씨가 무당이 되고 나서 이상한 일이 끊이질 않았어요. 대부분 사고로 위장된 끔찍한 죽음 같아요. 오현철 씨도 분명 자살로 죽은 게 아닐 거예요. 정금옥 씨가 죽었대도 무턱대고 안심할 수는 없어요. 윤식이 아파트에 있던 글자 기억나요?"

─원대신왕?

"네, 그게 바로 정금옥 씨의 몸에 붙은 수호귀신의 이름이랍니다."

둔탁한 소리에 종환의 귀가 따가웠다. 윤미가 전화기를 놓친 게 분명했다.

─너는 다흥에 언제 내려올 거니?

"안미영에 대해 알아보는 대로 바로 섭주로 내려갈 겁니다.

정금옥 씨에게 신내림 해준 무당이 거기 산대요. 다홍과 가까우니 늦어도 밤중엔 도착할 거예요."

종환이 전화번호부 책장 넘기기를 그만두었다. 고정된 페이지에 안미영이란 이름이 빼곡하게 적혀 있었다.

─오는 대로 연락 줘, 종환아. 밤중이라도 좋아. 나 무서워 죽겠어.

"아무래도 혼자는 위험하니 제가 갈 때까지 춘천은 가지 마세요. 주인집 아주머니하고라도 같이 계세요. 그래도 불안하면 경찰서 형사계에 가서 제 이름을 대고 거기 계셔도 돼요."

─그래, 알았어. 얼른 돌아와, 종환아.

종환은 윤미의 남편 동준을 잠시 의심했던 순간이 떠올라 낯이 화끈거렸다. 그 사람이 악당으로 판명 나 윤미와 영영 헤어지기를 바란 건 아니었을까.

"그럴게요, 누나. 몸조심하세요."

─너도 조심해.

전화를 끊은 종환은 전화번호부를 꼼꼼히 살펴보았다. 면회를 신청할 때 적어 넣은 주소의 안미영이 있는지 보는 것이다. 흔한 이름이기에 안미영은 몇 페이지에 걸쳐서 반복되었다.

"정릉 1동이라고 그랬는데……."

지루한 수작업으로 '전화번호부 검색'을 하느라 종환의 눈이 아파왔다.

1990년의 전화번호부와 졸업앨범에는 개인의 주소와 전화번호가 그대로 노출되어 있다. 그것은 사람을 찾는 기능 말고도 보복이나 스토킹 같은 범죄에도 고스란히 악용될 수 있다. 종환은 미래의 전화번호부는 분명 이보다 나아질 거라고 생각했다.

"있다!"

종환이 탄성을 질렀다. 정릉 1동의 안미영은 14명인데 교도소 면회 기록부의 주소와 정확히 일치하는 안미영이 있었다. 종환은 동전을 새로 넣고 전화를 걸었다. 뚜우, 하는 신호음이 길게 울렸다.

—여보세요.

귀찮은 기색이 역력하고 몹시 거친 중년 남자의 목소리가 저편으로부터 들려왔다.

"안녕하십니까? 거기 안미영 씨 댁입니까?"

—맞소만 누구요?

종환은 어떻게 대답해야 좋을지 난감했다.

"네, 저는 안미영 씨 친구 됩니다만……."

—친구 누구? 동네 친구? 대학생 친구? 푸닥거리 친구?

남자의 음성이 거칠게 쩍쩍 갈라졌다. 생각한 뒤에 말을 내뱉는 정신력의 일부가 외부의 힘에 상당 부분 손상된 톤이었다. 외부의 힘이란 다름 아닌 '알코올'임을 종환은 그간의 경찰 경력으로 간파할 수 있었다. 그 와중에도 남자가 말한 '푸닥거리'란 단어를 결코 놓치지 않았다.

"예, 그러니까…… 제 친구의 친구가 되는군요."

—집 나가서 3년째 연락이 없소. 돈 빌려 간 거라면 나와는

상관없는 일이오. 집구석의 돈도 다 거덜 냈으니까.

영화의 음향효과처럼 뭔가 마시는 소리가 대화 사이에 끼었다. 어윽, 하는 생생한 트림으로 보아 이 전화가 상대의 음주벽을 한층 자극했음은 분명했다.

—붙잡으면 경찰에 넘기든지 작부집에 팔아넘기든지 맘대로 해. 그년은 내 딸 아니니까.

'그만 좀 마셔요'라고 옆의 아주머니가 고성을 토했다. 종환은 상대방이 전화를 끊을까 우려되었다.

"사실은 제가 경찰입니다."

—뭐요?

잠시 놀랐지만 이내 아무것도 아니라는 평평한 음성이 돌아왔다.

—그럼 그년이 다시 나타났수? 어디 범죄라도 저지른 거요?

"그렇지 않습니다. 다른 일로 안미영 씨를 찾고 있는 겁니다."

종환은 조심스럽게 접근했다.

"안미영 씨는 경상북도 다흥시의 다흥국민학교에서 교사로 근무했습니다. 같이 근무하던 조윤식 씨란 남선생이 있는데 이 사람과 안미영 씨가 같은 날 함께 행방불명되었습니다. 그래서 이렇게 전화를 드린 겁니다."

—경북 다흥!

"네."

—다흥이라면 안동 옆에 있는 데 아니오?

"맞습니다."

—거긴 일가친척 하나 없고 생면부지 낯선 고장인데.

"초임 발령을 객지로 받은 것일 수도 있지요."

—그년이 선생질을 했다고요?

"그렇습니다."

—경상북도 다흥에서?

"그렇습니다."

—거짓말 마시오. 대학도 안 나온 년이 어떻게 국민학교 선생질을 해?

종환은 그 순간을 노렸다.

"아까 말씀 중에 '대학 친구'라고 하셨잖아요?"

—맞아요, 이영흰지 뭔지 대학 친구가 있긴 했지.

종환이 귀를 쫑긋 세웠다.

"사실은 저희도 그게 좀 이상합니다. 안미영 씨가 다흥국민학교에서 본명 대신 이영희란 가짜 이름을 썼거든요."

종환은 '그 여대생 맞네!' 하는 아주머니의 놀란 외침과 '가만있어봐라!' 하는 남자의 속삭임을 분명히 들었다.

—정말 경찰 맞소?

남자가 물었다.

"예."

—어디 경찰서의 누구요?

"다흥경찰서 형사계 소속 차종환 순경입니다."

남자는 노래를 흥얼거리듯 종환이 불러준 '다흥경찰서……'를 반복했다. 받아 적고 있음이 분명하다.

―확인하면 이 이름 있는 거 맞지요?

"당연하지요."

약 5초가 흘렀다. 남자의 말투가 공손해졌다.

―저 그럼 차 형사님, 우리 미영이한테 어떤 게 궁금하신지는 모르겠지만 걔가 바깥에서 뭔 짓을 하고 뭔 사기를 치고 돌아다니는지는 우리하고는 아무런 상관도 없는 일입니다. 애비에미가 오뎅 공장에서 피땀 흘려 평생 번 돈 다 훔쳐 가고 내 친구 놈한테까지 돈 빌려서 도망친 년이 그년이거든요. 애비가 늘그막에 허리를 다쳐 일도 못 나가는 병신 신세가 되어도 전화 한 번 없는 년입니다. 우리 부부는 당장 끼니 이을 일이 걱정이라 버린 자식 신경 쓸 짬도 없습니다.

"몇 가지만 물으면 되는데요."

안미영의 아버지는 상대방을 무시하고 목표를 향해 점점 나아갔다.

―어찌 됐든 마 그런 심정입니다, 딸년을 잘못 키워서요. 방에 땔 연탄도 떨어지고 몸이 아파도 병원에도 못 가보고 있다고요.

"예, 선생님. 따님은……."

―묻는 거 다 대답할 테니 조금만 도와주시우, 형사님.

종환은 눈썹을 찌푸렸다. 이 남자는 딸의 행방보다 몇 푼의 술값을 목전에 두고 있다. 입안에 쥐똥을 씹은 기분으로 종환은 간신히 말했다.

"먼저 대답부터 듣고 생각해보지요."

410

아주머니가 '돈부터 부치라고 해' 하고 종용했다.

─가만있어봐라! 보시우, 형사님. 마누라가 지금 바로 은행에 갈 수 있거든요. 먼저 조금만 성의 보여주시면 적극적으로 수사에 협조하지요.

종환은 짜증이 치솟았다.

"돈 받고 전화 안 받으면요?"

─주소도 알고 돈 부친 기록도 남았는데 우리가 등칠까봐요? 소시민들이 형사님들 얼마나 겁내는데.

가까이만 있었어도 눈알 한번 부라리면 세세한 진술까지 받아낼 수 있을 터였다. 범죄와의 전쟁까지 치러 경찰 기세가 등등한 시국이 아닌가. 형사란 직업이 때로는 편할 때도 있다. 하지만 뭔가 수면 위로 드러날 듯 말 듯한 지금은 시간적 여유가 없었다. 결국 종환은 교도소 안의 농협지점에서 1만 원을 송금한 뒤에야 윤식에게 이영희로 접근한 '예쁜 서울 여자'의 정보를 얻어들을 수 있었다. 시간은 허비했지만 특이한 사실이 발견되었다.

─어릴 적에는 얌전하고 착실한 것이 왜 그런 무시무시한 년이 됐는지 모르겠어요. 그러니까 4년쯤 전이었죠. 그 당시 우리 집은 대방동 산자락의 달동네였어요. 계단처럼 다닥다닥 붙어 있는 토막집들 위로 큰 산이 있었는데 장마에 산사태라도 나면 당장 죽을 판이었지요. 그런데 미영이가 이 산을 좋아해 수시로 거길 들락거렸어요.

어느 날 얘가 귀신 같은 꼬락서니로 한밤중에 산엘 뛰어갔다 왔어요. 왜 늦은 시간에 거길 갔느냐 물으니, 지 말로는 집채만 한 불덩어리가 자기를 불러내더라는 겁니다, 집채만 한 불덩어리가 자기한테 말을 걸었대요. '너는 내 딸이다. 너는 내 딸이다' 하면서요. 그다음 날부터 애가 시름시름 앓기 시작하더니 꼭 병든 닭처럼 심한 몸살을 앓데요. 이상한 헛소리도 해댔어요. 다락방에서 무슨 소리가 들린다는 거예요.

우린 무섭기도 하고 걱정도 되었지요. 약도 먹여보고 절에도 데려가봤지만 병은 조금도 차도가 없고 더 심해지기만 했어요. 그러던 어느 날 밤중에 애가 안 보여 우리 부부가 일어났는데 얘가 깜깜한 밤중에 마당에서 옷을 홀라당 벗고 서 있질 않겠어요. 이년이 실성한 게 틀림없구나, 하고 우리가 기절초풍을 하는데 얘가 그러는 거예요. 방금 뒷동산엘 다녀왔는데 더 이상 아프지 않다고. 애 엄마가 거긴 왜 갔느냐고 물으니 불덩어리가 자기한테 또 말을 걸더라는 거예요. '내 딸아, 내 딸아, 너는 곧 나를 만날 것이다, 먼저 네 신어머니부터 찾아가라, 네 신어머니는 억울하게 옥에 갇혀서 울부짖고 있다'고 말이오. 며칠 뒤 이년이 사라졌소. 집안의 돈을 몽땅 빼 들고서 말이오. 그 탓에 나는 알거지가 됐지요. 그년을 찾아 전국 방방곡곡을 헤맸지만 결국 찾질 못했어요. 그런데 얼마 뒤였어요. 고리대금업을 하는 친구 놈이 찾아오더니 '자네 딸이 돈을 빌려 갔는데 여태 연락이 없다'고 다그치는 게 아니겠소? 그게 언제냐니까 그년이 사라지기 얼마 전이었다고 합디다. 꼭 술집 여자처럼 화장을 하고 나타났더란 거요. 세상에 100만 원이나 빌려

갔답니다 100만 원이나. 왜 그런 거금을 나하고 상의도 없이 내줬냐고 물으니 이놈은 얼굴이 벌게지면서 갑자기 50만 원만 받겠다느니 무이자 일수로 받겠다느니 허둥대었소. 말 안 해도 알 것 같았소. 잘 키운 딸년 하나 망쳐버린 게지요. 무슨 귀신 이 들렸는지 정신병이 든 건지 말이오. 신이 들린 년은 정상적 인 생활을 못 한다고 하지요.

그렇게 자식 하나 잃은 셈 치고 살아왔는데 얼마 후에 젊은 여자 하나가 찾아왔소. 누구냐는 물음에는 답을 안 하면서 '나 는 따님의 친구인데 중요한 물건을 찾으러 왔다'고 하더이다. 그러더니 막무가내로 다락방을 뒤지더니 무슨 부적 같은 종이 를 가져가는 게 아니겠어요? 그게 왜 거기 있었는지는 우리도 몰라요. 우리 부부가 그 여자를 막아설 때 봉고차 인신매매단 같이 건장한 놈들이 들이닥쳤어요. 놈들은 우리가 보는 앞에서 집 안 구석구석을 또 뒤지더니 무슨 상자 같은 걸 갖고 나갔어 요. 맹세코 한 번도 보지 못했던 물건들이었소. 나가면서 그 여 자가 그러더군. 따님은 아주 잘 있고 큰무당이 될 인물이라고. 조금만 기다리면 엄청난 부자가 될 거라나. 억장이 무너지는 심정이었소. 그렇게나 예뻤던 아이가 큰무당이라니. 그 여자는 생활비로 쓰라며 10만 원을 놓고 사라졌지요.

다음 날 우리하고 똑같은 표정을 가진 부부가 찾아왔소. 우 리하고 다른 점이 있다면 고급 차를 몰고 옷차림에 귀티가 난 다는 거였소. 이맹길이라고 이름을 밝힌 남편이 묻더군. 어제 종아리에 십자가 흉터가 있는 아가씨가 여길 오지 않았느냐고.

종아린지 십자간지는 모르지만 어떤 아가씨가 온 건 맞다고 했더니 한숨을 내쉬면서 얘기하는 거요. 교육대학교 다니는 딸인데 한밤중에 말을 걸어오는 불덩어리를 보고 신이 들려 가출을 했다고요. 그 사람이 몇 번이나 '우리 영희'라고 말했는데 자기 성을 이씨로 소개했으니 그 여자 이름이 이영희가 맞겠지요. 그 이후로 미영이도 이영희도 한 번도 보지 못했어요. 어디 가서 뭘 하는지도 모른 채 우린 죽지 못해 이렇게 살고 있어요. 형사님, 그년이 여기서 수천 리 떨어진 시골에서 왜 다른 여자 행세를 하는지는 내 모르겠소. 미싱이나 박던 년이 얼굴이 반반하니 팔자 한번 고쳐보려고 시골 내려가 순진한 선생 꼬드긴 걸 수도 있겠지요. 어쨌든 만나게 되면 부디 선처 바랍니다. 가난한 집에 태어나 불쌍하게 자란 아이입니다. 우리야 죽으면 그만이지만…….

전화를 끊은 종환은 착잡한 심정이 되었다. 노들강변에서 죽은 여자가 진짜 이영희이고 그녀가 죽은 후 안미영은 이영희 행세를 했다. 이 둘에겐 활활 타오르는 불덩어리가 시킨 대로 집을 나섰다는 공통점이 있다. 불덩어리가 어떻게 말을? 아마도 정금옥을 보조하기 위한 새끼 무당의 역할로 신들렸다는 해석이 타당하다. 정금옥의 위에는 원대신왕이란 엄청난 놈이 군림하는 것이다.

그런데 한패임에도 진짜 이영희는 왜 살해당한 걸까.

시신이 다홍에서 발견된 점은 여러 가지를 시사한다. 진짜 이영희는 배운 여자고 부유층의 딸이다. 무녀의 길보다는 세상에 미련이 많은 여자일 것이다. 혹시 어느 순간 퍼뜩 정신이 들어 무당의 삶을 버리고 다시 학교로 돌아가 선생이 되었는데 조직에서는 이를 용서치 않아 처치해버린 것은 아닐까. 아니면 원래부터 윤식이에게 접촉하기 위해서 다흥으로 왔는데 중간에 지시가 바뀌어 안미영이 그 역할을 떠맡게 된 건 아닐까 이영희의 외모로는 조윤식을 꼬여내기 어렵다는 판단이 들었거나, 아니면 조직에 믿음을 주지 못해서?

종환은 입술을 깨물었다.

조직적인 행동, 신을 들먹거리는 내용, 이건 누가 봐도 광신도 집단 얘기야. 요새 한창 신문지상에 오르내리는 사이비 종교와 관련된 범죄임에 틀림없어. 이 모든 걸 지시한 정금옥은 원대신왕이란 신을 모시는 교주인지도 몰라.

종환은 이영희의 아버지 이맹길을 떠올렸다. 범상치 않은 재력에 딸을 대학까지 보낸 그는 분명 프롤레타리아인 안미영의 부모보다 더욱 절실히 딸을 찾고 있었을 터. 행방불명되자마자 경찰에 실종 신고를 뿌려놓은 건 기본일 텐데 그럼에도 안미영은 이영희란 이름으로 무리 없이 다흥국민학교에 발령을 받았고 오랜 시간 모두의 눈을 잘도 속아 넘겼다.

종환의 눈이 커다래졌다.

만약 사이비 종교 집단의 범죄라면 그것의 조직력은 어마어마한 것이 아닐까. 문교부 인사 담당까지 손쉽게 포섭할 정도로.

윤식이가 이상한 주술 의식을 치른 목적이 새엄마의 살해였다면 아파트에 동거하다시피 한 안미영은 이 사실을 분명 알고 있었을 것이다. 어쩌면 안미영이 윤식이에게 그렇게 지시를 했을 수도 있다. 큰무당과 작은 무당 간의 다툼이 있었던 건 아닐까. 순진한 윤식이를 이용해 살인을 사주한다?

아냐, 그런 목적이라면 굳이 윤식이한테까지 접근할 필요가 있었을까. 이 사건의 핵심은 분명 윤식이와 어떤 연관을 짓게 만드는 일이었을 텐데.

종환이 머리칼을 쥐어뜯었다.

어쩌면 그 주술은 정금옥에게 해를 끼치는 게 아니라 도움을 주는 의식인지도 몰라. 암을 치료하게 하는?

연속해서 벌인 상갓집의 기행…… 어리숙한 윤식이는 예쁜 '서울 애인'이 시키는 일이라면 무엇이든지 다 했을 테지. 종환은 머리를 더욱 쥐어짰다.

안미영의 부모를 만나 자세한 얘기를 듣고 싶었지만 시간이 없었다. 윤미가 걱정되었기 때문이다. 그는 지하철을 타고 고속버스 터미널까지 간 뒤 섭주군 가는 버스에 올랐다. 이문보살을 만나기 위함이었다.

6

큰아버지 댁에 전화한 윤미는 아연실색했다. 전화를 받은 사람은 분명 큰아버지 조정락이었는데 윤미가 이름을 부르자 더듬는 목소리로 "새댁은 누구요?"라고 대답했기 때문이다. 정든 큰아버지의 목소리에 눈물이 핑 돈 윤미는 "저예요, 윤미" 하고 대답했는데 조정락은 "아, 윤미! 그래! 그런데 새댁은 누구요?" 하고 같은 질문을 반복했다.

곧이어 누군가 수화기를 빼앗았다. 큰어머니였다. 그래, 윤미구나, 너는 어찌 된 애가 큰아버지가 저 지경이 되도록 연락 한번 없었냐, 네 남매가 어릴 적에 자란 곳은 이 집이 아니냐, 춘천은 이제 두번 다시 안 온다 이거냐, 우리가 니들 남매를 남의 집 자식이라고 무시를 했더냐, 팥쥐처럼 괴롭히길 했더냐, 참 너무들 한다, 큰어머니는 인사도 생략하고 맺혀왔던 야속함을 몇 분에 걸쳐 터뜨렸다. 윤미는 죄송하다는 말만 거듭할 수밖에 없었다. 그러다가 큰어머니가 진정되고 나서야 충격적인 사실을 접할 수 있었다. 이 새로운 사실 앞에선 새엄마의 등장도 윤식의 실종도 감히 꺼낼 엄두가 나지 않았다.

금년 여름이었다. 과수원에 농약을 치다가 현기증으로 쓰러진 조정락은 뜨거운 땡볕 아래 그대로 방치되었다. 이웃집 할머니의 발견으로 병원으로 옮겨질 때는 정신을 잃은 지 두 시간이나 지난 후였다. 춘천에서 치료가 안 되어 서울까지 긴급 이송되었다. 구사일생으로 깨어나긴 했으나 그의 지능은 네 살 정도로 떨어져 있었다. 시기를 놓친 응급처치가 뇌의 상당 부분을 손상시킨 까닭이다. 사실을 알고 난 윤미는 그간 큰아버지 댁에 전혀 왕래가 없었음을 뒤늦게 후회했다. 친부모한테보다 크다면 클 수 있는 불효였다. 그녀는 죄인의 심정으로 큰어머니에게 사죄했다. 조카의 울먹이는 목소리에 자기가 너무 심했다고 생각했던지 큰어머니도 누그러진 음성으로 그간의 근황과 남매의 안부를 물었다. 윤미는 도저히 사실대로 얘기할 수가 없었다.

큰어머니와의 대화 너머로 큰아버지가 중얼거리는 소리가 들렸다.

"1 더하기 1은 2고 3 더하기 3은……."

윤미는 솟구치는 눈물을 억제할 수가 없었다. 소리를 죽였지만 큰어머니도 여자만의 공감으로 알아듣고 같이 눈물지었다. 윤미는 춘천에 가려던 계획을 미루기로 했다. 당장 방문하겠다는 말에 큰어머니는 집이 몹시도 어수선하니 따뜻할 때 오라고 했기 때문이다.

결국 윤미는 아버지와 새엄마의 과거를 캐지 못했다. 별 기대 없이 아버지에 관해 물어보자, 공무원 하던 양반이 어느 날 목사 바람이 들어 미국으로 갔는데 그렇게 사나운 꼴로 숨을 거두니, 이는 필경 계집을 잘못 만난 탓이라는, 살아오면서 몇 번이나 반복된 대답만이 돌아왔다. 윤미는 허탈함을 감추지 못한 채 큰아버지 목소리를 한번만 듣고 싶다고 했다. 하직인사 드리려는 마음을 알고 큰어머니가 전화를 바꿔주었다.

"큰아버지, 저 윤미예요."

─그래, 허허허. 윤미라고 옛날에 눈이 까맣고 땡그란 아이가 있었는데.

"예, 큰아버지. 제가 그 윤미예요."

─허허허, 그래, 윤미. 근데 새댁은 누구요?

윤미의 눈에서 눈물이 흘러내렸다.

"큰아버지 뭐 잡숫고 싶은 거 없으세요? 제가 다음에 한번 찾아뵐게요."

백치가 된 큰아버지는 세상일에 더 이상 관여할 수 없음을 특권으로 인정받았다는 듯 단조롭고도 평화로운 어조로 말했다.

—팥죽. 근데 새댁은 우리 윤미 어떻게 알아?

큰어머니가 옆에서 소리쳤다.

—아이고! 얘가 윤미라니까! 윤미! 목사 도련님 딸!

—아, 윤미! 그래, 허허허.

큰아버지가 웃었다. 웃는 감정이 만든 게 아닌, 웃어라 아기야, 할 때 짓는 그런 웃음 같았다.

—새댁은 누구요?

얘가 윤미라니까! 하고 큰어머니가 소리쳤다.

"조정열 목사님의 딸 윤미예요. 건강하세요, 큰아버지."

—허허허, 맞아. 조정열이는 미국에서 목사질 했어.

"예? 큰아버지! 뭐라고요?"

—나사에서 변장하라고 해서 목사질 했어. 외계인 잡아오고 이티 잡아오라고 해서. 미국 나사에서 그렇게 시켜서 일부러 목사질 했어. 허허허.

큰어머니의 안타까운 고함이 이어졌다.

—아이고, 이 양반아. 제발 정신 좀 차려! 정신 좀!

—새댁, 팥죽 꼭 사 와. 그런데 조정열이는 안기부하고 나사하고 시켜서 일부러 목사질 했어. 나는 비행기 타고 싶어.

윤미가 전화를 끊고 흐느끼기 시작했다. 제정신이 아닌 큰아
버지의 모습에 마음이 찢어지는 듯했다.

7

종환은 하루 종일 시외버스를 타느라 온몸이 노곤했다. 섭주
의 이문보살 집은 소방서를 끼고 도는 하천을 따라 나 있는 세
번째 깃발집이라고 했다. 소방서를 행선지로 밝힌 종환은 택시
기사로부터 안내를 받았다.

"그 골목이 다 무당 집입니다. 무당골로 유서 깊은 데지요.
아마 대문에 이문보살이라는 이름이 붙어 있을 겁니다."

골목은 차가 들어갈 수 없을 정도로 폭이 좁았다. 공동 식수
와 생활용수를 해결하는 하천 때문이었다. 인공이 끼어들지 않
은 장소라 도로도 평탄하지 않았다. 군데군데 펌프와 징검다리
가 보였고 이 추운 겨울 어스름에도 빨래 나온 아낙들이 눈에
띄었다. 택시에서 내리자 칼바람이 몰아쳤다. 종환은 가죽점퍼
지퍼를 목까지 끌어올렸다. 하천의 좌우로 붙은 언덕에 오래된
한옥이 즐비했다. 하나같이 깃발을 치켜세운 점집이었다. 점집
뒤로는 섭주의 명산 의암산이 한겨울의 위용을 자랑하고 있다.

'아래엔 물, 위로는 산. 이런 게 무당한테 어떤 영기를 불어
넣어주는 걸까?'

이런 수묵화 같은 달동네도 언젠가는 개발 사업으로 사라지

고 대형 건물이 들어설 것이다. 그냥 달동네로 두기엔 터가 아깝다. 군의 발전을 위해서라도 해당 관청은 이런 땅을 그냥 썩히진 않는다. 그러자면 이 깃발들이 꺾일 사회적 합의가 선행되어야 하는데 이는 쉬운 일일 것이다. 세월이 흐를수록 사람들은 민간신앙보다 돈이나 생활수준을 중시하게 될 테니까.

종환은 산과 하천이 조화를 이루는 이 비범한 공간을 주상복합건물로 메운들 민간신앙의 혈맥은 사라지지 않을 것이라 믿었다.

✦

종환은 검정 페인트로 '의암산 신녀보살 이문보살. 혼인. 사주. 사업'이라고 쓰인 한옥 앞에서 걸음을 멈추었다.

"계십니까?"

"네, 잠깐만요."

뒤꼍에서 중년 아주머니의 목소리가 들려왔다. 종환이 열린 나무 대문 안으로 한 걸음 디뎠을 때 장독 뚜껑을 덮는 소리가 났다. 고무장갑 손에 김치 그릇을 받쳐 든 여자가 고개를 내밀었다.

"어떻게 오셨어요?"

"여기가 이문보살 댁이 맞나요?"

"예, 점치실라고요?"

"보살님이세요?"

"저는 딸이고 엄마가 이문보살이에요."

"그렇습니까. 저는 점치러 온 건 아니고 형삽니다."

종환이 신분증을 꺼내자 여자의 눈이 휘둥그레졌다.

"경찰서에서 우리 같은 사람한테 무슨 일로……."

"몇 가지만 물어보면 됩니다. 몇 년 전에 서울의 성북교도소에서 내림굿하신 일로 여쭤볼 게 있어서요."

교도소와 내림굿 얘기가 나오자마자 여자의 안색이 바뀌었다. 그때 창호지를 바른 문 뒤에서 발음이 불분명한 노인 목소리가 들려왔다.

"데어오으아고 해아."

"아이, 엄만 참…… 건강도 안 좋으신데……."

"데어오으아고 해아."

여자가 들어가라 손짓했다. 종환은 섬돌에 신발을 벗고 마루로 올라섰다. 의암산으로부터 몰아치는 칼바람에 창호지가 바르르 떨렸다. 소복 같은 허연 빨래들이 빨래집게 아래서 미친 듯이 펄럭거렸다. 밖에 있을 때는 몰랐는데 막상 무녀의 집에 와보니 으스스한 느낌이 있었다. 마루 한구석에 있던 얼룩무늬 고양이도 분위기를 더했다. 고양이는 뭔가를 씹고 있었고 입 밖으로 뻗어 나온 마디진 촉수는 아무래도 쥐의 꼬리 같았다. 고양이는 입을 움직이면서 흉악한 눈을 부라렸는데 종환이 이문보살이 있는 방문을 열었을 때도 몸을 피하지 않았다.

"어어 오이오."

방 안은 흐릿하고 침침한 빨간 조명 일색이었다. 촛불이 전

422

등을 대신하고 있었다. 벽에는 흰 수염을 기른 기골이 장대한 산신령, 사람보다 더 큰 잉어, 뿔이 돋은 알몸 도깨비와 전포 차림에 구름을 탄 장군 그림이 있었다. 그러나 그 어느 것도 바닥에 누워 있는 노파만큼 기분 나쁘지는 않았다. 노파는 반(半) 식물인간이었다. 하얀색 저고리 차림에 백발을 귀신처럼 산발하고 누운 노파는 혀를 불룩 내밀고 있었다. 자줏빛으로 퉁퉁 부은 혀는 가슴팍에 닿을 정도로 길고 컸다. 죽을 때까지 입을 다물지 못하는 고통으로 노파는 연신 거친 숨을 몰아쉬었다. 엄청나게 큰 혀의 돌출 때문에 노파의 표정은 웃는 것처럼 그로테스크했다. 악취가 방 안 곳곳을 떠다녔다. 노파는 그렇게 누운 채로 희미한 눈동자를 종환의 얼굴로 집중시키고 있었다. 형사밥 먹고 이 꼴 저 꼴 다 본 종환이건만 이런 해괴한 모습에는 당혹감을 느끼지 않을 수 없었다.

문이 열리며 이문보살의 딸이 들어왔다. 종환은 그녀가 들어왔음을 다행으로 여겼다.

"전등이 또 나갔어요. 손님이 하도 없어서 촛불로 지내요."

이문보살은 뼈만 앙상한 손을 들더니 딸의 무릎을 툭툭 쳤다. 딸은 알아들었다는 듯 종환을 보고 물었다.

"원대신왕 보살에 관해 물으러 오셨다고요?"

"그렇습니다."

"먼저 하나 물을게요. 정가 그년은 지금도 감옥에 있나요?"

"사망했습니다."

"죽었다고요?"

"네."

"어떻게요?"

"암에 걸려서 출소를 했는데 아파트 옥상에서 뛰어내려 자살했습니다."

"어이구나, 악귀 같은 년······."

여자가 손뼉을 탁 쳤다.

"확실히 죽었나요?"

"그럼요, 목격자도 있는걸요."

손뼉이 박수로 바뀌었다. 여자는 좋아라 소리치며 움직이질 못하는 노파를 마구 흔들었다. 여전히 혀를 거두지 못한 채 노파는 딸이 흔드는 대로 몸을 내맡겼다.

"엄마, 고년이 스스로 목숨을 끊었다네. 그럴 줄 알았지. 울 엄마 이렇게 만든 년은 산신이 아니라 요괴가 붙은 기라."

여자가 종환에게 말했다.

"우리 엄마가 왜 이리 끔찍한 꼴이 됐는지 알아요? 그게 바로 그년 내림굿을 해주다 이렇게 된 거라니까. 그 악물이 은혜는 못 갚을망정 살이 끼게 만든 거예요. 어디 가서 자기 이야길 함부로 하지 말라고 아주 흉살이 끼게 한 거라고요."

딸은 정금옥이 죽었다는 말을 듣자 이야기를 쏟아내기 시작했다.

"이 산 이름이 의암산인데 이 마을 사는 무녀들은 다 의암산신이 들거든요. 무녀에게 영험함 주시고 복된 기운 내리는 몸주들이 다 이 산속에 있단 말이지요. 그 원대신왕인지 뭔지는 근원도 모를 잡귀예요. 우리 엄마가 아무리 신통력을 발휘해도 어디서 왔는지 알아내질 못했거든요. 하긴 감옥 안에서 신이 내린 게 옳은 신일 수 있나요? 근데 우리 엄마 말이 고년이 강신을 맞는 걸 똑똑히 보긴 봤다네요. 그 원대신왕이란 게 한 번도 듣지도 보지도 못한 아주 못된 신이랬어요."

종환은 잠시 노파를 내려다보았다.

"이 할머니는 풍을 맞으신 게 아니었습니까?"

"풍은 무슨 풍? 그년 내림굿해주고 얼마 후에 멀쩡하던 양반이 자고 일어나니 요 모양이 됐다니까."

종환은 안미영의 사진을 꺼냈다.

"그 여자도 신딸을 뒀을지 모르는데 이 여자 혹시 알아요?"

여자는 사진을 한참이나 뜯어보았다.

"글쎄 처음 보는 얼굴인데……. 아하, 그년도 새끼 무당을 쳤는가봐? 에그, 나쁜 년. 누굴 해코지하려고?"

"해코지라뇨?"

"엄마가 그러는데 원대신왕은 이승과 저승 사이 혼백 길을 터주는 산신이 아니래요. 시커먼 속을 가졌다고 해요. 가까이 가기만 해도 극악한 살을 끼게 하는 악귀 말이지요. 엄마, 이 여자 알우?"

종환은 그녀가 말하는 살을 서양의 저주와 비슷한 개념으로 받아들였다. 하지만 이 집에서는 별반 수확이 없었다. 모녀는 안미영의 존재를 모른다. 당사자인 이문보살과 대화를 나눠야 뭔가 나올 것 같은데 노인은 의사소통조차 불가능한 상태다.

또 당시 현장에 없던 딸은 정금옥을 향해 욕설만 퍼부을 뿐, 따로 알고 있는 사실이 전혀 없었다. 같은 얘기의 반복(그년 죽일 년이다. 그 귀신 흉악한 잡귀다)에 종환은 고개를 흔들었다.

하지만 종환을 바라보는 노파의 눈은 두려움으로 가득 차 있다. 이유가 뭘까.

"그 후로 그 여자하고 별다른 일은 없었습니까? 아니면 그 여자에 관해 뭘 좀 들은 게 있다거나."

"아유, 그 악물 같은 년은 두번 다시 알고 싶지도 않아요. 또 뭔 살이 끼게 하려고. 죽었다니 이렇게 좋을 수가."

종환은 그냥 다홍으로 내려갈 걸 괜히 이곳에 들렀다고 후회했다. 그럼에도 산송장 신세가 된 이문보살의 모습을 보니 의혹은 더 커지는 느낌이었다.

'정말 무당이 입막음을 위해 부리는 귀신이 있는 건지도 몰라.'

그는 돌아가기로 결심했다. 가기 전에 한 가지 물어보고 싶은 것이 있었다.

"저…… 제가 좋아하는 유부녀가 있는데 남편이 행방불명이에요. 그 사람이 돌아올 건지 안 돌아올 건지, 끝끝내 오지 않는다면 그 여자하고 제가 잘될 수 있는지 그런 것도 알아볼 수 있나요?"

이문보살의 딸이 방구석에 있던 소반을 가져왔다. 쌀과 동전이 위에 깔려 있다.

"그 남자분 생년월일하고 태어난 시간을 불러봐요."

426

"아…… 모르는데요. 그냥…… 됐습니다."

종환은 쓸데없는 소릴 했다고 생각했는지 멋쩍게 웃으며 벽에 붙은 무화로 고개를 돌렸다.

"저런 하얀 머리 노인이 산신, 몸주, 뭐 그런 겁니까?"

"그렇지요. 불행한 넋 위로해주고, 희망찬 넋 격려해주고, 억울한 넋 한 풀어주는 신령님이지요."

"원대신왕도 저렇게 생겼을까요?"

누워 있던 노파가 발작을 일으켰다. 종환의 질문이 강한 전기가 되어 그녀를 감전시켰다. 결코 집어넣을 수 없는 헛바닥 사이로 뜨거운 숨이 기관차처럼 쏟아졌다. 무섭게 치켜뜬 눈이 종환을 쏘아보았다.

"엄마! 엄마! 정신 차려!"

딸이 노파를 안고 이마를 어루만졌다. 노파가 필사적으로 팔을 휘저었다. 노파의 손이 머리맡에 있던 사인펜과 공책으로 가닿았다. 뭔가를 직감한 종환이 "이거요, 할머니?" 하면서 펜을 노파의 손에 쥐여주었다.

이문보살의 표정은 마치 웃고 있는 것처럼 섬뜩했다.

이윽고 공책에는 단 하나의 한자, 개 견(犬) 자가 나타났다. 글씨를 다 쓴 이문보살의 팔이 힘없이 바닥으로 떨어졌다.

사의 찬미

1

종환이 섭주에서 다홍 가는 막차 버스를 탄 시각은 9시 15분이었다. 10시 무렵이면 다홍에 도착할 것이다. 그는 피곤한 몸을 좌석 등받이에 기댔다.

정리되지 않은 생각들이 머릿속에서 소용돌이를 쳤다.

왜 그 할머니는 원대신왕을 묻자 개(犬)를 대답했을까. 산신령이 아니라 짐승의 모습을 띠고 있었다 이건가.

고등학생 때 내가 봤던 개. 윤식이도 알고 나도 아는 개. 윤식이는 따랐고 내겐 덤벼들었던 검은 개. 목사님이 돌아가셨을 때도 그 개에 관한 소문이 많았어. 지금 왜 그 개가 떠오르는 거지.

문상교를 죽인 건 개가 아닌 멧돼지였잖아. 이문보살이 네발

짐승을 그냥 개라고 표현한 건 아닐까. 종환은 고개를 가로저었다. 21세기를 바라보는 지금, 먹을 게 부족해 도심까지 내려온 멧돼지가 무당이 모시는 신주라는 생각은 들지 않았다. 차라리 윤식의 정체가 북한 간첩이라는 얘기가 그럴듯하지.

그러나 이해가 안 되는 부분이 많다. 윤식 모자와 관련이 있는 사람들이 연이어 죽어나가고 사라지거나 불구가 되었다. 제보를 하자마자 오현철도 죽었다. 목을 맸다지만 정황상 이상한 자살이다.

멧돼지에 습격당한 문상교, 윤식과 차를 탔던 변 선생, 아파트에 숨었던 이민섭과 그의 부모, 불에 타오른 여관의 남자.

이들의 죽음이 단순 사고였다고 확신할 수 있는가.

정말 원대신왕의 무시무시한 힘은 아닐까.

생각 하나가 머리에 끼어들었다.

이렇게 파고들다가는 나도 윤미 누나도 당하는 건 아닌가?

"이 씨팔 새끼가 어딜 끼어들어!"

몸이 앞으로 확 쏠렸다. 버스 기사의 욕설에 종환이 상념에서 깨어났다. 마치 자신의 생각을 읽는다는 음성이었다. 택시 한 대가 비틀거리며 버스를 추월했다. 거리를 충분히 두지 않고 앞지른 데다 급브레이크까지 밟아 덩달아 브레이크를 밟은 버스는 눈이 채 녹지 않은 빙판에서 미끄러졌다가 중심을 바로 잡았다. 하마터면 대형 사고가 날 뻔했다. 승객 여럿이 일어나서 웅성거렸다.

"이 새끼, 어딜 끼어들어!"

기사가 같은 욕을 되풀이하더니 버스의 속력이 빨라졌다. 대중교통 운전자 간에 신경전이 벌어졌다. 승객들에겐 좋지 않은 일이었다. 차창 밖의 어둠이 빠르게 스쳐 지나갔다. 그때 종환은 짙은 어둠 사이로 반짝이는 빛 같은 것이 쏜살같이 버스 옆을 따라 뛰는 걸 보았다. 저게 뭐지? UFO인가? 종환의 눈이 빛을 따라가는 사이 버스 기사의 입은 녹음기가 되었다.

"어딜 끼어들어, 이 씹새끼!"

종환의 시선이 운전자에서 창밖으로 다시 향했을 때 빛은 사라졌다. 종환은 자신이 본 것을 찾고자 서리 낀 차창에 이마를 바짝 들이댔다. 버스의 속도가 더 올라갔다. 기사의 고개가 서서히 돌아가더니 종환을 노려보았다.

"이 씹새끼, 어딜 끼어들어, 감히!"

기사의 분노에 찬 눈에서 광채가 났다. "올 거야, 안 올 거야!" 소리를 여러 번 들었던 윤식이라면 이 상황이 무엇을 뜻하는지 알았을 것이다. 하지만 종환은 기사가 음주운전 중인 줄만 알았다.

"이봐, 아저씨! 뭐 하는 거요, 지금!"

"이 새끼, 어딜 끼어들어, 감히!"

버스가 타이어 마찰음을 내며 휘청거렸다. 종환이 벌떡 일어서자 승객들 몇이 이에 가세했다. 그사이에도 버스는 맹렬한 속도로 빙판길을 나아가고 있었다. 택시를 쫓는 것이 아니었다.

"미쳤어, 아저씨! 위험하잖아!"

넘어진 승객을 타 넘고 기사 옆으로 다가간 종환이 운전대에
손을 올리려던 찰나였다. 거대한 물체가 버스 앞을 가로질렀
다. 종환의 동공이 확대되었다. 조금 전에 본 그 빛이었다. 기사
가 으하하, 웃더니 팔이 떨어지도록 핸들을 틀었다. 사람과 물
건이 한쪽으로 쏠렸다. 비명 소리가 들렸으나 쿵쾅거리는 충격
에 흡수되었다. 종환의 눈앞이 캄캄해졌다. 버스는 불꽃을 일
으키며 전복되었다.

✦

머리에서 손을 내린 종환은 손바닥에 묻어난 피를 보았다.
정신을 잃지는 않았지만 허리와 팔에 통증이 엄습했다. 고통을
참고 몸을 움직여보았다. 걸을 수 있을 것 같았다. 사고로 인한
통증은 당일보다는 하루가 지나야 더 심해진다. 그는 주변을
둘러보았다. 좌석은 거꾸로 뒤집혔고 버스의 천장이었던 곳에
사람들이 뒤얽혀 신음소리를 내고 있다. 짐을 올리는 시렁에
처박힌 사람도 있었는데 흰색 죠다쉬 파카가 온통 피로 얼룩졌
다. 기절한 운전기사의 머리는 유리창 한가운데를 깨고 창밖으
로 돌출해버렸다. 거미집 같은 균열이 목 주변을 감싸고 있다.
기사 뒤편의 객석 창문은 남김없이 박살 나 추운 바람이 몰아
닥쳤다. 종환은 부상당한 몸을 끌고 포복하듯 기어갔다. 어디
선가 도와달라는 목소리가 있었다. 종환은 윤미가 걱정될 뿐이
었다. 좌석을 짚고 가까스로 일어서자 몰아치는 찬바람이 등을

때렸다. 종환이 사람들에게 말했다.

"경찰이에요. 가까운 공중전화로 가서 사람들을 보낼게요."

"아저씨 조심해요!"

누군가 외쳤다. 종환이 뒤돌아보자 엄청나게 큰 대가리가 얼핏 시야에 들어왔다. 뺨이 창틀에 밀착되어 더 이상 들어가지 못하자 무쇠 같은 턱이 사납게 들이밀어졌다. 등에 일격을 맞은 종환이 앞으로 넘어졌다. 눈에서 번갯불이 번쩍했고 잠시 동안 꼼짝도 할 수 없었다. 안으로 진입하려는 대가리의 움직임에 육중한 버스가 들썩거렸다. 캑! 캑! 하는 짐승의 포효가 사람들을 얼어붙게 했다. 간신히 고개를 돌린 종환은 인간 세계로 들어오고자 발악하는 저승사자를 제대로 볼 수 있었다. 이런 괴이한 짐승은 처음이었다. 멧돼지는 분명 멧돼지인데 몸집이 아프리카 초원의 코뿔소만 했다. 털의 색깔도 판이하게 달랐다. 멧돼지가 아니라 멧돼지의 형상을 띤 괴물이었다. 아무리 노력해도 머리가 들어가지 않자 미친 듯이 턱을 휘두르던 놈은 사람처럼 천천히 고개를 세우더니 종환을 노려보았다. 멧돼지는 노란 눈알을 부라리며 이빨을 드러냈는데 마치 웃는 표정 같았다. 종환의 품속에서 권총이 나왔다. 뜻밖의 대응에 당황한 멧돼지가 다급하게 머리를 빼냈다. 종환은 서슴없이 방아쇠를 당겼다.

대가리에서 불이 일었다. 정통으로 명중했지만 첫 발이 공포탄이라는 데 문제가 있었다. 치명상을 당하지 않은 멧돼지가 대가리를 빼는 데 성공했다. 종환은 〈영웅본색〉의 주윤발처럼 쉴 틈 없이 방아쇠를 당겼다. 꼬리를 무는 핏줄기가 버스 안으로 튀었다. 한 발이 돼지의 왼쪽 옆구리에 제대로 명중했다. 돼지는 바람 같은 기세로 도망쳐 인근 야산으로 자취를 감추었다. 가쁜 숨을 몰아쉬던 종환은 총을 앞으로 들이밀고 걸어가 돼지가 들어오려던 창밖으로 몸을 빼냈다. 사람들이 불렀지만 그는 듣지 않았다. 몸을 심하게 떨었는데 추위 때문이 아니었다.

저만치 앞에서 불빛이 보였다. 자동차 한 대가 이쪽으로 오고 있었다. 종환이 자동차를 향해 권총을 겨누었다. 차가 들썩이더니 급브레이크를 잡았다. 눈을 동그랗게 뜬 중년 남자가 운전대에 매달렸다.

"난 다홍경찰서 형사요. 큰일이 생겼으니 빨리 다홍까지 갑시다."

남자는 손을 번쩍 들고 시키는 대로 하겠다고 했다. 두 사람이 탄 차는 고속버스보다 빨리 다홍에 도착했다. 시간은 아직 10시가 되지 않았다.

"벼, 병원으로 가면 됩니까?"

"아니오. 일단 공중전화 부스에 내려줘요."

공중전화가 일렬로 서 있는 가로등 아래에 차가 정지했다.

"잠시만 기다려줘요."

"예, 살려만 주세요."

종환이 비틀거리며 차에서 내렸다. 수화기를 들자마자 차가 다람쥐처럼 도망갔다. 종환은 그에 아랑곳없이 다이얼을 돌렸다. 당직 형사가 전화를 받았다. 종환은 다흥에서 섭주 가는 내령고개에서 산짐승이 덤벼 버스가 전복되었고 다친 사람들이 있으니 빨리 구조대와 경찰을 보내라고 말했다. 상대방이 뭐라 묻기도 전에 전화를 끊은 종환은 곧바로 윤미의 집으로 전화를 걸었다.

'차라리 춘천으로 가세요. 여기 있으면 우리도 위험해요.'

전화를 받는 사람은 없었다. 규칙적인 신호에 졸음이 왔다. 부상당한 곳을 위해 신체의 면역 체계가 스스로 마취 효과를 내는 건지 아니면 피를 너무 많이 흘려 피곤한 건지 종환의 판단력이 조금씩 흐려졌다. 윤미의 얼굴이 떠올랐다. 한 번이라도 그녀의 목소리를 듣고 싶었다.

─오는 대로 연락 줘 종환아. 밤중이라도 좋아. 나 너무 무서워.

도망칩시다, 누나. 아무도 모르는 곳으로 우리 둘만 갑시다. 그래야 안전해요. 종환의 고개가 꿈의 손길에 쓰다듬어지는 양 크게 끄덕여졌다. 그때 윤미가 전화를 받았다. 종환이 눈을 번쩍 떴다.

─여보세요?

"누나, 저 종환이에요!"

─다흥에 도착한 거야?

"예. 방금……."

─그래그래, 좀 있다가 다시 전화 줄래?

들뜬 것 같기도 하고 다급한 것 같기도 한 윤미의 목소리가 돌아왔다. 종환은 본능적으로 불길한 예감에 휩싸였다.

"잠깐만요, 누나! 거기 무슨 일 있나요?"

—응, 동준 씨가 돌아왔어. 그동안 납치되었었대.

"뭐라고요?"

종환은 전화 부스 유리창을 손바닥으로 때렸다. 오늘 하루 서울에서 섭주까지 종횡무진 정보를 캤고 돌아오는 길에는 부상까지 입었다. 단순한 사고가 아닌 예고된 위협이었다. 누구 때문에 그 고생을 했는데. 한시바삐 도망을 쳐야 할 마당에 남편이 돌아오다니. 이 무슨 하늘의 장난인가. 아니, 원대신왕의 장난인가?

피를 흘리는 종환은 평상시 목소리를 내기 위해 안간힘을 써야만 했다.

"윤식이는요?"

—아직 잡혀 있대. 혼자만 도망쳐 온 거야. 지금 상처 치료하는 중이니까 나중에 통화하자. 출혈이 심해.

"출혈이라뇨?"

종환이 상처를 붙잡고 소리쳤다.

—내가 나중에…….

"잠깐만요! 어딜 다쳤는데요?"

—왜 그래, 종환아. 무섭게…….

윤미가 움찔거렸다.

—도망칠 때 공격받았대. 옆구리에 상처가 깊어.

"옆구리? 왼쪽이에요, 오른쪽이에요? 말해줘요!"

종환의 목소리가 커졌다.

— 왼쪽. 대체 왜 그러니?

머릿속에 남아 있던 나무 한 그루가 한 방의 번개에 와지끈 쓰러졌다. 이성과 희망이 사라지고 남은 것은 차디찬 현실뿐이다.

"누나! 그 사람한테서 도망쳐요! 어서요! 내 말 들어요!"

하지만 전화는 이미 끊어진 후였다.

2

윤미는 수화기를 든 채 황망한 표정을 지었다. 동준은 난폭하게 잡아 뺀 전화선을 바닥에 내동댕이쳤다. 왼쪽 옆구리에 댄 흰 수건은 빨갛게 젖었다.

"무슨 짓이야, 동준 씨?"

"전화받지 마. 날 노리는 자들이 있어."

윤미는 수화기를 내려놓고 새 수건을 찾기 위해 장롱을 열었다.

"종환이었어. 윤식이 친구. 동준 씨도 알잖아."

"아, 그 무식한 형사 놈 말이로군."

"그런 말 하지 마. 동준 씨랑 윤식이 찾는다고 도와준 애야."

동준은 출혈이 심한지 표정을 일그러뜨렸다. 윤미가 새 수건을 상처에 대려 하자 동준이 거칠게 낚아챘다.

"언제 놈들이 올지도 모르니 빨리 구급약이나 찾아와."

"집에서 치료할 상처가 아냐. 그러지 말고 응급실로 가자."

"빨리 찾아오기나 해! 아파 죽겠단 말이야."

평소의 동준과 태도가 달랐다. 그는 난폭했고 거칠어졌다. 윤미는 부상 탓이겠거니 생각하고 책상 서랍을 열었다.

"구급약은 거기 없어. 찬장 위에 있다구."

동준이 부엌을 가리키자 윤미가 그를 한 번 쳐다보고 부엌을 향해 달려갔다. 앞을 지나갈 때 동준이 그녀의 팔을 거칠게 잡았다.

"그놈하고 무슨 짓을 하고 돌아다닌 거야?"

"윤식이, 동준 씨 찾으러 다녔지. 이러지 마. 나 무서워."

"그러니까 차 형사가 나에 대해서도 조사했다, 이거지?"

"아냐, 새엄마하고 학교 여선생만 조사했어."

"알았어. 빨리 구급약이나 갖고 와."

윤미는 뒤틀린 남편의 심사에 꺼림칙함을 느꼈다. 윤식과 종환이 친구 사이란 걸 예전부터 알고 있었으니만큼 종환이한테 악감정을 가질 까닭이 없었다. 아무래도 신경질을 내는 이유는 따로 있는 것 같았다.

✦

'한미식당'이란 간판이 붙은 식당에 남자 하나가 들어섰다. 남자는 검은 자루를 들고 있었다. 자루 아래로 피가 뚝뚝 떨어졌다. 식당 안에는 남자와 똑같은 옷을 입은 남자 네 명이 기다리고 있었다. 자루가 열리고 내용물이 모습을 드러냈다. 불에 그을려 껍질이 벗겨진 개였다. 아직 숨이 붙어 있는지 몸이 미세하게 움직였다. 그들은 택시 기사들이었고 한미식당은 기사 식당이었다. 다섯 남자들이 개를 보고 낄낄댔다. 그 바람에 자루를 들고 왔던 기사는 시동 켜진 자신의 차가 도난당하는 현장을 보지 못했다.

"개고기는 원래 겨울에 제맛이야."

세워둔 택시가 요란한 핑음을 내며 달렸다. 개고기에 쏠린 기사들이 번쩍 정신을 차렸다. 그들은 사냥 중인 아프리카 부족민처럼 일제히 뛰어나와 고함을 쳤다. 그중 한 사람이 방향을 바꿔 전화기 앞으로 뛰어갔다. 경찰에 신고하기 위함이었다. 그런데 택시를 훔쳐 간 사람도 경찰이었다.

종환은 땀과 피로 채색된 밤의 기운을 타고 택시를 몰아 달렸다. 목적지는 윤미의 집이었다. 과속으로 달리며 그는 아직 총알이 남았는지 점검했다.

✦

구급약 함을 찾아낸 윤미는 돌아서다가 깜짝 놀랐다. 소리도 없이 동준이 다가와 있었다. 왼손은 여전히 옆구리에 둔 동준은 오른손을 등 뒤로 감추고 있어 마치 열중쉬어를 하고 있는 것처럼 보였다. 부상이 걱정된 윤미가 남편을 앉히려 했다.

"앉아봐, 동준 씨. 얼른 소독부터 하자."

"너와 그놈이 캐고 다닌 게 얼마나 됐지?"

"상처부터 치료해. 제발 좀!"

"여기저기 다녔잖아. 국민학교 선생 자택에도, 서울의 교도소에도, 무당 집에도!"

동주의 언성이 높아졌다. 윤미는 구급함에서 탈지면과 핀셋을 꺼냈다. 추격자가 있을까봐 부엌은 백열등 하나만을 밝혀놓은 상태였다. 어두침침한 시야에서 윤미는 소독약을 찾기 위해 약품을 눈에 바짝 대었다.

"왜 쓸데없는 짓을 했지, 응?"

"자기 대체 왜 그래? 종환이는 나쁜 애가 아니야."

"그놈이 내게 총을 쐈는데?"

동준이 오른손을 앞으로 내보이자 식칼이 시퍼렇게 번쩍였다. 윤미가 소스라치게 놀라 탈지면을 떨어뜨렸다. 동준의 입술이 분노로 벌어져 핏방울이 떨어졌다.

"넌 그저 가만히 있으면 괜찮았는데, 왜 쓸데없는 짓을 했지? 왜?"

윤미가 옆으로 한 걸음 물러서자 싱크대에 쌓아둔 식기가 와르르 무너져 내렸다. 가정의 견고한 담도 그와 함께 무너졌다. 의처증도 아니었고 히스테리도 아니었다. 절망적인 심정이 된 윤미가 눈을 감았다. 아니기를 바라는 간절한 음성으로 그녀는 물었다.

"당신도 한편이었어?"

동준의 입가에 잔인한 미소가 스치고 지나갔다. 그가 한걸음

다가오자 백열등 조명을 받은 칼날이 살의를 부추겼다.

"설마…… 처음부터 내게 일부러 접근한 거였어?"

"그래."

"어떻게 그럴 수가……."

윤미는 동준과 만나 결혼한 게 어제오늘 일이 아니라 수년 전임을 깨닫고는 다리에 맥이 풀렸다.

"그럴 수 있지. 바보 같은 니 동생이 궁극의 목표였으니까."

동준의 표정이 일그러졌다.

"너는 아니었어. 그러니까 가만히 있었으면 됐잖아."

윤미는 칼을 들고 서 있는 남편을 물끄러미 바라보았다.

"전부 새엄마가 시킨 거야?"

"니 동생이 목표였어."

"대체 걔가 무슨 잘못을 했는데!"

"우리 계획을 망쳐놓았지."

"알아듣게 얘기해줘. 그 칼은 내려놓고."

"얘기해주고 싶지만 시간이 없어."

동준이 시계를 보더니 엷은 미소를 얼굴에 그렸다. 윤미는 동준의 얼굴에 변화가 일어나고 있음을 알아챘다.

동준이 한 걸음 다가왔고 윤미는 구석으로 몰렸다.

"이러지 마, 동준 씨. 우린 부부야."

동준이 백열등 아래에서 다시 멈춰 섰다.

"부부? 우리가 왜 그리 쉽게 결혼했는지 궁금하지 않아?"

윤미는 노란색 기운이 서서히 번져가는 동준의 싸늘한 눈을 바라보았다.

"신왕께서 너한테 법력을 베푸신 거야, 나한테 푹 빠지도록."

윤미의 뺨을 타고 눈물이 흘러내렸다.

"날 사랑한 게 아니었어, 동준 씨?"

"니가 법력에서 헤어나지 못하는 거야."

윤미가 애원했다.

"이러지 마, 동준 씨. 제발!"

동준의 땀구멍에서 굵은 털이 돋아나기 시작했고 목소리도 굵직한 저음으로 변했다.

"잘 가라, 조윤미."

동준이 식칼을 어깨 위로 치켜들었다. 전선 달린 백열등이 동준의 팔꿈치에 부딪혀 시계추처럼 왔다가 가기를 되풀이했다. 공포로 얼룩진 윤미의 얼굴이 어둠으로 지워졌다가 백열등 조명에 다시 나타났다. 식칼이 잠시 머뭇거리는 듯했다. 윤미는 언뜻언뜻 비치는 조명 아래서 변화를 거듭하는 남편의 얼굴을 보았다. 노랗게 타오르는 눈알이 그녀를 쏘아보았다. 꿈에서 본 바로 그 눈이었다. 얼굴을 뒤덮은 짐승의 털도 똑같았다.

윤미가 뻗친 팔에 세워둔 도마가 닿았다. 식칼이 내려오기 전 윤미가 먼저 도마를 집어 던졌다. 식칼은 윤미를 찌르지 못하고 도마를 옆으로 쳐버렸다. 이느새 동준의 입가에 손에 쥔 칼과 크기가 비슷한 송곳니가 솟구치고 있었다. 칼이 다시 수직으로 상승했다. 웅크린 윤미가 무력하게 얼굴을 막았다.

그때 동준의 뒤편에서 새까만 총구가 보이더니 오렌지색의 불을 뿜었다. 백열등이 산산조각 났다. 총알은 동준의 후두부를 관통해 살점을 흩뿌린 후 벽에 붙은 프라이팬을 떨어뜨렸다. 동준의 팔에서 떨어진 칼이 마룻바닥에 푹 박혔다. 소나기 같은 피로 바닥을 적시며 동준은 털썩 쓰러졌다.

"누나!"

피투성이가 된 종환이 부엌으로 들어왔다. 손에 쥔 권총에서 연기가 피어올랐다. 종환은 짐승의 형상을 찾아가는 동준의 얼굴을 잠시 내려다보다가 윤미를 일으켜 세웠다. 윤미는 여기가 어딘 줄 모르겠다는 어리둥절한 표정으로 종환을 바라보았다.

"종환아, 동준 씨가……."

"누나 남편이 아니에요. 정신 차려요."

"꿈에서 본……."

"그래요, 그거예요. 여기서 나가요."

종환이 코에 손가락을 갖다 대고 윤미의 손을 잡았다.

"바깥에 이상한 놈들이 모이고 있어요. 뒷문으로 가요."

윤미는 이 모든 게 꿈이 아닐까 하는 심정이었다. 자아를 잊은 그녀의 몸은 종환이 이끄는 대로 끌려갔다.

3

두 사람은 부엌을 나와 뒤꼍으로 이동했다. 잠시 담 너머 눈치를 보던 종환이 고개를 끄덕였다. 자기 몸 가누기도 힘들었지만 종환은 정신 줄을 놓은 것 같은 윤미를 보호하며 뒷문으로 빠져나왔다. 20여 명의 사람들이 대문 앞에 줄을 맞춰 서 있었다. 그들의 시선은 통일되게 윤미의 집 안으로 박혀 있다. 마치 최면술에 걸린 모습 같았지만 그들의 기이한 행각 덕분에 집을 빠져나오는 데는 도움이 되었다. 종환은 뭔가 이상함을 눈치챘다.

'우릴 잡으려는 게 아닌 거 같은데.'

이상한 놈들에게 들켜 좋을 일은 없었다. 담 아래 몸을 낮춘 윤미는 주인집이 걱정되었고 특히 예진이가 걱정되었지만 왠지 집 안은 텅 빈 듯 인기척이 없었다. 비단 이 집뿐 아니라 동네 전체가 완전한 어둠 속에 묻혀 있었다.

그때 모여든 사람 중 누군가가 소리쳤다.

"적산법사께서 입적하셨다!"

하나의 소리는 둘이 되고 둘은 곧 여럿으로 커져갔다. 듣는 사람이 불안하도록 시끌벅적한 함성이었다. 그러나 고함에 반응하는 집은 아무 데도 없었다. 제멋대로 흘러가는 시간 속에서 불 꺼진 집들은 침묵으로 일관했다.

소리는 금세 커지면서 요란한 폭거로 변했다. 무서운 얼굴을 한 사람들이 군중을 이루었다. 그들은 각자의 기성복으로 다양한 사회적 계급을 암시했으나 표정만큼은 동일했다. 특이한 집단이었다. 현대 도심의 야밤에 어울리지 않게 횃불을 쥔 자도 있었고 이상한 호리병을 갖고 있는 자도 있었다. 골목 여기저기에서 나타난 그들은 순식간에 윤미의 집을 에워쌌다.

"저 사람들이 동준 씨를 어떻게 하려나봐."

윤미가 손등으로 눈물을 훔쳤다.

"형님이 아니라니까요. 그 얼굴 봤잖아요."

종환은 잔뜩 긴장한 얼굴로 어둠 속에서 움직이는 10여 개의 횃불을 보았다. 사람의 모습이 보이지 않는 도깨비불이었다. 귀청을 울리는 통곡과 주문이 불 사이를 메웠다. 종환은 윤미의 팔이 떨리는 건지 자신이 떨기 때문에 윤미의 팔이 진동하는지 알 수가 없었다. 정상적인 사회인, 평범한 이웃이라 보기 어려운 이 집단은 하나같이 음산하고 모골 송연한 얼굴을 하고 있었다.

"법사님의 혼백을 신왕님의 성지로 모셔라!"

"법사님의 혼백을!"

마당에서 불길이 치솟았다. 노린내와 털이 타는 냄새가 코를 자극했다. 윤미가 갑자기 그리로 뛰어가려 했다.

"그러지 마요, 누나."

종환이 윤미의 어깨를 붙잡아 안았다. 윤미가 흐느꼈다. 그녀는 남편이라고 믿어왔던 사람의 얼굴에서 본 것이 환상인지 아닌지 알고 싶어 하는 게 분명했다. 기억은 평생 그녀를 놔주지 않을 것이고 그녀의 마음 한구석은 아직도 남편의 옛날 모습까지 생생히 기억할 테니까. 불길의 기세가 오르더니 타는 냄새가 코를 찔렀다. 반사적으로 일어난 윤미가 발돋움해 담 너머를 관찰했다. 마당에 들어선 군중은 모두 땅바닥에 머리를 조아리며 이상한 주문을 외우고 있었다. 군중의 엎드린 몸 위로 윤미는 여생 동안 절대로 잊지 못할 광경을 보고야 말았다. 모닥불처럼 타오르는 불길 속에서 눈을 감고 누워 있는 시신이었다. 그것은 꿈에서 본 멧돼지이자 남편이었던 동준이기도 했다.

"아아악!"

윤미의 목구멍에서 비명이 터져 나왔다. 종환이 달려가 입을 막았지만 때는 늦었다.

군중이 최면에서 깨어났다. 분노로 일그러진 얼굴들이 이곳저곳에서 어둠을 살랐다.

"법사님을 해한 불측한 것들을 찢어 죽여라!"

"찢어 죽여라!"

대문 밖으로 노도와 같은 군중이 몰려나왔다.

"가까이 오지 마! 모두 물러서!"

종환이 권총을 쳐들었다. 이름 모를 교단의 신도들은 합법적 총기 소유로 대표되는 공권력을 무시하고 횃불을 내세운 채 천천히 다가왔다.

"가까이 오지 말란 말이야!"

종환이 허공을 겨냥해 방아쇠를 당겼다.

탕!

군중은 주춤했지만 일렁이는 횃불을 믿으며 다시금 전진했다. 화산이 폭발하는 굉음과 함께 거대한 불길이 솟아올랐다. 멧돼지 곁에 누워 함께 불에 타는 사람이 있었다. 이상한 호리

병을 쥐고 있던 남자였다. 사신공양(捨身供養)의 기세는 대단해서 걸어오던 몇 사람의 등짝에도 불이 옮겨 붙었다. 사도들이 서서히 종환과 윤미를 압박해왔다.

"죽여라! 원대천존의 법행에 훼방을 놓은 음녀와 간부를 죽여라."

"죽여라! 죽여라! 사지를 갈기갈기 찢어 죽여라!"

함성이 더욱 거세졌다. 군중은 요상한 주문을 되뇌며 전진했다. 종환이 주위를 둘러보았다. 시간이 정지된 듯 전등이 밝혀진 집은 없었다. 종환이 횃불을 휘두르며 선두에 나서는 사람을 향해 한쪽 눈을 감았다. 총신이 그 남자의 가슴을 향해 뻗혔다.

"적산법사님께서 승천하셨다!"

찢어지는 목소리가 군중의 시선을 돌리게 하고 종환의 발포를 주저케 했다.

"법사님께서 승천하셨다!"

두 사람에게 예기치 않은 틈이 생겼다. 전령이 가져온 어명에 교지를 받는 신하들처럼 모두가 땅에 머리를 조아려 입으로 웅얼거리는 소리를 냈다.

"도망쳐요, 누나!"

종환은 윤미를 잡아끌어 배례의 군중을 지나 집을 벗어났다. 뒤돌아본 윤미는 정든 신혼집이 거대한 불기둥으로 변하는 현장을 보았다. 그들이 도망쳐도 엎드린 자들은 일어나지 않았다. 종환은 뒤돌아보지 않고 윤미의 손을 당겼다. 그가 주목하는 건 한옥 일색의 재수 없는 골목길이었다.

'젠장, 총소리에 화재까지 났는데 왜 아무도 나와 보는 사람이 없지.'

죽어버린 동네에 그는 놀랐다. 시간도 공간도 냉동실의 얼음처럼 징기된 것 같다. 윤미가 풀린 목소리를 늘어놓았다.

"아냐, 이건 꿈이야. 절대로 현실이 아니야."

"뛰어요!"

불길이 절정에 달할 때 악마의 사도들이 일제히 일어났다. 오후 5시에 애국가가 울리면 잠시 멈춰 서던 사람들이 노래가 끝날 때서야 다시 움직이는 모습과 다를 게 없었다. 그들은 언제 그랬냐는 듯 흉악한 눈을 부라리며 두 사람을 쫓아왔다. 어둠 속에서 번득이는 노란 눈알들을 종환은 마주치고 싶지 않았다. 사도들이 두 사람을 몰아붙였다. 긴 골목길을 지나는 사이 윤미의 걸음이 처졌다. 잡히는 건 시간문제였다. 종환이 하늘로 권총을 겨누었으나 사도들은 꿈쩍도 하지 않았다. 그는 총알을 아끼고 윤미의 팔을 잡아당겼다. 그때 윤미가 다리를 접질렀는지 바닥에 손을 짚고 주저앉았다. 피를 흘리는 종환이 불평 없이 윤미를 업었다. 그는 사도들이 윤미의 등으로 뭐라도 던질까봐 S자를 그리며 뛰었다. 윤미가 종환의 목을 끌어안았다. 종환은 끝내 포기하지 않았다.

보림이 있어선지 기나긴 골목의 끝자락이 보였다. 거리의 불빛이 서서히 눈에 들어왔다. 요술에 걸린 것 같던 제수 없는 골목길은 이제 끝났다. 저만치서 거대한 건물 하나가 서서히 모습을 드러내며 그들을 맞았다. 사도들은 손만 뻗으면 잡을 수 있는 거리까지 그들을 따라잡았다. 횃불이 춤을 추었고 불똥이 두 사람의 얼굴까지 날렸다. 윤미가 뒤돌아보다가 비명을 질렀다. 노란 눈알들이 반딧불처럼 골목을 가득 채우고 있었던 것이다. 종환의 얼굴이 고통으로 일그러졌다. 잡히면 몸이 산산조각으로 찢길 판이었다. 하지만 사도들의 최후의 공격은 헛손질로 끝났다. 한 걸음 도약으로 종환은 골목을 벗어나는 데 성공했다. 불이 환한 건물의 꼭대기가 드러났다. 석조 십자가가 휘황찬란한 그곳은 다홍교회였다.

"저걸 봐, 종환아."

윤미가 종환의 어깨를 두들겼다. 종환이 숨을 몰아쉬며 뒤돌아보았을 때 사도들은 골목 끝을 벗어나지 못한 채 발만 굴렀다.

"더 이상 따라오지 않아."

"왜 저러죠?"

윤미가 종환의 등에서 내려왔다. 종환은 양손을 무릎에 얹고 가쁜 숨을 몰아쉬었다. 미친 사도들은 일치단결로 추적을 포기했다. 안심하기엔 아직 일러 종환은 권총을 손에서 놓지 않았다. 사도들은 분함이 서린 눈길로 두 사람을 쫓으며 입으로 무언가 웅얼거렸다. 손에 쥔 횃불은 제사장을 잃은 그들의 분노를 반영하듯 맹렬하게 타올랐다. 그들은 막대기로 바닥을 치고 발을 구르며 주문을 외웠다.

"우릴 포기한 걸까요?"

"이상해. 꼭 저 골목을 넘을 수 없는 것처럼 보이잖아."

그때 요란한 타이어 마찰음을 내며 자동차 한 대가 달려왔다. 검정색 포니였다. 사도들의 주문이 빨라졌다. 자동차는 매우 거친 기세로 윤미 앞에서 정지했다. 차창에 비친 종환과 윤미의 지친 얼굴이 창문이 내려가자 잘린 듯 사라졌다. 말끔한 행색을 한 운전자의 얼굴이 드러났다.

"누나! 종환아! 빨리!"

윤식이었다.

윤미와 종환은 벌어진 입을 다물 줄 몰랐다.

"빨리 타! 일단 여기서 도망쳐야 해!"

먼저 사태 파악을 한 건 종환이었다. 뒷문을 열자마자 던지듯 윤미를 밀어 넣은 종환은 이내 자신도 옆에 올라 문을 닫았다. 요란한 타이어 소리를 내며 차가 달렸다.

"야, 인마! 너 대체 어디 있다 온 거야?"

"윤식아…… 너 괜찮니?"

"일단 안전한 곳으로 가서 얘기해."

차는 가속을 얻으며 그곳을 벗어났다. 사도들은 멀어져가는 차의 뒷모습을 바라보며 입놀림을 멈추지 않았다.

4

인면동 아파트에 차를 주차시킬 때까시 윤식은 거의 입을 떼지 않았다. 윤미의 동네처럼 아파트도 무거운 어둠에 싸여 있었다. 불 켜진 가구는 단 하나도 없었다. 옥상을 올려다본 윤미는 저주의 암시가 다분했던 새엄마의 마지막 모습을 떠올렸다.

"정말 안전한 거야?"

"여긴 아무도 몰라."

"니가 여기 숨겨준 이민섭이란 사람 죽은 거 아니? 그 부모도 다 죽었어."

윤식은 잠망경처럼 좌우로 고개 돌렸을 뿐 대답하지 않았다.

"왜 이 아파트 샀다는 사실을 숨겼니?"

"빌린 돈은 갚을 테니 걱정 마, 누나."

윤미는 동생의 어깨를 잡고 참았던 감정을 폭발시켰다.

"대체 어디 있다가 온 거야! 말 좀 해보란 말이야! 동준 씨는 왜 저렇게 됐어!"

"이러지 마. 다 얘기해줄 테니 일단 들어가자구."

윤식은 단호하게 누나의 손을 뿌리쳤다. 윤미가 비틀거리자 종환이 그녀를 부축했다.

"야, 나랑 윤미 누나가 얼마나 니 걱정 했는지 알아?"

윤식의 굳어 있던 표정에 야릇한 미소가 나타났다. 종환은 친구의 경멸적인 시선에 움찔해 저도 모르게 부축한 손을 놓았다.

세 사람은 승강기를 타고 12층으로 올랐다. 복도식 아파트의 어디에도 사람의 기척은 느껴지지 않았다. '지금은 잠들 시간'이란 게 이유라고 종환은 애써 생각했다. 1205호 앞에 다다르자 윤식이 열쇠로 문을 열었다. 죽음의 사연들로 잠자고 있던 아파트는 차갑고 건조한 대기로 세 사람을 맞았다. 바닥은 차가웠고 꽤 입자가 큰 먼지가 거실 귀퉁이를 차지하고 있었다.

욕실 문은 아직도 활짝 열려 있다. 윤식의 시선이 그리로 갔다. 두번째 방문이지만 윤미는 이 집이 몹시도 기분 나빴다.

✦

바람이 아까보다 거세졌다. 현수막이 아파트 담벼락에 부딪치며 탕탕거렸다.

"내 말 잘 들어, 누나. 새엄마를 죽게 만든 건 나야."

"니가 한 일…… 상갓집에서 니가 한 일이 다 그거랑 관련 있는 거니?"

"누가 그런 말을 했지?"

윤식이 누나에게 질문했을 때 어딘가에서 개 짖는 소리가 들려왔다. 그의 눈이 가늘어졌다가 다시 본래의 크기를 찾았다.

"오현철 선생이 그랬어."

"오 선생은 우리한테 그 사실을 알려주고 죽었다."

종환이 가시 돋친 목소리로 끼어들었다.

"그도 네 새엄마처럼, 자살을 한 거야."

윤식은 스스럼없었다.

"새엄마를 죽일 계획을 세우고 상갓집에서 그 계획을 실천한 건 니야. 네 번 문상을 간 후에 그 여잔 자살했지."

"그 뒤로도 너무 많은 사람이 죽었어."

종환이 말했다.

"나 때문이라고 생각하는 거야? 천만에, 그자들의 죽음은 내

탓이 아니야."

"네 새엄마는 귀신을 등에 업은 무당이었어. 신내림 해준 이 문보살이 식물인간이 되고 교도소 관계자들도 사고사로 죽어 나갔다. 그 여자가 죽은 지금도 희생자는 늘고 있어. 건드려선 안 될 여자였어."

"무슨 헛소리야? 흉살을 내린 건 새엄마가 아냐."

"흉살?"

"비밀을 아는 자들을 죽음으로 입 막는 것 말이다. 그건 전부 안미영이 한 짓이야."

윤식은 창밖으로 시선을 두고 말을 이었다.

"니 말마따나 새엄마는 귀신이 들러붙은 무당이었어. 귀신도 보통 귀신이 아닌, 엄청난 능력으로 죽음을 몰고 다니는 귀신이지. 그 덕에 교도소 안에서도 신통력을 발휘했고 수많은 신도까지 만들 수 있었어. 아까 너랑 누나를 습격한 자들이 바로 그 귀신의 추종자들이야."

"귀신이란 원대신왕을 말하는 거냐?"

종환이 물었다.

"그래, 새엄마한테 내림 한 수호신의 이름이 원대신왕이지. 그는 여느 점쟁이들의 잡귀들과는 출신부터가 달라. 차원을 넘나드는 불사의 존재이며 저승과 이승의 일에 맘대로 개입할 수 있어. 사람의 목숨도 쥐었다 폈다 하지. 만물의 영장도 이자 앞에선 한낱 미물에 불과해."

윤식이 벽에 등을 기댔다.

452

"이 모든 일의 시초는 패권 다툼 때문이야."

"그건 또 무슨 말이니?"

의외의 대답이 윤미는 달갑지 않았다.

"새엄마 후계자 자리의 쟁탈전을 말하는 거야."

윤식이 담배를 꺼내 물었다. 동생의 담배 피우는 모습을 윤미는 처음 보았다.

"누나도 종환이한테 들어서 알고 있겠지? 내겐 여자 친구가 있었어. 서울 살다가 다흥 시골 학교로 발령받은 이영희라는 여자야. 처음 등장한 순간부터 모든 남선생들 눈이 이 여자한테 쏠려버렸지. 헤어나지 못할 매력을 지닌 데다 집안도 빵빵해. 그런 여자가 분에 넘치게도 나한테 관심을 보였다 이거야. 끝내 정확한 사연을 듣지는 못했지만 그 여자 말에 의하면 옛날에 죽은 애인과 내가 쌍둥이처럼 닮았다고 했어. 난 주체할 수 없이 그 여자한테 빠져버렸지. 하숙집이 싫다는 말에 이 아파트까지 갖다 바칠 정도로 걔가 시키는 대로 다 했어. 누나한텐 미안하지만 땅을 샀다는 건 거짓말이야. 여자가 맘에 들어 할 공간을 마련해서 임신이라도 시킬 계획이었거든. 그 목적은 이루지 못했지만 결혼 약속을 받아내는 데는 거의 성공했지. 알고 보니 내가 바보처럼 당한 거야. 이 모든 건 날 집어삼키기 위해 철저히 계획된 각본이었어. 영희의 본명은 안미영으로, 새엄마가 교도소에서 얻었던 신딸 중 하나야."

"노들강변에서 죽은 여자가 진짜 이영희지?"

종환이 윤식의 설명을 가로막았다.

"많이 알아냈는데, 차 형사?"

윤식이 싱긋 웃었다.

"그것도 차례로 설명해주지. 내가 미영이하고 떨어질 수 없는 사이가 되었을 때 새엄마가 나타난 사실은 너도 누나도 잘 알지? 우리 집안에 씻을 수 없는 원한을 가진 여자가 거짓말처럼 무기징역의 성역을 깨고 돌아온 거잖아. 청춘사업이 잘 되어가는 마당에 겁도 나고 미칠 지경이었지. 예상대로 그 여자는 내 머리에 불을 지피면서 인내심 테스트를 하더라고. 대놓고 훼방을 하니 직장도 연애도 엉망이 되어갔어. 어떤 여자인지 알기에 자연히 앞날이 걱정될 수밖에. 언제 날 죽일지도 모른다는 생각에 하루하루가 지옥 같았지.

앞이 캄캄했어. 미영 ─ 아니, 그땐 영희였지 ─ 을 볼 낯이 없었지. 미친 시어머니가 있는 이상 결혼 생활도 엉망으로 될 게 불 보듯 뻔했거든. 내가 먼저 헤어지자고 말했어. 근데 얘가 진지한 얼굴로 사태를 해결할 방법이 있다는 거야. 처음엔 말도 안 되는 소리라고 무시했지만 점점 귀가 솔깃해졌어."

"네 번이었어. 혼백이 머무는 장소에서 영험함이 깃든 신물을 태우고 주문을 외우면 원하는 사람의 수명을 앞당길 수 있는 있다는 제사 말이야. 네 번을 다 마치면 소원이 이뤄진댔어. 자기 집안에도 비슷한 방법으로 효과를 본 노친네가 있다고 했지. 그래서 나는 어떤 무속 집단을 소개받았는데 그게 바로 적산법사가 원대신왕을 떠받드는 교단이었어. 양평의 외딴 산중에서 눈을 가린 채 따라가 그들에게 설명을 듣고 부적과 신물을 받아 왔지. 그러자 거짓말처럼 한 동료 선생의 외할머니가 노환으로 사망했어."

윤식은 개 짖는 소리가 신경 쓰이는지 창밖에 다시 한 번 눈길을 주었다.

"처음에는 반신반의했는데 성밀모 효과가 나타났어. 초상 갈 일은 자꾸만 생겨났고 부적을 태우고 주문을 욀 때마다 실제로 새엄마의 건강은 악화되었거든. 사실은 원래의 지병에 약간의 쇼만 첨가한 거였지만 말이야. 그 여자가 말기암이라는 사실만 알았어도 그리 쉽게 속아 넘어가진 않았을 거야.

무서운 사실은, 죽어나가는 사람들은 전혀 쇼가 아니란 거였어. 처음에는 나와 안면이 없는 사람부터 시작하다가 점점 나와 관련이 있는 자들이 죽어나갔어. 문상교, 변준혁……. 난 무서움을 견딜 수 없었고 점점 이성을 상실했지. 하지만 우연일 뿐이라 애써 생각하고 이를 악물고 버텼어. 어차피 사이가 좋은 놈들도 아니었거든. 새엄마만 죽어 없어지면 모든 게 정상으로 돌아온다는 생각에 집요하게 매달렸지. 약속대로 네 번의 의식을 다 치르고 나자 결국 새엄마는 건물에서 떨어져 죽었어. 난 모든 게 끝나 마음도 미래도 평화를 찾을 줄 알았어. 하지만 아니었어. 무책임한 죽음은 그 후로도 계속 이어졌으니까. 특히 여관에서 옆 객실에 묵었던 사람은 나와 아무 관련도 없는 사람이었어.

왜인지 알아? 그건 죽은 새엄마의 저주가 남은 게 아니라 수명이 다한 새엄마의 원한을 이어받은 안미영이 흉악한 살을 뿜렸기 때문이야. 그 네 번의 의식은 새엄마의 수명을 앞당기는 의식이 아니었어. 안미영을 위한 내림굿이었던 거지! 죽음을 주관하는 수호신 원대신왕이 잘 들러붙게 하기 위해 초상집의 시체를 제물로 바친 굿이었단 말이야. 난 제사를 주관하는 제사장이었고!"

"그럼 두 여자가 처음부터 접근한 게 그런 목적이었단 말이야?"

종환이 물었다.

"그래, 나는 정금옥을 죽이는 게 아니라 제2의 정금옥에게 북 치고 장구 치고 춤까지 춰줘 내림을 해준 셈이야."

엄청난 음모였다. 불법 다단계나 사이비 종교보다 무섭고 조직적인 음모였다. 윤미는 새엄마가 옥상에서 악담을 퍼붓고 뛰어내릴 당시 산송장처럼 주변을 걷던 사람들을 기억해냈다. 그들의 정처 없는 걸음과 정신 나간 표정은 아까 횃불을 들고 따라온 무리와 조금도 다를 게 없었다. 맙소사, 그게 새엄마의 '입적'을 두 눈으로 보려는 신도들이었단 말인가. 윤미도 비로소 뭔가 수긍할 수 있는 부분을 감지했다.

"노들강변에서 진짜 이영희는 왜 죽었냐?"

종환이 물었다.

"원래 내게 접근하라고 명받은 여자는 안미영이 아니라 이영희였어."

"국민학교에 발령받을 수 있는 자격이 있어서?"

"똑똑한데."

윤식이 베란다로 꽁초를 튕겨 보냈다. 손가락 사이에서 신호 같은 '딱' 소리가 났다.

"말하는 불덩어리를 보고 가출한 여자들은 다 원대신왕의 신딸로 간택된 자들이야. 새엄마의 자리는 교단의 교주와도 같아 많은 신딸이 그 자리를 탐냈지. 그중에서도 유력한 후보가 안미영과 이영희 두 사람이었어.

목숨이 얼마 안 남은 새엄마의 소망은 하나였어. 불구대천 원수인 우리 남매를 죽도록 고생시키다 제거하는 것이었지. 후계자 자리를 탐내는 여자들이 앞다투어 그 일을 하겠다고 나섰는데 내가 선생이니까 이영희가 가장 그럴듯한 조건을 갖고 있었어. 머리가 좋은 데다가 부르주아의 딸이니 공직 사회의 인맥에 사회적인 영향력까지 두루 갖췄지. 하지만 신왕의 법력을 내림받으려는 안미영의 야심은 그보다 더 컸어. 그녀는 하층민 출신이지만 악독함에서는 이영희를 훨씬 능가했지. 적산법사에게 도움을 청한 그녀는 더욱 신왕이 마음에 들 만한 치성을 드린 거야. 산 사람을 제물로 바치는 것 말이야."

"잠깐만, 그럼 이영희가 그 자리를 대신했다면 죽음은 줄어들었을까?"

종환이 핵심을 찌른 수학의 천재 같은 얼굴로 물었다.

"그럴 거야. 대신 우리 남매는 벌써 끝장났겠지. 안미영이라면 우릴 쉽게 죽이진 않아. 새엄마의 뜻대로 피를 말리고 또 말리다가 최후의 한 방울마저 소진될 때 없애버렸을 거라고.

이영희는 1년 전에 교단에서 도망을 치려고 시도한 적이 있었어. 부족한 것 없는 중산층 집안의 딸다워. 어느 날 갑자기 친구들이 있는 사회로 돌아가고 싶다는 욕망에 믿음이 흔들린 거야. 사실 다홍에 발령받은 그날까지도 교단은 의심의 눈으로 그녀를 지켜보았어. 언제 어떻게 어디로 튈지 모르는 여자였거든. 머리에 든 게 너무나 많았어. 어찌 보면 열등감일지도 모르지. 이영희는 목표물인 아담을 유혹하기엔 하층민 출신인 안미영보다 외모가 떨어진다고 말이 많았으니까.

그런 상황에서 안미영은 수시로 수감 중인 새엄마를 면회해서 환심을 샀고 새엄마는 점을 쳐서 원대신왕의 뜻을 헤아린 후 미영을 최종적인 신딸로 결정 내린 거야. 이영희는 어느 틈에 안미영이 새엄마의 후계자로 바뀐 줄도 몰랐을 거야. 결국 나를 한번 만나보지도 못하고 노들강변에서 뼈다귀가 산산조각 났지. 그리고 이영희의 모든 신상을 꿰뚫고 있는 안미영이 가짜 행세를 한 거고."

윤식이 잠시 설명을 멈췄을 때 창밖의 울부짖음이 맹렬해졌다. 사람의 통곡보다 감정이 서렸고 늑대의 울음보다 흉포한 울음이었다. 정확히 아파트를 겨냥한 듯한 날카로움에 세 사람의 대화가 잠시 중단되었다.

"아까부터 개가 왜 저리 짖지? 놈들이 온 거 아냐?"

윤식이 창밖을 내다보았다.

"적산법사는 대체 누구야?"

멧돼지의 형상을 떠올린 윤미가 아니라고 답해달라는 표정으로 동생을 보았다.

"니 매형이니?"

"누나한텐 안될 말이지만…… 맞아."

믿지 못하겠다는 듯 허망한 시선을 창밖으로 두던 윤미가 눈을 감았다.

"그는 교단의 모든 실무를 도맡아 하고 지시를 내리는 행동대장 같은 이야. 그자가 죽었기 때문에 우린 더 위험에 빠졌어."

"대체 말도 안 돼. 어떻게 네 매형이……."

윤미가 차마 말을 잇지 못했다.

"무속 세계가 근거를 둔 공간은 원시 자연이야. 술사들은 짐승의 울음을 알아듣고 그들을 부릴 줄도 알아. 이 역시 새엄마의 오래된 계획의 일환이었어. 그는 처음부터 누나의 남편이 아니었으니 더 미련을 갖지 마. 자, 자세한 얘기는 자리를 옮겨서 하지. 안전할 줄 알았지만 여기도 아니었어."

"어디로 간단 말이야?"

윤미가 물었다.

"개가 짖는 저 소리는 뭐야?"

종환이 날카롭게 물었다.

"나도 몰라. 일단은 다홍을 벗어나야 해."

윤식이 종환을 똑바로 쳐다보며 강조했다.

"니가 우리에겐 가장 큰 희망이다. 도와줘. 어디로 가면 안전할까?"

종환이 선뜻 대답을 못하자 윤식이 누나를 붙잡았다. 동생의 팔 힘에 윤미는 종환의 앞으로 약간 밀쳐졌다.

"경찰서로 가면 어떨까?"

종환도 창밖의 괴성 때문인지 신경이 곤두선 모습이었다.

"이민섭이는 유치장 안에서 죽었지? 이건 권총이 지켜줄 수 있는 상황이 아니야. 거리가 떨어져야 신통력도 약해져."

윤미가 불쑥 물었다.

"넌 어떻게 도망쳐 나왔니? 대체 어디 있었던 거야?"

"그들이 풀어줬어."

"풀어줬다고?"

"납치된 내가 갇힌 곳은 이상한 토굴이었어. 어딘지도 몰랐지. 창살이 쳐져 있고 햇볕은 들어오지 않았어. 밥을 안 주는 대신 종지에 담긴 여러 색깔의 물을 계속 먹이더라고. 몸이 점점 이상해졌어. 기운이 없고 피부가 푸르스름하게 변해갔지. 그러던 어느 날, 붉은 무의를 걸친 안미영이 찾아왔어. 그 여자는 더 이상 내 여자 친구가 아니었어. 칼과 부채를 겨누면서 내게 술을 뿌리며 굿판을 벌였어. 수백 명 신도들이 절했고 매형의 모습을 한 적산법사가 제사를 진행했어. 나를 며칠 더 감금한 그들은 갑자기 모든 진실을 알려준 뒤 다홍에 내려줬어."

"왜?"

종환이 의혹에 찬 시선을 보냈다.

"난 지독한 살을 맞았어. 앞으로 내가 딛는 발걸음마다 죄 없는 죽음들이 기다릴 거랬어. 교통사고로, 병마로, 질식사로, 복상사로, 감전사로, 의문사로, 심지어 자살로…… 결코 피할 수가 없는 죽음이야. 나는 내 옆에서 갑자기 죽어가는 사람들을 구할 수도 없고 거기에 관여를 할 수도 없다고 했어. 신왕의 제물로 당하는 모습을 두 눈 뜨고 지켜봐야만 해. 남은 평생을 고통받고, 고독 속에 지내고, 죄책감에 시달려야만 하지. 타인의 죽음에 내 감각이 무뎌지는 날, 그때가 나의 최후가 될 거야. 이게 바로 평생을 남의 숙음으로 시딜리디가 죽어뷔라는 새엄마의 복수, 상문살인 거지."

윤식이 종환의 등을 밀었다.

"자, 시간이 없어. 나랑 있으면 위험하니 나머지는 가면서 얘기해."

"대강이라도 목적지를 정해야지. 어디로 간단 말이야?"

잠시 생각에 잠긴 윤식이 말했다.

"원대신왕은 물을 싫어해. 물의 기운이 강한 곳으로 가면 신통력이 약해질 수도 있어."

"바다나 섬 같은 곳?"

"그런 곳이라면 적격이지."

"울릉도 쪽에…… 친척이 있기는 한데……"

종환이 느릿느릿 대꾸했다.

"울릉도라면 여기서 그다지 멀지 않아. 차로 갈 수 있잖아."

윤식이 자동차 열쇠를 꺼냈다.

"먼저 내려가서 시동을 걸어줘. 놈들이 있나 살펴주고. 주변이 안전하면 현관 앞에 차를 대. 그럼 누나를 데리고 내려갈게."

"같이 안 내려가고?"

윤미가 물었다.

"놈들이 감지할 수 있는 건 나지, 두 사람은 아니야."

종환의 손에 자동차 열쇠가 얹혔다. 윤식이 힘 있게 친구의 손가락을 쥐여주었다.

"이제 세상에서 누나를 지켜줄 사람은 너밖에 없다."

종환은 이해가 안 된다는 표정으로 손바닥과 윤식의 얼굴을 번갈아 보았다.

"내가 죽더라도 누나를 부탁해."

종환은 시험감독관 같은 시선으로 방 한구석을 깊게 응시하다가 마지못한 듯 고개를 끄덕였다. 문을 나서던 그는 예고 없이 돌아서더니 질문을 던졌다.

"오해는 말아줘. 지금까지 니가 한 말은…… 다 사실이겠지?"

"그래."

"분명히 믿기는 하지만 정말 믿을 수 없는 얘기로군."

"믿게 될 거야. 내려가면 엘리베이터를 다시 12층으로 올려 줘. 우린 5분 후에 내려갈게. 차를 대면 짧게 클랙슨을 세 번 울리고, 만약 놈들이 숨어 있거나 따라붙는다면 우린 상관 말고 도망가되 대신 클랙슨을 최대한 길게 울리면서 도망가. 그럼 우린 알아서 피할게."

종환이 윤미를 보았다.

"괜찮겠어요, 누나?"

윤미는 머뭇거리다가 간신히 대답했다.

"그래."

종환은 미심쩍은 눈길을 윤식의 얼굴에 두다가 이윽고 출입문을 열었다.

5

"누나, 아버지에 대해 얼마나 알아?"

둘만 남게 되자 윤미는 뜻밖의 질문을 받았다.

"아버지라면 하나부터 열까지 미스터리 아니었니?"

"그분이 일생을 바친 건 신앙이 아니었어. 사실은 목사가 아니었기 때문이지. 그분은 힘을 쫓고 있었어. 여기서 말하는 힘은 일체의 권력이나 재력을 뜻하는 게 아냐. 그건 하찮은 사람의 머리로는 이해할 수 없는 미지의 힘이야. 미지의 힘이 아버지를 파멸시켰고 이제 우리까지 노리는 거야."

"그것도 원대신왕과 관련이 있는 거야?"

"맞아."

"미지의 힘이란 뭐야?"

"우리를 둘러싼 이 공간은 텅 비어 있는 것처럼 보이지만 사실 엄청난 힘으로 충만해 있어. 마치 해양 생물처럼 유유하게 우리 주위를 떠돌아다니지. 차원이 다르기 때문에 우리가 느끼지 못할 뿐이야. 이 힘을 알아보고 쓸 줄 아는 자는 바닷가에서 거대한 진주를 얻은 거나 같아. 하지만 정상적인 사람이 이 힘을 운용한다면 머리가 터지거나 사지가 산산조각 날 수도 있어. 매혹적인 동시에 위험한 고차원의 에너지거든. 이 힘이 존재하지 않는 곳은 어디에도 없지만 선택받은 자만이 운용할 수 있어."

"귀신이나 무당의 신통력을 말하는 거구나."

"생각하기 나름이야. 이 힘은 이름이 없으니까. 신기가 있는 자의 영험함이라 해도 좋고 사물을 자신에게 끌어모으는 염력이라 해도 좋아. 분명한 건 미천한 종자인 인간이 행사할 수 있는 힘은 아니란 거지. 아버지는 정부의 비밀 요원이었어. 유학을 가장한 이유는 미국으로 도망친 이 힘의 주인을 추격하기 위해서였지. 당시 세력이 약화되긴 했지만 그는 여전히 위대하고 두려워해야 할 미지의 존재였어. 가는 곳마다 기상천외한 위력을 떨쳐 보이고 제각기 다른 명성을 얻었어. 한국과 일본 그리고 중국에서는 원대신왕이란 이름으로 통했는데 그 이유는 그가 내려온 곳이 둥근 띠가 달린 하늘이기 때문이야."

그때쯤 윤미는 윤식의 말투가 달라지고 있음을 눈치챘다.

"신학을…… 배우신 게 사실이 아니란 말이야?"

"표면상의 이유였어. 아버지는 국가안전기획부의 공무원이었고 그가 하는 일은 철저히 비밀에 부쳐졌지. 원대신왕이 둥근 띠의 하늘로부터 한국의 지리산에 처음 나타났을 때 그를 뒤쫓은 자들은 아버지가 이끄는 비밀정보부의 정보원들이었어. 하늘에서 큰 불덩어리가 떨어졌다는 신고가 들어왔고 실제로 마을 하나가 다 타버렸지. 하지만 그 사실을 아는 사람은 아무도 없어. 정부에서 비밀로 부쳤거든.

원대신왕의 정체가 알려지면 사회는 큰 혼란에 빠지게 돼.

464

그는 가공할 만한 존재로 지금껏 위기가 닥칠 때마다 사회의 이목을 돌리는 크고 작은 사건들을 일으켰어. 지금도 북한의 소행, 종교 단체의 광신 행위, 학생 시위, 이유 없는 강력 범죄 따위 미제 사건은 많아. 우린 그런 사건들의 진실을 절대로 알 수 없어. 진실은 따로 있으니까.

어쨌거나, 아버지가 가정을 등한시한 건 엄격한 가장의 뒷모습에 우선한 비밀 첩자의 그림자가 있었기 때문이야. 그는 자식보다 국가에 자신을 바친 사람이었어. 원대신왕은 아버지의 집요한 추격에 고전해서 한때 힘이 약화되었어. 아버지가 이끄는 정보원들이 신왕의 은둔지를 알아내 파괴한 후 그의 숨통을 끊어놓기 직전까지 갔었거든. 원대신왕한테는 일생일대의 위기였지만 뉴스에서는 행락철의 대형 산불로 거짓 보도가 되었어. 잘 들어, 이건 누나한테만 알려주는 국가 기밀이라고.

원대신왕은 신참 정보원 하나의 두뇌를 장악해 탈출로를 열고 구사일생으로 도망쳤어. 작전이 실패로 돌아갔음을 깨달은 첩보원들은 치명상을 입은 신왕이 어딘가에서 죽었을지도 모른다고 내심 희망을 가졌어. 시신은 발견되지 않았지만 신비한 사건들은 더 이상 일어나지 않았거든. 이야말로 무지한 인간들의 오산이었어. 사실 원대신왕은 찾을 수 없는 장소에 은신한 채 기력이 회복되길 기다린 거였지. 아버지한테 깊은 원한을 품으면서 말이야. 누난 엄마가 왜 돌아가셨는지 제대로 알고 있어?"

"교통사고였잖니."

윤미의 목소리가 떨려왔다.

"교통사고는 맞는데, 그 내막은 미스터리투성이야. 오르막길을 고속으로 주행해 엄마를 친 자동차에는 운전자가 없었다고 하니까. 열쇠조차 없는 자동차를 경사가 급한 오르막으로 밀어 올린 힘은 대체 뭘까? 그것도 집에 와 있던 아버지가 꼭 봐주길 의도한 것 같은 힘은."

"넌 그런 걸 누구한테 들었니?"

윤미의 표정에 긴장한 기색이 역력했다.

"난 처음부터 알고 있었어."

윤식의 눈이 검게 번쩍거렸다. 윤미의 내면조차도 꿰뚫을 듯한 색채였다.

"엄마가 죽자 아버지는 실의에 빠져 모든 걸 버리겠다고 했어. 직장에도 사표를 냈지. 어느 날 갑자기 큰아버지를 찾아가 종교에 투신하겠다고 했어. 목사가 되려고 우릴 거기에 버리고는 이 나라도 버렸지. 하지만 그건 사실이 아니야. 아버진 엄마의 복수를 위해 나선 거였어. 바다 건너 미국으로 도망친 원대신왕을 쫓아간 거란 말이야. 그는 미국에서 현지 요원들과 함께 신왕의 목숨을 끝장낼 작전을 계속했어."

"믿지 못할 얘기들 그만해. 종환이가 기다리잖아."

윤미가 저도 모르게 뒤로 한 걸음 물러났다. 흰자가 줄어드는 윤식의 눈 때문이었다.

"그는 치밀한 계획으로 성공과 실패가 반복된 13년 세월 끝에 한국에 돌아왔어. 여자 하나를 데리고서. 우리 눈에는 목사가 새장가 든 광경으로 보였겠지만 천만에, 그 여자는 정보원들이 오랜 노력 끝에 알아낸 여자였어. 그녀의 정체는 교포 노동자가 아니라 언제든지 원대신왕을 불러낼 수 있는 일종의 시녀 같은 존재였단 말이야.

자기한테 접근할 때부터 새엄마는 아버지의 성체를 꽉 잡고 있었지. FBI는 그녀가 일하는 가게에서 흑인이 살해당하는 사건을 만들어 벗어날 수 없는 올가미를 씌웠어. 곧 미국에서 추방할 구실이 만들어졌지. 미국 정보원들은 그 여자가 아버지의 부인이 되어 한국에 따라갈 수밖에 없는 상황을 너무나도 손쉽게 만들어냈어. 위기를 느낀 원대신왕도 분명 그녀를 따라왔을 테지만 함부로 정체를 드러내지는 않았어. 과거의 위기가 고스란히 기억 속에 있으니 조심에 조심을 거듭해야 했거든. 그때 아버지가 우릴 다홍으로 데려가지 않은 데는 이런 이유가 있었어. 아버지의 치밀한 감시와 이상한 행동에 나는 그분이 정말 의처증 환자에 변태성욕자인 줄만 알았지. 그러던 어느 날 검은 개가 나타난 거야!"

외마디 비명을 지르며 윤식이 흥분했다. 주체할 수 없는 분노의 기색이었다. 윤미가 놀란 가슴을 쓸어내렸다. 그는 윤미 앞에 바짝 다가서며 한 글자 한 글자 또렷하게 말했다.

"신왕님은 어떤 것으로도 둔갑할 수 있어. 드라큘라처럼 안개로도 박쥐로도 변할 수 있지. 물론 커다란 검은 개도 예외는 아니야. 새엄마는 교도소에 있을 때 처음으로 신이 들린 게 아니야. 그전부터 신왕님을 알고 있었지. 신왕님은 그 목사 놈 때문에 나사(NASA)에서 만든 특수합금 칼에 허망하게 죽임을 당하셨어! 하지만 내가 교도소에 있을 때 기적적으로 부활 승천하셨어! 바로 이 순간을 위해! 이제 알겠니, 윤미야?"

잊으려야 잊을 수 없는 독기가 윤식의 눈동자를 장악했다. 윤미가 못 알아볼 리 없는 눈이었다.

"새, 새엄마."

"이놈들, 내가 곱게 죽을 것 같으냐?"

윤식이 씨익 웃었다.

✦

종환은 복도를 걸어가 승강기 앞에서 멈춰 섰다. 안을 꿰뚫어보려는 것처럼 철문을 향한 그의 눈은 깜빡거리지도 않았다. 외부에 노출된 복도식 공간에 차가운 바람이 불어닥쳤다. 승강기가 가볍게 흔들거렸다. 종환은 잠시 난간에 기대어 지상을 내려다보았다. 바람에 과자 봉지가 날렸다. 멀리서 개 짖는 소리가 들렸지만 사람은 보이지 않았다. 버튼을 누르자 승강기가 굉음을 내며 입을 열었다. 투명인간이라도 있는지 승강기는 조금씩 흔들거렸다. 종환이 올라타자 기다렸다는 듯 출입문이 다시 굉음을 내면서 입을 닫았다.

종환의 손가락이 1층을 눌렀다.

문이 닫히고 특유의 기분 나쁜 저음이 하강을 알렸다.

하지만 띵, 하고 신호음을 낸 곳은 7층이었다. 종환이 품속에 손을 집어넣었다. 체온 때문에 권총은 따뜻했다. 손가락 끝에 빠르게 뛰는 심장박동이 느껴졌다. 문이 열리자 눈을 치켜뜨고 일그러진 얼굴들이 나타났다. 종환이 총을 꺼내려 하자 얼굴들이 일제히 손을 뻗어왔다. 손들은 신속하게 종환의 팔과 허리춤, 가슴팍과 머리채와 다리 따위를 붙잡았다. 용을 썼지만 소리를 내지는 않았다. 권총을 빼앗긴 종환의 고함은 침묵의 완력 속에 흡수되었다. 사교의 수호자들은 저항하는 종환을 거칠게 다루며 승강기 안으로 밀어붙였다. 알을 노린 뱀 대가리처럼 승강기의 입이 우악스럽게 탕, 닫혔다. 거짓말처럼 승강기가 다시 상승하기 시작했다.

✦

"윤미야, 난 네가 필요하단다."

윤식의 몸을 한 새엄마가 말했다.

"어떻게 윤식이인데 새엄마인 거지?"

윤미의 목소리가 부들부들 떨렸다.

"어떻게 내 동생이 새엄마가 되었지!"

"그놈 껍데기를 내가 훔쳤으니까."

정금옥이 차갑게 내뱉었다.

"이제 윤식이는 없어! 놈의 혼백은 지옥으로 떨어졌어! 이제 윤식이의 몸은 내 거야."

"제발 장난은 그만해. 나를 그만 좀 괴롭혀!"

469

"내가 죽어가는 목숨이었다는 사실은 너도 잘 알잖니."

정금옥의 음성이 부드러워졌다.

"제아무리 신통방통한 무녀도 육체의 질병을 이길 수는 없어. 게다가 그건 전부 신왕님 뜻이었어. 니 애비가 신왕님을 찔러 죽인 후 나는 옥에 갇혀 희망을 잃은 채로 살았지. 하지만 개기일식 날 나는 분명하게 계시를 받았단다. 신왕님이 부활하셔서 내게 그러셨지. '너를 곧 내보내줄 터이니 나를 탄압한 놈의 아들을 찾아가라. 아들을 이용하여 나의 뜻을 반드시 실현해라.' 애비의 숨겨진 과거에 대해서 가장 정확히 알아낼 수 있는 사람은 아무래도 직계 자손이 아니겠니?"

정금옥은 머리를 쓸어 올리며 창밖을 내다보았다. 윤미는 그 동작에서 여성적인 제스처를 읽었다.

"니 동생은 예쁜 여자라면 사족을 못 쓰더군. 윤식이는 미영이가 시키는 대로 잘도 따랐어. 아무런 의심 없이 신물을 네 번 다 태웠거든. 교통사고로 병원에 누워 있을 때도 이건 꼭 지켜주었어."

"윤식이는 대체 어디 있어?"

윤미가 겁에 질려 외쳤다.

"니 앞에 있잖니? 정신은 니 엄마지만 육신은 니 동생이야. 네 번의 의식은 말이야, 내림굿이 아니라 사실 탈혼(奪魂) 의식이었어. 윤식이의 육신에서 혼백을 분리하는 의식이었지. 바보같이 윤식이는 자기 혼이 빠져나가는 것도 모른 채 신물을 태우고 주문을 외웠어. 발가벗은 남자가 거울에서 나오는 걸 봤어도 그게 자기 혼백이란 건 꿈에도 몰랐지. 욕실 거울에 '원대 신왕'을 쓴 장본인이 바로 그 혼백이었어. 지옥으로 떨어지기 전에 최후의 발악을 한 거지. 스스로 똑똑한 줄 알지만 윤식이 는 너무나도 쉬운 애였어. 그 짓을 네 번 다 마치자마자 미영이 와 한 몸이 되었거든. 줄 듯 말 듯 애를 태우던 섹스 줄다리기 에서 드디어 이겼다고 생각했겠지. 호호호, 사실 그건 무당과 살을 섞는, 의식의 마지막 순서였어. 바보도 그런 바보가 또 있 을까."

기운을 잃은 윤미가 땅바닥으로 무너져 내렸다. 눈물 한 줄 기가 뺨을 타고 흘러내렸다.

"다른 사람을 택할 수도 있었잖아. 꼭 윤식이였어야 했어?"

"당연하지. 윤식이는 우리를 위험에 빠뜨렸던 조정열의 아들 이잖아. 그자가 미국에서 한 구체적인 활동과, 비밀 첩보원 세 력의 분포도, 그들이 신왕님에 대해 알고 있는 것들, 현재와 앞 으로의 계획은 이제부터 제2의 윤식인 내가 하나하나 알아낼 거라구."

도망치려고 윤미가 일어섰다. 하지만 정금옥의 경계가 더 빨 랐다. 그 옛날 욕실에서 얼굴을 걷어차인 윤식처럼 윤미도 정 금옥의 발길질에 관자놀이를 맞고 쓰러졌다.

"종환이한테 달려간들 그놈이 막을 수 있을까?"

"우릴 어떡할 거야?"

정금옥의 그림자가 겁에 질린 윤미의 얼굴을 반쯤 가렸다.

"걱정하지 마. 죽이는 대신 계획을 바꿨으니까."

차갑고 거센 바람이 눈을 뜰 수 없게 만들었다. 종환의 시야에 간헐적으로 들어온 것은 칠흑 같은 어둠 사이로 스쳐 지나가는 얼굴들이다. 살아 있는 시체의 얼굴이었다. 그들은 말을 하지 않았고 표정에 변화를 보이지 않았다. 종환은 공포로 몸부림치면서 일생일대의 위험에 빠졌음을 깨달았다. 이놈들은 뭔가에 눈이 멀어 있다. 명령에 죽고 명령에 사는 놈들이다. 살인조차 눈 깜빡하지 않고 해치울 놈들이다. 그것도 살의나 원한도 아닌 '맹목'으로.

"물러서! 난 경찰이야!"

시체들은 허수아비 형사의 허세에 반응하지 않았다. 이내 종환의 사지가 번쩍 들어 올려졌다. 운반되는 몸이 거칠게 저항했지만 다수의 적 앞에선 무용한 노력일 뿐이었다. 어둠을 가르고 나타난 흰 뱀이 머리 위로 꿈틀거렸다. 목에 차르르 감길 때까지 종환은 그것이 뱀인지 밧줄인지 판별할 수 없었다.

얼굴들이 빙빙 돌았다. 숨이 막혀왔다. 종환의 몸은 수십 개의 손에 의해 순식간에 옥상 난간에 짐짝처럼 놓였다. 종환이 난간을 붙잡자 붉은 매니큐어 바른 여자의 손이 하나 나타나 애교를 부리듯 종환의 손가락을 하나하나 펴기 시작했다. 15층 높이에서 허공을 난다면 종환을 지탱할 것이라고는 목에 걸린 줄 하나뿐이다. 그는 몸을 일으키려고 필사적으로 몸부림쳤다. 끔찍하고 다양한 얼굴이 이리저리로 뒤섞였다. 그때 옥상 끝에서 훨씬 근원이 깊고 사악한 어둠이 그의 눈에 들어왔다. 안개 같은 무형으로 이뤄진 그 반투명한 어둠은 마치 형체를 찾아가는 것처럼 조금씩 움직거렸다. 얼음 알갱이 같은 것들이 맥주의 거품처럼 소용돌이를 쳤다.

'저게…… 원대신왕인가!'

얼굴들이 주문을 외우며 어둠을 가렸다. 종환의 시선이 얼굴들에 가로막혔다. 얼굴 하나는 낯이 익었다. 사진으로만 봤던 얼굴이지만 몰라볼 리가 없었다.

"안…… 안미영."

안미영은 자신을 알아본 종환에게 눈웃음으로 화답했다. 종환은 그 미소에 몸을 떨었다.

"잘 가, 차 형사."

붉은 매니큐어의 손가락이 신호를 보냈다. 악의 무리가 일제히 달려들었다. 종환의 몸이 공중으로 솟았다.

"안 돼!"

✦

새엄마 정금옥이 윤미를 베란다 가까이로 몰아붙였다.

"직계가족이 많으면 많을수록 네 애비의 행적을 파헤치는 건 쉬워. 살고 싶으면 너도 우리한테 협력해."

"싫어. 그만큼 괴롭혔으면 됐잖아. 그냥 우릴 보내줘."

구석까지 몰린 윤미가 더 이상 물러설 곳이 없음을 알고는 고개를 저었다.

"우리? 종환이를 말하는 건가?"

정금옥이 가소롭다는 듯 크게 웃었다.

"우리는 다 같이 미국으로 가는 거야. 나사든 에프비아이든 쉬지 않고 정보공개를 청구해야 해. 우리를 도와주는 인권 단체가 각처에 널렸으니 불가능한 일은 아니야. 네 애비는 죽었지만 그 역할을 인계받은 놈들이 분명 있어. 신왕의 세상을 만들기 위해선 신왕의 정체를 아는 적들을 하나하나 제거해야 해."

그때였다. 하늘에서 웅성거리는 소란이 일어나고 남자의 비명 소리가 들려왔다. 윤미의 불안한 시선이 아파트 창 너머 어둠으로 향했다.

"종환이를 어떻게 한 거야?"

"우리 편에 공권력까지 낀다면 더없이 좋지."

비명 소리가 순식간에 커다랗게 팽창했다. 뭔가 육중한 덩어리가 베란다 앞으로 휙 떨어졌다. 덩어리는 베란다 끄트머리에서 거칠게 낙하를 정지당했다. 곧 무게를 지탱한 밧줄이 팽팽해졌다. 그러자 자주색으로 크게 부풀어 오른 얼굴이 윤미의 눈앞에서 대롱거렸다. 부족해지는 산소로 혓바닥과 함께 점점 튀어나오는 눈⋯⋯. 종환이었다. 윤미가 소리쳤다.

"안 돼!"

"그럼 내가 원하는 대답을 해!"

정금옥이 차갑게 내뱉었다.

"협력할게."

"더 크게 말해, 이년아! 널 좋아하는 저 녀석을 죽일 거야?"

윤미는 이제 서 있을 기력조차 잃었다. 끝까지 한 가닥 의혹을 제기하던 이성은 익숙했던 호통에 무릎 꿇었던 것이다.

"잘못했어요, 엄마. 종환이를 살려줘요."

정금옥이 고개를 젖히며 크게 웃었나.

"알았어, 누나."

그는 맹세의 언약이라도 하듯 오른손을 들어 올리더니 눈을 감았다. 윤미의 눈앞에서 윤식을 닮은 형상이 입술을 움직거리며 주문을 외웠다.

─응홀람파 응홀람파 마허이 뱃나 사바하.

윤미의 약속은 종환의 목숨을 살리는 대신 '그들'이 요구하는 대로의 삶을 살아야 하는 것이었다. 미국 이민과 아버지의 뒷조사는 물론, 그들이 죽으라 하면 죽어야 하고 잊으라 하면 잊어야 할 것이었다. 그중에는 눈을 의심케 하는 지금의 장면도 당연히 포함될 터였다.

정금옥이 주문을 외우자마자 머리 위로부터 집단을 이룬 사람들의 일치된 중얼거림이 들려왔다. 베란다 문이 저절로 열리면서 보라색 커튼이 출렁거렸다. 밧줄이 생명을 얻어 느슨해지더니 허공에 뜬 종환을 베란다 안으로 인도했다. 명이 다하기 직전, 종환의 눈과 혀가 본래대로 들어가고 숨구멍이 트였다. 종환은 가쁜 숨을 몰아쉬며 방바닥을 굴렀나. 정금옥이 손을 한 번 휘두르니 베란다 문이 난폭하게 닫혔다. 귀신의 울음 같던 바람 소리가 뚝 멎었다. 윤미가 자포자기의 몸짓으로 종환을 일으켜 세우고는 뺨을 부비기 시작했다.

종환은 베란다 바깥에 소용돌이를 치는 이상한 알갱이들에게 시선을 앗겼다. 알갱이들은 생명을 얻은 듯 넘실거리며 밤이 가져다주는 어둠보다 훨씬 근원적인 어둠으로 원시적인 춤을 선보였다. 그것은 천체도에서 본 우주의 모습과도 흡사했다. 문득 종환은 원대(員帶)라는 말이 토성을 말하는 건 아닐까 생각했다.

"미안해…… 이렇게 될 줄은 몰랐어……."

윤미와 종환 두 사람은 정금옥이 불쑥 내뱉는 '윤식'의 말에 귀를 곤두세웠다. 윤식의 얼굴에서 당당한 미소가 사라졌다. 극히 짧은 한순간, 참을 수 없는 슬픔이 그의 얼굴 곳곳에서 진면목을 드러냈다. 눈알의 작은 움직임에도, 뺨의 미세한 떨림에도 여전히 혈육을 사랑하고 친구를 알아보는 진심이 고스란히 보였다. 그 같은 슬픔이야말로 인간의 승리를 보여주는 표상일지도 몰랐다. 그는 이 세계의 한 개인으로서 남들처럼 잘 살아보고자 최선의 방법을 추구했지만 그 선택에서 돌이킬 수 없는 실수를 했을 뿐이다. 그러나 그것은 예정된 운명이었고 장기짝에 불과한 그는 판을 뒤엎을 수 있는 거대한 힘에서 헤어날 방법을 찾지 못했다. 다시금 힘을 회복한 운명은 무자비하도록 인간적인 표정을 지워버린 후 완전하게 윤식을 장악해버렸다. 삽시간에 그의 얼굴 곳곳이 힘차고 거짓된 에너지로 충만했다. 마치 탈춤판에서 탈이 보여주는 강렬함 때문에 탈 안의 고유한 얼굴 따위는 신경 쓰이지 않는 것처럼.

활짝 웃는 윤식이 고운 자태로 춤을 추었다. 윤미와 종환이 사시나무 떨듯 몸을 떨었다. 움직이는 어둠을 향해 춤으로 화답하는 윤식의 모습은 분명 베란다 창에 다른 모습으로 비쳤던 것이다. 그것은 타오르는 불길을 배경으로 한, 붉은색 무의를 입은 중년 여인이었다.

뒷이야기

2014년.

미국에서 여객기 테러가, 중국에서 대형 선박 폭파 사고가, 서울의 광장에선 묻지마 칼부림이 동시에 일어난 7월의 어느 날이었다. 다흥국민학교의 평교사에서 이제는 다흥초등학교의 교장이 된 장 선생은 대학생 아들을 만나기 위해 서울을 찾았다. 그는 동서울터미널 대합실에 앉아 아직 도착하지 않은 아들을 기다렸다. 그의 앞에 놓인 케이블 TV에서는 〈이제는 말할 수 있다〉란 프로가 재방영되고 있었다.

5분도 안 되어 스마트폰 벨이 울렸다.

"아빠, 출입구 쪽으로 나오세요. 신호등 앞에 서 계시면 제 모습이 보일 거예요."

장 선생은 가방을 들고 일어나 밝은 햇살 속을 걷기 시작했다. 신호등 앞에는 수많은 사람이 서 있었지만 아들의 모습을 찾는 건 어렵지 않았다. 이쪽을 향해 손을 흔드는 노랑머리의 청년이 보였으니까.

파란불로 바뀌면서 사람들이 움직였다. 횡단보도로 한 발 디디려 할 때였다. 장 선생이 웬 중년 남자한테 팔을 붙잡혔다. 장 선생은 상대방의 얼굴을 보고 깜짝 놀랐다. 20여 년 전 느닷없이 교편을 놓고 미국으로 떠난 조윤식 선생의 친구가 떠올랐던 것이다. 같은 지역 사람이라 안면이 있던 그는 장 선생의 기억으로 분명히 경찰, 그것도 형사였다. 하지만 장 선생의 착각이었다. 혹시 고향이 경상북도 다홍이 아니냐는 장 선생의 질문에 초췌한 그 사나이는 이렇게 대답했기 때문이다.

"선생님, 혹시 도(道)를 아십니까?"

작가의 말

서구 기독교와 한국 토속신앙의 갈등을 그린 김동리 선생의 『을화』는 제가 가장 좋아하는 소설 중에 하나입니다. 무당인 어머니를 예수에게 인도하려는 영술의 일방적인 노력과 잡신으로부터 아들을 보호하려는 을화의 맹목적인 믿음은 어느 쪽도 쉽게 비난을 가할 수 없는 '사람'의 이야기로 보는 이의 눈물을 자아냅니다. 신(神)이라는 주제를 다루고 있음에도 그것은 철저하게 사람의 이야기이며, 『을화』가 고전문학의 한 절정으로서 시대를 초월한 감동을 주는 이유도 바로 여기에 있습니다.

한편으로 『을화』는 장르소설을 주로 써 온 저에게 그 어떤 공포소설보다 무서운 작품이기도 했습니다. 물론 일부 몇 페이지에 국한된 이야기긴 합니다만 이보다 더 읽는 이의 심장에 충격을 가하는 소재는 없었기 때문입니다.

우리가 밝은 전깃불 아래 산다는 것, 당연한 듯 받고 있는 문

480

명의 혜택은 원시와 자연의 어둠이 주던 무서움을 서서히 굴복시켰습니다. 어릴 적 밤잠을 설치게 했던 귀신은 이제 할당받은 자리가 점점 좁아지고 있으며, 오관을 넘어선 초과학 현상은 문명의 추적으로 그 실체가 하나씩 밝혀지고 있습니다. 『을화』는 이성과 논리가 오늘날처럼 발달하시 못한 근대의 원시적 공포를 아주 사실적인 방식으로 묘사했는데 그 핵심에는 '무속'이란 중요한 요소가 있었습니다.

이를테면 할미 무당이 아기를 유괴해 독 속에 가두고 파랑색, 빨강색, 노란색 물을 차례로 먹여 죽인 뒤 손가락을 싹둑 자르고 '아가야 날 따라 가자' 하는 부분이 바로 그것입니다. 그녀의 살인 동기가 명도(마마, 홍진, 기타 질병이나 참사로 죽은 아이의 귀신이 무당에게 지피어서 용한 점을 치게 하는 것)를 받는 것이니만큼 이 일화는 어떤 일류 공포소설의 끔찍한 장면도 따르지 못할 만큼 사실적이고, 문학적이고, 향토적이고, 소름끼치며, 또한 독창적이었습니다. 우리들이 잠재적으로 관심을 가져왔으면서도 본능적으로 두려워하는 것 중 하나가 '무속'인지라 이 같은 무서움은 한층 가중되는 것인지도 모르겠습니다.

제가 좋아하는 외국 소설 중에는 데이빗 셸처의 〈오멘〉도 있는데, 영화로도 히트친 이 오컬트물이 다루고 있는 소재는 20세기 기독교 문명에 현신한 사탄입니다. 부정을 하지만 그렇다고 인정할 수도 없는 존재(神)들을 다루고 있단 섬에서 『을화』와 〈오멘〉은 통하는 부분이 있었습니다. 이 두 작품을 합치면 한국적이고도 현대적인 장르소설이 나올 수 있다는 생각이 떠오르면서 즉각 이야기의 토대를 짜고 살을 붙이고 피를 수혈시키는 작업이 이루어졌습니다. 쓰다보니 아이디어는 추가되었고 로버트 블록이나 러브크래프트 같은 작가의 요소까지 가미되면서 중편은 장편이 되었고 내용도 처음보다 풍부해졌습니다.

이 책을 읽는 독자 여러분이 —『을화』에서 굿판에 모여든 군중들이 그녀의 춤사위에 호응하듯 — 이 작품에 빠졌으면 하는 바람으로 이제 저는 천지신명께 빌고 또 빌 것입니다.

지면을 빌어 황바른 방송작가님, BBS 최은경 아나운서님, 그리고 남경옥, 황진섭, 안원태 님께 깊이 감사의 말씀을 드립니다. 이 다섯 분은 세상의 어느 구석에서 창작의 작은 불을 지피려는 한 사람의 행위에 겉치레 관심과 비웃음의 무시가 아닌, 진지한 믿음과 변함없는 애정으로 용기를 주신 분들입니다. 그리고 출간의 기회를 주신 네오북스와 훌륭한 추천의 글을 써주신 안치우 작가님께 진심으로 감사합니다.

박해로

살 피할 수 없는 상갓집의 저주

© 박해로, 2018

초판 1쇄 발행일 2018년 3월 15일
초판 4쇄 발행일 2020년 9월 11일

지은이   박해로
펴낸이   정은영
펴낸곳   (주)자음과모음

출판등록 2001년 11월 28일 제2001-000259호
주소   04047 서울시 마포구 양화로6길 49
전화   편집부 (02)324-2347, 경영지원부 (02)325-6047
팩스   편집부 (02)324-2348, 경영지원부 (02)2648-1311
이메일   neofiction@jamobook.com

ISBN 978-89-544-3832-2 (03810)

이 도서의 국립중앙도서관 출판시도서목록(CIP)은 서지정보유통지원시스템 홈페이지
(http://seoji.nl.go.kr)와 국가자료공동목록시스템(http://www.nl.go.kr/kolisnet)에서
이용하실 수 있습니다.(CIP제어번호: CIP2018006043)